[中国新文学发展史研究丛书]

文学与革命的纠葛

——20世纪30年代文学史

吴述桥　马俊江 著

浙江工商大學出版社
ZHEJIANG GONGSHANG UNIVERSITY PRESS
·杭州·

图书在版编目(CIP)数据

文学与革命的纠葛：20世纪30年代文学史 / 吴述桥，马俊江著，— 杭州：浙江工商大学出版社，2020.1（2020.12重印）
（中国新文学发展史研究丛书 / 高玉主编）
ISBN 978-7-5178-3500-4

Ⅰ.①文… Ⅱ.①吴… ②马… Ⅲ.①中国文学－现代文学史－文学史研究 Ⅳ.①I209.6

中国版本图书馆CIP数据核字(2019)第222193号

文学与革命的纠葛——20世纪30年代文学史
WENXUE YU GEMING DE JIUGE —— 20 SHIJI 30 NIANDAI WENXUESHI

吴述桥　马俊江　著

策划编辑　郑　建
责任编辑　唐　红　谭娟娟
封面设计　王　辉　张俊妙
责任印制　包建辉
出版发行　浙江工商大学出版社
（杭州市教工路198号　邮政编码310012）
（E-mail: zjgsupress@163.com）
电话：0571-88904980，88831806（传真）
排　　版　庆春籍研室
印　　刷　杭州高腾印务有限公司
开　　本　710mm×1000mm　1/16
印　　张　16.5
字　　数　253千
版 印 次　2020年1月第1版　2020年12月第2次印刷
书　　号　ISBN 978-7-5178-3500-4
定　　价　48.00元

总　序

当今文学教育主要是通过文学史来完成的，本科教育是这样，研究生教育也是如此。在学科分类和学术研究中，文学史都是文学中最重要的内容，没有之一。在某种意义上，文学史涵盖或牵涉所有的文学现象和理论问题，所以不论是学术研究还是教材编写，文学史都将是说不完的话题，文学史作为教材“常编常新”，作为学术“常研究常新”。

大约从 2008 年起，我和同事们有意编一套中国现当代文学史教材，并且希望有所突破和创新。这种突破和创新不仅体现在教材内容上，也体现在体例上。我们也希望这能对中国现当代文学的教学改革有所推进，避免各种陈陈相因。我发现，很多教材之所以陈陈相因，很重要的一个原因是编纂者缺乏对他书写内容的深入研究，因而多是人云亦云，甚至以讹传讹。我们最大的努力就是把教材编写建立在研究的基础上，以此希望能够提供一些新鲜的东西，于是就有了“中国新文学发展史研究丛书”这个项目，并于 2015 年申请浙江省高校人文社科重大攻关项目，获得通过（编号 2014GH006）。

需要特别说明的是关于中国现当代文学（或“新文学”）“时间段”划分及其模式的问题。虽然说中国新文学发展至今只有一百余年的历史，就时间而论其无法与古代几千年的文学史相提并论，但这百余年与古代的任何一百年都不一样，就其发展演变的复杂性、内容的丰富性（如涉及的材料、文学现象、文化背景的交融等）、矛盾的多重性（古 / 今、中 / 外、城 / 乡、传统 /

现代等）、作家作品数量上的巨大性（21 世纪以来，仅每年出版的长篇小说，就达数千部之多）等特征而论，它是全新的类型和品质，所以中国现当代文学史与古代断代文学史式的简单叙述不同，需要一种新的研究方式。

同时，百年来的新文学本具有一体性，把它简单地划分为中国现代文学与中国当代文学，在 20 世纪 80 年代是适合的，在今天则完全不合适了，最重要的原因就是内容上的严重不平衡。现当代文学史在发展上是“自由落体运动”式的，也即文学现象特别是作品在量上是以“加速度”的形式增加的，90 年代以来的中国文学“密度”很大，内容非常丰富且复杂，但在文学史的版图里却被“压缩”在非常有限的空间里。现代文学仅 30 年，而当代文学已有 70 年，且时间上还在向前延伸，这不仅在时间上不平衡，在内容上更不平衡。当代文学内部，由于内容的丰富性与复杂性，再加上巨大的差异性，笼统地研究中国现当代文学已经不可能，笼统地研究当代文学也不可能，因此，中国现当代文学研究也需要分工协作，需要分“时间段”来研究。

事实上，自晚清以来，新文学经历了多次转型，其中既有晚清以降传统向现代的新旧转型、中华人民共和国成立后“十七年”文学的当代转折，以及 70 年末 80 年代初的新时期裂变等这样具有“知识型”层面的大的转折，也有像五四时期新文学的发生发展、20—30 年代的新文学繁荣、40 年代初至 1949 年的文学发展的区域性分割、“文革”前后文学演变的反转、80 年代文学的盛世想象、90 年代文学的“大转型”等阶段性特征非常明显的时段。如此种种，使得以发展阶段为基础，对其特征进行深入、细致的“史”的研究，成为必要。中国现当代文学史研究既需要宏观的演变研究，也需要更为细致甚至琐碎的“横断面”的“解剖性”研究。

狭义的“中国现代文学”最初作为一个独立的学科有它的合理性，它意味着一种不同于过去三千年文学的新文学的开始，但随着新文学的发展，它越来越成为新文学的一个组成部分而不具有独立性，现代文学在实绩上的确具有巨大成就，伟大作家群星闪耀，但从文学史的角度来说，现代文学作为一个宏观时期越来越不合适，它甚至没有纯粹属于自己时代的作家，鲁迅、郭沫若、茅盾、巴金、老舍、曹禺等多跨两个时代，或者从晚清到民国，或者从现代到当代，没有跨越时间之外的叙述，这些作家都不可能是完整的。正是从“完整”的角度，本丛书专著“清末民初”文学一册。我相信，将百余年文学发展的自然时段作为分段的依据，这既是一种分期法和对约定俗成的文学现象的认知，也是一种新的文学史观的体现。这一体例既能有效避免在现代和当代之间人为强制地划定界限，避免对现代文学和当代文学中各自复杂性的化约，也能更为详细地梳理百年文学的纹理脉络，有利于我们更好地把握百年文学的历史走向。

高 玉

2019年10月23日于浙江师范大学

目录

第一章

文坛的新局面

关于现代文学史的分期，有诸多不同看法，五卅运动就曾经受人关注，被当作文学史发展的一个分界点。20 世纪 30 年代，阿英编《中国新文学运动史资料》，李何林编《近二十年中国文艺思潮》，都曾将从五四到五卅看作一个独立的历史时段。作为一个集体文化工程的良友版《中国新文学大系》，不仅整理保存了五四新文学文献，也可看作是编选者们的集体著史。关于历史分期，《中国新文学大系》最终采用了茅盾的意见，将新文学第一个十年的下限截止到 1927 年，这也被以后的大多数文学史家采纳。五卅运动对中国社会影响很大，但于文学史而言，它并未产生新的文学理念，呈现出明显的阶段性变化。而 1927 年后，五四白话文运动逐渐结束，左翼文学运动开始浮出历史水面。茅盾在回复赵家璧的信中，将“北伐”看作新文学史的转折点，但并未详细阐释。[01] 我们以为，正是以北伐为高潮的大革命，其兴起与失败，震撼并影响了新文学作家的心态与思想。尤其是大革命的失败，可以说是左翼文学的助产婆，因为在它的刺激下，文

五卅运动

[01] 茅盾原信丢失，赵家璧在回忆录中曾引用部分内容。另外，阿英、茅盾、郑振铎等人对于新文学史分期的不同意见，可同时参看《话说〈中国新文学大系〉》，收入赵家璧《编辑忆旧》，生活·读书·新知三联书店 1984 年版。

化界急剧左转，马克思主义从五四的众多外来思潮之一，变为最为文化人热衷的理论武器，左翼文化人和左翼作家也成为 20 世纪 30 年代最具革命性的力量。

1927 年前后，鲁迅的离京南下、大革命的失败、创造社和太阳社挑起的革命文学论争等一系列个人的、社群的、社会的事件，都将文化与政治缠绕在一起，共同成为 20 世纪 30 年代文学开始的标志性事件。

一、鲁迅南下与文学中心南移

鲁迅五十三岁寿辰全家合影

1926 年 8 月 26 日，鲁迅离开北京南下，先到厦门大学，再至广州中山大学，并于 1927 年 9 月 27 日离粤赴沪。此后直至 1936 年 10 月离世，鲁迅一直居于上海，其生命的最后十年，也正好与左翼十年相始终。

在讲述 20 世纪 30 年代文学时，有学者用诗一样的语言描述 1927 年前后文化界的迁徙与聚集：“全国各地的文化人好像受着神秘的力量驱使似的，他们像候鸟一样成群结队，不约而同地离开他们原来的栖居之地向上海迁徙。”[01] 事实也确实如此：1927 年 5 月，胡适自美国归国，到上海担任新月书店董事长。前一年，新月社主将徐志摩已先于胡适移居上海。胡适到上海的同月，夏衍从日本回到上海。本是“不曾写过一篇作品的非文艺工作者”[02]，但到上海后，夏衍走入文艺界，成为左翼剧作家。8 月，被国民党通缉的沈雁冰离开武汉，抵达上海。五四时期以翻译和批评为主的沈雁冰，抵沪后开始创作第一部长篇小说《幻灭》，文学史中因此有了左翼小说家茅盾。10 月，参加南昌起义的郭沫若几经辗转，由香港回到上海，创造社开始左转。尤其是 1928 年，后期创造社“五虎将”冯乃超、朱镜我、李初梨、彭康和李铁声，以及创造社元老之一的成仿吾诸人，自日本先后归国聚集上海以后，更是挑起革命文学论争，在文坛掀起轩然大波，成为左翼文

[01] 旷新年：《1928：革命文学》，山东教育出版社 1998 年版，第 19 页。

[02] 夏衍：《忆阿英同志》，《夏衍全集》第 9 卷，浙江文艺出版社 2005 年版，第 442 页。

学时代的前传或者起点。

考察 20 世纪 20 年代后期文化人向上海的迁徙和聚集，我们可以把迁徙人的名单一直这样列下去：沈从文、巴金、冯雪峰、阿英、柔石、叶紫、沙汀、张天翼、丁玲……但不管有多少人来到上海，最重要的那个人无疑是从北京南下的鲁迅。如果说以白话文运动为中心的五四是胡适的时代，那么，左翼的 20 世纪 30 年代就是鲁迅的时代。胡适在反击章士钊对新文化运动的批判时，曾引用章士钊文章中的一段话："他在《评新文化运动》一文里曾骂一般少年人'以适之为大帝，绩溪为上京，一味于《胡适文存》中求文章义法，于《尝试集》中求诗歌律令'。"[01] 虽然被骂，但显然，胡适被骂得有点得意，因为章士钊这段话，实际上道出了胡适在新文化运动中的领军地位。但还有一点更值得注意，章士钊文中那段话的主语是"今人"，而胡适将其改为了"一般少年人"。胡适这一有意或无意的改动，其实也说出了文学运动的秘密：每一场文学运动的主力都是"少年人"，即知识青年或者文艺青年。说五四是胡适的时代，就是因为他抓住了当时一般文艺青年的心；而 20 世纪 30 年代的左翼文坛上，鲁迅成了文艺青年追慕的盟主。

许广平回忆鲁迅时说："他欢喜青年，不论认识与不识，写信去请教他，没有不详详细细地回复的，他每星期的光阴，用在（于）写回信大约有两天。"[02] 1934 年，从东北沦陷区流亡到青岛的萧军、萧红分别写出了《八月的乡村》和《生死场》，只是"不确切知道我们的小说所取的题材，要表现的主题积极性与当前革命文学运动的主流是否合拍？因为我们知道鲁迅先生是当时领导上海革命文学运动的主帅，所以写信给他，请求指导"，[03] "想不到先生收到我的信却是'即复'的"。[04] 40 多年后，想起这封鲁迅回信，萧军依然控制不住激动的心情："在那样的时代，那样的处境，那样的思想和心情的状况中而得到了先生的复信……鲁迅先生的这封信犹如从什么远远的

[01] 胡适：《老章又反叛了！》，《京报副刊·国语周刊》1925 年 8 月 30 日第 12 期。章士钊文章刊于 1923 年 8 月 21、22 日上海《新闻报》，署名行严。

[02] 许广平：《青年人与鲁迅》，原载上海《少年读物》1938 年 10 月 16 日，收入《许广平文集》第二卷，江苏文艺出版社 1998 年版，第 153 页。

[03] 萧军：《鲁迅给萧军萧红信简注释录》，黑龙江人民出版社 1981 年版，第 17 页。

[04] 同上，第 21 页。

方向照射过来的一线灯塔上的灯光，它使我们辨清了应该前进的航向。”[01] 1934年10月，萧军、萧红给鲁迅发出第一封信；11月，二萧从青岛南下到达上海，来到鲁迅身边。

在谈及鲁迅与文艺青年的关系时，许广平将其比喻为“青年的吸铁石”[02]。受鲁迅吸引而来到上海的文艺青年也不仅“二萧”。鲁迅虽然在厦门大学和中山大学执教都不过短短几个月，但是他给这两所学校的青年学生带来一股文学革新气息。上海十年，鲁迅虽成为职业作家，却有众多“后期弟子”聚集在他周围。20世纪30年代文坛上有名的左翼青年作家，很少与鲁迅无关。如果说参与五四文学革命的鲁迅“其实并没有怎样的热情……大半倒是为了对于热情者们的同感”[03]，那么20世纪30年代，鲁迅则是热情投身于新文学建设，成为文坛上最具有号召力和凝聚力的作家，为左翼文坛“造出大群的新战士”[04]。

鲁迅到厦门大学时，厦大还是“完全的一个古董学校”，校长尊孔，不许学生写白话文。[05] 而鲁迅到了以后，“尤其是文科学生，掀起了学习文学的热潮”[06]。鲁迅自己也颇为高兴：“文科今年有生气了。”富有生气的表现之一即青年文学社团的出现。在致许广平的信中，鲁迅写道：“我先前在北京为文学青年打杂，耗去生命不少，自己是知道的。但到这里，又有几个学生办了一种月刊，叫作《波艇》，我却仍然去打杂。”[07] 鲁迅离开厦大后，王方仁和崔真吾等文艺青年一路追随鲁迅来到上海，并住在鲁迅住所附近。于是鲁迅继续打杂，帮助王、崔及他们的同学柔石成立朝花社，“目的是在绍介东欧和北欧的文学，输入外国的版画，因为我们都以为应该来扶植一点刚健质朴的文艺。接着就印《朝花旬刊》，印《近代世界短篇小说

---

[01] 萧军：《鲁迅给萧军萧红信简注释录》，黑龙江人民出版社1981年版，第17页。

[02] 许广平：《鲁迅和青年们》，原载《文艺阵地》1938年10月第二卷第一期，收入《许广平文集》第二卷，江苏文艺出版社1998年版，第17页。

[03] 鲁迅：《〈自选集〉自序》，《南腔北调集》，《鲁迅全集》第四卷，人民文学出版社2005年版，第468页。

[04] 鲁迅：《对于左翼作家联盟的意见》，《二心集》，《鲁迅全集》第四卷，人民文学出版社2005年版，第241页。

[05] 俞念远：《我所记得的鲁迅先生》，《西北风》半月刊1936年5月第2期。

[06] 俞荻：《回忆鲁迅先生在厦门大学》，参见鲁迅博物馆选编：《鲁迅回忆录》（散篇上册），北京出版社1999年版，第470页。

[07] 鲁迅：《两地书》，《鲁迅全集》第十一卷，人民文学出版社2005年版，第615页。

集》……”[01]

萧军和萧红抵沪后，鲁迅担心其不熟悉上海的复杂环境，介绍叶紫与他们认识，为其作品推荐出版。当作品被国民党中央图书审查委员会禁止出版时，三人组成“奴隶社”，自费出版“奴隶丛书”：“稿请先生看过，兼作序，艰难的校对，付排，以及印刷费等等。”[02]出版以后，鲁迅又负责找书店代销，书没销售出去，鲁迅个人先垫付书款帮助这些困顿的年轻人。当然，最重要的是为这些无名文艺青年的作品作序，向文坛推介：“《丰收》序肯与转载，甚感，因作者正苦于无人知道，因而没有销路也。”[03]书以序传，三个无名作者在鲁迅提携下，很快成为知名作家。这种情况，让其他地方的文艺青年羡慕不已。20 世纪 30 年代，身居北京的杨纤如也是一名文艺青年，晚年回忆北方左翼青年诗人何菲（原名杨小石）时，将其与殷夫并称为“南北两普罗诗人”。可谈及何菲在文坛与文学史中的遭际，杨纤如说得有些苍凉：“可惜小石不在上海鲁迅身边。”[04]由此我们也可以理解，1936 年鲁迅去世后，为什么会有那么多文艺青年哀悼他。他们不仅痛苦，而且迷惘，像是“在一个人地生疏的地方，而领路的人忽然不见了，不知道要怎样才好”[05]。

北京，作为五四新文化运动的策源地，让众多文艺青年向往。但鲁迅的南下，无疑让这个城市的吸引力有所下降。沙汀从四川跑到北京，要考北京大学，说“亲自聆听鲁迅先生的教导，这才是我的本愿”。可惜他到北京时，错过了北大考期，“特别鲁迅已去了福建”。[06]另一个文艺青年张天翼和沙汀的想法一致，“在北大也学不到想要学的东西”[07]。不久，二人都离开北京，辗转南下到了上海，或写信向鲁迅请教，或投稿鲁迅主编的刊物，最终在这座城市走上文坛，成为知名的左翼青年作家。

---

[01] 鲁迅：《为了忘却的记念》，《南腔北调集》，《鲁迅全集》第四卷，人民文学出版社 2005 年版，第 496 页。

[02] 许广平：《忆叶紫先生》，原载《大美报·浅草》1939 年 12 月 22 日，收入叶雪芬编《叶紫研究资料》，湖南人民出版社 1985 年版，第 221 页。

[03] 鲁迅 1935 年 3 月 29 日致曹聚仁信，《鲁迅全集》第十三卷，人民文学出版社 2005 年版，第 425 页。

[04] 杨纤如：《北方左联诗人何菲》，《新文学史料》1988 年第 1 期。

[05] 张天翼：《哀悼鲁迅先生》，《中流》半月刊 1936 年 11 月第 1 卷第 5 期。

[06] 沙汀：《沙汀自传——时代冲击圈》，北岳文艺出版社 1998 年版，第 43、44 页。

[07] 张天翼：《作家自述》，《中国现代文艺丛刊》1980 年第 2 辑。

讨论 20 世纪 20 年代中后期各地文化人向上海迁徙的话题，我们曾说鲁迅的南下最具文学史意义，但如果我们将关注点从文化人转移到他们的出走之地，无疑，五四文学革命大本营的北京最值得注意。离开北京的不仅有鲁迅和追慕鲁迅的文艺青年，还有更多的文化人在这个时间段离开这座城市，仅北大，就有 29 位教授向南迁徙。较早南下的是林语堂。1926 年 5 月林语堂到厦门大学出任文科学长，邀请鲁迅、孙伏园、沈兼士、章川岛等人到校任教。但问题是，从北京南下厦大的不仅有孙、沈和章这些鲁迅的朋友，同时还有鲁迅在北京的老对手，以致鲁迅觉得“本校情形实在太不见佳，顾颉刚之流已在国学院大占势力，周览（鲠生）又要到这里做法律系主任了，从此现代评论色彩，将弥漫厦大”[01]。鲁迅本与厦大签了两年的合同，但《现代评论》诸人先后到校，使鲁迅在厦大有点度日如年，“到此未及一月，却如过了一年”[02]。所以，虽然沈兼士、孙伏园和章川岛等《语丝》同人也先后南下来到厦大，但任教三个多月后，鲁迅还是离开了厦门。

孙伏园

后五四时代，《新青年》南迁上海。新文学阵营也随之分裂。围绕《语丝》和《现代评论》两份杂志，两个在文化、政治观念上有显著差异，甚至对立的文化人群体形成：一个是以鲁迅和周作人为核心的语丝派，一个是以胡适为领袖的现代评论派。北京这两份最重要刊物及其相应的文人群体，在当时的文化界都卓有影响。但随着文化人的离京，两份杂志也先后南迁上海，时间都是 1927 年。十年前，陈独秀携《新青年》北上，北京成为全国的新文化中心，南方热衷新文艺的青年，也都纷纷北上，聚集北京；十年后，鲁迅诸人和《语丝》等刊物南下，文学青年也随之南迁。失去了有影响力的文化人和刊物，以及热衷文艺的年轻人，北京风光不再，成为寂寞的古城。

北京与上海同是中国现代文化史中最重要的城市，从某种程度上讲，中国现代文学史大半就是它们的“双城记”。但 1927 年前后，

---

[01] 鲁迅 1926 年 10 月 16 日致许广平信，参见《鲁迅全集》第十一卷，人民文学出版社 2005 年版，第 575 页。

[02] 鲁迅 1926 年 9 月 30 日致许广平信，参见《鲁迅全集》第十一卷，人民文学出版社 2005 年版，第 558 页。

大批文化人的离京赴沪，使上海占尽天时、地利、人和，成为新时代的文化中心。20世纪30年代的左翼革命文学，也将在此兴起。

二、兴奋、伤痕与愤怒：大革命与文化人

北京的文化人为什么会在20世纪20年代中后期集体离京南下呢？北京和南方发生了什么，决定了他们的选择？

1926年6月，鲁迅已决定南下，在写给李秉忠的信里，鲁迅提到了选择南下的目的：

> 一，专门讲书，少问别事（但这也难说，恐怕仍要说话），二，弄几文钱，以助家用，因为靠版税究竟还不够。……此后我还想仍到热闹地方，照例捣乱。[01]

1925年8月，鲁迅因支持女师大学潮，被章士钊免去教育部职务，鲁迅与之法庭相见。1926年3月，官司以鲁迅获胜而告终，但经过七个月的鏖战，估计鲁迅早已不留恋这份职务。更何况，北洋军阀连年内斗，公职人员常常拿不到薪水，所以，一直为养家所累的鲁迅，为生计选择南下也无可厚非。但作为偶然事件的个人选择固然值得历史学家关注，与个人选择相联系的时代风云更需要考察。“仍要说话”和渴望“热闹的地方”，是鲁迅个人的性情，但恐怕也联系着他对南北局势的认识：北方舆论环境恶劣，“说话”也难；南方才是“热闹”的地方。

“不愿在有权者的刀下，颂扬他的威权”的《语丝》杂志，“在北京虽然逃过了段祺瑞及其吧儿狗们的撕裂，但终究被‘张大元帅’所禁止了，发行的北新书局，且同时遭了封禁。其时是一九二七年”[02]。而政治、文化环境的变化从前一年就已经开始，尤其是发生了“三·一八”事变，在中国现代历史上，政府第一次对学生举起了强权镇压的刀枪。虽然惨案发生后，迫于舆论压力，段祺瑞下野，但接

---

[01] 鲁迅1926年6月17日致李秉忠信，参见《鲁迅全集》第十一卷，人民文学出版社2005年版，第528页。

[02] 鲁迅：《我和〈语丝〉的始终》，《三闲集》，《鲁迅全集》第四卷，人民文学出版社2005年版，第173页。

下来掌控北京的军阀有过之而无不及，“特别是张宗昌、张作霖等一反北洋对文人忍让的旧则，随意捕杀记者、学生”[01]。1926 年 4 月，《京报》被封，著名报人邵飘萍被杀；次年 4 月，李大钊等二十几位革命者被绞杀于京师看守所。在北京政治环境愈加堕落、腐旧的时候，南方兴起的国民革命，尤其是 1926 年开始的北伐，却以“新”的姿态吸引着全国各地的“新文化人”。“当时的人心都倾向广州，好像在抗战时期倾向延安那样。”[02] 广州成了圣地，革命成为旗帜，二者都激荡着人们的热血，容不得半点批评。郁达夫写了一篇《广州事情》，对革命策源地的广州提出些许批评，以为“这一次的革命，仍复去我们的理想很远”[03]。郭沫若见了，立刻致信郁达夫，责备其“倾向太坏”[04]；成仿吾则随即发表文章，言辞激烈，说“这种旁观的闲话式的说法，我们是应该禁绝的”，“我宁愿它马上停刊，不愿它再有此类文字登出”。[05] 同一社团的朋友，为了“广州事情”，出言如此激烈，以至于要闹到“分道而驰”的地步，[06] 也可见广州与革命在时人心目中的地位。

成仿吾

五四新文学革命曾激起文化界的巨大热情，而北伐则以革命的名义让更大范围的中国社会亢奋起来，仿佛黄金时代明天就要来临。再偏僻的地方，不管北伐军是否到过，“‘打倒列强，除军阀，国民革命一定成功’的歌声却传遍山野”[07]。连书斋里的学人都看到，“北伐以及随后的几年，显示出一些新的精神和努力方向”。几十年后，何廉回忆起那时从北方到南方的旅程，依然抑制不住自己的激动：“我们刚刚一到，就多么急

[01] 罗志田：《激变时代的文化与政治——从新文化运动到北伐》，北京大学出版社 2006 年版，第 253 页。

[02] 冯友兰：《三松堂自序》，人民出版社 1998 年版，第 61 页。

[03] 曰归：《广州事情》，《洪水》1927 年 2 月第 3 卷第 26 期。

[04] 郁达夫：《穷冬日记 1927 年 2 月 1 日—2 月 16 日》，《郁达夫文集》第九卷，花城出版社 1984 年版，第 73 页。

[05] 仿吾：《读了‘广州事情’》，《洪水》1927 年 3 月第 3 卷第 28 期。

[06] 郁达夫：《穷冬日记 1927 年 2 月 1 日—2 月 16 日》，《郁达夫文集》第九卷，第 73 页。

[07] 黄药眠口述，蔡彻撰写：《黄药眠口述自传》，中国社会科学出版社 2003 年版，第 47 页。

切地想看到那象征我们的新时代很有可能到来的新国旗。”[01] 北伐时期，何兹全还是山东一个十五岁的中学生，却“每天都迫不及待地读报纸”，关注着北伐路线，“我的政治、地理知识也跟着北伐军进步。我的心和热情也都跟着北伐军的前进而沸腾”。[02] 由此可见当时中国的社会氛围。在这样的热烈氛围中，“见过辛亥革命，见过二次革命，见过袁世凯称帝，张勋复辟，看来看去，就看得怀疑起来”，对革命“没有怎样热情”的鲁迅，[03] 在和许广平谈及北伐时，心情也欢快起来：“今天本地报上的消息很好……即使要打折扣，情形很好总是真的。”[04]

新文学革命时期，北方北京大学代表北“新”，南方东南大学代表南“旧”。而大革命时期，南北文化新旧的角色被彻底颠覆，并置换：不管南人北人，谈及南北，已是北旧南新。北京的周作人曾写了一篇文章，题目就叫《南北》，谈的也就是北伐时期文化上的南与北：“这不是两地方的人的战争，乃是思想上的战争。南北之战，应当改称民主思想与酋长思想才对。”[05] 无独有偶，从北方跑到广州的美国记者斯特朗，也用和周作人类似的比喻来表达她对南北文化新旧的感受：“我就像刚离开古老的亚洲，忽然闯进了现代世界。在这个华北，我被北洋军阀和奇怪的礼仪搞得困惑不堪。”[06]

大革命时期，北旧南新似乎已是国人共识，时人也以此来解释北方文化人的南迁：“此次大战，国内许多思想较新的人集中于党军旗帜之下。这些人在北方确有点不能相容。其依附党军，自亦势所必至。”[07] 在北洋军阀以刀枪对着新文化人的时候，南方的革命政府却对他们伸出了欢迎的手。也因此，正如胡适所说：“民十五六年之间，全

---

[01] 何廉著，朱佑慈、杨大宁等译：《何廉回忆录》，中国文史出版社1988年版，第297—298页。

[02] 何兹全：《爱国一书生——八十五自述》，华东师范大学出版社1997年版，第18—19页。

[03] 鲁迅：《〈自选集〉自序》，《南腔北调集》，《鲁迅全集》第四卷，人民文学出版社2006年版，第468页。

[04] 鲁迅1926年10月15日致许广平信，参见《鲁迅全集》第十一卷，人民文学出版社2005年版，第575页。

[05] 岂明：《南北》，《语丝》1926年11月第104期。

[06] [美]安娜·路易斯·斯特朗著，王鹿鹿、马红星、张奇志译：《千千万万中国人——一九二七年中国中部的革命》，中国社会科学出版社1985年版，第7页。

[07] 百优：《以科学眼光解剖时局》，《晨报·社会周刊》1926年10月5日。

国多数人的心倾向中国国民党，真是六七十年来所没有的新气象。”[01]

但有一个问题值得注意：大革命风起云涌的时代，“最可爱的人”是工人、农民和军人，而非文化人。毛泽东在其名文《湖南农民运动考察报告》中如此盛赞农民：“孙中山先生致力国民革命，凡四十年，所要做而没有做到的事，农民在几个月内都做到了。”[02]工会主席可以自豪地对外国记者说：“请代我们转告西方工人们：我们是世界革命的一部分。”[03]投笔从戎，是文化人，尤其是知识青年一时的时尚：“自北伐军兴，近一两个月来各地知识阶级（包括学生言）往广东投效的踵接肩摩。”[04]知识青年“爱穿黄呢军衣，武装带，皮绑腿，成为风气，也是时髦”[05]。

湖南農民運動考察報告
毛澤東

毛泽东《湖南农民运动考察报告》

但鲁迅在讨论革命与文学的关系时说：“大革命时代，文学没有了，没有声音了，因为大家受着革命潮流的鼓荡，大家由呼喊而转入行动，大家忙着革命，没有闲空谈文学了。”[06]事实也的确如此，在武汉从事革命工作的茅盾有感于“那时许多原来从事文学的人都转入政治活动，武汉连一个文艺刊物也没有”。于是茅盾找到主持《中央日报》副刊的孙伏园，联络了十个人，组织了一个文学社团“上游社”，在《中央日报》出版《上游》周刊作为社刊。可是茅盾自己“天天忙得团团转，再也没有时间和精力考虑文学问题了”。回忆这段经历时，茅盾自嘲道：“这就是我在武汉时期的文学活动：发起一个文学团体，写了一篇文章。”[07]

因此，整个大革命时期，以文学的方式参与革命、记录革命的革命文学家不多，以“东亚革命歌者”自命的蒋光慈是其中杰出的一位。在这个时期，他用蒋光赤的笔名出版《少年漂泊者》（亚东图书

[01] 胡适：《惨痛的回忆与反省》，《独立评论》1932年9月18日第18号。

[02] 毛泽东：《湖南农民运动考察报告》，《毛泽东选集》第一卷，人民出版社1991年版，第15页。

[03] [美]安娜·路易斯·斯特朗著，王鹿鹿、马红星、张奇志译：《千千万万中国人——一九二七年中国中部的革命》，中国社会科学出版社1985年版，第11页。

[04] 百优：《以科学眼光解剖时局》，《晨报·社会周刊》1926年10月5日。

[05] 茅盾：《我走过的道路》（中），人民文学出版社1981年版，第326页。

[06] 鲁迅：《革命时代的文学》，《而已集》，《鲁迅全集》第三卷，人民文学出版社2005年版，第438页。

[07] 茅盾：《我走过的道路》（上），人民文学出版社1981年版，第337—338页。

馆，1926 年）、《鸭绿江上》（亚东图书馆，1927 年）和《短裤党》（泰东书局，1927 年）。《少年漂泊者》被同代批评家称为“完全是一部革命青年的三部曲”[01]。除记述革命青年的人生遭际和心路历程之外，蒋光慈更记录下了大革命时代广阔的社会背景，以及二七大罢工、上海工人武装起义等重大历史事件。虽然后世热爱精致艺术的文学史家和读者会嫌其“小说在开阔中未免浮泛，急进中缺乏坚实，因而革命的鼓动性压倒了审美的感染力”[02]，但革命的鼓动性又何尝不是一种特殊的审美感染力。在《少年漂泊者》的序中，蒋光慈如此言说自己的审美选择：

蒋光赤《鸭绿江上》1927 年版封面

> 我爱美的心，或者也许比别人更甚一点；我也爱幻游于美的国度里。但是我所耳闻目见的，都不能令我起美的快感，更哪能令我发美的歌声呢？……我想，现在粗暴的人们毕竟占大多数，我这一本粗暴的东西，或者不至于不能得着一点儿同情的应声。

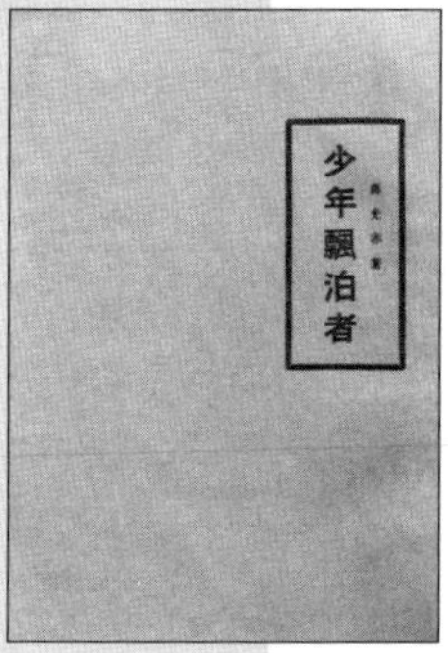

蒋光赤《少年漂泊者》1926 年版封面

虽然知道免不了当时和后世的“粗糙之讥”，可蒋光慈有他自己的文学追求，也自信他的作品自有其价值和意义，“不过本书是中国革命史上的一个证据”。鲁迅对红色诗人殷夫的评述也可移来评说蒋光慈的作品：它们的“出世也并非要和现在一般诗人争一日之长，是有别一种意义在。……一切所谓圆熟简练、静穆幽远之作，都无须来做比方，因为这诗属于别一世界”[03]。

站在文学史的平台去看，蒋光慈这些“粗暴的叫喊”可以说是 20 世纪 30 年代左翼文学最有力的先导，左翼文学的“暴力美学”等诸多命题也都来源于此。实际上也是，它们不但“得着一点儿同情的应声”，而且几乎成了知识青年走向社会和参与革命的青春宝典，但这是 1930 年以后的事。在大革命走向高潮的时候，用清浅的文字记

---

[01] 钱杏邨：《蒋光慈与革命文学》，原收入泰东书局 1928 年版《现代中国文学作家》第一卷，参见《阿英全集》第 2 卷，第 88 页。

[02] 杨义：《中国现代小说史》第一卷，人民文学出版社 1988 年版，第 64 页。

[03] 鲁迅：《白莽作〈孩儿塔〉序》，《且介亭杂文末编》，《鲁迅全集》第六卷，人民文学出版社 2005 年版，第 512 页。

谢冰莹《从军日记》光明书局1933年版封面

下时代青年的革命热情与欢乐，并一纸风行的，是20岁的女兵谢冰莹写下的战地通讯《从军日记》。这本小册子也让文学史记住了一位“身穿军装，足着草鞋，在晨光熹微的沙场上，拿一根自来水笔靠着膝上振笔直书，不暇改窜，戎马倥偬，束装待发”的北伐女兵。[01]如果说蒋光慈的作品是左翼革命文学的前传，那么，谢冰莹的《从军日记》，几乎成了国民革命文学唯一流传甚广的文献。晚年为重版《从军日记》作序时，谢冰莹用疑惑表达了自己的骄傲：“一直到现在，我还不了解当时的谜：为什么没有战地记者？对于前线的生活和当时的民众，那种如火如荼的革命热情，很少有报道的，除了我那十几篇短短的文字外，很难找到当时的材料。”[02]

“我真高兴，无论跑到什么地方，看见的都是为主义为民众战斗的革命军，都是含笑欢迎我们的老百姓。”这是《从军日记》开头的第一句话，除了20世纪40年代的延安文学，现代文学史上还少见这样欢乐的政治书写。当然，这欢乐是政治的，也是时代的、社会的，是那个时代热衷革命的文艺青年的热烈情绪。而仅仅三年之隔，到1929年《从军日记》出版单行本时，临时加进了谢冰莹的新作《给KL》等文字，“真挚奔放的情绪，依旧灿然迸流，所不同的是湘鄂界上驰骋沙场的欢畅，改成了上海亭子间里的凄哀”[03]。而且，这悲哀不仅是谢冰莹的个人情绪。美国学者易劳逸这样谈及大革命前后时代情绪的转变：“中华民族在1926—1927年因国民党胜利所感受到的喜悦在1929年中期变成了苦涩的醒悟。”[04]曾为大革命欢欣的鲁迅，也再一次体验到中国革命的悲哀，只是这悲哀远比“上海亭子间里的凄哀”更为深广。在为1927年的杂文所作的《题辞》中，鲁迅写道：

这半年我又看见了许多血和许多泪，

[01] 林语堂：《冰莹的从军日记》，参见谢冰莹：《从军日记》，上海春潮书局1929年版，第9—10页。

[02] 谢冰莹：《关于〈从军日记〉》，艾以、曹度编：《谢冰莹文集》（上），安徽文艺出版社1999年版，第287页。

[03]《编印者的话》，参见谢冰莹《从军日记》，上海春潮书局1929年版，第3页。

[04] [美]易劳逸著，陈谦平、陈红民等译：《流产的革命——1927—1937年国民党统治下的中国》，中国青年出版社1992年版，第32页。

然而我只有杂感而已。
泪揩了，血消了；
屠伯们逍遥复逍遥，
用钢刀的，用软刀的。
然而我只有“杂感”而已。

1927 年，国民党开始大规模地清党，在“四一二”、“七一五”的血腥屠杀中，轰轰烈烈的大革命宣告失败。清党固然让共产党大受打击，“而‘共党分子’又难以分辨的情况下，注定这场声势凶猛的清党运动不可避免地将扩大化。日本东洋文库保存下来的一份清党文件中记载，在广州的一次清党中，军警将凡是穿西装、中山装和学生服的，以及头发向后梳的，统统予以逮捕”[01]。作为一个政治事件的清党及其扩大化运动，极大地影响了现代文学的历史。因为它直接打击了当年那些支持革命、投奔革命的文化人和热血青年，时代风尚也由投笔从戎转为弃武从文：带着心灵的创伤，他们退回文坛。万枚子，笔名梅子，1925 年在北大教育系读书时考入世界报馆，并加入国民党，北伐兴起时投笔从戎。他的回忆也说出了那一时代许多热血青年的共同经历：“做了党人，宣传革命，于是教育系应习的科目，几乎毫无所得……自十六年至二十年，在革命阵营中打了一个圈圈，回到故都，二次服务《世界日报》。”[02] 叙述语言平实，但仔细体味，却能辨出其中的苦涩，以及苦涩背后的愤懑。

“四一二”反革命政变

時代女兒 1

卷頭語

作者

一代潮流進退，
幾家兒女悲歡？
難免痛心今日，
不妨回首當年！

万枚子《时代的女儿》卷头语（1948 年）

革命高潮期间空落的文坛，在大革命失败后兴盛起来。首先兴盛起来的是伤痕文学——在对革命的追忆中，倾诉心灵的伤痛。大革命的失败，让中国的青年一代再次体验了梦醒了无路可走的悲哀：“革命是中道打住了，还给了我们一个支离破碎的中国，隐藏着无限杀机。可怜我们

[01] 王奇生：《清党以后国民党的组织蜕变》，《近代史研究》2003 年第 5 期。
[02] 万枚子：《时代女人·卷头语》，上海人从众文化公司 1948 年版，第 2 页。

许多出生入死的弟兄，不死在沙基，不死在汀泗桥，不死在最光荣的武胜关外的革命火线，而是被魔鬼杀死在革命后防的刑场上。”[01]

大革命的失败不仅让投笔从戎的文化人从沙场重返文坛，也直接催生了新作家——他们用文字宣泄内心的苦痛，让受伤的心灵在文学中寻找安慰。叶紫曾这样谈及他在大革命失败后的痛苦和走进文坛的过程：

> 千万层隐痛的因子，像爆裂了的火山似的，紧紧地把我的破碎的心灵压迫着，包围着，燃烧着，使我半点儿都透不过气来…… 于是，我没有办法，我一边读，一边勉强地提起笔来也学着写一点东西…… 我既毫无文学的修养，又不知道运用艺术的方法。我只是老老实实地想把我浑身的创痛，和所见到的人类的不平，逐一描画出来；想把我内心中的郁积统统发泄得干干净净。[02]

五四时期的沈雁冰是批评家、翻译家，大革命期间任职于国民党中宣部。大革命的失败带来的痛苦成就了小说家茅盾。1927 年 9 月，他“用了‘追忆’的气氛”开始创作小说《蚀》三部曲：《幻灭》《动摇》和《追求》。虽然自述是记录“现代青年在革命壮潮中所经过的三个时期”，但也可看作他自己内心三种“矛盾”情感的纠结和郁积，“蚀”也是大革命失败带给他和与他有共同经历的人的阴影。大革命失败的痛苦与幻灭成了那个时代与文学发生联系的一个特殊契机，茅盾在《从牯岭到东京》中的追忆和自述，是对这一契机的最好诠释：

> 经验了动乱中国的最复杂的人生的一幕，终于感得了幻灭的悲哀，人生的矛盾，在消沉的心境下，孤寂的生活中，而尚受生活执着的支配，想要以我的生命力的余烬从别方面在这迷乱灰色的人生内发一星微光，于是我就开始创作了。[03]

---

[01] 洁寸：《龙华狱中杂记》，《北辰报·星海副刊》1933 年 2 月 13 日和 16 日。

[02] 叶紫：《我怎样与文学发生关系》，参见郑振铎、傅东华编：《我与文学》，上海生活书店 1934 年版，第 40 页。

[03] 茅盾：《从牯岭到东京》，《小说月报》1928 年 10 月第 19 卷第 10 号。

幻灭固然痛苦，但从另一方面讲，它也孕育醒悟，也生产愤怒与反抗。清党后，“再也没有理想主义者或真正对革命抱有热情的人留在国民党内了……那些最有思想和最无私的革命者……同共产党联为一体。”[01] 镇压与屠杀使共产党大受打击，但国民党也把众多文化人与热血青年推给了自己的反对派。万枚子本是国民党党员，但在清党后重返文坛出版的第一部小说中，就抒发了他对自己所隶属的党派的失望与愤怒：“那时梦想着到了青天白日旗下，该有点自由了，哪知到处碰着鬼呀！”[02] 返回文坛后，他主持的《世界日报》和《世界晚报》副刊，也成了北平左翼文艺青年的园地。身为国民党人，却热衷于与共产党有关的左翼文化，万枚子不是唯一的一个。是大革命与清党之际的共同遭际、相同的痛苦体验与记忆、同样的激进思想，使这些不同党派的文化人天然地亲近富有反抗精神和革命冲击力的左翼文化。可以说，是清党带来的反作用力，促进了左翼文化的盛行。北平《北辰报》的编者也是参加大革命的国民党青年，清党的时候，也被抓进监狱，“患难的同志中，有几位特出的人物，大部分是与创造社有关系的”，洁寸称他们是“热血青年”与“革命的渴慕者”，甚至盛赞从日本“特地回国参加革命”的许幸之等创造社的朋友的“左翼艺术理论文章，也是写得挺不错的”。[03] 在政治上，共产党与国民党泾渭分明，但在文化领域内，尤其对于“那些最有思想和最无私的革命者”而言，却在相当程度上分享着共同的文化资源。

而且，大革命的失败使远在异域的巴金“从报纸上……知道某一处有许多人在为饥饿而哭，某一处又有许多人像猪一样被人屠杀”，“我只是到处彷徨，像一个没有向导的盲人一样”。[04] 1928 年，巴金在这样的情绪中，开始创作第一部小说《灭亡》，他以与敌人同归于尽的激情书写革命者的复仇与反抗。在日本留学的朱镜我、李初梨、冯乃超等后期创造社成员，在大革命失败后，更是先后回国，准备发起一场新的文学运动。

[01] [美]易劳逸著，陈谦平、陈红民等译：《流产的革命——1927—1937 年国民党统治下的中国》，中国青年出版社 1992 年版，第 18 页。

[02] 梅子：《无名的死者》，上海亚细亚书局 1929 年版，第 28 页。

[03] 洁寸：《龙华狱中杂记》，《北辰报·星海副刊》1933 年 2 月 13 日和 16 日。

[04] 巴金：《我的眼泪》，原刊于《文艺月刊》1931 年 10 月第 2 卷第 10 期，参见《巴金全集》第九卷，人民文学出版社 1989 年版，第 260、261 页。

三、创造社、革命文学与革命文学论争

文学中心的南移和大革命的失败，为一个新的文学时代的产生准备好了充足的条件。这些条件直接孕育了 1928 年由创造社在上海挑起的革命文学论争及其革命文学运动。这场持续一年的论争和由此形成的文学运动，也成了 20 世纪 30 年代文学的真正开端。不仅后世的文学史家，时人也把这次论争看作是五四新文学运动之后最重要的一次文学事件。1929 年，李何林搜集论争文献，编成对之后新文学史研究影响甚大的《中国文艺论战》。在《序言》中，李何林如此说道："中国自新文化运动发生以来，文艺界所起的波涛，除了第一次的'文言白话''新旧文学'之争而外，这一回可以说是第二次了；这两次论争的情调虽然有些不同，但是这一次的论争在中国文艺的进程上占一个很重要的地位，这是大概可以承认的。"[01]

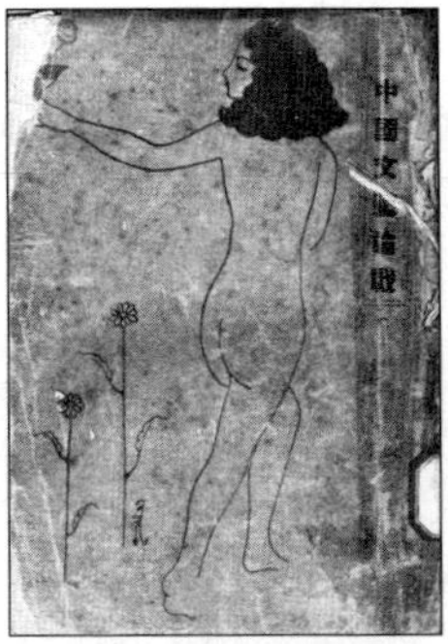

李何林《中国文艺论战》
北新书局 1930 年第三版

李何林的《中国文艺论战》按社团流派编排，搜集语丝派、创造社、《小说月报》、新月社、《现代文化》等各方对革命文学的不同态度和意见，为后世文学史研究这次论争确立了基本的论述格局。由此回到历史现场，可见革命文学论争之激烈——文坛主要文学团体和刊物都被席卷进论争的旋涡。在 1928 年，关注新文学的人，不论所在党派，也不论有怎样的文学观，没人会对革命文学保持沉默，不管赞成还是反对。失去文化影响力的北京，虽然被革命文学论者骂为"景象萧条的白都"[02]，但革命文学论争也同样波及于此。1930 年也曾有人模仿李何林，编过一本《北方的文艺论战》[03]，只是《序言》已经发表，但论集未见面世。

可上海的商家看准时机，认准革命文学大有市场，遂有多种论争资料集在沪上刊行，一时热卖，一版再版。除李何林所编，还有丁丁编《革命文学论》（泰东书局，1927 年）、霁楼编《革命文学论文集》（生路社，1928 年）和梅子编《非革命文学》（上海光明书局，1929 年）。霁楼即王任叔，20 世纪 30 年代成为左翼作家，笔名巴

[01] 李何林编：《中国文艺论战》，东亚书局 1929 年版，第 2 页。
[02] 仿吾：《完成我们的文学革命》，《洪水》1927 年 1 月第 3 卷第 25 期。
[03] 春雷：《北方的文艺论战 · 序》，《突起》1930 年 8 月第 12 期。

人；梅子即《世界日报》副刊编者万枚子。巴人和李何林在大革命中加入共产党，梅子加入国民党，虽然隶属不同党派，但三人都有参加大革命和清党后的流亡经历。大革命失败后，三人进入文化界，革命依然是他们生命中挥之不去的主题，虽然对革命文学论争持完全不同的态度。身为国民党人的梅子，反对革命文学，《非革命文学》所收全是革命文学的批判文章。30 年代文学最大的特点之一是政党对文学的参与初露端倪。

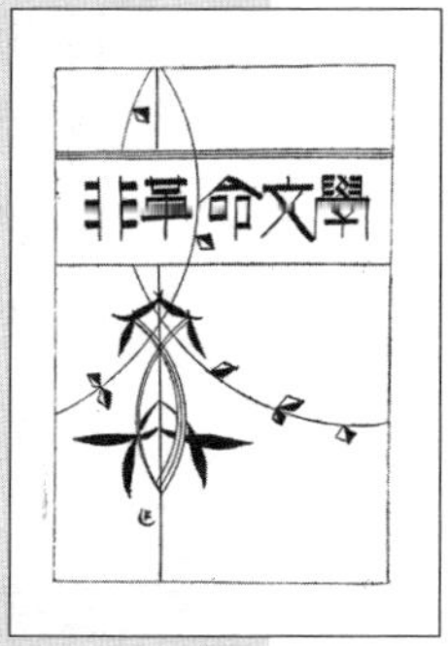

梅子编《非革命文学》
上海光明书局 1929 年版

丁丁原名丁嘉树，1927 年编《革命文学论》时仅 20 岁，还是上海大学的大学生。但他编的这本论集同样畅销，到 1928 年 9 月已经出到第四版，甚至还有书店将其改头换面盗版刊行。[01] 由此也可知，畅销的不是无名大学生丁丁，而是革命文学。而且，《革命文学论》和其他几本论争集相比，最大的不同是它编于革命文学论争之前。也就是说，1928 年之前，文化界已开始有人倡导革命文学。这里有两个问题值得关注：第一，是哪些人在倡导革命文学；第二，论争前后的革命文学是同一命题的延续，还是具有完全不同的内容。

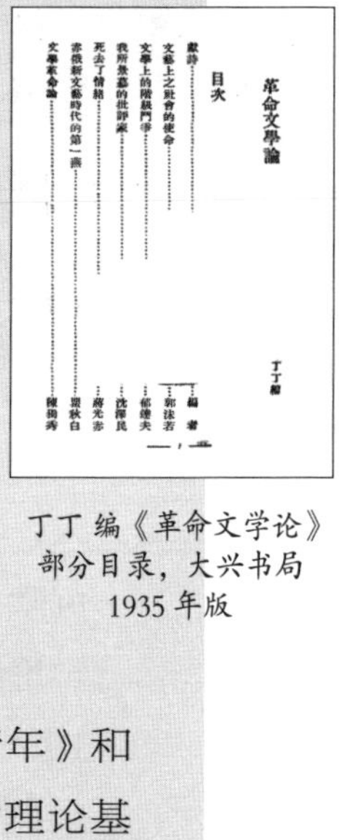
革命文學論
丁丁編
目次
獻詩……編者
文藝上之社會的使命……郭沫若
文學上的階級鬥爭……郁達夫
我所景慕的批評家……沈澤民
死去了情緒……蔣光赤
赤俄新文藝時代的第一燕……瞿秋白
文學革命論……陳獨秀

丁丁 编《革命文学论》
部分目录，大兴书局
1935 年版

《革命文学论》收诗文 19 篇，除去编者丁丁，作者有郭沫若、郁达夫、沈泽民、蒋光慈、瞿秋白、陈独秀、洪为法、沈雁冰、穆木天、邓中夏和成仿吾。其中沈泽民、邓中夏、蒋光慈、沈雁冰和瞿秋白为共产党人，1923 年和 1924 年间，这批关注文化的革命者即在《中国青年》和《民国日报·觉悟》等报刊倡导新的文艺，以马克思主义为理论基础，将文学与社会运动勾连起来，但在文坛影响不大。丁丁把陈独秀五四时期的《文学革命论》也收进此书，说明作为革命文学接受者的这位文艺青年，也未曾区别新兴的革命文学与五四文学革命的区别。在他眼里，“有革命思想的文学作品，便叫作革命的文学”；而革命思想即作品里“有不满于现实生活的描写”。1924 年以后兴起的国民革命刺激了文化界对于文学与社会革命关系的思考，丁丁的革命文学即

[01] 徐改平：《陈独秀编过〈革命文学史〉吗？》，《中国现代文学研究丛刊》2009 年第 6 期。

可看作典型的国民革命文学观。而对于 1928 年随论争兴起的革命文学，反对者梅子当时即说："'革命文学是什么？'很简单地说，就是马克思主义的宣传之一种……是一些宣言。"[01] 确实如此，革命文学论争，不仅是论争，而且是在论争中张扬马克思主义，是无产阶级革命文学的"宣言"。无产阶级当时又被音译为普罗列塔利亚，简称普罗，所以 1928 年的革命文学又被称为普罗文学，这是完全不同于国民革命文学的一种新的文学形态和范式。

讲述现代中国文学运动的故事，少不了几个关键因素：一个新观念知识分子群体的崛起、域外借来的火、文学论争、矫枉过正的文化批判、刊物，有时还要加上大学的介入。五四新文学运动如此，20 世纪 30 年代的革命文学运动也同样如此。无产阶级革命文学在中国广泛传播，以致发展成文学运动，和一个社团——创造社的左转直接相关。丁丁编的《革命文学论》中，除几个早期的中共党员，余下皆为创造社成员：郭沫若、郁达夫、成仿吾、穆木天、蒋光慈和洪为法。而且作为创造社灵魂人物的郭沫若，一人就有 4 篇文章入选。五四时期，创造社被定义为"异军突起"，虽是"突起"，但"异军"也正说明这个作家群在文坛的非主流地位。但在 20 年代中后期，创造社随大革命而崛起，成为文坛最先锋的作家群。

郁达夫 1936 年

郁达夫原稿

《革命文学论》中收入的首篇文章即郭沫若的《文艺之社会的使命》，是作者 1924 年在上海大学时的演讲。虽然和五四时期一样，其文艺观依然是"艺术乃艺术家内心之智慧的表现""天才的自然流露""艺术的本身是无所谓目的的"，但除了讲文艺的创作论，郭沫若开始大谈艺术的"效用"，即"文艺之社会的使命"。也是在 1924 年，郭沫若翻译了日本马克思主义经济学家和哲学家的《社会组织与社会革命》。从此，热情的诗人"把我昨日的思想完全行了葬礼了"，"对于个人主义的自由主义要根本铲

[01] 梅子：《我为什么要编辑这部书》，参见梅子编：《非革命文学》，上海光明书局 1929 年版，第 1 页。

除，我们对于浪漫主义的文艺也要取一种彻底反抗的态度”[01]。郭沫若开始到处宣讲：“我近来对于社会主义的信仰，对于马克思列宁的信仰愈见深固了。”马克思主义理论也改变着郭沫若的文艺观，“今日的文学乃至明日的文学是社会主义倾向的文学，是无产者呼号的文学，是助成阶级斗争的气势的文学”[02]。而且，用初步接触的马克思主义看待文学与社会、与革命的关系的，不仅是郭沫若，也可以说是创造社的集体倾向与转向，仅《革命文学论文集》中所收创造社作家的文章，即可见这个作家群对时代先锋话语权的掌握：郭沫若《文艺之社会的使命》《文艺家的觉悟》《革命与文学》《艺术家与革命家》，郁达夫《文学上的阶级斗争》，成仿吾《革命文学与它的永远性》，蒋光慈《革命与罗曼蒂克》……

丁丁《革命文学论文集》生活社 1928 年 5 月初版

1926 年，王独清、郭沫若、郁达夫、成仿吾照片

1917 年，因提倡新文化，陈独秀应邀离沪赴京，出任北大文科学长；10 年后，郭沫若因张扬革命文学，在 1926 年 2 月被位于革命策源地广州的广东大学（同年 7 月，广东大学更名国立中山大学）聘为文科学长，而且成仿吾、郁达夫、郑伯奇、王独清等创造社大部分主要成员皆先后抵粤，聚集广州。鲁迅之所以被聘入中山大学，也正是因为郭沫若的建议。在去广州之前，鲁迅说自己“还有点野心”，这“野心”之一即“同创造社连（联）络，造一条战线，更向旧社会进攻”[03]。鲁迅之所以选择联络创造社，不仅因为近水楼台，也应是看到了他们的先锋性与革命性。而且，直到大革命失败，鲁迅和创造社诸人先后抵达上海，这种合作的愿望一直没有终止。1927 年 11 月 9 日和 19 日，鲁迅在日记中记下了创造社成员的造访：“郑伯奇、蒋光慈、段可情来”[04]，“郑、段二君来”[05]。鲁

《王独清诗选》上海新宇宙书店 1931 年版

[01] 郭沫若：《革命与文学》，《创造月刊》1926 年 5 月第 1 卷第 3 期。
[02] 郭沫若：《再上一次十字架》，《狮吼》半月刊 1924 年 7 月第 3 期。
[03] 鲁迅：1926 年 11 月 8 日致许广平信，《鲁迅全集》第十一卷，人民文学出版社 2005 年版，第 606 页。
[04] 鲁迅：《鲁迅全集》第十六卷，人民文学出版社 2005 年版，第 46 页。
[05] 同上，第 47 页。

迅日记记载简略，并未言及所谈内容，郑伯奇的回忆可做注脚："大革命失败后…… 当时许多文化人汇集上海，郭老和我都感到应该搞个进步作家的联合战线，共同反对国民党。于是就由蒋光慈和我两人去见鲁迅，建议创造社和鲁迅领导的语丝社等文学团体合作，出版共同刊物。鲁迅高兴地同意了；接着就发表了一个联合宣言，鲁迅、郭老都签了名，鲁迅的名字放在第一位。"[01] 郑伯奇的回忆大致不错，创造社同鲁迅协商的结果是：恢复已停刊的《创造周报》，作为共同园地。1927 年 12 月 3 日，《时事新报》登出广告《创造周报优待订户》，所列特约撰述员 30 余人中，鲁迅排在首位。但仅半个月，12 月 18 日，《申报》上又登出创造社另一广告——《〈创造周报〉改出〈文化批判〉月刊紧急启事》，无声地宣告了和鲁迅合作的终止。原因很简单，后期创造社少壮派回国。

在中国社会急剧转型的时候，创造社也在努力寻找着自身转型的突破口。郑伯奇在拜访鲁迅的半年前，曾去日本与朱镜我、李初梨、冯乃超、彭康会面。当时就谈及创造社的"转向"问题。1927 年 10 月，即郑伯奇等人造访鲁迅的前一个月，成仿吾再赴日本，广泛联络东京与京都的知识青年，尤其是会见了郑伯奇曾到日本联络过的朱、李、冯、彭诸人。一年后，李初梨的《怎样地建设革命文学》出版时，冯乃超在序言中引用了列宁《共产主义运动中的"左派"幼稚病》一段话，恰如其分地表现了大革命失败后，当时知识青年的愤激与反抗，"这种大失败，正给革命政党与革命阶级以真正的最有效的教训"[02]，教训就是中国革命"缺乏理论指导"[03]；而成仿吾"直感到大革命失败后需要加强文化工作"[04]。大革命失败后相似的思想与情感，使双方一拍即合，于是朱镜我、李初梨、冯乃超、彭康和李铁声五人决定放弃即将到手的学位，回国加入创造社，创办刊

李初梨《怎样地建设革命文学》1928 年发表

[01]《郑伯奇谈"创造社""左联"的一些情况（摘录）》，参见饶鸿競等编：《创造社资料》（下），福建人民出版社 1985 年版，第 913 页。

[02] 冯乃超：《小引》，参见李初梨：《怎样建设革命文学》，江南书店 1930 年版，第 2 页。

[03] 冯乃超：《革命文学论争·鲁迅·左翼作家联盟——我的一些回忆》，《新文学史料》1986 年第 3 期。

[04] 冯乃超：《鲁迅与创造社》，《新文学史料》1978 年第 1 期。

物，宣传马克思主义，指导中国革命。成仿吾在为他们创办的新刊《文化批判》所作的《祝词》中，将列宁的"没有革命的理论，没有革命的行动"写入其中，这也是他们共同的信仰与追求。

不管是前期，还是后期，创造社成员基本是日本留学生，且是东京第一高等预科学校同学。前期成员大多是 1914 级同学，后期成员则是 1920 级，虽仅隔 6 年，世界已经大变。前期创造社成员多理工科出身，在国外读的是泰戈尔、歌德和日本的私小说，给国内文坛带回的是浪漫主义的抒情；而后期创造社成员不但学文科，而且学社会学、哲学和经济学专业。再加上当时日本左翼文化兴起，朱镜我这些新一代创造社成员不仅耽读马克思主义理论著述，而且参加日本左翼文化活动，因此，所学社会学等专业也就并非书斋里的学问，而是借以"树立社会的理想，指导社会的去趋"[01]。这群充满改造社会热情的年轻人，一反前期创造社艺术至上的倾向，他们之所以弃学回国，就是"要把创造社作为明朗的思想战的基地，尽力从事于辩证唯物论和历史唯物论的推阐工作"，马克思主义就是他们给中国从域外盗得的新的火种。在他们眼里，"《周报》的使命已经过去了"，所以"坚决反对《创造周报》的复活"和与鲁迅的合作。[02] 1928 年 1 月，创造社出版的不是预告的《创造周报》，而是全新的《文化批判》。它野心勃勃，欲"在新中国的思想界开一个新的纪元"[03]。郭沫若这样谈及这本刊物："1928 年，中国的社会呈现出了一个'剧变'，创造社也就来了一个'剧变'。新锐的斗士朱、李、彭、冯由日本回来，以清醒的唯物辩证论的意识，划出了一个《文化批判》的时期。"[04] 显然，"《文化批判》的时期"不仅是指创造社，它也属于 20 世纪中国的历史。

《文化批判》是 30 年代的《新青年》，致力于文化的批判与新思想的传播。"中国底文化运动，《新青年》以后，便要算创造社这个时

[01] 朱镜我：《1924 年日记》，转引自王慕民著：《朱镜我评传》，宁波出版社 1998 年版，第 18 页。

[02] 郭沫若：《跨着东海》，参见郭沫若著：《革命春秋》，人民文学出版社 1979 年版，第 289 页。

[03]《〈创造月刊〉的姊妹杂志〈文化批判〉月刊出版预告》，《创造月刊》1928 年 1 月第 1 卷第 8 期。

[04] 麦克昂（郭沫若）：《文学革命之回顾》，《文艺讲座》1930 年 4 月第 1 册。

《文化批判》创刊封面
1928 年

《文化批判》1928 年封面

《文化批判》创刊号目次

期底文化运动是最伟大的了。”[01] 前期创造社成员参与不多，其作者基本是刚从日本归国的新一代知识青年，在出版预告中他们宣称“本志为一部分信仰真理的青年学者”，刊物面向的读者是“海内外觉悟的青年”。虽然是份综合杂志，重在理论，文学作品所占比重不多，但也和五四新文化运动一样，文学再次充当了思想革新的先锋。在一个新的时代，他们用马克思主义理论“重新来定义‘文学’”：“文学是意德沃罗基（意识形态）的一种，所以文学的任务，在它的组织能力。”他们不喜欢象牙塔里吟风弄月的所谓纯文学，厌恶“超绝于世情”的学者和文化，强调“实践才是最后的批判者”[02]。也因此，对于文学，他们看重的首先是它组织社会的实践意义和社会动员的实践功能：“文学，与其说它是自我的表现，毋宁说它是生活意志的要求。文学，与其说它是社会生活的表现，毋宁说它是反映阶级的实践……实践地变革‘社会生活’。”[03] 简单来说就是，文学乃“社会构成的变革的手段”[04]。他们视五四“为艺术”和“为人生”的文学观为“个人主义者的呓语”，而以阶级论的新眼光看社会、看文学。在阶级社会里，文学的最高准则是“武器的艺术”，即革命文学。对于含混不清的革命文学，他们旗帜鲜明地站在无产阶级立场为之定义：“它应当而且必然地是无产阶级文学……以无产阶级的阶级意识，产

[01] 王独清：《创造社——我和它的始终与它底总账》，《展开》1930 年 12 月半月刊第 1 卷第 3 期。

[02] 朱磐（朱镜我）：《理论与实践》，《文化批判》1928 年 1 月创刊号。

[03] 李初梨：《怎样地建设革命文学》，《文化批判》1928 年 2 月第 2 号。

[04] 冯乃超：《艺术与社会生活》，《文化批判》1928 年 1 月创刊号。

生出来的一种斗争的文学。”[01]

1929 年，即革命文学论争的第二年，李何林这样描述后期创造社与文坛的关系：“自创造社一般（班）人嚷出了‘革命文学’的口号以后，代表中国几个文艺集团的刊物如《语丝》《小说月报》《新月》等都先后有文字发表；虽然各个的立场不同，其对创造社一般人表示反对的态度这一层完全一致，同时创造社一般（班）人对于他们也都一一的（地）反攻……”[02] 新思潮的兴起，首要的工作就是对前代文化的批判，在批判中呈现自己。而且这批判往往矫枉过正，这不是学术讨论的态度，却是新思潮无法遏制的力量展现。平静通达的学术讨论，从来不是新文化运动滋生的土壤。五四新文化运动如此，30 年代的无产阶级革命文学运动同样如此。只不过，五四批判旧文化、旧文学，30 年代批判的是五四。后期创造社诸人对此有清醒的认识：“在革命的时代，对于前一代的意识形态，都不得不把它奥伏赫变……所以意识形态的批判，实为一种革命的助产生者。”[03] 所以，他们一出现在文坛，就毫无保留地显现出批判者的角色。《文化批判》创刊号上打头阵的文章是冯乃超的《艺术与社会生活》，文中首先批判的就是文学研究会的叶圣陶、语丝社的鲁迅、创造社的郁达夫和张资平。他们处处树敌，论争不断；他们批判别的文人集团，也批判自己所在的团体；他们批判作为作家的人，也批判个人主义、人道主义的思想观念。但所有的批判都和个人恩怨无关，他们指向的是“意识形态”：“我们所批评的不是鲁迅个人，也不是语丝派几个人，乃是鲁迅与语丝派诸君所代表的一种倾向。这种倾向也许支配着许多青年，然而这种倾向在现阶段是有害的。我们批评了

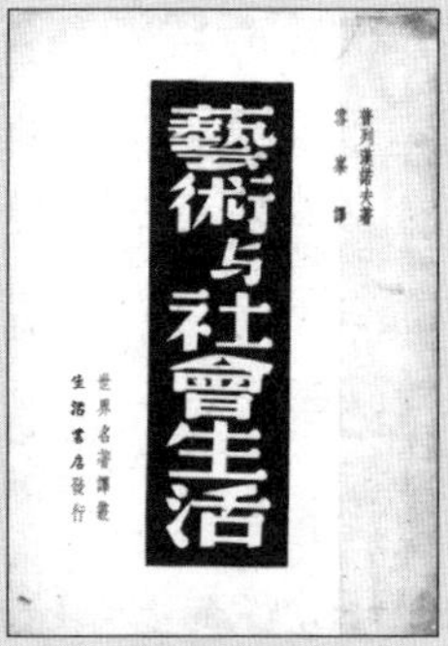

冯雪峰译《艺术与社会生活》

藝術與社會生活

馮乃超

（一）

冯乃超《艺术与社会生活》1928 年发表于《文化批判》创刊号

[01] 李初梨：《怎样地建设革命文学》，《文化批判》1928 年 2 月第 2 号。

[02] 李何林：《中国文艺论战·序言》，东亚书局 1929 年版，第 1 页。

[03]《新辞源·意德沃罗基》，参见 1928 年 1 月《文化批判》创刊号。自创刊起，《文化批判》就开辟“新辞源”专栏，第一批介绍的词语中有“奥伏赫变”，源自德文，意为“扬弃”。其实，他们是要用一套新词语置换五四用语，进而扬弃五四的意识形态。

他，是我们遂行我们对于现阶段的任务。”[01]

看似混乱的革命文学论争，其实很简单，这些以新兴文化代言人自命的青年人要在对五四“意识形态”的批判中，呼唤一个新时代——无产阶级时代的降临。他们以一套全新的语言和思想为五四定性，并决绝地宣布与它的断裂，“五四文化革命运动是资产阶级领导的反封建阶级的运动，这次运动对无产阶级毫无实效”[02]。同时，他们也自信地为自己所从事的事业定义和命名：“这是一种伟大的启蒙。”[03] 如果说五四以民主和科学为旗帜从事的是人的启蒙，那么，30 年代革命文学运动从事的就是“无产阶级的启蒙”，他们的理论武器是马克思主义。

后世史家可以站在纯学术的立场，指责革命文学的倡导者小集团主义、教条主义、批判过火、思想过左、理论肤浅粗糙……但实际情况可能是，从来没有完美与精致的启蒙者，新思潮的发起一定是“恒驳杂而不纯”的，但也正如梁启超所言：“在淆乱粗糙之中，自有一种元气淋漓之象。”[04] 在文化衰颓的 20 世纪初，五四以“新青年”蓬勃的青春之象改变了中国；30 年代，大革命失败后的中国处于黑暗迷乱中，《文化批判》张扬的马克思主义与无产阶级革命文学，也再一次搅动了沉寂的中国文化界与知识青年茫然的心。一位南京读者读到《文化批判》创刊号后，控制不住自己的“快活”，激动地赞扬它：“双重压迫之下的人们，能够给以一线曙光，使他们向着希望的路上走，这是多伟大的事业。”[05] 东京的读者也看到了这本杂志，并为之激动：“‘文化批判’产生了，——负着煌煌的历史的使命！种子是播了，不怕狂风烈日，它一定是要发芽的！在屠杀、凌辱、暴虐、愁叹、惊惶、焦躁的彼岸，历史的必然的大河滔滔地澎湃着不稍息。”[06] 时任中共中央宣传部秘书的郑超麟并不喜欢《文化批判》，

---

[01] 何大白（郑伯奇）：《文坛的五月》，《创造月刊》1928 年 6 月第 2 卷第 1 期。郭沫若也有类似的说法：“他们的批判不仅限于鲁迅先生一人，他们批判鲁迅先生，也绝不是对于‘鲁迅’这一个人的攻击，他们的批判对象是文化的整体，所批判的鲁迅先生是以前的‘鲁迅’所代表，乃至所认为代表着的文化的一个部门，或一部分的社会意识。”（郭沫若《“眼中钉”》，《拓荒者》1930 年 5 月第 4、5 期合刊。）

[02] 彭康：《五四运动与今后的文学运动》，《流沙》1928 年 5 月第 4 期。

[03] 成仿吾：《祝词》，《文化批判》1928 年 1 月创刊号。

[04] 梁启超：《清代学术概论》，上海古籍出版社 1998 年版，第 2 页。

[05]《读者的回声·几点意见》，《文化批判》1928 年 2 月第 2 号。

[06]《读者的回声·我的祝辞》，《文化批判》1928 年 3 月第 3 号。

却“料不到这种佶屈聱牙的文体会在中国流行起来，成为此后五年间的时髦文体，为青年人竭力模仿”[01]。其实，流行的不仅是文体，还有它带来的马克思主义。1927 年，成仿吾还在以五四的人性论写着《完成我们的文学革命》，然而和后期创造社一班人的接触，也使他走向马克思主义，以新的眼光和观念审视时代之变。一年以后，1928 年，他写出名文《从文学革命到革命文学》，不但成为对这个转型时代最经典的表述，也显现出他自己的转向：遗弃旧时代的话题，张扬新时代的使命。被批判的鲁迅如是说：“我有一件事要感谢创造社的，是他们‘挤’我看了几种科学底文艺论，明白了先前的文学史家们说了一大堆，还是纠缠不清的疑问。”[02] 而且，不仅是鲁迅，还有郭沫若，“其实就是我，也是实实在在被‘挤’的一个”。他对创造社少壮派的评价，也并非完全是“小集团主义”的王婆卖瓜：“辩证唯物论的阐发与高扬，使它成为思想界的主流，后期创造社的几位朋友的努力，是有不能抹杀的业绩存在的。”[03] 新文学研究者的说法是：“1928 年，由创造社发起的革命文学论争整个地改变了中国现代文化和现代文学的历史走向。”[04]

当然，谈及文学革命论争，不仅有创造社在倡导无产阶级革命文学，传播马克思主义，还有和《文化批判》同年同月登上文坛的太阳社，以及我们社等团体。尤其是太阳社，它为革命文学运动贡献了蒋光慈和钱杏邨，前者的小说和后者的文学批评，在革命文学运动中都具有典范的意义，影响深远。虽然太阳社和创造社之间有矛盾，但在革命文学时代，它们无疑是给中国文化界运送马克思主义和无产阶级文学的最重要的两驾马车。太阳社的钱杏邨以《死去了的阿 Q 时代》，形象地宣告五四时代的终结；创造社成仿吾的《从文学革命到革命文学》，则宣布了 1928 年——革命文学时代来临。

[01] 郑超麟：《郑超麟回忆录》（上），东方出版社 2004 年版，第 287 页。
[02] 鲁迅：《三闲集·序言》，《鲁迅全集》第四卷，人民文学出版社 2005 年版，第 6 页。
[03] 郭沫若：《跨着东海》，参见郭沫若：《革命春秋》，人民文学出版社 1979 年版，第 311 页。
[04] 王富仁：《创造社与中国现代社会的青年文化》，参见《王富仁自选集》，广西师范大学出版社 1999 年版，第 170 页。

第二章

革命文学论争与文坛的转折

强调文学的社会承担作用是中国文学的一个重要传统。清末民初的社会状况也使得文学在传统到现代的转型过程中一直被寄托着社会改造的期望。20 年代中后期的国民大革命顺应并促进了青年知识分子改造社会的激情，文学的社会承担作用在此时及以后的左翼文学中占据了核心位置。以创造社和太阳社为中心的一些革命文学提倡者在革命文学论争期间对此发挥过巨大的作用。不过，尽管 20 年代和 30 年代人们对文学的理解同样承载着一定社会责任的寄托，但是在经过革命文学论争之后，30 年代文学的存在方式发生了至关重要的变化。

“阵营”“战线”“战野”等在革命文学论争中已经成为一些具有强烈修辞色彩的神圣名词，这些名词试图塑造出一个完全不同于 20 年代以社团、刊物或者出版机构为核心的文学存在方式。这些词语本身也许只是没有任何力量的“想象的能指”，但它一旦依附在所指的现实之物上就可能成为扭转历史的力量。创造社等从 20 年代的社团转向革命文学阵营，最后成为左翼作家联盟的一部分，成为国民党政府一再动用政府强制手段查禁和打击的对象，那么“阵营”就已经不只是想象的空洞词语，它们实际上又成了 30 年代文坛最为显著的特征。

施蛰存晚年的一则回忆揭示出二三十年代文坛的区别。他抱怨胡风等左翼批评家将《现代》杂志看成是“第三种人”的同人刊物，他认为同人刊物是 20 年代文坛刊物的主要特征，但《现代》杂志是一个秉守中立的刊物。施蛰存所说的现象正揭示出二三十年代文学存在方式不同的一个重要方面。虽然 30 年代仍然还有同人刊物，但是更多的是划分为各种“阵营”的刊物：“左联”的刊物、南京的文艺刊物、汪精卫和改组派的文艺刊物、新月派的刊物、十九路军的刊物等。那些商业性出版社掌握的文艺刊物如施蛰存主编的《现代》小心翼翼地保持中立，正说明商业性出版社已经充分了解文坛的政治形势。可见 30 年代文坛已经充分地政治化为各种“阵营”。朱晓进对 30 年代文学群体的亚政治文化特征的论述也充分说明了这一点。[01]

一、社会改造与革命文学的起源

认为文学具备一定社会功能的见解是中国文学的重要传统。曹丕所谓“文学者，经国之大业，不朽之盛事”，虽然其“文学”和五四时代的“文学”并不是一回事，但“文以载道”总是中国古代文学的一个重要尺度。五四新文学即使没有继承古典文学的传统，也不具备夏志清所说的“感时忧国”精神，但至少将文学视为一项严肃的工作和事业，这也是五四新文学一个重要的信念。20 年代中期的国民大革命迫使文学家更为实际地去面对文学与社会的可能性关联。不论对“文学”与“社会”，以及对两者之间关系的理解的分歧有多大，但文学的社会学维度总被认为是 20 年代特别是 20 年代中后期文学所思考的重要方向。

文学与实际社会改造是大革命期间一个极为现实的问题。共产党人在国共合作之前已经开始考虑沉溺于文学的青年的问题。《中国青年》的作者们将文学理解为无力的东西，要求文学青年放弃文学，投身到实际的社会改造运动当中去。实际上，大革命期间黄埔军校的政治教官和北伐各路大军的政治委员，有很多都是文学家或者与文学有关的人员，更不用说政治宣传部门所管辖的各种报刊的主编、主笔也主要由文学家们充任。革命文学的口号最先就是从那些爱好文学的革命者那里喊出来的，只要翻阅那时候的《广州民国日报》副刊等就可以得到证明。

投身国民革命或者从事文学事业是两种截然不同的分工，因此国

---

[01] 朱晓进：《政治文化与中国 20 世纪 30 年代文学》，人民出版社 2006 年版。

民大革命期间文学与革命的关系成为众多革命青年与激进文学家直接面对的共同问题。20年代中期有大量的文学青年和文学家投身于大革命事业，许多人为此献出了生命。创造社作家们中有许多都在北伐军中任职，文学研究会的沈雁冰、叶圣陶、孙伏园等也在从事革命工作。尽管在大革命期间并不是每个从事革命工作的文学青年或者作家都提出了革命文学的问题，但是后来他们当中的相当一部分人成为革命文学的提倡者或者实践者。

所以，革命文学在大革命时期被提出来并不是一个偶然。从事文学与投身革命是两种不同分工，鱼和熊掌不可兼得看起来是一个必然的道理，但很多人仍然试图沟通文学与革命的意义，只是每个人都以自己的方式去理解革命与文学的关系。当然，其中也有许多如鲁迅所说的，“欢喜维持文艺的人们，每在革命地方，便爱说‘文艺是革命的先驱’”[01]。毕竟文学家去做“革命宣传”似乎是天经地义的事情。

文学与革命虽然分工不同，但革命文学之产生于大革命也并不只是文艺爱好者多事。“文艺是宣传”在革命文学论争期间是一个十分响亮的口号，但它并不源自辛克莱，而是源自革命文学论争期间用来证明先进国家的优秀文学家。更重要的是，“文艺是宣传”这个口号也不能理解成一个局限在文学本体论范围内的极端见解。“文艺是宣传”在大革命期间具有实际功效的现实功能。北伐时期在国民党中央机关报《广州民国日报》上就有人曾经提出，“革命谁都会说以宣传为最关紧要的工具，我以为在革命热烈的进程当中，应该一方面注意到以文艺为宣传革命的工具”，认为“革命文艺”是“革命精神的慰安和兴奋热烈的慰藉”，是“使革命的战士更加兴奋热烈的兴奋剂”。[02]

尽管也存在如上所说的具有实效功能的革命文学，但提出“革命文艺”的实效性的作者也没有将文学与实际社会改造的关系局限在一个如此狭窄的功能领域。该作者也是从文艺和革命的不同分工来界定“革命文艺”的功能的，不过他在不同分工之中找出了连接革命与文学的道德联结点。他认为，“革命是改进社会现实生活的现象，文

---

[01] 鲁迅：《文艺和革命》，《而已集》，《鲁迅全集》第三卷，人民文学出版社2005年版，第583页。

[02] 谢立猷：《谈谈革命文艺》，《广州民国日报·现代青年》1927年3月22日。

艺是替代苦闷的社会叫喊出来的声音，所以有这样的社会，才需要这种的革命，有那么的社会，才形成这么革命的文艺”，接着才说，“革命的工作是干脆的枯燥的，而革命的文艺，是感情的悲壮的，能使人类情感镕陶在革命进程里面，所以革命是需要感情的革命文艺的呼声”。[01] 可见他是从道德批判的角度去规定“革命文艺”的实际功能的。

而郭沫若和成仿吾等创造社作家及其他更多的革命文学提倡者则直接面对革命与文学的题目，提倡更为抽象的以人性善恶为基础的道德批判功能的革命文学。郭沫若分析了文学和革命不两立的两种不同观点，他认为革命家看不起文艺和文艺家只顾风花雪月的观点都不正确。他和上面“革命文艺”的提出者一样，将革命解释为正义的反抗，自然替革命说话的就成了革命文学，那么革命文学也就具有了道德批判功能。[02] 成仿吾则先从“文学是人学”谈起，既然人性有善恶，那么革命文学自然是真挚的人性的表现。郭沫若和成仿吾论证的过程相反，但得出来的结论都是人性论的革命文学。

值得注意的是，这种人性论的革命文学对文学的界定主要继承了五四时期以创造社为代表的文学是内心情感的自我表达的文学观念，但是又从文学的情感本质中发掘出了文学的交际传达功能。郭沫若在其论文学与革命的文章中，以文学的情感本质为出发点去解释其所提倡的革命文学的发生，他认为，“文学的本质是始于感情终于感情的。文学家把自己的情感表现出来，而他的目的——不管是有意识的或无意识的——总是在读者心中引起同样的感情作用的”，而且认为，“作家的感情愈强烈愈普遍，而作品的效果也就愈强烈愈普遍”，而“革命时代的希求革命的感情是最强烈最普遍的一种团体感情”，于是乎产生了革命文学。[03] 郭沫若沟通五四文学与革命文学的基本逻辑并不只是代表创造社的基本倾向，泰东书局出版的《泰东月刊》同样鼓吹这种人性论为基础的革命文学。这个刊物的主要编者和作者是一群以血潮社为团体的国民党左派青年，也有后来的“左联”作家符号、龚冰庐、冯润章等。

[01] 谢立猷：《革命与文艺》，《广州民国日报·现代青年》1927年4月9、10、13日。
[02] 郭沫若：《革命与文学》，《创造月刊》1926年5月16日第1卷第3期。
[03] 郭沫若：《革命与文学》，《创造月刊》1926年5月16日第1卷第3期。

尽管人性论的革命文学在抽象的意义上沟通了文学与革命的关系，但并没有真正地解决革命和文学的实体性差异。革命是实体意义上的社会实践，道德人心固然是重要的社会性力量，而文学如果只能在抽象的精神层面与之相沟通，也不能确证文学与社会改造之间的实际关联。抽象的、理论的精神只有借助于现实的物质才能成为改造社会的实际力量，否则很容易流于不具备任何生产性和建设性的空谈。要真正实现文学改造社会的实际功能，当然只有借助于文学的物质存在方式。

文学的存在方式主要是文学所赖以存在的物质领域。从文学的生产领域来讲，刊载文学的物质媒介是报纸杂志等出版物，其生产者是以一定物质媒介为手段的作家，另外还包括出版机构。从流通领域讲，文学还必须借助发行网络和货币，另外还有消费群体的存在。不同的出版物因为不同的编辑理念等因素会选择其所喜好的文学作品，作家也有各自不同的风格、兴趣、爱好等，尤其是作家常借一定社会网络构成文人圈子和团体。文人圈子和团体可以增加作品发表概率与曝光度，也可以影响作家写作理念，发行网络与代表购买力的货币则说明文学能够存在的地理和文化区域，消费群体也会影响作家的创作。最后，所有的这些环节还会以不同的方式参与到更大的社会结构中去。

一方面，文学要切实地担负起社会改造实践的重任就只能借助以上文学存在的诸物质领域或者社会结构，那么，对文学存在方式的发现和审视就是立志于改造社会的革命文学的重要前提。另一方面，要改造文学的存在方式，而且不是偶然性的，如某一作品或者某一作家等的改变，那么改造社会又是改造文学存在方式的大前提。这是两个不同层次的问题。而大革命期间革命文学提倡者身处不同的社会结构，以及革命文学实效性功能的发现，无疑给文学改造社会的观念提供了一次极为重要的经验。

二、炸开“乌烟瘴气”的文坛

1927 年，声称两年前就下决心“不问出版界情状”的成仿吾革命归来，“因为创造社出版部的关系”，“不得不常常与现在的出版界接触”，他撰文猛烈批评“闲暇，闲暇，第三个闲暇”的文学界，一把火点燃了革命文学论争。[01] 但成仿吾从把守“艺术之宫”到要用“十万两无烟火药”炸开“北京的乌烟瘴气”的文坛的“突变”成了鲁迅的笑柄。不过成仿吾在文章“附白”中特别强调了自己的严肃态度，因此鲁迅的嘲笑也不能仅仅作为一个笑话一笔带过。成仿吾对北京文坛的批评是否准确姑且不论，值得注意的是成仿吾和鲁迅各自的批评指向。即使不把成仿吾的严肃当真，从文学存在方式的角度来说，其对文坛提出的“反省”也值得进一步深究。

文坛并没有一个确切的历史界定。根据李欧梵的研究，文坛通常指的是由作家群体、图书报刊等出版物、出版发行网络等编织而成的社会现象。[02] 另外还有“文学界”的说法。文学界应该和清末民初所出现的学生界、青年界、女界等是相同的使用范畴。不论是“坛”或“界”，都必须在现实社会中占据实体才能成为可感的现象，所以图书报刊是其中最为核心的要素，其他的常常围绕出版物展开，一起构成所谓的文坛。高长虹在《走到出版界》中就直言文坛建筑在出版物上。[03] 五四时期曾出现大量文学团体，如新潮社、浅草社、绿波社、晨光社等，根据茅盾统计，1922 年到 1925 年期间有 100 多个文学社团。[04] 这些文学社团通常拥有自己的期刊、报纸副刊、丛书等，比较有影响的社团如新潮社和创造社等随后开始拥有自己的独立出版发行机构。

高长虹著《走到出版界》，上海泰东图书局 1928 年版

从文学本体论的角度来看，可以认为文坛主要指的是“文学的周边”，即文学的存在方式和状态。目前对文人团体、期刊、出版机构的研究已经十分深入，但主要集中于 20 年代和 30 年代前后平津文坛的研究。刘纳对创造社与泰东图书局的研究，王晓明对新青年的研究等，研究对象都是 20 年代文坛问题。与此相比，对 30 年代左翼文学存在方式和状态的研究还不够充分。近年来左翼文学研究主要关注点是左翼文学理

---

[01] 成仿吾：《完成我们的文学革命》，《洪水》半月刊 1927 年 1 月 16 日第 3 卷第 25 期。

[02] 李欧梵著，王宏志等译：《中国现代作家的浪漫一代》，新星出版社 2005 年版，第 31—32 页。

[03] 高长虹：《1925 北京出版界形势指掌图》，《走到出版界》，泰东图书局 1928 年版，第 84 页。

[04] 茅盾：《小说一集 · 导言》，赵家璧主编：《中国新文学大系》（小说一集），上海文艺出版社，1980 年影印版。

论，包括两个方面的含义：一个是左翼文学理论的研究，另一个是左翼文学问题的理论研究。虽然对革命文学论争时期一些刊物和文学团体活动有过一些研究，但总的说来，侧重于对“左联”组织结构和活动方式等的讨论，而对左翼文坛的生存状态、生存环境，其在现实中的位置等都还没有过多涉及。[01]

文学团体、图书报刊等出版物和出版机构构成 20 年代文坛的基本存在方式。北京是五四时期新文坛的中心，随着时局发展逐渐成为京派重地。北京本是五四新文学的发源地，《新青年》《新潮》《小说月报》《现代评论》《晨报副刊》《京报副刊》以及稍后的《语丝》等当时都在北京，新青年群体、新潮群体、文学研究会、现代评论派等作家群体也都集中在北京。但随着国民大革命的发展，革命情绪蔓延，北方政局又极为不稳定，经济萧条、政治腐败、学生罢课、教师罢教、工人罢工等现象也越来越严重。文人纷纷南下，文坛中心开始向上海转移。没有离开北京的一些作家，如周作人、废名、徐祖正等开始形成后来带有地域性的京派。虽然京派情况复杂，但其显现出来的主要特征并没有脱离文学独立性、文学趣味等范畴。

文坛是新文学的基本存在方式，但和对新文学的评价各有参差有所不同，新文坛似乎总是和“帮口”结缘，其在文学史上得到的几乎是一致的负面评价。郭沫若将早年创造社与周氏兄弟的论争看成是文坛行帮的斗争，“在当时的所谓‘语丝’也，‘创造’也，所谓周鲁也，所谓成郭也，要不过一丘之貉而已”，“说得刻薄一些便是旧式文人气质未尽克服的文学的行帮和文学的行帮老板而已”。[02] 对周氏兄弟极为不满的狂人高长虹曾在其《走到出版界》一书中披露五四新文坛大量的负面细节，而鲁迅对新文坛的批评也极其严厉。正如李欧梵所说，自新文学诞生之日起，“无论对参与者或旁观者来说，文坛似乎只包含了心胸狭隘的口角、个人不和、意识形态上的论争，‘时髦’文学的制造，以及对外国文学史的拙劣仿效”[03]。

新文坛成为互相攻讦的“帮口”应该说主要归因于其基本的存在

---

[01] 北京大学马俊江的博士论文（2005）是对左翼文学存在方式研究的一个有益的尝试。
[02] 郭沫若：《“眼中钉”》，《拓荒者》1930 年 5 月第 4、5 期合刊。
[03] 李欧梵著，王宏志等译：《中国现代作家的浪漫一代》，新星出版社 2005 年版，第 31 页。

方式。文坛建筑在文学团体、出版物和出版发行网络之上。文学团体的构成离不开“某籍某系”的攻讦。因为文学团体常常以同乡、同事、同学、师生、亲缘、同国留学、生活居住地相邻等关系为纽带，以刊物为基础形成所谓同人。但即使同人具有“同志”的内涵，即具有大致相同的文学见解，同样不可避免“党同伐异”的嫌疑，此时的“同党”更能够说明因观点不同而形成不同团体派别的问题。而20年代的主要刊物如《新青年》《现代评论》《语丝》《晨报副刊》《小说月报》等，都或多或少有着各自的“某籍某系”等的关联。从出版发行网络上来说也同样不能避免嫌疑。陈独秀和亚东书局，新潮、语丝社之于北新书局，东吉祥胡同诸君子与后来的新月书店等都存在“某籍某系”的背景。文学研究会和创造社虽然没有与之有私人交情的出版社，但文学研究会和商务印书馆也存在千丝万缕的联系，沈雁冰就是通过亲戚介绍才进入商务印书馆的；创造社虽然受到泰东图书局的剥削，但很快也有了自己的出版部。从这个角度来说，章克标的《文坛登龙术》可谓是20年代文坛指掌图。

文坛的变革并非成仿吾或者创造社的一己之见。尽管带有自己的视角或者说“偏见”，成仿吾提出文坛变革，说明他已经发现并抓到了20年代文坛转型的主要症候。对于文坛的不满是当时热衷于社会改造的人士的普遍看法。最先离开北京的文人是北师大师生斗争中受到政府压迫或者因为学生运动等受到通缉的青年学生和教授们，他们代表的是社会激进派，其中相当一部分人参加了从广州发源的大革命。后来连胡适和东吉祥胡同诸君子等欧美派绅士们也因为财政、人事纠纷或者另投明主等原因离开了北京。北新书局等新文艺书局不久也将总店迁到了上海。1927年大革命失败之后，上海集中了来自全国各地的通过潜逃、转移、撤退或者流浪等到达的革命青年，他们广泛地参与了上海的新文化运动，使上海成了新的文化中心。可见文坛的布局本身就已经发生了变化，所以文坛的重组与改造是势在必行。

成仿吾对文人大批南下之后剩下的文坛的把握可以说抓到了20年代文坛的主要特征。正是成仿吾所说的“周作人先生及他的Cycle”、北新书局、“无数的，没有课上的大学堂里念书的，未来的文人学士”等构成了 20 年代文坛的基本存在方式。[01] 不必说大家对新文坛的一致的负面评价，即使是正在形成中的京派文坛的文学生存方式，尤其是其作家们的生存方式，显然也是刚刚革命归来的成仿吾所不能容忍的。他认为，“……我们只要一加反省，就一定对于那些趣味家的态度感着不满”，“这种态度是享乐的而不是艺术的”，“至于那些胡说霸道的批评，做那些文字的人根本是没有艺术的良心的”，因为“他们只是凭自己的一知半解，或凭自己劣等的感情，出出风头，报报恩怨的”。[02]

但成仿吾并没有从“文坛登龙术”的角度去指责“某籍某系”霸占文坛，而是认为当时北京文坛的存在方式和状态是造成“乌烟瘴气”的客观原因。从这里可以看出，成仿吾的态度的确是严肃的。他认为北京的“以趣味为中心的文艺”产生于“以趣味为中心的生活基调”，“北京的周作人先生及他的 Cycle，北新书局及大学堂里念书的，他们的生活也许本来就奏着那样的 Rhythm 才有那样的文艺出现”。[03] 成仿吾的观点很快引起了一些青年读者的讨论。有人认为“我们的文坛是什么东西呢？它与一切旧社会的恶势力一样，应该是一个被打倒的东西了”[04]。所以成仿吾认为“现在已经是我们应该起来革命的时候”，他的用“十万两无烟火药”炸开“北京的乌烟瘴气”的“豪言壮语”并非一时心血来潮。[05]

变革文坛即要改变文学的基本存在方式。文学团体、图书报刊等出版物和出版发行网络自然是变革的现实对象。成仿吾针对的主要是文学团体的存在方式，所以他将批判的矛头指向了 Cycle、书局、大学堂。取消社团，将其联合改组成为“阵营”和“战线”当然是改变文学的小圈子存在状况的大方向。成仿吾似乎并没有考虑出版社和刊物的问题，但实际上它们和文学团体的存在方式是一而二、二而一的关系。“左联”成立之后，小团体的主要刊物，如太阳社的《海风周报》、鲁迅的《奔流》、郁达夫的《大众文艺》、现代社的《现代小

[01] 仿吾：《完成我们的文学革命》，《洪水》半月刊 1927 年 1 月 16 日第 3 卷第 25 期。
[02] 仿吾：《完成我们的文学革命》，《洪水》半月刊 1927 年 1 月 16 日第 3 卷第 25 期。
[03] 仿吾：《完成我们的文学革命》，《洪水》半月刊 1927 年 1 月 16 日第 3 卷第 25 期。
[04] 长风（很可能是楼适夷）：《新时代文学的要求》，《洪水》半月刊 1928 年 2 月 16 日第 3 卷第 27 期。
[05] 仿吾：《完成我们的文学革命》，《洪水》半月刊 1927 年 1 月 16 日第 3 卷第 25 期。

说》等都成为“左联”旗下的刊物，创造社出版部被封后转变而成的江南书店、太阳社的星野书店，以及后来的湖风书局、辛垦书店、南强书局等都成为“左联”或者“文委”的出版社。所以改变作家的存在方式的确是抓住了变革文坛的关键。

成仿吾提出“反省”文坛现状以促进“方向转换”并不是心血来潮，也不是说说而已。从广州到初到上海的一段时间内，创造社曾经有过和鲁迅建立联合战线的计划。在这一段时间内，鲁迅也说过创造社与自己关系颇好，[01] 鲁迅甚至说到广州后“同创造社联络，造一条战线，更向旧社会进攻……”[02] 学术界对鲁迅与创造社的此次联合计划也已做了周密的考证。然而，正如郭沫若所形象比喻的，“日本的火碰到了上海的水”，由于后期创造社成员的激进主张，郭沫若、成仿吾和鲁迅等的联合计划很快破产。[03] 在成仿吾与李初梨、冯乃超等回国之后，创造社最终放弃了与鲁迅的联合战线，转而猛烈地批判鲁迅、郁达夫和叶圣陶等文坛既成作家。

三、断裂或者延续：创造社的“普罗文学革命”逻辑

变革文坛自然不是提倡革命文学的充分条件。本章第一节已经指出革命文学中的“革命”其实主要是大革命参加者对“革命”的共同指认。革命文学的提出者有共产党、托派，也有国民党左派，甚至还有无政府主义者。大革命失败之后，革命文学的急剧流行，其中的参与者并非只有太阳社和创造社、托派、国民党左派青年，还有退出各个革命阵营的革命青年，他们共同参与了这次声势浩大的文学运动。前文也论述过，政治力量对因为各种原因到达以上海为中心的激进青年的争夺，以及激进青年对上海文化活动的全面参与，这是革命文学论争的大背景。创造社和太阳社所说的“转向”指的是走向共产党的马克思主义方向。虽然太阳社和创造社一样存在问题，但是因为太阳社全部都是党员，而且与党中央一些高层干部有直接或者间接的

[01] 鲁迅 1927 年 9 月 25 日致李霁野信中说：“创造社和我们，现在感情似乎很好。他们在南方颇受迫压了，可叹。看现在文艺方面用力的，仍只有创造、未名、沈钟三社，别的没有，这三社若沉默，中国全国真成了沙漠了。南方没有希望。”见《鲁迅全集》第十二卷，人民文学出版社 2005 年版，第 76 页。

[02] 鲁迅 1926 年 11 月 8 日致许广平信，《鲁迅全集》第十一卷，人民文学出版社 2005 年版，第 606 页。

[03] 郭沫若：《革命春秋》，人民文学出版社 1982 年版，第 289 页。

联系，所以从理论上讲他们并不存在“转向”的问题。而创造社本身则被党内看成是一群“德谟克拉西”，因而创造社的“转向”并非只是一个社团的问题，创造社能否将人性论的革命文学真正地整合进阶级论的革命文学，也即普罗革命文学中来，是关系到整个革命文学的“转向”能否“转向”以及以什么方式“转向”的重大问题。所以创造社转变的内在逻辑是变革文坛最为重要的理论问题。

创造社的“转向”发生在成仿吾去日本和李初梨、冯乃超等回国出版《文化批判》之后和放弃与鲁迅的联合战线的同时。也就是说，成仿吾等的激进计划是建立在对过去革命文学的批判基础之上的。那么“转向”后的创造社就必须直接面对如何重新表述过去提倡的革命文学，以及与鲁迅合作的问题，也即创造社“转向”的内在逻辑问题。

成仿吾等更加激进的主张的确是放弃与鲁迅的联合计划和“转向”的重要原因。夏衍也说，如果鲁迅和创造社联合起来，论战就可以避免“未免把问题看得太简单了”的情况。他认为“拉普”和福本主义理论都会使之不可避免。[01]“拉普”的极左文艺理论与福本主义理论是在革命文学论争中影响创造社理论活动最大的两个派别。不过“拉普”理论虽然极左，但也希望能够得到党的支持去建立以自己为核心的新格局。福本主义的分离结合的组织原则虽然强调斗争，但斗争的目的也是为了结合。成仿吾明确要求“谁也不许站在中间。你到这边来，或者到那边去”[02]。郑伯奇也认为“全文坛的论战，的确是不可多得的现象”，“同时，这也是文坛转变上必要的过程”。[03]冯乃超到晚年仍然坚持认为经历过论战之后的统一才是更好的统一，并且肯定后期创造社没有反对过联合鲁迅的主张。[04]所以，创造社掉转矛头批判鲁迅也并不意味着放弃了炸开“乌烟瘴气”的文坛的目

施存统译 福本和夫《社会进化论——社会的构成及变革过程》封面
大江书铺 1930 年版

[01] 夏衍：《懒寻旧梦录》（增补本），生活·读书·新知三联书店 2006 年第 2 版，第 92 页。
[02] 成仿吾：《从文学革命到革命文学》，《创造月刊》1928 年 2 月 1 日第 1 卷第 9 期。
[03] 何大白（郑伯奇）：《文坛的五月——文艺时评》，《创造月刊》1928 年 8 月 10 日第 2 卷第 1 期。
[04] 冯乃超：《鲁迅与创造社》，《新文学史料》1978 年第 1 辑。

标，而是因为他们的目标更为激进，范围更大。所以“拉普”与福本主义带给创造社的影响更多的是更为激进的革命目标，也即后期创造社提出的革命文学还是在成仿吾变革文坛计划的延长线上，可以用来解释必然爆发革命文学论战，但还不能解释创造社“突变”到批判鲁迅的内在逻辑。

创造社转变立场的内在逻辑还得从后期创造社对创造社发展历程的自我表述中去寻找。成仿吾、冯乃超和李初梨是创造社的主要理论家，尤其是冯乃超和李初梨两个后期创造社成员更为激进。成仿吾和李初梨曾建立起一套完整的以创造社为主角的革命文学历史叙述来论证革命文学的合法性。李初梨认为创造社是“站在小有产者的立场，承继中国文学革命的正统”，但在革命文学论争时期“已完全地失了它的革命的意义，它前期的历史的使命已经完结”，此后便是由“社会的客观条件”转变之后所决定的革命文学时期。[01] 李初梨的叙述显然已经将前后期创造社做出了切割。

与李初梨切割前后期创造社，突出后期创造社的革命文学意义有所不同，成仿吾强调了前期创造社向后期创造社转变的延续性，而并不是用一句流行的由“社会的客观条件”决定轻易地打发开去。《从文学革命到革命文学》是成仿吾去日本联络后期创造社成员之后发表的第一篇重要文章。成仿吾在这篇文章中宣称：

> 有人说创造社的特色为浪漫主义与感伤主义，这只是部分的观察。据我的考察，创造社是代表着小资产阶级（Petit bourgeois）的革命的“印贴利更追亚”。浪漫主义与感伤主义都是小资产阶级特有的根性，但是在对于资产阶级（Bourgeois）的意义上，这种根性仍不失为革命的。
>
> 是这种创作方面的努力救了我们全文学革命的运动。创造社以反抗的精神、真挚的热诚、批判的态度与不断的努力，一方面给予觉悟的青年以鼓励与安慰，他方面不息地努力完成我们的语体。由创造社的激励，全国的‘印贴利更追亚’常在继续地奋斗，文学革命的巨火至今在燃，新文化运

[01] 李初梨：《怎样地建设革命文学》，《文化批判》1928年2月15日第2号。

动幸而保存了一个分野。[01]

这段叙述把守“艺术之宫”的创造社重新构造成力挽狂澜拯救新文坛的英雄。

值得注意的是，成仿吾对作为创造社转换关键的“小资产阶级特有的根性”“不失为革命的”的论述。他认为创造社“不失为革命的”表现在“反抗的精神、真挚的热诚、批判的态度与不断的努力”上，也即肯定了小资产阶级的进步性。小资产阶级问题是整个革命文学史中一个极为重要的理论问题，与理论上的重要性相比，对小资产阶级的价值判断十分低下。现代文学史上正面肯定小资产阶级有限的革命意义的理论家并不多见，主要是茅盾及“第三种人”，成仿吾为了建构起创造社的革命形象肯定小资产阶级“不失为革命的”也是其中之一。成仿吾肯定创造社的小资产阶级的革命性并非偶然。他并非不知道马克思主义阶级话语对小资产阶级两重性的历史判断，在同一篇文章中他还批评过“睡在鼓里面的小资产阶级”。可以认为，他的这段叙述主要就是要用小资产阶级的革命性来将自己过去的人性论革命文学话语重新整合进阶级论革命文学的发展脉络中。

事实上，主张和鲁迅联合的郭沫若，以及联络鲁迅建立联合战线的郑伯奇，都曾以各自的表达方式处理过与鲁迅联合失败的问题，他们也并不回避曾经有过的和鲁迅的合作计划。郑伯奇对于鲁迅批评创造社感到“意外”，同时指责鲁迅“首先反对了”创造社对文坛的批评，“这是一种倾向必然落没的路径”“这里有必然的因果律在”，郑伯奇虽然没有指出“必然的因果律”的所在，但也不外是李初梨所说的“社会的客观条件”，强调后期创造社的社会责任。[02] 郭沫若后来的说法同样逃脱不了这个范围，但他对前期创造社有更多的解释。他认为在革命文学论争之前创造社与鲁迅都是“有产者社会中比较进步的‘因迭里根沿’的集团”，“说得刻薄一些便是旧式文人气质未尽克服的文学的行帮和文学的行帮老板而已”。[03] 可见郭沫若并没有解释

---

[01] 成仿吾：《从文学革命到革命文学》，《创造月刊》1928 年 2 月 1 日第 1 卷第 9 期。

[02] 何大白（郑伯奇）：《文坛的五月——文艺时评》，《创造月刊》1928 年 8 月 10 日第 2 卷第 1 期。

[03] 郭沫若：《“眼中钉”》，《拓荒者》1930 年 5 月第 4、5 期合刊。

前后期之间的内在关联，而且对前期创造社的理解也并没有超过成仿吾的小资产阶级革命性的说法，甚至比成仿吾更为直接地承认了文坛逻辑的存在。

转变立场本身并没有道德评价可言。见风使舵固然可耻，见贤思齐也应是君子所为，更不用说“君子豹变”。因此，更重要的是其转变的内在理路应该获得理论上的有效阐释。问题的困难之处主要在于，被视为转变关键的小资产阶级论述虽然将人性论的革命文学话语整合进了阶级论革命文学发展脉络之中，但“小资产阶级特有的根性”的“革命性”很容易被解构成为“文坛登龙”的“翻着筋斗的小资产阶级”的劣根性，因而对创造社转变逻辑就出现两种互相矛盾的评价。一方面，成仿吾认为是小资产阶级批判性的革命逻辑，另一方面，鲁迅等认为创造社的转变来源于文坛本身的逻辑，是文坛意气之争、“抄袭”、“模仿烧直”、“吹嘘同伙”等小资产阶级劣根性的表现。

创造社“转变”之后，将叶圣陶作为文学研究会代表，鲁迅作为语丝社主角，郁达夫作为创造社的代表等过往历史，铆足火力，大加挞伐。[01]这种不大合乎“坚守”信念的革命逻辑受到了鲁迅、郁达夫及其他一些批评家的怀疑和嘲笑。郁达夫批评创造社提倡无产阶级文学是在“抄袭外国的思想”“模仿烧直”。[02]鲁迅同样对创造社接受和提倡革命文学的逻辑前提表示怀疑。1928年，成仿吾东渡日本，日本无产文艺月刊《战旗》的报道尊其为“可尊敬的普罗塔里亚特作家”。鲁迅在文章中同样嘲笑成仿吾宣称自己是普罗作家，却可能在修善寺享用并非无产阶级生活方式的温泉。[03]可见鲁迅对成仿吾的批评的前提是普罗作家与小资产阶级作家存在方式的根本差异。他还批评“创造社前年招股本，去年请律师，今年才揭起‘革命文学’的旗子”[04]，“招牌是挂了，却只在吹嘘同伙的文章”[05]，问黄包车夫并未派遣“无产阶级文学使者”，“只好在大屋子里寻，在客店里寻，在洋人

[01] 李初梨：《艺术与社会生活》，《文化批判》1928年1月15日创刊号。

[02] 曰归（郁达夫）：《无产阶级专政和无产阶级的文学》，《洪水》半月刊1927年2月1日第3卷第26期。

[03] 鲁迅：《文坛的掌故》，《鲁迅全集》第四卷，人民文学出版社2005年版，第127页。

[04] 鲁迅：《“醉眼”中的朦胧》，《鲁迅全集》第四卷，人民文学出版社2005年版，第64页。

[05] 鲁迅：《文艺与革命》，《鲁迅全集》第四卷，人民文学出版社2005年版，第85页。

家里寻，在咖啡馆里寻”[01]等。鲁迅对创造社的这些批评都在论证创造社“转变”后提倡革命文学，但骨子里并没有真正改变，仍然还是“翻着筋斗的小资产阶级”[02]。

四、从“奥伏赫变”到革命文学阵营

成仿吾虽然用小资产阶级的“革命性”将创造社前后变化整合起来，但其回国之后的理论整合总体上并不十分成功。已经有学者指出，在革命文学论争发生前后，前期创造社的革命文学话语其实是以道德、人性为基准的。[03]成仿吾在去日本联络李初梨等后期创造社理论家之前，用道德、人性来规定革命文学，他强调文学的永恒批判意义。[04]这从他对文坛现状的批评强调“反省”，认为“我们要拿出勇气来打倒这种不诚实的，非艺术的态度”的说法中也可见一斑。[05]从日本回国“转换方向”之后，成仿吾的阶级话语仍然露出人性论的马脚。他在考察“怎样才能转换方向”的论文中宣称：“我们目前所要的批判必然地是我们的文艺的良心的总结算。没有这种全部的总结算，我们的文艺的方向转换是不能实现的。”[06]但他的“良心论”很快受到了太阳社的钱杏邨和杨邨人的嘲笑。[07]

创造社一直在呼吁成立联合战线，问题是建立联合战线必须不同于与鲁迅联合时的合作基础。鲁迅说自己有点野心，他到广州后“同创造社连（联）络，造一条战线，更向旧社会进攻……”[08]，他也说过当时创造社在南方受到压迫，[09]可见此前准备联合的基础是在“向

[01] 鲁迅：《路》，《鲁迅全集》第四卷，人民文学出版社2005年版，第90页。

[02] 鲁迅：《上海文艺之一瞥》，《鲁迅全集》第四卷，人民文学出版社2005年版，第306页。

[03] 曹清华：《中国左翼文学史稿》，中国社会科学出版社2008年版，第一章。

[04] 成仿吾：《革命文学与他的永远性》，《创造月刊》1926年6月16日第1卷第4期。

[05] 仿吾：《完成我们的文学革命》，《洪水》半月刊1927年1月16日第3卷第25期。

[06] 成仿吾：《全部的批判之必要——如何才能转换方向的考察》，《创造月刊》1928年3月1日第1卷第10期。

[07] 钱杏邨：《批评与抄书》，《太阳月刊》1928年4月1日4月号。杨邨人：《读成仿吾的〈全部的批判之必要〉》，《太阳月刊》1928年4月1日4月号。

[08] 鲁迅1926年11月8日至许广平信，《鲁迅全集》第11卷，人民文学出版社2005年版，第606页。

[09] 鲁迅1927年9月25日至李霁野信中说：“创造社和我们，现在感情似乎很好。他们在南方颇受迫压了，可叹。看现在文艺方面用力的，仍只有创造、未名、沈钟三社，别的没有，这三社若沈默，中国全国真成了沙漠了。南方没有希望。”见《鲁迅全集》第十二卷，人民文学出版社2005年版，第76页。

旧社会进攻”，而这不过是大革命时期革命文学话语的共同目标，并不能够重新解释新的联合问题。成仿吾在《从文学革命到革命文学》中虽然激烈批判文坛其他派别，但也提出了一个口号：“革命的‘印贴利更追亚’团结起来！”[01] 成仿吾提出的革命的知识阶级的说法和他这篇文章中用小资产阶级的革命性来连接前后期创造社转变的逻辑是一致的。在稍后的《文化批判》第 4 号中，成仿吾再次呼吁：“知识阶级的战斗的分子团结起来！”[02] 郭沫若认为“我们应该组织一个反拜金主义的文艺家的大同盟”[03]。郑伯奇也主张“中国革命的现阶级，就我个人的观察，一切革命行动还都集中在反帝国主义的战线上”，同时又补充了“帝国主义的附属物”，“军阀，官僚，买办，劣绅，土豪及至新生的反动势力都是帝国主义手中所操纵的傀儡”。[04] 但所有这些主张都还没有超出此前与鲁迅合作的理论基础。

要重新建立联合战线必须回答鲁迅和郁达夫提出的小资产阶级难题。作为小资产阶级的创造社能否创造无产阶级文学的问题本是托洛茨基革命文学理论的一个重要部分，已经有学者提出过鲁迅“革命人”观点与托洛茨基理论观点的血缘性，但问题是鲁迅提出的“革命人”观点不只是一个简单的移植，鲁迅的“拿来主义”主要还是针对创造社等提出的普罗文学的现实问题，李初梨可以问鲁迅是第几阶级，鲁迅同样也可以反问冯乃超等创造社作家。虽然创造社前后“转变”的内在逻辑由成仿吾做出了合乎当时已有中国马克思主义理论关于小资产阶级二重性的解释，但小资产阶级的革命性并不能保证自身能够真正成为无产阶级，更不用提能否写作无产阶级文学。[05] 此前成仿吾提出的获得无产阶级意识的“奥伏赫变”（Aufheben）理论被鲁迅解释成“除掉”的意思，从而引出彭康的《“除掉”鲁迅的“除掉”！》，结果引起鲁迅和郁达夫的重新商讨，不过彭康对“奥伏赫变”的解释纵然符合黑格尔原意，但创造社也的确只是在“除掉”过

---

[01] 成仿吾：《从文学革命到革命文学》，《创造月刊》1928 年 2 月 1 日第 1 卷第 9 期。

[02] 厚生（成仿吾）：《知识阶级的革命份子团结起来！》，《文化批判》1928 年 4 月 15 日第 4 号。

[03] 麦克昂（郭沫若）：《桌子的跳舞》，《创造月刊》1928 年 5 月 1 日第 1 卷第 11 期。

[04] 何大白：《文坛的五月——文艺时评》，《创造月刊》1928 年 8 月 10 日第 2 卷第 1 期。

[05] 鲁迅在《“醉眼”中的朦胧》中指成仿吾和李初梨“获得大众”理论的“朦胧”，就反指创造社的小资产阶级身份能否真正成为无产阶级的问题。

去，没有真正坚持其保存和提高的意义维度，也没有能够真正去“克服”小资产阶级的问题。

所以，革命文学论争期间理论的“缺乏”是一个普遍的问题。[01] 鲁迅在革命文学论争期间翻译了苏联《文艺政策》，片上伸的《现代新兴文学的诸问题》，卢那察尔斯基的《艺术论》，以及《壁下译丛》中许多新兴理论著作。这是鲁迅理论翻译最多的一个时期。这不仅是因为革命文学论争“挤”鲁迅看了“几本科学的文艺论”，使鲁迅看到马克思主义阐释文艺问题的犀利，更是因为鲁迅也急需马克思主义理论。“左联”成立之前曾希望“等待有一个能操马克斯（思）主义批评的枪法的人”来参加论战，在“左联”成立之初也疾呼“我们要批评家”，“真懂得社会科学及其文艺理论的批评家”。成仿吾同样感到自己理论的不足，在论争后期他已决定到马克思故乡去学习马克思主义。所以鲁迅看到成仿吾“摇身一变而成为‘石厚生’，接着又流星似的消失了”[02]。

鲁迅译卢那察尔斯基《文艺与批评》，水沫书店 1930 年版

理论“缺乏”是不满意理论现状的另外一种说法，主要是当时的理论批评还缺乏足够的能力去阐释革命文学所遇到的问题。革命文学论争期间涉及的理论问题众多，仅就理论话语形态而言，就有人性论革命文学、“拉普”理论、福本主义理论、托洛茨基革命文学理论、普列汉诺夫文艺思想等。具体到成仿吾等曾经的人性论革命文学主张者来说，“缺乏”所揭示的难题可能更意味着他们所掌握的马克思主义理论还不足以完成对人性论革命文学的整合，更不能回答鲁迅借托洛茨基理论提出的问题。

同时，在革命文学的大题目下已经出现了花样繁多的“革命艺术”口号，冯乃超当时已经提出“怎样地克服艺术的危机”的问题。当时无政府主义者猛烈批判创造社和太阳社的“无产阶级艺术”，提出应该提倡“民众艺术”，郁达夫也提出“农民文学”，后来还有改组

[01] 鲁迅在 1928 年 7 月 22 日给韦素园的信中说：“以史底（地）惟（唯）物论批评文艺的书，我也曾看了一点，以为那是极为直捷（接）爽快的，有许多昧暧难解的问题，都可说明。但近来创造社一派，却主张一切都非依这史观来著作不可，自己又不懂，弄得一榻（塌）糊涂……”见《鲁迅全集》第十二卷，人民文学出版社 2005 年版，第 125 页。

[02] 鲁迅：《我们要批评家》，《萌芽》月刊 1930 年 4 月 1 日第 1 卷第 4 期，收入《三闲集》，见《鲁迅全集》第四卷，人民文学出版社 2005 年版，第 246 页。

發刊詞

《国民文学》发刊词

派文学刊物提出来的“国民文学”，等等，而反对普罗文学的更不知凡几。冯乃超呼吁“我们的斗争的对象不能不直接向借革命艺术的美名密输布尔乔亚的意识的所谓‘民众艺术’‘农民艺术’，揭破它的美丽的面绡，暴露愚民政策的真相”[01]。但缺乏足够的理论整合能力就无法真正“揭破”和“暴露”其他革命文学理论的问题。

实际上到了1928年8月，鲁迅和创造社的论战基本上已经停止。在互相指责对方的主张和批判为文坛逻辑之时，至少说明创造社已经明白鲁迅等并非要批评革命文学有什么不对，而主要针对的是提倡者，那么双方就并非都反对革命文学本身，也就等于已经在革命文学上存在一定的共识。郑伯奇说：“我们所批评的不是鲁迅个人，也不是语丝派几个人，乃是鲁迅与语丝派诸君所代表的一种倾向。”创造社提倡革命文学并非没有合理之处，不可否认成仿吾和创造社的革命文学仍然有其合理性内容，所以郑伯奇反问创造社对鲁迅的批评“我们有私心么”。他也明白鲁迅对革命文学的批评并没有批评革命文学本身的问题。[02]既然鲁迅批评的并非革命文学本身，那么郭沫若等所认为的，鲁迅只是在批评革命文学不过是创造社“那几个‘流痞’所想出的骗钱的幌子”，也就不符合鲁迅批评的深意。[03]那么论争双方的合理性就已经使能够统一的基础浮出了水面。

然而在缺乏足够的理论整合能力的情况下，革命文学论争到后来，各方已经将反对方的批评看成是文坛逻辑的结果。不仅是创造社的转变被鲁迅等创造社的批判者视为“投机”，太阳社也批评创造社是留学生包办的团体，[04]郑伯奇也义愤填膺地指责批评者的态度属于“基尔特感情”。在革命文学论争后期，郑伯奇批评有些人对创造社的批评动机不良，“别说‘革命文学’，就是‘无产派的文学’我本来都是要讲的，但是你们不客气地先我而提倡革命文学，而且要批评我，批评到既成文坛权威的我，我便先起来反抗，给你们一个当头的

[01] 冯乃超：《怎样地克服艺术的危机》，《创造月刊》1928年9月10日第2卷第2期。

[02] 何大白（郑伯奇）：《文坛的五月》，《创造月刊》1928年8月10日第2卷第1期。

[03] 郭沫若：《创造十年·发端》，《学生时代》，人民文学出版社1979年版，第25页。

[04] 编者：《编后》，《太阳月刊》1928年3月1日3月号。

打击”，他认为“这回的论战中，一般对于创造社的不满和非议，我们不敢断定完全出于这种基尔特感情的作用。这其中有一部分是由于意德沃罗基的相异。但是至少有一部分可以说是受这种感情支配的。而这一部分的人们，他们的作战，把辛辣恶劣的一切手段都对我们用尽了”。[01] 郑伯奇的说法应该是包括鲁迅和郁达夫在内的。

真正能够尝试解决理论难题的是李初梨从日本转引自卢卡奇的自然生长与目的意识理论。李初梨在《自然生长性与目的意识性》中首先否认了现实无产阶级的阶级意识属于无产阶级意识，也就回答了鲁迅说黄包车夫没有派遣无产阶级文学使者的问题；其次引述卢卡奇《历史与阶级意识》理论盟友柯茨基的无产阶级意识是外部输入的理论，也即肯定了知识分子可以获得无产阶级意识来创作无产阶级文学的观点。[02]

既然已经具有共同理论基础，也就不难理解鲁迅与创造社、太阳社的论争在文学史叙述中常常被处理成革命文学阵营的“内部矛盾”。李何林的《近二十年中国文艺思潮史论》最早建立起鲁迅与创造社、太阳社等革命文学阵营“内部矛盾”的历史叙述。近年来已经有学者指出过“内部”所隐含的历史建构问题。本书后面还将论述革命文学论争的各个团体和派别并非“内部”的问题。不过，要将革命文学论争处理成“内部矛盾”的前提，叙述者还必须将“内部矛盾”具体化为理论问题，否则无法解释几者之间发生的冲突。所以宗派主义实际上就成为革命文学阵营“内部矛盾”的“合理化”阐释，宗派主义毫无疑问被认为是小资产阶级劣根性的一种表现。由此角度来看，李何林的革命文学阵营“内部”的宗派主义的阐释方式并非没有合理之处，因为毕竟鲁迅与创造社、太阳社等联合起来并最终成立了“左联”。而从这个意义上说，创造社的转变就成了 20 年代激进文坛转变为“左联”的一个重要表征。

五、敞向鲁迅的“窄门”

创造社可以自认为通过“奥伏赫变”抵达了革命文学阵营，而且这些被党内视作“德谟克拉西”的小资产阶级的确最终大部分都成了

[01] 何大白（郑伯奇）：《文坛的五月》，《创造月刊》1928 年 8 月 10 日第 2 卷第 1 期。
[02] 李初梨：《自然生长性与目的意识性》，《思想》1928 年 9 月 15 日第 2 期。

中共党员，他们当中相当一部分人直接参与了革命工作，甚至为革命事业献出了自己的生命。但对于鲁迅抵达革命文学阵营的“窖门”，却绝不是能够将过往与今日切开的“目的意识”所能够敞开的。没有鲁迅参加的“左联”固然不会默默无闻，但其光辉绝不会如实际那么灿烂；只有有鲁迅参与的“左联”才能使左翼文学的历史价值抵达其最深和最广的区域。然而事实上应该如何处理鲁迅在左翼文学中的身份一直是革命文学阵营难以解决的问题。

梳理左翼的鲁迅评价史理论任务十分烦琐，鲁迅参与“左联”及参与的方式直接关系到 30 年代左翼文坛的存在。冯雪峰曾经给予鲁迅在左翼文坛上的作用以很高的评价。他认为，30 年代国民党残酷压迫，“左联”不断犯错误，但“左联”最终能够存在，没有被打垮，一方面固然有党的领导，有进步青年的支持，但“从‘左联’这团体和它的活动来说”，也即从左翼文坛的存在角度来说，“就因为有鲁迅先生在。在那时候，只要有鲁迅先生存在，‘左联’就存在。只要鲁迅先生不垮，‘左联’就不会垮。只要鲁迅先生不退出‘左联’，不放弃领导，‘左联’的组织和它的活动与斗争就能够坚持”[01]。冯雪峰的话虽然有其“党给鲁迅以力量”的论述逻辑，但并不是一个过高的评价。冯雪峰说过一句实在话，“他的名誉和地位，也使国民党难以对付”。这句话就已经足够证明鲁迅所能够给左翼文坛的力量。[02]

从更小范围内的革命文学阵营的形成过程来看，如何评估鲁迅及安排鲁迅的位置，在其现实和理论上存在难以弥合的紧张关系。

从现实角度来说，革命文学阵营的确尊重鲁迅的文坛领袖地位，但这种尊重建立在党组织决定等现实原则之上，而不是真正从理论上说服自己。“左联”给鲁迅“安排”的实际地位是其参与，以及如何参与“左联”的最好说明。阿英回忆，左联七位常委沈端先、冯乃超、钱杏邨、鲁迅、田汉、郑伯奇和洪灵菲分别代表前后期创造社、太阳社、语丝社、南国剧社和并入太阳社的我们社。[03]“左联”常委当然有鲁迅在列，但还不能突出鲁迅的地位。夏衍的回忆更详细，他说：“鲁迅是旗手，是盟主，这是没有问题的，但也讨论过用什么名

[01] 冯雪峰：《回忆鲁迅》,《雪峰文集》第 4 卷，人民文学出版社 1985 年版，第 166 页。
[02] 冯雪峰：《回忆鲁迅》,《雪峰文集》第 4 卷，人民文学出版社 1985 年版，第 167 页。
[03] 吴泰昌记述：《阿英忆左联》,《新文学史料》1980 年第 1 期。

义的问题。有人建议叫委员长，有人建议叫书记长……同时，我们也和鲁迅讲明，他是我们的领导人……”[01] 不过他仍只说出了部分真实，另一部分真实就是茅盾所说的，鲁迅是“统战对象”，“左联”盟员中的党员“多数对他是尊敬有余，服从则不足”[02]。

问题并不在于鲁迅的崇高地位，而在于“安排”鲁迅地位的方式。对于“左联”常委的安排，阿英说是经过发起人协商，文委通过，中央同意，大会表决的，可以想见“左联”的成立历程已经相当地政治化，拥戴鲁迅作为“左联”领袖的做法当然更是政治运作的结果。政治运作并没有什么值得批评的地方，政治运作是一种已经被革命文学阵营采纳的变革文坛、改变文坛运作方式的手段，也是变革激进文坛成为“左联”的实际结果，所以政治运作的改造手段本身是变革文坛的具体实践。但是，作为实践手段的政治运作与其在理论上的解释并不合拍。夏衍对此说得很隐晦：“在成立‘左联’的时候，我们在组织上服从了党的意见，与鲁迅实行了联合，并以他为‘左联’的领导人，但在思想上显然与鲁迅还是有差距的。”[03] 其真实的含义自然是，在当时，他们认为鲁迅的思想和自己存在差距。

“左联”成立初期，革命文学阵营内部曾经有过对革命文学论争的“自我批判”。这是创造社、太阳社和其他参与者给鲁迅重新定位的一次机会。郭沫若在《“眼中钉”》中认为鲁迅和创造社都是“比较进步的‘因迭里根治’的集团”，“左联”成立之后“都同达到了一个阶段，同立在了一个立场”。[04] 这是郭沫若在“左联”成立之后表示清算过去与鲁迅的恩怨达成和解的一篇重要文章。郭沫若的这篇文章应该是“左联”成立之后创造社、太阳社和鲁迅达成集体和解努力的一个部分。大约在同时，钱杏邨发表了肯定鲁迅价值的《鲁迅》[05]，潘汉年发表了清算周毓英靠拢张资平问题的《普罗文学运动与自我批判》[06]，郭沫若在文章中说“‘语丝派’这个小团体现在已由

[01] 夏衍：《懒寻旧梦录》（增补本），生活·读书·新知三联书店2006年第2版，第99—100页。
[02] 茅盾：《我走过的道路》（上），人民文学出版社1997年第2版，第476页。
[03] 夏衍：《“左联”成立前后》，《左联回忆录》（上），中国社会科学出版社1982年版，第37页。
[04] 郭沫若：《“眼中钉”》，《拓荒者》1930年5月第4、5期合刊。
[05] 钱杏邨：《鲁迅》，《拓荒者》1930年2月10日第1卷第2期。
[06] 潘汉年：《普罗文学运动与自我批判》，《拓荒者》1932年2月10日第1卷第2期。

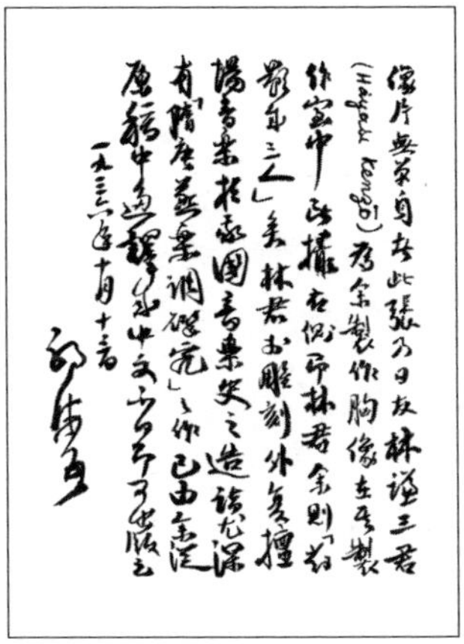

1936年郭沫若自我介绍手记

鲁迅先生的自我批判把它扬弃了”，指的是鲁迅的《我和〈语丝〉的始终》[01]。郭沫若将鲁迅和创造社以同一种方式抵达革命文学阵营的方式归为一类来看待，也就切断了鲁迅思想的连续性，显然不符合事实，也不符合鲁迅及当时“左联”内部的普遍看法。冯雪峰也说太阳社的蒋光慈一直不尊重鲁迅，阿英在“左联”成立之后也不承认攻击鲁迅有错。[02]

倒是硬气的阿英揭示出“左联”内部对鲁迅理论评价的困难。阿英对与鲁迅的联合并不情愿，直到代表党中央说话的潘汉年说明要与鲁迅联合之后，他才认真地考虑与鲁迅的合作问题，所以他说：“这次打招呼之后，我们已感到联合是必然的大势，所以在行动上开始注意这个问题。”[03] 阿英在发表了其著名的《死去了的阿Q时代》之后，也显然是由于党组织压力才写下了《鲁迅》这篇试图容纳鲁迅于革命文学阵营的文章。因为前面已经提到冯雪峰说阿英在“左联”成立之后并不认错的事情。阿英肯定“鲁迅的反封建的创作，在当时曾发生过巨大的作用，起过很强烈的反映”，但也认为“这种作用在革命的现阶段已经是消蚀了他的尖端的力量，这也是绝对不应该否认的事实”。[04] 可见即使是在党组织的压力之下，阿英试图在一定程度上肯定鲁迅，但仍然对其价值有相当的保留，也即说，“左联”内部还不能从理论上真正将鲁迅整合进普罗文学中。

冯雪峰最早尝试用“同路人”（Fellow-traveller，冯雪峰译为“追随者”）理论容纳鲁迅进入革命文学阵营。不过需要注意的是，一般人误认为“同路人”是托洛茨基的独特理论，但实际上列宁早已在其知识分子政策理论中使用过这个概念。[05] 列宁对知识分子的看法并不固定，1905年革命失败之后，列宁提出了知识分子两面性的

[01] 鲁迅：《我和〈语丝〉的始终》，《三闲集》，《鲁迅全集》第四卷，人民文学出版社2005年版。

[02] 冯雪峰：《一九二八至一九三六年间上海左翼文艺运动两条路线斗争的一些零碎参考材料》，《雪峰文集》第4卷，人民文学出版社1985年版，第532页。

[03] 吴泰昌记述：《阿英忆左联》，《新文学史料》1980年第1期。

[04] 钱杏邨：《鲁迅》，《拓荒者》1930年2月10日第1卷第2期。

[05] 列宁：《列宁全集》第20卷，人民出版社1989年版第2版，第99页。

看法，认为他们具有“过渡的”和“不稳定”的特点。[01] 托洛茨基将“同路人”概念移植到文学领域。他认为“同路人”文学是“对自己不安和怀疑的两重性”的，“没有从整体上把握革命”的作家的“一种过渡的艺术”。[02] 可见他保留了列宁对“同路人”概念的基本看法。目前没有任何证据证明冯雪峰的“同路人”理论直接来源于列宁，但是他使用的“同路人”概念直接采用了列宁提出的知识分子具有“过渡的”与“不稳定”的特性的观点。

“同路人”理论是“左联”成立前后最成功地将鲁迅容纳进“左联”的理论。太阳社成员楼适夷曾经回忆当年自己在处理鲁迅与革命文学理论之间矛盾时对冯雪峰观点的说服力的认同。[03] 也有日本学者专门讨论过冯雪峰的“同路人”理论问题。最早向中国文坛输入“同路人”概念的，据学者考证是蒋光慈，[04] 当然鲁迅也是“同路人”理论在中国最重要的介绍者和使用者。而且鲁迅也曾有过自己是“同路人”的说法。需要提出的是，“同路人”理论所给予的知识分子的革命追随者的身份只是运动性和暂时性的，实质上是一个革命主体实行阶级意识审查权力的装置。“同路人”理论仍然保留对革命追随者的基本判断，不过给的是一个更为宽容的位置而已，是否真正转变成了同志还必须得到革命主体的审查承认。只有在此基础之上，我们才能理解茅盾对鲁迅在革命文学阵营中处于“统战对象”地位的判断。

其实鲁迅对自己之于革命文学阵营的地位并非没有自己的估计。鲁迅在指出无产阶级文学使者并非黄包车夫所派遣，用以暗示革命文学家的小资产阶级身份之后，说：“出路是有的，何以无呢？只因多鬼祟，他们将一切路都要糟蹋了。这些都不要，才是出路。”其中“鬼祟”影射革命文学“糟蹋”了出路，接着引用自己的《野草·序》中“地火”“将烧尽一切野草，以及乔木，于是并且无不可

[01] 杨凤城：《中国共产党的知识分子理论与政策研究》，中共党史出版社 2005 年版，第 16 页。

[02] 托洛茨基著，刘文飞等译：《文学与革命》，外国文学出版社 1992 年版，第 41—43 页。

[03] 楼适夷说自己“从小跑四马路，花几个铜子，每期都买《语丝》”，虽然看到鲁迅是一个不谈革命的“趣味派”，但读起来的确有趣，然而自己所尊敬的老师和同志都在批判鲁迅，这个时候正是冯雪峰的《革命与智识阶级》解释“鲁迅是我们的朋友，他是革命的，应该团结”，“使我恍然大悟”。见楼适夷：《雪峰啊雪峰》，《适夷散文选》，人民文学出版社 1994 年版，第 49 页。

[04] 齐晓红：《蒋光慈与“同路人”的输入》，《中国现代文学研究丛刊》2006 年第 12 期。

朽腐”一句。[01] 可见他对革命文学有所期待，需要时时批判革命文学家的“糟蹋”。所以鲁迅对自己加入“左联”动因的解释是“梯子论”。他在给章廷谦信中解释自己加入“左联”的动因时说：“但愿有英俊出于中国之心，终于未死，所以此次又应青年之请，除自由同盟外，又加入左翼作家连（联）盟”，为此甘愿做梯子而不足惜。[02] 不过“梯子论”是私下信件，并不为众人所知。但“梯子论”也同样是鲁迅“肩住了黑暗的闸门”思想的另一种比喻方式。

打破鲁迅只是“同路人”的暂时性地位的是瞿秋白著名的“从进化论到阶级论”的历史叙述。瞿秋白对“革命作家”的界定强调了其共同的社会特性，认为“革命的作家总是公开地表示他们和社会斗争的联系”，在此意义上他肯定了鲁迅从进化论到阶级论时期的连续性。革命文学论争前后，肯定革命文学的批判性和战斗性的文章非常多，而且瞿秋白并不能摆脱普罗文学的意识形态标准，他虽然高度赞扬鲁迅“是经历了辛亥革命以前直到现在的四分之一世纪的战斗，从痛苦的经验和深刻的观察之中，带着宝贵的革命传统到新的阵营里来的”[03]，但他说鲁迅成为无产阶级“真正的友人，以至于战士”已经显示出对于“战士”身份的一些犹疑。因此，瞿秋白关于鲁迅思想的叙述也不是惊人之见，他的特殊之处是紧紧抓住了鲁迅“黑暗的闸门”的象征。从这个意义上来说，瞿秋白给了鲁迅成为无产阶级战士的一道“窄门”。

---

[01] 鲁迅：《路》，《三闲集》，《鲁迅全集》第四卷，人民文学出版社 2005 年版，第 90—91 页。

[02] 鲁迅：《鲁迅全集》第十二卷，人民文学出版社 2005 年版，第 226 页。

[03] 瞿秋白：《〈鲁迅杂感选集〉序言》，《瞿秋白文集》（文学编）第 3 卷，人民文学出版社 1985 年版，第 115 页。

第三章

“左联”的成立及其活动

每一场文学运动，都含有对新的历史图景的召唤。1928 年革命文学论争之初，成仿吾即在描绘“从文学革命到革命文学”的蓝图时，呼吁“革命的‘印贴利更追亚’团结起来”[01]。同年 10 月，创造社的冯乃超和太阳社的阿英，已开始“分头去串联……联系了原文学研究会和语丝社的不少人”。论战的几方，在 12 月 30 日联合成立了中国著作者协会[02]，到会近百人，发起人 42 人，选出 9 人为执行委员。[03] 中国著作者协会的规模远大于五四时期的文学社团，虽然存在时间不长，很快自动解散，但它成了 30 年代文学社团联合的开端和尝试，是中国现代史上最早的作家“联盟”。1930 年 3 月 2 日，中国左翼作家联盟（简称“左联”）在上海成立，这可以说是对革命文学倡导者召唤“团结”的最好回应。“左联”存在六年，不仅为一个时代命名——30 年代由此被称为左翼时代，也为一群文化人命名——左翼知识分子和左翼作家。在自由主义知识分子成为政府的

[01] 成仿吾：《从文学革命到革命文学》，《创造月刊》1928 年 2 月第 1 卷第 9 期。“印贴利更追亚”是知识分子的音译。

[02] 中国著作者协会的成立情况，参见吴泰昌记述：《阿英忆左联》，《新文学史料》1980 年第 1 期。

[03] 荣太之：《中国著作者协会成立的报道和宣言》，《新文学史料》1980 年第 3 期。阿英发表的中国著作者协会报道刊于《海风周报》1929 年 1 月 6 日第 6 期；宣言发表于《思想月刊》1929 年 1 月第 5 期。文中所提及的发起人和到会人数，皆得于阿英报道和协会宣言。《思想月刊》是后期创造社的朱镜我等人在《文化批判》被查禁后创立的刊物。

诤友，自由主义作家追求纯正的文学趣味时，左翼知识分子成为政府的反对派，左翼作家以笔为旗，反抗专制政权，批判社会黑暗，用左翼文学这一新的文学范式，为新社会的远景而战斗。30 年代文学史的特点，因“左联”这一左翼文化人的组织而得以彰显；左翼时代文学的是是非非，也都和“左联”有关。

一、“左联”成立之前：共产党与革命作家

30 年代文学史最大的特点是党派势力介入文学。

五四时代，对立的是新旧迥异的文化观念，文化与政治、文学和政党始终保持一定距离，即便文学运动的背后依然是政治关怀。《新青年》向社会如此宣布自己的办刊宗旨与立场：“我们主张的是民众运动社会改造，和过去及现在各派政党，绝对断绝关系。”[01] 这和蔡元培改革北大，将大学定位为“纯粹研究学问之机关”“非为做官”[02]，是相同的启蒙思路。可以说，陈、蔡两位老革命党各领导了一刊一校，也引领了五四时代的文化风尚。而左翼时代，文坛与政党纠结在一起，政党的对抗也表现为文学的对抗。左翼时代文学史的诸多特点，也由此而生。

国共两党政治观念对立，对 30 年代文学的评价也截然相反，但对左翼文学的兴起和发展，不但历史叙述的基本情节颇为一致，而且也都以政治斗争为线索，将文坛视作了两党斗争的“文化战线”。左翼文学兴起和展开的情节，大致如下：大革命失败—革命文学论争—停止论争联合鲁迅—“左联”成立。之后在国民党政府的文化围剿中，自始至终就是共产党领导的左翼文学和“左联”取得全面胜利。

1940 年，毛泽东在陕甘宁边区文化协会第一次代表大会上演讲，题为《新民主主义的政治与新民主主义的文化》，后改为《新民主主义论》。两个题目的变化，清晰地呈现出政治家的眼光与论述策略：文化与政治同是新民主主义革命的两条战线。毛泽东关于左翼文化的论述，在很长一段时间内，不但主导了大陆现代文学史的研究，甚至

---

[01]《本志宣言》，《新青年》1919 年 12 月第 7 卷第 1 号。

[02] 蔡元培 1917 年《就任北京大学校长演说词》和 1918 年《北京大学开学式之言说》，收入《蔡孑民先生言行录》，广西师范大学出版社 2005 年版，第 148—151 页。

影响了当年“左联”成员对历史的回忆。在毛泽东的视野中，新的文化力量，和新的政治力量及新的经济力量一样，“都是中国的革命力量”。而大革命失败后，“中国共产党单独地领导”包括文化革命的革命。反革命残酷地进行“文化围剿”，带来的却是“文化革命深入”。毛泽东以胜利者的姿态发问：“其中最奇怪的，是共产党在国民党统治区域内的一切文化机关中处于毫无抵抗力的地位，为什么‘文化围剿’也一败涂地了？”[01]

而国民党方面，谈及这段“惨败”的历史，则是另一番心情。陈敬之在讲述革命文学的兴起时，引用了台湾蒋廷黻 1953 年演讲中一段“极沉痛”的话：“二十年来国民党掌握到的是军权和政权，共产党握到的是笔权，而结果是笔权打垮了军权和政权。”[02] 文学具有如此大的“革命力量”，恐怕为后世挚爱“纯文学”的人们难以想象。

在政治占据文化生活中心的时代，政治家的论述极大地影响着文化人对历史的讲述。只是因政治立场不同，评价迥异。阳翰笙将共产党员进入创造社视作党领导左翼文化的开始和“左联”的前传。他在回忆录中说：“‘四·一二’之后，反动派的白色恐怖很厉害，在这种条件下，公开的宣传活动有困难，周恩来同志看到了这个问题，就指示郭老，应该在创造社中加强党的力量，把党组织发展起来，使之成为一个坚强的战斗堡垒。”[03] 而对政治“惨败”感到“极沉痛”的反共学者写起文学史来，文字中也就满是泄愤的味道。在陈敬之看来，革命文学口号的提出，本身就是共产党的策划。国民党清党后，参加大革命的左翼工作者“便不能不退回到文艺这个老园子里来，再从事文艺活动以另图发展。恰巧此时的中共匪党又阴使其‘文特’分子，在向他们热烈招手，于是他们便在共匪的诱惑之下，认为找到了出路，遂乐于为共匪摇旗呐喊并大做其御用工具了”[04]。夏志清在其小说史中，也将革命文学论争和共产党联系起来，认为那次论争“在共产党发展史上，是必须的插曲……没有‘创造社’和‘太阳社’的叫嚣，

[01] 毛泽东：《新民主主义论》，参见《毛泽东选集》第二卷，人民出版社 1991 年版，第 702 页。

[02] 陈敬之：《文学研究会与创造社》，（台湾）成文出版社有限公司 1980 年版，第 127 页。

[03] 阳翰笙：《中国左翼作家联盟成立的经过》，《左联回忆录》（上），中国社会科学出版社 1982 年版，第 61 页。

[04] 陈敬之：《30 年代文坛与左翼作家联盟》，（台湾）成文出版社有限公司 1980 年版，第 4 页。

共产党的战斗传统是不会这样快速建立起来的”[01]。

不管是阳翰笙，还是陈敬之和夏志清，可以说都是以政治逻辑叙述或者演绎文学史。大革命失败后，阳翰笙、李一氓和潘汉年加入创造社，三人成立了党小组。而且，他们也创办了小型半月刊《流沙》和《日出旬刊》，介绍马克思主义思想，参与革命文学论争。但若说这两个刊物“加上原来的《创造月刊》和新出的《文化批判》，创造社就有了好几个刊物了。这样，力量就大了，影响就大了”[02]，显然是为了突出中国共产党对创造社的领导，但这样的讲述无疑有些喧宾夺主。毕竟，革命文学论争中影响更大的是朱镜我等非党员文化人，以及他们创办的《文化批判》;《创造月刊》和《文化批判》才是后期创造社的核心刊物。按时任中共中央宣传部秘书郑超麟的说法，在1928年底他卸任之前，中共中央“根本没有列为专项的文化工作……革命失败后，文化工作已经从下层兴起来了。那完全是自发的，既不是中央领导的，也不是省委授意的”。创造社如此，提倡革命文学的另一重要社团太阳社也是如此，虽然其成员阿英和蒋光慈等人全是共产党员，但中共中央也并未多加重视。[03] 因此，我们可以说，革命文学论争中，是有共产党员身份的“党员作家”参与，但属自发行为，并非中共领导。

《流沙》1928年第四期封面

流沙五月號特刊目錄

(論文)
五一節小史及其意義
五四運動與今後的文化運動
五卅事件
(詩歌)
紀念我們的紀念日
(小說)
一九二五年的血
(其他)
火花

《流沙》1928年第四期目次

甚至可以说，在相当长一段时间内，文学和被视为小资产阶级的文学家不但不被中共重视，相反，他们正是革命家们轻视和批判的对象。1928年7月，中共六大《政治决议案》中，“小资产阶级的动摇”还被列为中国革命失败的五个客观原因之一。[04] 中共莫斯科支部曾制订过一份《训练工作指导纲要》，其中第八条特别规定：“不准党员追求爱情和爱好文学，因为那是‘浪漫主义的基

[01] 夏志清著，刘绍铭等译：《中国现代小说史》，传记文学出版社1985年版，第146页。

[02] 阳翰笙：《中国左翼作家联盟成立的经过》，《左联回忆录》(上)，中国社会科学出版社1982年版，第61页。

[03] 郑超麟：《谁领导了中央文化工作委员会》，《新文学史料》1989年第2期，又收入《郑超麟回忆录》(下)，东方出版社2004年版。

[04] 中央档案馆编：《中共中央文件选集》第4册(1928年)，中共中央党校出版社1989年版，第304页。

础’。他们告诫说：‘浪漫主义是破坏组织的条件。’”[01]

留学生是中国现代文学史上的一个重要的群体，留美学生和留日学生对新文学的发展都起过至关重要的作用，仅莫斯科中山大学，从 1925 年开办到 1930 年关闭，中国留学生就超过 1000 名，但除了小说家蒋光慈和翻译家曹靖华等少数几个人，输送了马克思主义的苏联却没有为中国同时多输送一些无产阶级作家。原因很简单，苏联的学校为中国培养的是布尔什维克，而不是文学家。在苏联留学的中国学生，“没有读过一篇文学作品，甚至连高尔基的作品都不读，除去我猜想的极少数人外，我们当中没有一个人能翻译俄罗斯文学作品”[02]。即便蒋光慈等这几个“极少数的人”，也被看成“性格柔软，倾向于空谈”的“另一类型的学生”[03]，其“情调和其他的人如此不配称，是一眼看得出来的”[04]。蒋光赤的小说出版，我们当中几乎没人看。大家对于蒋光赤本人，对于他的诗和小说，对于一般新文学，怀有很深的成见”[05]。在晚年的回忆录中，郑超麟依然没有放弃革命家对文学家的傲慢与偏见，认为“蒋光慈并不是好党员。他起初还在做党内工作，后来就去做文学家了——虽然是‘革命文学家’”。[06]

所以，事实不是陈敬之所说的，中共向革命作家“热烈招手”，而是革命作家积极向共产党靠拢。瞿秋白告诉中宣部的郑超麟等人，“创造社请求我们中央派人去指导”[07]，被派去的就是老大不情愿的郑超麟。于是，每隔两个星期，郑超麟都要去参加创造社会议，“没人缺席”。在郑超麟看来，这样的会议等于一种“仪式”，“表示创造社愿意接受党领导”[08]。结果是，“这些未成作家一个个入党了”。[09] 1928 年 5 月，后期创造社的朱镜我、李初梨、冯乃超、彭康和李铁声集体入党。有一点也值得注意，将倡导革命文学的青年作家称作为共产党摇旗呐喊的“御用工具”，也只能算是不顾历史事实的

[01] 盛岳：《莫斯科中山大学和中国革命》，东方出版社 2004 年版，第 113 页。
[02] 盛岳：《莫斯科中山大学和中国革命》，东方出版社 2004 年版，第 82 页。
[03] 郑超麟：《郑超麟回忆录》（上），东方出版社 2004 年版，第 185 页。
[04] 同 [03]，第 188 页。
[05] 同 [03]，第 229 页。
[06] 同 [03]，第 188—189 页。
[07] 同 [03]，第 287 页。
[08] 同 [03]，第 289 页。
[09] 同 [03]，第 290 页。

谩骂之辞。“御用”乃为最高统治者所用，左翼时代国民党炮制的民族主义文学及其作家才有资格称为正宗的“御用工具”。而 1927 年 4 月国民党清党之后，共产党员从 6 万人下降到 1 万人。在这样的白色恐怖之际，不惧杀头与坐牢，走近“非法”的共产党，左翼作家在政治上和思想上有如此选择，正是对专制统治的反抗。共产党之吸引左翼作家的，是无产阶级革命情怀和共产主义的信念，而非其他。

二、“左联”的成立

1929 年，国民党政府“以突然袭击的手段封闭了创造社。不久，太阳社、我们社、引擎社等团体也先后被封或被迫解散”[01]，诸多左翼文学社团被查封，反而造成了他们的自觉联合，中国著作者协会、艺术剧社、上海戏剧运动联合会……都是诸多社团的聚集，他们一次次寻找着联合的可能。比起单个的社团，带有强烈政治性的联盟可以聚集更大的力量来反抗政权的压迫。上述社团联合也许并不成功，却成为一个更大联盟——中国左翼作家联盟成立的前奏。中共的介入，更加快了社团联合的速度。冯润璋曾回忆，“左联”成立前，“社会上有不少文艺团体……1927 年前后，中国共产党想把当时各小文艺团体联合起来”[02]。如果说五四新文学运动的特征之一，即大大小小文艺社团的兴起，那么左翼文学运动时期，代之而起的则是社团联盟。从五四新文学运动的社团到左翼文学运动的联盟，不仅是文学运动形式的改变，更是思想观念的更新。新的文学运动，总是从清算与摈弃过去开始，并借此呈现自己的立场。在“左联”筹备会议上，首先被批判的就是“小集团主义乃至个人主义”。五四新文学运动得以展开的重要形式——文学社团，以及当初张扬的个人主义，在新的时代被判定为新兴文学运动“无大进展，且犯各种错误”的首要原因。[03]

1930 年 3 月 2 日，中国左翼作家联盟在上海中华艺术大学秘密召开成立大会。其基本力量是创造社、太阳社和其他左翼文艺社团，

---

[01] 郑伯奇：《“左联”回忆散记》，王延晞、王利编：《郑伯奇研究资料》，山东大学出版社 1996 年版，第 144 页。

[02] 冯润璋：《我记忆中的左联》，《新文学史料》1980 年第 1 期。

[03]《上海新文学运动者底讨论会》，《萌芽月刊》1930 年 3 月第 1 卷第 3 期。这次讨论会即“左联”的一次筹备会议。

以及围绕在鲁迅周围的青年作家。“左联”不仅是社团的简单联盟，其性质也发生了极大的改变：如果说创造社等社团还只是宣扬革命文学，在意识形态上和政权对立，“左联”则因左翼政党力量的介入，而具有了政治组织的功能，不再是一个单纯的文学团体，这也是“左联”和五四文学社团最大的区别之一。社团的形成靠的是友谊与志同道合，是个人松散的聚集，而“左联”却有细密的组织机构：成立前有筹备委员会，成立后设有常委会、执委会和秘书处等领导机构，秘书处下设组织部、宣传部、编辑部和总务部等不同部门，整个联盟又按盟员所在区域设有若干小组，并成立多种研究会，有马克思主义文艺理论研究会、国际文化研究会、文艺大众化研究会、创作批评研究会等。“左联”成立后，左翼文化界又成立左翼美术家联盟（简称“美联”）、左翼戏剧家联盟（简称“剧联”）等团体。在所有这些左翼团体之上，又成立总的领导机构——中国左翼文化总同盟（简称“文总”），而文总的上级部门就是中共专门负责文化工作的中共中央文化工作委员会。文坛的左翼力量，就这样集结在中共的领导之下。

左联成立会址纪念馆

成立“左联”的提议，与中共的两个机构有关：隶属于中共上海闸北区委的第三街道支部和 1929 年成立的文化工作委员会。前者因成员多是创造社和太阳社里的文化人，遂改称文化支部；后者简称文委，可看作是中共重视文化工作的开端。两个机构都关系到“左联”故事的开始。阳翰笙的回忆将“左联”成立与文化支部联系起来，说 1929 年秋天，“文化支部的同志都有一种要求，就是大家组织起来，以便统一行动。……文化支部领导了这个工作，先在党内讨论，开过好几次会，进行了很长久的酝酿，决定成立‘左联’”[01]。当年参与文委领导的吴黎平则认为“左联”的成立，乃是文委按中共中央的意见策划而成。按他的说法，1929 年 11 月，领导文委的中宣部部长李立三向他传达了中央的意见：停止革命文学论战，团结鲁迅，准备成立革命文化团体。吴黎平向文委书记潘汉年传达了上述意见后，文委召开会议，决定成立“左联”。而文委的“文学小组”成员，也就基

[01] 阳翰笙：《中国左翼作家联盟成立的经过》，《左联回忆录》（上），中国社会科学出版社 1982 年版，第 65 页。

本成了“左联”的筹备人。[01]其实，文委“文学小组”的冯乃超、冯雪峰、夏衍、阿英、李初梨、孟超、郑伯奇和洪灵菲诸人，也基本是文化支部成员。两个机构，同一班人马，“左联”成立到底是文化支部的诉求，还是文委的策划，也就没有那么重要了。真正值得注意的是，从上述回忆可以看出，“左联”的成立，有文学界联合的自觉愿望，也有中共的主动介入。二者的合力，才是“左联”浮出历史水面的缘由。

瑞金苏维埃政府

“左联”的成立，是中国共产党以政党的力量，第一次，也是最成功的一次介入文学运动。其成功的关键，就是邀请鲁迅的加盟。在本章开头，我们曾提及30年代社团联盟的一次尝试——中国著作者协会。该团体成立时规模远大于初建的“左联”：前者发起人42人，近百人参加会议；而“左联”的筹备委员会仅12人，参加成立大会的也只有四十几人。中国著作者协会也由共产党人牵头发起，但没有实绩，还很快自行解体；而“左联”不仅存在了6年，还成为中国左翼文化和文学的生产中心与发散地。北京、天津、保定、青岛、广州等地，甚至域外的日本东京，也多模仿上海的中国“左联”，成立“左联”组织，称其分盟或支部，成为聚集当地左翼文化人和左翼青年的核心团体，主持和创办报刊，宣扬左翼文化。这其中的原因固然很多，但原因之一就是中国著作者协会缺乏核心人物，而“左联”有鲁迅。冯雪峰曾深情叙述鲁迅对“左联”的意义：

> 只要有鲁迅先生存在，“左联”就存在。只要鲁迅先生不垮，“左联”就不会垮。只要鲁迅先生不退出“左联”，不放弃领导，“左联”的组织和它的活动与斗争就能够坚持。[02]

[01] 参见吴黎平《长念文苑战旗红——我对左翼文化运动的点滴回忆》和《潘汉年在反对文化“围剿”的斗争中》，前者收入《左联回忆录》(上)，后者刊于《新文学史料》1983年第2期。

[02] 冯雪峰：《回忆鲁迅》，参见《雪峰文集》第4卷，人民文学出版社1985年版，第166页。

在确定了联合鲁迅的策略后，李立三、潘汉年、吴黎平、夏衍、冯乃超、冯雪峰等共产党人先后走进鲁迅家门，与其沟通。其中，最重要的是潘汉年和冯雪峰。潘汉年不仅是文化支部和文委两个机构的书记，为“左联”的成立做了大量的联系工作，而且据冯雪峰回忆，“左联”的名称也是潘汉年所拟定：

> 1929年10月、11月间，潘汉年来找我，要我去同鲁迅商谈成立“左联”的问题。他同我谈的话，有两点我是记得很清楚的：一、他说党中央希望“创造社”“太阳社”和鲁迅及在鲁迅影响下的人们联合起来，以这三方面人为基础，成立一个革命文学团体。二、团体名称拟定为“中国左翼作家联盟”，看鲁迅有什么意见，左翼两个字用不用，也取决于鲁迅，鲁迅如不同意用这两个字，那就不用。
>
> 我去同鲁迅商谈，鲁迅完全同意成立这样一个革命团体；同时他说左翼二字还是用好，旗帜可以鲜明一点。[01]

也有学人推测，“左联”这个团体的命名，更有可能是“冯雪峰在此核议过程中的主导性作用”。其理由是早在1926年，冯雪峰就曾翻译日本升曙梦《新俄文学的曙光期》，其中一节的名称即“新俄文坛的左翼和右翼”。[02] 事实是否如此，恐怕已很难考察。但显然，从左翼这个名词在中国的传播史来讲，比起命名者，“左联”的成立有着更大的意义。因为虽然左翼这一名词在“左联”成立前已被译介到中国，但正是“左联”这个团体，让它在中国普及开来。这个在西方用来指称激进党派及其政治倾向的政治学概念，在中国却经由文学运动得以广泛传播，其不仅为一个团体命名，也将其聚集起来的文化人和作家命名为左翼知识分子和左翼作家，将他们宣扬的文化、创作的文学命名为左翼文化和左翼文学。

以“左”“右”来区分不同的政治势力和党派，缘于法国大革命。雷蒙·阿隆在其批判左派的名作《知识分子的鸦片》中，一开始就援

[01] 冯雪峰：《回忆中的潘汉年同志》，《新文学史料》1982年第4期。

[02] 杨庆杰：《何谓左翼？左翼何为？》，《中国左翼文学国际学术研讨会论文集》，汕头大学出版社2006年版，第111页。

引了利特雷词典的定义,“左派是法国议会中的反对党”[01]。天生反对党的左派或左翼，反对的不仅是温和保守的右派或右翼，而且是与生俱来亲近革命，以激进的方式反抗专制政权与社会不公。作家联盟被冠以左翼，表明了“左联”政治组织和作家社团兼具的特性，也旗帜鲜明地彰显了自己与现行政权对立的政治立场，以及为无产阶级代言、以文学为阶级斗争武器的艺术立场。当然，这也预示了它被压迫的命运。在成立大会上通过的纲领中，“左联”如此直接地宣布自己的政治立场和艺术立场：“我们文学运动的目的在求新兴阶级的解放。”

> 社会变革期中的艺术，不是极端凝结为保守的要素，变成拥护顽固的统治之工具，便向进步的方向勇敢迈进，作为解放斗争的武器。也只有和历史的进行取同样的步伐的艺术，才能够焕发它的明耀的光芒。
>
> ……
>
> 艺术如果以人类之悲喜哀乐为内容，我们的艺术不能不以无产阶级在这黑暗的阶级社会之“中世纪”里面所感觉的感情为内容。
>
> ……我们不能不援助而且从事无产阶级艺术的产生。[02]

这个理论纲领的起草人是冯乃超，“左联”成立大会召开之前，共产党方面也征求过鲁迅的意见。“鲁迅很仔细地同时也是很吃力地读了那份文字简直像从外文翻译过来的纲领，后来慢慢地说：‘我没意见，同意这个纲领。’又说：‘反正这种性质的文章我是不会做的。’”[03] 在成立大会上，鲁迅做了题为《对于左翼作家联盟的意见》的报告。报告中，鲁迅含蓄地表达了和纲领不同的意见。这个历史细节，以后常被提起，学界的引用率也颇高，其目的也很简单：用来证明鲁迅和“左联”之间自始至终就矛盾重重。但引用者忘记了鲁迅和

---

[01] [法] 雷蒙·阿隆著，吕一民、顾杭译：《知识分子的鸦片》，译林出版社 2005 年版，第 3 页。

[02]《中国左翼作家联盟的成立》,《拓荒者》1930 年 3 月第 1 卷第 3 期。

[03] 夏衍：《懒寻旧梦录》，生活·读书·新知三联书店 1985 年版，第 148—149 页。

冯乃超后续的故事：冯乃超和梁实秋论战时，“鲁迅先生愉快地说：‘…… 乃超这人真是忠厚。…… 我来写它一点’”。文章写好后，“他自己高兴地笑起来说：‘…… 我帮乃超一手，以助他之不足’”。[01] 和任何一个组织一样，“左联”内部也有矛盾，鲁迅和“左联”有矛盾是事实，但有愉快的合作也是事实。

左翼时代的鲁迅，加盟“左联”这样一个有鲜明政治性的文学团体，自始至今常为人提及，惋惜者有之，咒骂者有之，赞扬者有之。[02] 1933 年，瞿秋白用吮吸狼奶长大的莱谟斯的希腊神话解释鲁迅的“左转”，回答“鲁迅是谁”：

> 鲁迅是莱谟斯，是野兽的奶汁长大的，是封建宗法社会的逆子，是绅士阶级的贰臣，而同时也是一些浪漫谛克的革命家的诤友！他从他自己的道路回到了狼的怀抱。[03]

瞿秋白

“逆子”“贰臣”，也正是鲁迅和“反对派”的左翼的契合之处。更何况，中共领导的“左联”，也正如夏衍、冯雪峰等人所说，其实质乃是一群激进的二十多岁年轻人的聚集：

> 那时候在上海的我们的党中央，也只是通过了我们这些年轻的党员来执行领导的。…… 我们这些人唯一可取的，只是都还比较纯洁，相当勇猛，很有些所谓“乳犊不畏虎”的气概；我相信，鲁迅先生喜爱我们的，也就是这一层。[04]

[01] 冯雪峰：《回忆鲁迅》，参见《雪峰文集》第 4 卷，人民文学出版社 1985 年版，第 171 页。

[02] 关于鲁迅“左转”，加盟“左联”的历史考察，可参看王宏志《鲁迅加盟左联的动机——几个论点的商榷》，收入王宏志著：《鲁迅与左联》，（台湾）时代风云出版公司 1991 年版。张宁著：《无数的人们与无穷的远方：鲁迅与左翼》（复旦大学出版社 2006 年版）则更是讨论这一问题的专著。

[03] 何凝：《鲁迅杂感选集·序言》，何凝编：《鲁迅杂感选集》，青光书局 1933 年版，第 3 页。

[04] 冯雪峰：《回忆鲁迅》，《雪峰文集》第 4 卷，人民文学出版社 1985 年版，第 165 页。夏衍回忆“左联”时，也特别谈及左翼团体中，“除了鲁迅、郑伯奇、杜国庠等极少数人年纪较长外，都是不到三十岁的青年人”。参见夏衍《“左联”成立前后》，收入《左联回忆录》（上），中国社会科学出版社 1982 年版，第 37 页。

“左联”成立后不久，鲁迅在写给朋友的信中，曾说及他加入这一团体的心情和动机。虽然心情有些沉重，但掩不住的是，他给年轻人做“梯子”，以改造中国的热情：

> 中国之可做梯子者，其实除我之外，已无几了。所以我十年来，帮未名社、帮狂飙社、帮朝华社，而无不或失败，或受欺，但愿有英俊出于中国之心，终于未死。所以此次又应青年之请，除自由同盟外，又加入左翼作家连（联）盟。[01]

“左联”成立后，左翼作家的身份吸引着那一时代的年轻人，成为其青春梦想的一部分：“我们将来能不能成为左翼作家呢？”文艺青年们这样谈论着。[02] 虽然遭受政权的压迫，“左联”从半公开转入地下，左翼文学却蔚然开展。正如鲁迅在写给美国《新群众》杂志的文章所写：

> 现在，在中国，无产阶级的革命的文艺运动，其实就是唯一的文艺运动。[03]

三、左翼文艺理论的输入

革命文学论争期间，鲁迅、冯雪峰、夏衍和陈望道等已经翻译和介绍了大量马克思主义的文艺理论著作，但真正能够懂得“马克斯（思）主义批评的枪法的人”[04] 实在太少。要解决这个问题还是得依靠译介。“左联”成立时的大纲提出了要“吸收国外新兴文学的经验”，“确立马克思主义的艺术理论及批评理论”的工作方针，成立后

[01] 鲁迅 1930 年 3 月 27 日致章廷谦的信，参见《鲁迅全集》第十二卷，人民文学出版社 2005 年版，第 226 页。

[02] 杨纤如：《左翼作家在上海艺大》，收入《左联回忆录》（上），中国社会科学出版社 1982 年版，第 100 页。

[03] 鲁迅：《黑暗中国的文艺界的现状》，收入《二心集》，参见《鲁迅全集》第四卷，第 292 页。

[04] 鲁迅在《对于左翼作家联盟的意见》中说“我那时就等待有一个能操马克斯（思）主义批评的枪法的人来狙击我的”，不久又在《我们要批评家》一文中指出“我们所需要的，就只得还是几个坚实的，明白的，真懂得社会科学及其文艺理论的批评家”。

的第一项重要工作就是成立马克思主义文艺理论研究会，加强对马克思主义文艺理论的翻译、介绍和研究工作。[01] 1931 年的“左联”第二份决议明确强调“必须研究马克思列宁主义，研究一切伟大的文学遗产，研究苏联及其他国家的无产阶级的文学作品及理论和批评”[02]。在“左联”存在的 6 年多时间中，参加译介马克思主义理论的翻译者有数十人之多，比较有影响的如鲁迅、冯雪峰、瞿秋白、夏衍、林伯修，以及“左联”外围的陈望道等，他们在“左联”刊物《萌芽月刊》《文学月报》《文艺讲座》《文学》等上发表了一些马克思主义文学理论的重要翻译文章，一些左翼或者接近左翼的出版社如大江书铺、神州国光社、南强书局、水沫书局等也出版了大量马克思主义文艺理论著作和丛书，如“科学的艺术论丛书”“文艺理论小丛书”和“马克思主义文艺论丛书”等。与此同时，一些重要的马克思主义文艺理论家如普列汉诺夫、卢那察尔斯基、弗兰茨·梅林、沃罗夫斯基、保尔·拉法格和弗理契等人的文艺理论著作被介绍到中国，为马克思主义文艺理论在中国的传播起到了巨大的推动作用。

《艺术之社会的基础》

《社会的作家论》

日本是中国左翼文学理论的重要来源地。现代文学史上真正懂得俄文并能够用俄文翻译的作家并不多见，许多苏联的文学理论著作都是通过日本这个渠道转译为中文的。日本左翼文学对“左联”的影响更为重要的还在于输入了许多日本左翼理论家的著述。革命文学论争期间，后期创造社成员从日本带回了福本主义。福本主义是 20 年代中后期日本社会主义运动中的一股左倾思潮。福本主义提出“分离结合”的组织理论。1926 年，福本主义的理论家青野季吉发表《自然生长与目的意识》，福本主义开始进入左翼文艺理论界，李初梨等后期创造社成员回国之后也将它转运到了中国。[03] 后期创造社成员以

[01] 根据《萌芽月刊》1930 年 5 月第 1 卷第 5 期中的《左翼作家联盟消息》，马克思主义文艺理论研究会包括“外国马克思主义文艺理论的研究”等六个重要的研究部门。

[02] 1931 年 11 月中国左翼作家联盟执行委员会的决议《中国无产阶级革命文学的新任务》，《文学导报》1931 年 11 月 15 日第 1 卷第 8 期。

[03] 斋藤敏康著，刘平译：《福本主义对李初梨的影响》，《现代文学研究丛刊》1983 年第 3 期。

理论斗争为自己的时代使命，出版《文化批判》，直接挑起了革命文学论争的序幕。

日本左翼文学理论对中国左翼文学思潮起到重要影响的还有藏原惟人的“新写实主义”理论。藏原惟人是作为对福本主义的批判者形象出现在日本无产阶级运动史上的，但其影响主要体现在文学领域。藏原惟人的“新写实主义”在中国的主要接受者是太阳社。林伯修、蒋光慈和钱杏邨等都受到藏原惟人的理论影响。[01] 藏原惟人认为，普罗文学作家应该用普罗列塔利亚的“前卫”眼光去观察和描写世界，“新写实主义”的主题是阶级斗争，他认为普罗的世界观和写实主义的创作方法的结合可以走向无产阶级写实主义之路。藏原惟人的这种观点在革命文学论争期间成为左翼文坛有关文学创作理论的主导思想，在“左联”成立之后继续发展，直到 1932 年苏联解散“拉普”提出“社会主义现实主义”的口号之后，才逐渐不为人提及。日本方面除了藏原惟人，还有平林初之辅、昇曙梦、片上伸、冈泽秀虎等比较重要的日本左翼理论家的著作被介绍到中国，但其影响均不如藏原惟人。

藏原惟人《新写实主义论文集》，现代书局 1930 年版

对中国左翼文学思潮影响最大的当然还是苏联。苏联的文学理论活动直接或者间接影响了中国的马克思主义文学理论输入和文艺批评，使得“左联”文学思潮显现出很强的苏联文艺政策的色彩。其中影响最为直接的就是苏联文艺政策。1923 至 1924 年间，苏俄发生了一次大规模的文学论战，当时的“列夫”派、“岗位”派和“山隘”派等围绕无产阶级能否建立自己的文化，以及党应当采取什么政策等问题有过激烈论争，1925 年俄共（布）中央做出《关于党在文学方面的政策》决议才结束论争。此次论争和中国的革命文学论争有着密切的联系。[02] 早在革命文学论争之前，任国桢已经把这次论战的主要论文和俄共（布）政策翻译到了中国，革命文学论争期间鲁迅和

[01] 艾晓明：《中国左翼文学思潮探源》，湖南文艺出版社 1991 年版，第 143 页。
[02] 艾晓明：《中国左翼文学思潮探源》，湖南文艺出版社 1991 年版，第 30 页。

冯雪峰又同时选择翻译了论战文章的一部分。[01]“左联”作为“国际革命作家联盟”的一个支部，除了众所周知的马克思主义文艺理论家的理论著作之外，还翻译和介绍了苏联方面的文艺政策——其实是实际掌握“国际革命作家联盟”的“拉普”文学理论。[02]在当时的政治条件下，“拉普”的理论观点甚至成为直接影响“左联”的理论活动的关键。“左联”成立时通过的纲领就参考了“拉普”“十月”和“列夫”派的理论主张。[03]“左联”第二份决议对作家提出的“唯物辩证法创作方法”的要求正是“拉普”通过“国际革命作家联盟”要求其所有支部的。[04]其他诸如“活人论”“撕下一切假面具”等均来自“拉普”。[05] 1932 年苏联官方和“拉普”批判普列汉诺夫和卢那察尔斯基，很快在中国文坛上得到响应。[06] 1932 年 10 月，“拉普”解散消息传入中国，“唯物辩证法的创作方法”受到批判，“左联”又从苏联输入最新的“社会主义现实主义”。

1933 年初，由苏联第一次作家代表大会确定的“社会主义现实主义”创作方法传入中国。周扬是“社会主义现实主义”的主要介绍者。周扬的《关于“社会主义的现实主义与革命的浪漫主义”——“唯物辩证法的创作方法”之否定》是他作为“左联”书记之后走向文艺理论介绍者的一篇文章，这奠定了周扬此后的“社会主义现实主义”文艺理论阐释者的基础。苏联提倡它的目的是“清算”“拉普”的文学思想和“唯物辩证法的创作方法”，和此前冯雪峰、瞿秋白等大量译介马克思主义文艺理论，大力推行“唯物辩证法的创作方法”相比，周扬的译介在中后期的“左联”内部逐渐取得了“理论优势”。“社会主义现实主义”是三四十年代左翼文学的主导理论，强调作家

[01] 任国桢：《苏俄文艺论战》，北新书局 1925 年版。鲁迅译《苏俄的文艺政策》，连载于《奔流》第一卷第一期至第二卷第五期，1930 年水沫书店出版单行本时改题为《文艺政策》；冯雪峰译本《新俄文艺政策》于 1928 年光华书局出版。

[02] 陈冰夷：《关于国际革命文艺运动》，马良春编：《中国现代文学思潮流派讨论集》，人民文学出版社 1984 年版。

[03] 冯乃超口述，蒋锡金笔录：《革命文学论争·鲁迅·左翼作家联盟》，《新文学史料》1986 年第 3 期。

[04] 萧三：《出席哈尔可夫世界革命文学大会中国代表的报告》，《文学导报》1931 年 8 月 20 日第 1 卷第 3 期。

[05] 赫尔曼·叶尔莫拉耶夫：《“拉普”——从兴起到解散》，张秋华、彭克巽、雷光编选《“拉普”资料汇编》，中国社会科学出版社 1981 年版，第 367 页。

[06] 鲁迅译《苏联文学理论及文学批评的现状》、瞿秋白的《论弗理契》，以及黄光威译《普列汉诺夫批判》等很快让国内了解到了苏联文学的最新动向。

要掌握先进的世界观，写动态的真实，写本质，写典型环境中的典型人物，并没有从根本上解决左倾机械论。新中国成立之后，在1953年的第二次文代会上，“社会主义现实主义”被正式确立为过渡时期文学的总纲领。

另一方面，马克思和恩格斯论文学的有关材料长期被“第二国际”封锁，直到30年代苏联通过外交途径取得后才整理发表出来。此前虽然也翻译了一些马克思、恩格斯的文章，但只有为数不多的论及文学问题的几篇。[01] 1933年，苏联整理发表马克思和恩格斯论文学的几封信之后，瞿秋白根据材料编译了《马克思、恩格斯和文学上的现实主义》[02]，陆侃如翻译了《恩格斯未发表的两封信》[03]，此后被介绍过来的马克思和恩格斯的文艺论著逐渐多了起来。而恩格斯赞扬巴尔扎克的现实主义超越了作者自身的阶级立场的观点却成为“左联”后期胡风和周扬理论矛盾的起点。和马克思、恩格斯的著作较晚被翻译的情况相比，列宁的著作则比较早地被介绍到了中国。1925年2月12日的《民国日报·觉悟》上首次刊载郑超麟翻译的《托尔斯泰与当代工人运动》，1926年12月6日《中国青年》第144期首次刊载一声译的《党的组织和党的文学》，这部给中国马克思主义文艺理论带来深远影响的著作此后多次被翻译发表。

总的来说，“左联”及此前此后的马克思主义文艺理论的输入为中国文学理论带来了文学的阶级性、文学和宣传、文学与大众化及现实主义理论等诸多层面的问题，迫使中国文学理论家去重新思考和探索文学问题，为建立中国的马克思主义文艺理论与批评准备了良好的基础，给马克思主义文学理论的发展打开了一个新的领域，但也带来了许多“左”的负面的影响。更重要的是，“左联”时期理论输入的意义不仅仅在于一种全新的话语体系的更新与传播，还在于直接介入了“左联”的理论和革命实践。新时期以来，“左联”历史上的如工农兵通信员运动、壁报运动及其他一些组织工农的文化组织活动，还

---

[01] 第一个翻译马克思论文学的文章的是冯雪峰，他根据日文转译的《艺术形成之社会的前提条件》是马克思《〈政治经济学批判〉导言》中关于艺术与物质生产发展不平衡问题的论述，发表于《萌芽月刊》1930年1月1日第1卷1期，同年5月《萌芽月刊》第1卷5期上发表冯雪峰从日文转译的《马克思论出版底自由与检阅》的一组马克思语录。

[02] 瞿秋白：《马克思、恩格斯和文学上的现实主义》，《现代》1933年4月第2卷第6期。

[03] 陆侃如译：《恩格斯未发表的两封信》，《读书杂志》1933年6月10日第3卷第6期。

有直接走上街头的飞行集会、示威游行、张贴标语、散发传单等政治活动，被视为“忽视了文学团体的特殊性能”[01]，然而，这些活动不是来自“国际革命作家联盟”对中国左翼文学的决议案，就是来源于当时“左”的政治路线，归根结底来自苏联，这些活动都有苏联马克思主义理论及其实践的背景。钱杏邨就曾经热烈歌颂“暴动是艺术”，认为“Boudon确实是一种艺术，只要Boudon的意义是伟大的。恐怖时代的残杀是值得我们咒诅的，Boudon时代的牺牲流血委实不能否认不是一种Art”[02]。列宁的“螺丝钉”理论已经深深地参与了“左联”和左翼的文学实践，“左联”是一个战斗的团体，这种作为无产阶级革命事业的一个组成部分的观念是不可动摇的。

四、“左联”的文艺论争

“左联”从成立之初到最后的解散一直处于不断的文艺论争之中，也正因为不断在和别的文艺团体或作家进行区分，反而更能显现出它和他者的区别，以及“左联”内部的不同声音。“左联”时期最主要的文艺论争大致有以下几次：

首先是继续革命文学论争中和“新月派”的论争。“新月派”多半是留学欧美的知识分子，其中一些人在北洋政府时代依附以梁启超为首的研究系，随着北伐战争的逐步胜利，他们纷纷逃离北京，于1927年汇集上海创办新月书店，之后创办《新月》杂志。“新月派”对国共两党都持批评意见，推崇欧美自由政体。当时有报纸认为中国三大思想鼎足而立，即共产主义、三民主义和新月派主张，但“新月派”在南京政府的威胁之下很快倒向“好政府主义”。在革命文学论争中，“新月派”中真正和普罗文学发生论争的实际上只有梁实秋。梁实秋从人性论出发，认为文学是天才的产物，革命和文学根本不能联系到一起，而革命文学的说法不过是在利用文学。冯乃超对“天才”进行了唯物论的阐释，批驳梁实秋人性论的文学观实质上是为上流阶级服务。在革命文学论争期间，鲁迅、郁达夫等也和梁实秋发生了大小不一的论争。

---

[01] 邵伯周：《真理与谬误的交错——对二三十年代马克思列宁主义文艺思想在中国传播的反思》，《中国30年代文学研究》，上海社会科学院出版社1989年版，第140页。

[02] 钱杏邨：《强盗及尼拔龙琪歌》，《现代文艺研究》，泰东图书局1930年版。

以创造社、太阳社成员，以及鲁迅、郁达夫等为主干，在革命文学论争中承认文学阶级性的人们最后成立了“左联”。大家更是团结起来对付共同的敌人“新月派”。鲁迅在“左联”成立之后用了一篇长文来全面地回答梁实秋对文学阶级性的质疑。[01] 他否定了梁实秋所说的阶级观是过激领袖输入给无产者，而无产者只要勤劳工作就可以获得资产，以及无产者没有也不配有文化等观点，鲁迅认为无产阶级和资产阶级的特性根本就是不同的，阶级观念是要促进无产者的联合，而最终无产者要建立自己的无产阶级文化，并指出梁实秋维护资产阶级统治的实质；其次，鲁迅也批判了梁实秋所认为的作家的阶级和作品无关的论点，实质上是回答了世界观和作品相关的问题；梁实秋否定文艺是武器，而鲁迅则以一种辩证的观点来回答梁实秋，鲁迅认为文学是宣传，但并非一切宣传都是文学，而无产阶级文学正是解放自身的阶级斗争的工具。从这篇文章可以看出，鲁迅也整理了自己有关文学与阶级性关系的思路，是鲁迅对此问题的相对全面的一个思考和回答。

其次是和民族主义文艺的论争。1928—1929 年的革命文学论争引起了共产党的注意，同样也引起了国民党的警惕，亲近国民党的文人惊呼共产党在上海搞“文艺暴动”。1929 年初，国民党中央颁布《宣传品审查条例》，开始查禁进步书刊和文学社团。同年 6 月，国民党中央宣传部通过三民主义文艺决议案，确定三民主义文艺为“本党之文艺政策”。1930 年国民党政府得到中国左翼作家联盟成立的消息，立即拿出经费推行“民族主义文艺运动”[02]。借助政权的力量，国民党一方面查禁左翼书刊和文艺团体，另一方面暴力镇压左翼活动，“左联五烈士”被秘密杀害，1931 年的左翼文学运动一度处于低潮，民族主义文艺运动达到高潮。但民族主义文艺本来就是临时拼凑起来的，连自己人都

《矛盾》月刊封面

[01] 鲁迅：《“硬译”与“文学的阶级性”》，《萌芽》1930 年 3 月第 1 卷第 3 期。

[02] 1931 年 3 月 23 日《文艺新闻》第 2 号第 2 版《首都文坛新指掌》中说“中国文艺社该社中央月有津贴一千二百元，主干为左恭等。因经济来源富裕，故能收集一批作家，如沈从文等”，又说“开展文艺社，京市党部每月对此津贴一百二十元，适为中国文艺社十分之一，负责者皆为青年，执笔者为曹剑萍等”，后面还提到流露社等社团也有中央津贴。另外也可以参考思扬《南京通讯——三民主义的与民族主义的文学团体及刊物》，辛予《一九三一年南京文坛总结算》，《矛盾月刊》1932 年 5 月 25 日第 2 期。

说“而所谓党的文艺政策，又是由于共产党有文艺政策而来的；假如共产党没有文艺政策，国民党也许没有文艺政策”[01]，甚至连发表的《民族主义文艺运动宣言》都是请人捉刀的[02]，无怪乎1931年底在“左联”和进步文艺家的反攻之下很快就销声匿迹。

民族主义文艺运动的主要负责人是潘公展、朱应鹏、王平陵、黄震遐、傅彦长等，出版的刊物有《前锋周报》《前锋月刊》《开展》《中国文艺》《流露》等。除了发表宣言之外，还发表了《民族主义文艺运动的使命》《民族主义文艺之理论的基础》等理论文章，这些文章拼凑三民主义、儒家王道学说和泰勒的学说，鼓吹以民族主义为“中心意识”的理论，同时也发表了《黄人之血》（黄震遐）、《国门之战》（万国安）和《陇海线上》（黄震遐）等一些具有代表性的作品。之后，《前哨·文学导报》上发表了瞿秋白的《屠夫文学》和鲁迅的《“民族主义文学”的任务和命运》等文章，鲁迅的批评以子之矛攻子之盾，指出民族主义文学鼓吹屠杀不同政见的同胞和外国主子里勾外通的法西斯本质。民族主义文艺受到了猛烈的反击，一度偃旗息鼓。直到1932年“一·二八”淞沪战争激起国民的民族主义热情，民族主义文艺才再度兴起。

民族主义文艺的理论混乱不堪，不仅受到“左联”的批评，也遭到了一些进步作家的批判。胡秋原曾经写下《阿狗文艺论》和《钱杏邨理论之批判与民族文学理论之批评》等文章，他“左右开弓”，既批判了“左联”，也批判了民族主义文艺，结果引起了“左联”和以

《前锋周报》1930年6月29日第2期刊载《民族主义文艺运动宣言》

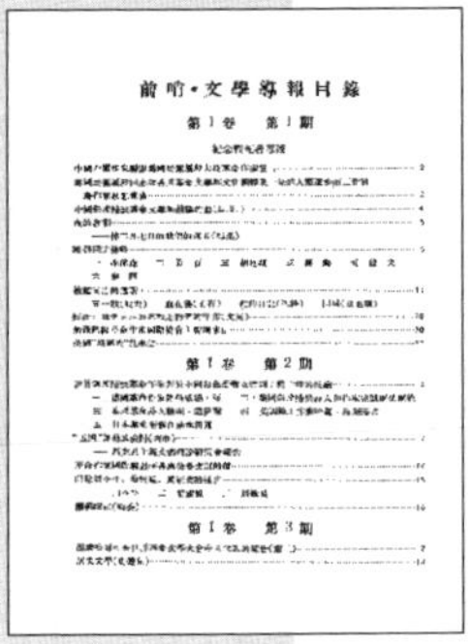

《前哨·文学导报》前三期目录

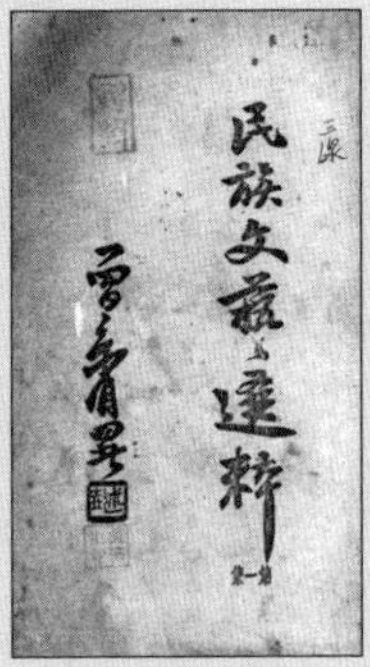

《民族文艺选粹》封面

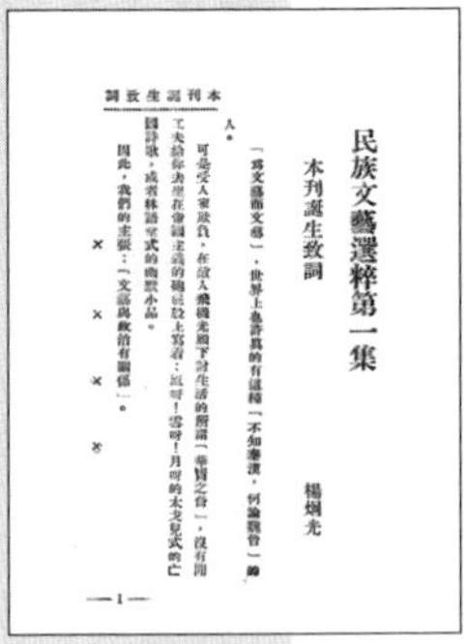

《民族文艺选粹》第一集，致辞

[01] 朱应鹏：《朱应鹏氏的民族主义文学谈》，《文艺新闻》1931年3月23日第2号第2版。

[02] 施蛰存：《我们经营过的三个书店》，《北山散文集》（一），华东师范大学出版社2001年版，第324页。

胡秋原为代表的“第三种人”的论争。胡秋原在自己主编的刊物《文化评论》创刊号文章中声称自己是“自由人”，同时又发表文章对左翼早期文艺批评家钱杏邨进行“清算”，引起“左联”的强烈反弹。双方就文学的阶级性和文学的宣传作用及普列汉诺夫的文学思想等问题进行了交锋。

胡秋原追随普列汉诺夫理论多年，十分熟悉普氏理论，因而是“左联”的理论劲敌。胡秋原承认文学是有阶级性的，但强调文学具有自己的独立属性，经济基础对文学不具有直接决定作用。胡秋原的这种观点与新时期反思文学和经济基础的关系的观点极为相似。胡秋原的文章引起“左联”内部的波动，“左联”成员苏汶甚至公开写文章支持胡秋原，号称自己是“第三种人”，代表受到压制的广大的“作者之群”。[01]

苏汶的文章把自己和广大中间派的作家联系起来，他们一方面在政治上同情左翼，但又不赞同“左联”将文学等同于政治的做法，以左翼的“同路人”自居。苏汶的参与使得“第三种人”论争扩大化，引起社会的广泛关注。但苏汶和胡秋原的文章很快遭到瞿秋白和冯雪峰等的驳斥。瞿秋白认为不存在绝对的中立，要不最终属于右边，要不属于左边。[02] 另一方面，胡秋原试图通过对钱杏邨理论的“清算”来打倒“左联”的强势地位。本来钱杏邨在革命文学论争中“左”的错误，在“左联”成立之后已经开始得到批评，但胡秋原理论的普列汉诺夫谱系此时正受到苏联文艺理论家的“清算”，“左联”的矛头又很快转向了对普列汉诺夫理论的批判。

一直在旁观察的鲁迅此时发表了《论“第三种人”》和《“连环图画”辩护》，针对苏汶所说的“左而不作”，鲁迅认为，左翼文坛还在发展，在克服自己的坏处，“一面克服着，一面进军着”，也不是不要“同路人”，“他不但要那同走几步的‘同路人’，还要招诱那些站在路旁看看的看客也来同走呢”，而苏汶所认为的“左联”的政治面孔使得许多作家“搁笔”只是“心造的幻影”。针对苏汶批评的连环图画和唱本等“低级形式”“减少文学性”“产生不出好作品”的观点，鲁迅指出，也许产生不了托尔斯泰和弗罗培尔，“但可以产生密

---

[01] 苏汶：《关于“文新”与胡秋原的文艺论辩》，《现代》1932 年 7 月第 1 卷第 3 期。
[02] 瞿秋白：《文艺的自由和文艺家的不自由》，《现代》1932 年 10 月第 1 卷第 6 期。

开朗该罗、达文西那样伟大的画手”。文章最后还添上了一句:“怎么办呢?”[01] 鲁迅的文章总体来说是对苏汶的语重心长的劝告。但“左联”内部的一些激进“左”倾分子大做文章，在周扬主编的《文学月报》第 4 号上，署名“芸生”写了一首《汉奸的供状》大搞人身攻击，态度极为恶劣，另外还有人在《现代文化》上做了一个“批判自由人”专号，观点极“左”。鲁迅针对“左联”内部这些极“左”声音写下了《辱骂和恐吓绝不是战斗》的名文。

歌特(张闻天)的《论文艺战线上的关门主义》发表之后，冯雪峰也看到了“左联”的一些不正确的观点和态度，表示赞同鲁迅文章中对“同路人”的论述，承认“苏汶先生的‘第三种文学’的真的出路，是一种革命的，多少有些革命的意义的，多少能够反映现在社会的真实的现实的文学”，同时也承认“‘左翼文坛’的‘左’倾宗派主义的错误”[02]，为此次论争画上句号。苏汶和胡秋原也对这次论争的结局表示满意。但从根据地逃回上海的叛徒杨邨人的出现却扭转了“第三种人”论争的局势。杨邨人原为太阳社重要成员，而且是“剧联”的负责人，杨邨人叛变之后发表《揭起小资产阶级革命文学之旗》，号召“第三种人”从事小资产阶级革命文学创作而不是无产阶级革命文学创作。“左联”另一成员，革命文学论争中表示支持鲁迅的韩侍桁也连续发表文章支持杨邨人。得到支持的苏汶重整旗鼓，“第三种人”集合起来创办了自己的同人杂志《星火》，此后“第三种人”处处和“左联”作对，“第三种人”本质已经发生根本变化，此后一直遭到鲁迅和“左联”的抨击。

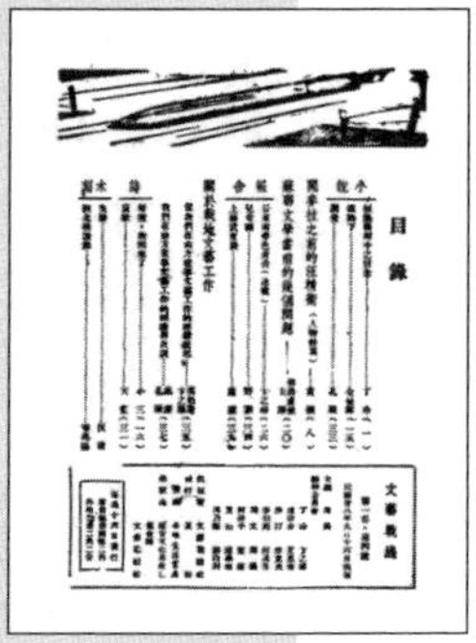

《文艺战线》目录

除了对“新月派”、国民党文艺的斗争，以及和“第三种人”的论争之外，“左联”内部也有一些重要的论争，如文艺大众化和“左联”解散时期的“两个口号”的论争。革命文学论争期间，创造社和太阳社明确提出普罗文学要“接近工农大众的用语，我们要以工农

[01] 鲁迅:《论“第三种人”》,《现代》1932 年 11 月第 2 卷第 1 期。

[02] 丹仁(冯雪峰):《“关于第三种文学”的倾向与理论》,《现代》1933 年 1 月第 2 卷第 3 期。

大众为我们的对象”[01]，“左联”成立之后立即成立了文艺大众化研究会，同时将原来郁达夫主编的《大众文艺》改为机关杂志，专门研究探讨文艺大众化问题。“左联”提出的以“大众化”为中心是一个带有方向性的关键问题。[02]

“左联”历史上关于文艺大众化问题有过三次规模比较大的讨论。第一次是《大众文艺》第2卷第3期上的一次讨论。鲁迅、郭沫若、郑伯奇、茅盾、沈端先和冯乃超等发表了自己的看法。鲁迅肯定文艺大众化的方向，但没有行政力量，现阶段全部大众化只是空谈，鲁迅认为文艺大众化要对大众有益，而不是迎合大众，可以利用旧形式。[03]郭沫若强调的是大众文艺的思想和形式，认为大众文艺应该是无产阶级文艺的通俗化，同时大众文艺“通俗到不成文艺都可以”[04]。郑伯奇强调的是大众文艺的创造者。他认为大众文艺应该是大众创造的文学，形式上自然是大众的语言，知识分子要创造大众文艺必须获得大众的意识。但另一方面又要求现阶段知识分子应该帮助大众改造旧形式创造新形式，要警惕通俗文学中不好的思想内容。郑伯奇的观点体现出知识分子对于大众化的疑惑。一方面要认同大众，要求知识分子世界观得到改造，另一方面又看到大众的思想弱点，对两者之间的矛盾如何处理的问题却并不明了。[05]鲁迅、郭沫若和郑伯奇的观点并不一致，而且各有所重。《大众文艺》编辑部还召开座谈会，邀请沈端先、冯乃超等做过专题讨论。在《拓荒者》上也有过文艺大众化问题的讨论。可是并没有得到一致的意见，直到1931年“九一八”事变之后，有感于动员群众的重要性和迫切感，“左联”才在瞿秋白的主持下通过了1931年决议。

瞿秋白的到来为第二次大众化讨论拉开了序幕。他来到“左联”之后十分强调文艺的大众化，由他主导的1931年的“左联”决议特

---

[01] 傅克兴：《小资产阶级文艺理论之谬误——评茅盾君底〈从牯岭到东京〉》，《创造月报》1928年12月10日第2卷第5期。

[02] 王瑶：《〈在延安文艺座谈会上的讲话〉在现代文学史上的历史意义》，《王瑶全集》第五卷，河北教育出版社2000年版，第248页。

[03] 鲁迅：《文艺的大众化》，《大众文艺·新兴文学专号》1930年3月1日第2卷第3期。

[04] 郭沫若：《新兴大众文艺的认识》，《大众文艺·新兴文学专号》1930年3月1日第2卷第3期。

[05] 郑伯奇：《关于文学大众化的问题》，《大众文艺·新兴文学专号》1930年3月1日第2卷第3期。

别设立独立的一节强调大众化："为完成当前迫切的任务，中国无产阶级革命文学必须确定新的路线。首先第一个重大的问题，就是文学的大众化。"[01] 1932年3月，"左联"通过《关于左联改组的决议》，要求"每一个小组都应当整个的（地）实践左联的转变——从各方面去进行革命大众文艺的运动"[02]。瞿秋白对五四白话文运动持激进的批判立场，认为五四白话文只是一种"非驴非马的新式白话"，是欧化士大夫的新式文言，大众文艺应该用普通人的话来写作。瞿秋白也承认民众思想中的封建意识和资产阶级意识，大众文艺的作者是无产阶级，大众文艺要利用旧有形式，随时创造新形式，同时要反映现实的革命斗争。但大众文艺也不是革命文艺的大众化，而是要创造出革命的大众文艺。[03] 茅盾与瞿秋白在大众化问题上的观点存在分歧。茅盾认为五四白话文并不是"新文言"，只要读过一点书的工人都能读懂，而瞿秋白的普通话说法现阶段不可能实行，他认为问题的关键在于能够让群众读懂。[04] 瞿秋白很快反驳茅盾的文章，他认为大众文艺应该采取渐进原则，注重形式，而不是"技术"，另一方面瞿秋白则继续坚持自己否定五四白话文的立场。[05]

由于汪懋祖等发动"文言复兴运动"，引起文化界论争，汪懋祖的言论很快受到批驳，而且论争很快转变为关于大众语的讨论，于是第三次文艺大众化讨论主要是大众语和汉字拉丁化的讨论。陈望道、陈子展、胡愈之和鲁迅等参与论证，并形成一个拉丁化社会文化运动，以蔡元培等为首，500多名社会人士签名发表对拉丁化新文字的意见。但这次运动最后以失败告终。

"两个口号"的论争是"左联"组织解散之后原"左联"内部爆发的一次大规模的文艺论争，给左翼文学的发展和格局带来了深远影响。1936年，"左联"驻莫斯科代表萧三来信，批评"左联"的宗派主义和关门主义错误，要求解散"左联"，建立更广泛的统一战线组

---

[01] 1931年11月中国左翼作家联盟执行委员会的决议《中国无产阶级革命文学的新任务》，《文学导报》1931年11月15日第1卷第8期。

[02] 1932年3月9日秘书处扩大会议通过《关于左联改组的决议》，《秘书处消息》1932年3月15日第1期。

[03] 瞿秋白：《普罗大众文艺的现实问题》，《文学》1932年4月25日第1期。

[04] 茅盾：《问题中的大众文艺》，《文学月报》1932年7月10日第1卷第2期。

[05] 瞿秋白：《再论大众文艺答止敬》，《文学月报》1932年10月15日第1卷第3期。

织。经过解散“左联”的不愉快之后，周扬等没有和鲁迅商议，就提出了“国防文学”的口号，于 1936 年宣布成立统一战线组织的“文艺家协会”。鲁迅对此口号持异议，没有加入该组织，当时一部分人也认为口号不合适，引发了文艺界的争论。[01] 而后从陕北带着任务归来的冯雪峰和鲁迅、胡风及茅盾等人商议提出“民族革命战争的大众文学”的口号，并发表了“文艺工作者宣言”，由此出现“两个口号”的论争。“两个口号”论争既是当时混乱局面之下各种意见纷纭的反映，也是“左联”积怨已深的内部矛盾的一次爆发，从理论上说，是对统一战线领导权的不同认识。

《夜莺》1936 年第一卷第四期封面

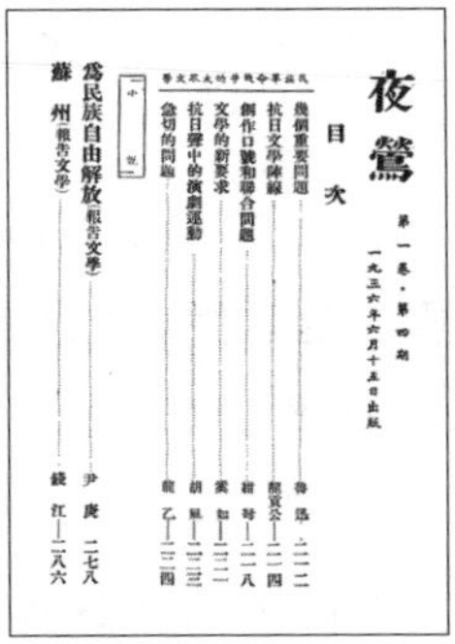
夜鶯
第一卷・第四期
一九三六年六月十五日出版
目次
民族革命戰爭的大衆文學
幾個重要問題……魯迅 一二二
抗日文學陣線……一二四
創作口號和聯合問題……一二八
文學的新要求……一三一
抗日聲中的演劇運動……胡風 一三三
急切的問題……一三四
為民族自由解放（報告文學）……尹庚 一七八
蘇州（報告文學）……錢江 一八六

《夜莺》1936 年第一卷第四期目次

《夜莺》1936 年第一卷第四期插画“民族革命战争的大众文学”

周扬组织的中国文艺家协会准备在 6 月 7 日成立，一切准备工作已经就绪，而 6 月 1 日胡风发表了《人民大众向文学要求什么》的文章，提出了“民族革命战争的大众文学”的口号，文章没有提到“国防文学”，使人感觉到其用新口号替换“国防文学”。[02] 支持“民族革命战争的大众文学”口号的文章陆续发表后，反驳胡风文章的文字便蜂拥而至。徐懋庸以胡风的同题文章回答人民大众向文学要求的是“国防文学”，用出人意料的逻辑证明“国防文学”已经为大众所认识，而“民族革命战争的大众文学”口号“忽略了目前特殊的现实

[01] 唐弢：《回忆鲁迅及 30 年代文艺界两条路线斗争》，《鲁迅研究资料》(1)，文物出版社 1976 年版。

[02] 胡风：《人民大众向文学要求什么》，《文学丛报》1936 年 6 月 1 日第 3 期。

所赋予战争的特殊意义”，并且强调“国防文学”的音律效果。[01] 周扬的《现阶段的文学》则指责“左的宗派主义者”胡风等抹杀了“统一战线”。[02] 7 月 1 日，鲁迅、茅盾、胡风、曹禺等签名发表了《中国文艺工作者宣言》，同期刊物上还有耳耶（聂绀弩）的文章《创作活动底路标》。这篇文章反驳了周扬和徐懋庸的观点，批评“国防文学”过于笼统、含糊，没有指出中国的民族革命战争的现实；同时，耳耶也提出并不反对“国防文学”的口号，而是认为“民族革命战争的大众文学”充实了“国防文学”的内容。

但“国防文学”支持者公开在文章中指责鲁迅“左的宗派主义”“不理解基本政策”等，在会议上也公开指责鲁迅“阻碍统一战线”[03]，私下则流传鲁迅是托派的流言。而托派一个热爱鲁迅文学作品的文学青年陈其昌还真的化名写信争取鲁迅。冯雪峰以笔录的形式为尚在病中的鲁迅发表了两篇文章：《论现在我们的文学运动》和《答托洛斯基派的信》。鲁迅在文章中阐述了两个口号之间的关系，坚决表明了自己站在延安一边的立场。但周扬等毫不退让。徐懋庸甚至写信指责鲁迅看人不准，对胡风、黄源和巴金等实行人身攻击。被激怒的鲁迅立即发表《病中答客问》，将“左联”多年的内部矛盾公开化，并谈到自己对抗日民族统一战线的理解和主张。鲁迅的回信发表之后，“两个口号”论争平息下来，唯一例外的是郭沫若发表文章《蒐苗的检阅》，要求鲁迅把口号“撤回”。9 月，冯雪峰等发表《文艺界同人为团结御侮与言论自由宣言》，论战正式结束。

[01] 徐懋庸：《人民大众向文学要求什么》，《光明》1936 年 6 月 10 日创刊号。

[02] 周扬：《现阶段的文学》，《光明》1936 年 6 月 25 日第 1 卷第 2 号。

[03] 冯雪峰：《有关一九三六年周扬等人的行动以及鲁迅提出“民族革命战争的大众文学”口号的经过》，《新文学史料》1979 年第 2 期。

第四章

“北方左联”与北方左翼文学运动

在讨论二三十年代的文学社团时，贺麦晓始终强调其理论起点是“社团与杂志之间的密切联系”。在他看来，“上海乃民国期间中国印刷业之中心，绝大多数杂志出版于斯，甚至并非上海的文学社团也将其刊物在这座城市或出版或发行”[01]，所以贺氏把关注的中心放在上海这座城市。考察一种文学史现象，站在时间与空间、中心与边缘纵横交错的历史坐标上，我们才能看到更为复杂的历史图景。即以文学社团而言，在起源于沪上的左翼革命文学运动中，文艺青年的结社就远不如兴起于北京的五四新文学运动之“风起云涌”和“雨后春笋”之势。当然，这并非就此断言激进的左翼文学青年于上海滩头就不再结社：1930 年春鲁迅到大夏大学演讲时，接待他的就是学生文艺社团“乐天文艺社”。而且该社被学校当局解散后，其成员又结成“展望文艺社”[02]。1933 年夏，流浪青年叶紫、陈企霞与暨南大学学生黑婴等人也曾结成“无名文艺社”，叶紫的名作《丰收》就刊载于其社刊《无名文艺》上。我们想说的是，在两场兴起于不同城市的文学运动中，文学社团有着不太相同的历史现象：在 30 年代“革命”的上海，文学青年结社的盛况不再。

[01] Michel Hockx, *Questions of Style*, Briu NV, Leiden, 2003, P86。本书副标题为“现代中国的文学社团与文学杂志：1911—1937”，第三章专门讨论“20 世纪 20 年代和 30 年代的文学团体与杂志”。

[02] 陈大戈：《大夏旧事》，中国左翼作家联盟成立大会会址纪念馆与上海鲁迅纪念馆编《左联研究资料集》，1991 年 1 月。

一、文化空间、文学社团与“北方左联”

五四新文化运动虽然也有党派势力的介入，但只限于个别和特殊的文化空间，就整体而言，虽然文坛与文化界的关系有些纠缠，但文学场和政治场的界限还算分明。而30年代文学运动最大的特点即政党参与文化生活，文学场与政治场的关系显得甚是混杂。[01] 以文学社团论，在北平，革命文学运动之始即出现的“谷风社”就由北大的共产党员与共青团员组建；“北方左联”成立前平津最重要的“夜鹰文艺社”更是“市委决定以（谢）冰莹为中心发起组织社团”，而且“成立以后，得市委通知让把文艺二字去掉，意思是这个团体不限于文艺方面的活动”。[02] 文学场中政治斗争的在场使得文学社团的特质也在如此的历史情境中悄然改变：有专家直称后期“创造社”和“太阳社”为“中国共产党领导下的‘文化支部’”[03]；而“在民族主义的旗帜下”国民党文人也筹组了为数不少的社团与左翼对抗。[04] 对抗需要力量，其结果就是文学社团的重组与联合。带有明显意识形态特征的协会与联盟等文化“组织”与“机构”的纷纷建立，也成为这一历史时段文学运动异于五四的重要文化现象：国民党有总部在上海又在各地设分会的中国文化建设协会，以张扬“中国本位文化”和“民族文学”为己任；共产党方面则有倡导左翼革命文学运动的中国左翼作家联盟及各地分盟。协会也罢联盟也好，在某种程度上可以说都是诸多小社团的联合：“努力文化之民族化”的“北平文化团体联合会”就宣称“本会是由二十四个文化单位

刊载于1929年11月30日《北洋画报》第404期的“北平夜鹰文艺社社员全影”。该刊在图片下特别注明：“有○符号者为《从军日记》之著者谢彬女士。”谢彬即谢冰莹

[01] 姜涛在《开放“本体”与研究视野的重构》〔《北京大学学报》（哲学社会科学版）2008年7月第4期〕一文中，以“《星期评论》之群”为个案，讨论了五四新文化运动中一个特殊的历史场景——由于国民党文化人的参与，在上海《星期评论》这个特定的文化空间内，文学场与政治场混杂纠缠。

[02] 娄凝先：《1928—1930年在北平出版的几个刊物》，《新文学史料》1985年第1期。

[03] 王晓渔：《知识分子的“内战”：现代上海的文化场域（1927—1930）》，上海人民出版社2007年版，第160页。

[04] 关于民族主义文学社团的研究可参看倪伟著：《“民族”想象与国家统治：1928—1948年南京政府的文艺政策及文学运动》，上海教育出版社2003年版，该书第二章“在民族主义的旗帜下”专门讨论“20世纪30年代初的民族主义文学社团”。

联合的总体”[01]；左翼的“上海戏剧运动联合会”也包含艺术剧社、摩登剧社、南国社、辛酉剧社、大夏剧社、戏剧协社和光明剧社等多个文艺团体。冯润璋在回忆中曾说，在革命文学运动之始的上海，“社会上有不少文艺团体”，而“1927 年前后，中国共产党想把当时各小文艺团体联合起来”，于是有了“中国著作者协会”“艺术剧社”，最后是“中国左翼作家联盟”的建立。[02] 应该说，冯润璋的回忆符合历史的逻辑与真实：“左联”在酝酿之时即已对众多文学社团的存在表示了不满与批判。新兴的革命文学运动中，社团活动也被定位为“小集团”的“散漫活动”，且被认为直接导致了“运动无大进展，且犯各种错误”[03]。“左联”机关刊物在报道其成立的消息时，也首先强调“酝酿了很久的左翼作家联盟组织”，是在“创造社被封，太阳社、我们社、引擎社等文学团体自动解散以后”，才“因为时机的成熟”而宣告成立。[04] 被当局查封，或自动解散皈依“左联”，其实也是沪上激进左翼文学社团的常见结局。也因此，在后世的历史视野中，当上海的中国“左联”成为 30 年代最大的文艺团体之时，众多的左翼文学社团也消失在它的光影之中。

1930 年 9 月于北平成立的“北方左联”在组织形式及思路上和上海“左联”并无二致，至少其初衷是如此。它不仅是个体左翼作家的联盟，亦是众多左翼文艺社团的联盟。1930 年 5 月谢冰莹即告知“展望社”的刘尊棋：“北京的各文艺团体都要解散，成员全部参加一个中国‘左联’的北平分盟。这话虽没有实现，但‘展望社’从此确不再开会。”[05]“北方左联”的“前身”之一应是同年成立的“普罗文化运动大同盟”，该同盟在写给美国《新群众》杂志的信中亦说：“二十七个激进的杂志和社团刚刚联合起来成立了华北普罗文化运动大同盟（Federation of Proletarian Culture of North

[01]《北平文化团体联合会成立宣言》，《文艺战线》1933 年 11 月 27 日第 36 期，又载于《重心旬刊》1933 年 12 月第 1 卷第 9 期。

[02] 冯润璋：《我记忆中的左联》，《新文学史料》1980 年第 1 期。

[03]《上海新文学运动者底讨论会》，《萌芽月刊》1930 年 3 月 1 日第 1 卷第 3 期。

[04]《中国左翼作家联盟的成立》，《拓荒者》1930 年 3 月 10 日第 1 卷第 3 期。

[05] 刘尊棋：《关于“北平左联”的回忆》，收入中国左翼作家联盟成立大会会址纪念馆与上海鲁迅纪念馆编《左联纪念集：1930—1990》，百家出版社 1990 年版，第 168 页。

China)。”[01]

但初衷归初衷，作为一个“文学集团”的“北方左联”自始至终也未在文坛建立起自己的“势力”，支撑北平这座城市左翼文坛的是为数众多的革命文艺青年及其文学社团。不管对于文艺青年个人，还是社团，“北方左联”都缺乏足够的吸引力与凝聚力。当于伶鼓动宋之的参加“左联”的时候，“他问了问情况，说：那何不自己写写小说就是了”[02]。甚至可以说，加入“北方左联”的个人与社团，获得的也仅是一个“左联盟员”的身份，他们与这一团体的联系常常显得有些若即若离。徐嵩同意了“冰流社”加入“北方左联”的建议，但晚年谈到与“左联”的关系时却说该社“只是‘北平左联’的‘外围团体’，对于 1933 年‘北平左联’的内部情况是不了解的”[03]。当时任“北方左联”出版部长的端木蕻良在机关刊上曾如此描述“北方左联”与各左翼文学社团的关系：“北平各文化团体，多半是自发的，然后左联走来领导”，但“各社团依然按着自由的轨道发展，没有一贯的神经中枢”。端木对此异常不满，指责“北方左联”为“低能的契构”。[04] 端木的言语虽然有些过激，但确也说出了故都北平左翼文学运动不同于上海的另一种历史图景。

同是左翼文学运动，同是“左联”，在摩登上海和故都北平，确有着不太相同的历史呈现：一方面，由于“北方左联”的机构在文坛影响有限，未能形成北方左翼文坛的“神经中枢”，因此，在北平，向往革命又热衷文学的青年们以自发结社的形式参与左翼文学运动成了一种常态。甚至，“北方左联”各下属支部与小组也多以有名有目的文学社团形式存在于北平文坛，如 1933 年组建的城南支部称为“荒草社”，1935 年清华“左联”小组成立的“国防文艺社”。另一

---

[01] *A Letter From North China*，美国《新群众》(New Masses) 1930 年 9 月第 6 卷第 4 期。关于华北普罗文化运动大同盟的资料现今已是罕见，中共北京市委党史研究室和中共天津市委党史资料征集委员会合编的《北方左翼文化运动资料汇编》(北京出版社，1991 年 6 月) 亦未见此同盟的相关文献。写给美国《新群众》杂志的这封信寄自天津，署名 K.Chang，未标明日期，信中提到其机关刊物《前夜》(Eve) 将于 8 月 1 日出版。

[02] 于伶：《北平左联到剧联的回忆》，《左联回忆录》(下)，中国社会科学出版社 1982 年版，第 567 页。

[03] 徐嵩：《关于“冰流社”》，《左联回忆录》(下)，中国社会科学出版社 1982 年版，第 632 页。

[04] 螺旋：《打击左联右倾机会主义》，《科学新闻》1933 年 7 月 1 日第 2 号。

方面，左翼文学运动在北平这座城市由于缺乏“领头羊”，革命文艺社团也常常有自发的联合之举，以凝聚力量。《每月文学》创刊之时即宣布：“我们的刊物集合了‘文史社’‘北国社’‘文学杂志社’‘尖锐社’‘创作与批评社’‘当代文学社’‘嘘社’等六个文学团体而共同努力。”筹备刊物之初，“尖锐社”的徐盈在写给“文史社”的孙席珍的信中即建议“不以个人名义参加，而以团体名义集合”，理由是以此可以“形成北方有力团体之大汇聚”。[01]《北方文学》杂志社更显示出故都革命文艺青年对大规模的社团联合所做的努力，在预告中它就热情地宣称本社社员有 130 名之多。然而，这些社团联合大多只是昙花一现或者有始无终。虽然这群“真心爱艺术，也真心爱着这世界”的热情的文艺青年“希望有一个好刊物，也和我们希望有一个好社会一样”，[02] 但酝酿中的刊物《北方文学》最终胎死腹中，《每月文学》的创刊也即终刊。大规模的社团联合需要大型的刊物作为其精神园地，可北平的出版、文化与政治环境都使他们很难在这座城市创建出理想的大报大刊，以营建属于他们自己的精神社区。自称“北平文化团体底总枢纽”的“北方左联”机关刊物《科学新闻》也只是一份四开型小报，而且仅出版四期即悄然停刊。应该说，北平的左翼文化机构也知其在故都文化界的“弱势”地位，因此也多次产生联合诸左翼文学社团的构想。文总负责人张磐石就曾要端木蕻良“联合几个刊物，把《科学新闻》改编成为一个大型刊物”。端木蕻良确也曾联系《文艺月报》社、冰流社、北国社等刊物与社团，并议定联合创办名为《罗旋线》的杂志。但因随后《科学新闻》社成员的被捕与逃亡，《罗旋线》计划也就烟消云散。[03] 在北平，不管是左翼机构的自觉组织，还是诸社团的自发行为，社团联合的成功者绝无仅有。因此，故都左翼文学运动自始至终都是以革命文艺青年聚集成小圈子或结成社团的形式展开。

《文艺月报》创刊号 1935 年封面

[01] 分别参见本社《致爱好文艺者》与《本刊筹备时的几封有关的信——代〈编辑后记〉》中的《庚致甲》，其中庚为徐盈，甲为孙席珍，乙为本刊核心人物王余杞。载《每月文学》1936 年 5 月创刊号。

[02]《北方文学杂志社启事》，《浪花》1936 年 6 月第 1 期。

[03] 端木蕻良：《编辑〈科学新闻〉的回忆》，《化为桃林》，上海古籍出版社 2000 年版，第 76 页。

我们在前文曾谈及城市里存在的物质社区与精神社区，不同的社区聚集着不同的城市群落，同时也占据着不同的城市空间。在我们的讨论中，物质空间是指文艺青年在城市里的栖身之所。1938 年毛泽东就已用“亭子间的人”来指称来自上海的左翼作家。[01] 李欧梵则将作家与其所在城市物质空间的关系概括为“个人的生活方式开始成为文学倾向的象征”，左翼作家居留的“‘亭子间’事实上成了上海文学生活的附属物”。[02] 事实上，“亭子间文人”也几乎成了 30 年代左翼革命作家的全称，很少有人考虑到亭子间只属于上海这个城市，也没有人以栖身之所命名北平的革命文艺青年。同是毛泽东，在另一次演讲中谈及北平的知识青年时，以其身份称之为“学生同志”。[03] 应该说，这是一个相当模糊的称谓，不管是当时还是后世，在北平，所谓“学生”实际上等同于“学生模样的人”，即“学生”已成为这座城市整个知识青年群体的全称。他们分散在这个城市的不同物质空间，这些空间也同样联系着“北平文学生活”，当然也包括北平的“左翼文学生活”。

中国人常说当局者迷，但后世学人只能在文献中重构历史，其实远不如当局者更熟悉身边的城市，他们更了解在这个城市的什么地方才能找到自己的精神空间。阳翰笙在谈论左翼文坛与书店的亲密接触后又说：“报纸是比较难打进去的。”而出版业零落的北平则正好与之相反，陈辛仁的回忆很好地说明了北平的文学生产方式与此间左翼作家精神空间的联系——谈及文学活动，他们首先想到的就是报纸副刊：“第一种方式是左联支部各小组的写稿者，分头向各种报纸的专刊、副刊投稿，如北平的《世界日报》、天津的《大公报》《益世报》等。第二种方式是通过一定关系编辑报纸上一种副刊，全部由左联支部组织稿件。当时在《北方日报》有个文艺性副刊《荒草》，就是这一类。”[04]

[01] 唐天然：《“亭子间”和“山顶上”的文化人的团结问题——一九三八年毛泽东同志亲笔订正的一段讲演记录》，《新文学史料》1988 年第 2 期。

[02] 李欧梵著，毛尖译：《上海摩登——一种新都市文化在中国：1930—1945》，北京大学出版社 2001 年版，第 41 页。

[03] 毛泽东：《一二九运动的伟大意义》，《毛泽东文集》第 2 卷，人民出版社 1996 年版，第 251 页。

[04] 陈辛仁：《北平左联支部的一年》，《北方左翼文化运动资料汇编》，北京出版社 1991 年版，第 433 页。

当然，30年代北平的左翼社团也曾出版过大大小小的杂志，如尖锐社的《尖锐》、冰流社的《冰流》、开拓社的《开拓》、北国社的《北国月刊》、泡沫社的《泡沫》等等，但大多刊出三五期后即从文坛消失，失去精神空间的社团此后有怎样的聚散离合也就无人关注，岁月流逝，后世也就难以寻踪，似乎它们在这个城市已完全销声匿迹。相对于杂志而言，报纸副刊显得更为重要。30年代北平报界还延续着五四新文化运动中形成的传统——各报皆设新文艺副刊、周刊，且多请文艺青年结成的社团负责编辑组稿。问题是，北平的革命文艺青年虽也时有作品刊于大报副刊，“北方左联”的陆万美还曾在石评梅病逝、姐姐陆晶清离京赴沪后接编《世界日报》的《蔷薇周刊》，[01]但总体而言，大报副刊更是学院文人的精神空间。也因此才有研究大报副刊的专家得出结论，以为“富有学术气象、文化韵味、学院气息，是中国现代报纸文艺副刊的一格”，并且特别指出，尤其是文化城的北平使平津地区的文艺副刊，“相对于上海文坛，学院文化气息更为浓烈”。[02]而正如我们前文所讨论，小报文艺副刊才是故都革命文艺青年及其社团在北平这座城市最为集中的精神空间。上述陈辛仁回忆中提到的《荒草》就是路一等“左联”青年结成的荒草社在小报《北辰报》上编辑的文艺副刊，而非大报的《北方日报》。就以《北辰报》为例，除了荒草社的《荒草》，尚有孤星社编辑的《诗刊》、未名小社的《破晓》、中国青年抗日通讯团北平支部的《烽火周刊》等诸多文艺副刊。多个文艺社团在同一份小报上编辑出版副刊，《北辰报》并非特例。相反，应该说30年代北平的一份小报上有一个乃至多个青年文艺社团编辑副刊实是司空见惯之事。只是小报发行地域有限，这些社团的成员又大多是无名的青年甚至少年，“都是正在求学时代的青年学生”[03]，自然人轻言微；再加上当社会生活“告别革命”“学术凸显”，当事者也更愿意追忆在“文学史”上有名的大报大刊中的耕耘，他们在小报的遭遇与革命故事似乎只能留在历史记忆的角落，

---

[01] 陆万美（1910—1983），原名陆绿曦，杨沫《青春之歌》中卢嘉川的原型，云南人，1929年考入北平中法大学，1932年参加“左联”，任常委兼出版部部长，抗战后曾任八路军第111师政治部副主任，新中国成立后任云南文化局局长、省文联副主席。

[02] 雷世文：《文艺副刊与文学生产——以〈晨报副刊〉、30年代〈申报·自由谈〉、〈大公报〉文艺副刊为中心的研究》，中国文史出版社2004年版，第168页、第185页。

[03]《写在本园地之前》，《诚报·学生园地》1935年3月7日创刊号。本副刊由沙粒社编辑。

等待遗忘，后世史家对此少有关注也就更没什么奇怪了。

谈及北平小报文艺副刊与故都左翼社团的关系，还有两点值得注意。一是各小报文艺副刊多有一个较为固定的作者群，虽不言社团，也暗示着一个文艺青年圈子的存在；二是虽未直接打出社团的名义，但实际上是由一个文学社团在副刊幕后操作。如《河北民报》的《贡献周刊》，自始至终也并未注明编者为何许人或何许团体，但在1933年初却公布出“本社同人：刘子麟、赵清正、沈哲臣、张炳钧、达生……”[01]。虽然我们只知道本刊的主要作者孟陶与辛人为“北方左联”作家，而刘子麟等名字对我们而言只是一个个陌生的符号，但“本社同人”的说法却显示一个文学团体确实存在于斯。

二、会馆与北方革命文学的兴起

北平的革命文艺青年所栖身的这座城市在革命文学论争时已被斥为“景象萧条的白都”“死寂的故都”“废都”[02]；在后世的城市史与文学史想象中，“比起上海这个现代都市神话和现代机械巨兽来，北平不过是一座被历史遗忘的夕阳下的农村大集市”[03]；故都革命文艺青年栖居的城市空间在文学史地图上同样不但算不上“道德高地”，反而还颇有“道德低地”的意味。

亚群体的分类当然也会有不同的标准：以其所“醉心”的社会活动，我们已将“泡沫社”区分出以谷峰为代表的职业革命者亚群体，以及由牧风与碧野等人构成的文艺青年亚群体，以见证30年代文学社团革命与文学的双重存在。而当我们以成员所栖居的城市空间考察“泡沫社”时，不管是整体的社团还是文艺青年个人，他们都和历史中的北平这座城市发生了更密切的关系：如果说遭遇北平小报，让我们找到了革命文艺青年在故都的精神空间；那么，走进会馆，遭逢革命文艺青年，我们会发现，这里原是他们在北平这座城市最重要的物质空间之一。

据谷景生回忆，“1935年四五月中旬”，中共北平市委工作委员

[01] 参见《河北民报·贡献周刊》1933年1月1日。

[02] 参见仿吾《完成我们的文学革命》以及《废都之〈开拓〉》(《文艺新闻》1931年9月14日第27期)。

[03] 旷新年：《1928：革命文学》，山东教育出版社1998年版，第88页。

会在成立之初即决定由他担任北平文总和“左联”的党团书记，着手恢复北平的“左联”工作。除了在各大中学校组建“左联”支部外，谷景生还忆及“陕西会馆、河南会馆、四川会馆、山东会馆等都发展有左联成员，吸收了许多进步的准备考学的青年”[01]。虽然，在知之不多的“泡沫社”成员中，我们仅知碧野和牧风当时正分别寄身潮州会馆和山东会馆，参加过“泡沫社”编辑会的王西彦栖居浙江会馆。但据谷景生的上述回忆，我们可以推测“泡沫社”及故都革命文艺青年群落中应该有一个不小的会馆文艺青年亚群体。谷景生提及的“1935年四五月中旬”也正是“泡沫社”成立的时间；而且，会馆本来就是“流浪”到故都的文艺青年在这座城市最为集中的栖居之所，既是其私人空间，也是他们凝聚社团参与革命文学的公共空间。

“移民本身不能将中国和欧美的城市区别开来。但是，对同乡身份和同乡团体的精心呵护与培育，以及由此显现出的同乡情感和团体的持久与力量，却是为中国城市所独有。”[02]美国学者顾德曼在讨论城市与移民关系的时候，引出了中国城市中的同乡认同与同乡团体。而不管是同乡认同还是同乡团体，在中国城市落地生根的就是散落于都市里的会馆。会馆兴于北平，也盛于北平。重构30年代北平的历史图景与文化地图，400余处[03]会馆无疑是最值得关注的社区和城市空间之一。会馆是旅居者在异乡城市建筑的馆舍，也是文化符码，勾连着由地缘关系构成的人际网络与会馆里的移民社会。地缘关系是城市会馆得以产生的种子，也是作为文化符码的会馆在“现代性”视野中一直声名不佳的缘由，似乎会馆只是“地缘”结出的一枚“旧”果子。在中国，似乎只有费孝通在其名著《乡土中国》中将“地缘”视

---

[01] 谷景生：《回忆一二九运动与北平地下党》，《人民日报》1995年12月9日。

[02] Bryna Goodman, *Native Place, City, and Nation—Regional Networks and Identities in Shanghai, 1853—1937*（《家乡、城市与国家——上海的地缘网络与认同，1853—1937》）. University of California Press, 1995, P.4。

[03] 关于北京会馆的数量，北京市民政局于不同时间有不同的说法：1949年《北京市人民政府民政局会馆工作调查报告》中宣布为391处（参见《1949年北京会馆情况调查报告》，《北京档案史料》1988年第2期）；1951年《北京市民政局会馆工作总结报告》统计为401处；1954年《北京市人民政府民政局关于改进会馆管理与修订会馆管理办法的报告》称本市会馆共有407处（后两份报告皆收入北京市档案馆编《北京会馆档案史料》，北京出版社1997年版），会馆房屋21600余间。不管哪个数字最为准确，北京都曾是中国拥有会馆最多的城市。

为“现代社会的特性”[01]；除此，无论是在携无数“新”观念而西学东渐的20世纪初，还是舶来的“现代性”弥漫文化界的20世纪末，凡是非“新”或非“现代”的东西都会被弃如敝屣，即便“旧”与“传统”的指责者自己同样穿着“旧”鞋子也会视而不见。在这样的时代与如此的思维逻辑中，“地缘”与会馆似乎也只能是“落伍的时髦”，被判定为与“新文化”或“现代性”格格不入的“旧习俗”“旧传统”的嫡传子孙或者破落户子弟，遭人非议。1903年创刊的《浙江潮》本是由浙江同乡会创办，却于“民族国家”的想象中将地缘的“省界”与“国界”“种界”对立起来，张扬“不可不先破坏省界”[02]；直至21世纪，依然有研究者在“现代化”的观照下视会馆为“近代城市中的一种封建残余”[03]。国内文化界如是，西方汉学界亦如是，这方面可以以在中国文化界声名颇大的马克斯·韦伯为例。韦伯站在西方现代性的立场上，在论及中国的城市时，可以说是一位“缺乏”或“没有”论者。在他眼中，中国城市是一连串“缺乏”与“没有”的总和：“缺乏”“政治上的特殊性”“都市法”“市民阶级”“政治力量”“自由”……总之，之所以“中国没有像佛罗伦萨这类的城市”，“原因就在于宗族的纽带从未断绝。由农村迁入城市的市民，与其……故乡保持着千丝万缕的联系”。[04] 在这种对地缘连同会馆的否定性评价占据绝对优势的氛围中，就连为会馆及其地缘组织多有辩护的何炳棣亦小心翼翼地首先承认：

> 以近代观点看来，这种高度的血缘性和地缘性在中国传统社会造成了零散分割的局面，加强了小群的观念，削弱了大群的意识，因而延展了我国社会的“近代化”。[05]

---

[01] 关于地缘关系，费孝通先生如是说：“血缘是身份社会的基础，而地缘却是契约社会的基础……这一切是现代社会的特性，也正是乡土社会所缺乏的。从血缘结合转变到地缘结合是社会性质的转变，也是社会史上的一个大转变。”参见费孝通：《乡土中国》，北京出版社2005年版，第109页。

[02] 文诡：《非省界》，《浙江潮》1903年3月第3期。

[03] 万江红、涂上飙：《民国会馆的演变及其衰亡原因探析》，《江汉论坛》2001年第4期。

[04] 马克斯·韦伯著，洪天富译：《儒教与道教》，江苏人民出版社1995年版，第19—21页。

[05] 何炳棣：《中国会馆史论》，（台湾）学生书局1966年版，第1页。

关注北平这座城市里文艺青年与城市空间之关系的是姜涛。显然，在故都的会馆与公寓之间，姜涛更青睐公寓这个“新型的文化空间”。在其历史视野中，“依靠了‘公寓’提供的场域，一代文学青年的人际网络才得以展开”，20 世纪 20 年代沈从文等文学青年的“文学生涯也由此展开”；而“‘会馆’作为一条乡土之链，在某种意义上象征了那个他不得不依靠，但又时刻想远离的社会圈子”，“‘会馆’提供了基本的生存条件，但似乎没有提供足够的社会参与可能”。固然，“会馆的衰落以及公寓的兴起”在某种程度而言是历史的真实，但个别文艺青年“从会馆到公寓”的“空间转移”，也许也没有那么多“特殊的意味”。[01] 毕竟，“象征”不是历史。当我们过分看重会馆、公寓等城市空间作为文化符码的象征意义的时候，我们已经开始偏离了历史鲜活的生活场景。这有些近似顾德曼所说的“以对变迁标志和程度的兴趣取代理解变迁过程的努力”[02]，而不管是“标志”还是“程度”，都并不能“提供历史的解释”。实际上，这位欲“抛弃韦伯紧箍咒”的西方学者对会馆不但没有预设的傲慢与偏见，而且，他的上海研究照亮的恰恰就是“新文化”运动，以及中国“现代”革命历程中，被视为“旧习俗”的会馆及“地缘网络”的积极参与。关注历史事实的顾德曼如此阐释他对历史的理解：“人们保持地缘认同这一事实并非就一定意味着他们不能发展出更广大的认同。”[03] 至少对我们的论题而言，这一说法足够有效：地缘认同与乡土情感确也并未限制北平文艺青年走向更广大的革命，获得革命文学认同。

论及籍贯及与之相联系的地缘认同，当代学人常讨论其在 20 世

---

[01] 参见姜涛《“公寓空间”与沈从文早期作品的经验结构》(《中文自学指导》2007 年第 2 期）和《从会馆到公寓：空间转移中的文学认同》(《中国现代文学研究丛刊》2008 年第 3 期)。

[02] Bryna Goodman：Native Place, City, and Nation—Regional Networks and Identities in Shanghai, 1853—1937, University of California Press, 1995, PP46. 另外，顾德曼在“New Culture, Old Habits”(《新文化，旧习俗》）一文中专门讨论会馆等地缘组织对五四新文化运动的参与，该文收入 Frederic Wakeman 和 Wen-shin Yeh（叶文心）合编的 Shanghai Sojourners (《上海异乡人》), University of California Press, 1992。

[03] Bryna Goodman：*Native Place, City, and Nation—Regional Networks and Identities in Shanghai, 1853—1937*, University of California Press, 1995, PP46. 另外，顾德曼在“New Culture, Old Habits”(《新文化，旧习俗》）一文中专门讨论会馆等地缘组织对五四新文化运动的参与，该文收入 Frederic Wakeman 和 Wen-shin Yeh（叶文心）合编的 *Shanghai Sojourners* (《上海异乡人》), University of California Press, 1995, PP310。

纪的变迁与浮沉。相对于“在哪里出生”，陈平原就更看重“在哪里念书”，即大学教育对人的塑造，并认为在当代中国，“取（籍贯）而代之的，是每个人特殊的教育背景”[01]。我们则更看重由于对时代思潮的不同态度而形成的不同城市群落，在这样的考察视野中，每一个校园都是“众声喧哗”：五四的北大同级学生“一班刊物竟成三”，对于激进的新文化运动“代表左、中、右三派”；[02] 同在清华园，“一二·九”运动后，左派学生在教室外“高呼口号”，何炳棣的“政策是全力读书，不管‘闲事’”；[03]“清华四剑客”李长之、林庚、季羡林和吴组缃因爱好文艺而形成一个小圈子，高恒文把京派看成一个实存的交游群体，并以此考证出除林庚外皆非京派中人。[04] 而如果以不同的文学观念及其由此衍生的对左翼文学不同的态度为标准，季羡林、李长之和林庚三人应该都属于北平城里追求“纯正文学趣味”的京派群体。季羡林曾忆起 30 年代在清华园，“《子夜》出版的时候，我们四个人又凑到一起，来到这里，大侃《子夜》。意见大体上分为两派，否定与肯定。我属于前者，组缃属于后者”[05]。在这个历史场景中，“两派”的区别不只关乎对一本书的意见，其背后隐含着对作为时代思潮的左翼文学是拒斥还是热衷的分别。也正是在这种分别中，他们已进入北平这座城市不同的文化群落。实际上，也正是对革命与革命文学的信仰使故都革命文艺青年与其他城市社群区别开来，在北平成为一个独立的知识分子群体，不管他是栖身校园，还是客居会馆。

对于北京会馆的历史变迁轨迹，人们的认识应该不存在太多的差异，那就是兴于明、盛于清、衰于民国。不用太多的理论与知识考证，一组数字已足以说明问题：据 1949 年 11 月北京市人民政府民政局会馆调查统计结果，北京共有会馆 391 处，其中明代建 33 处，

[01] 陈平原：《〈曾经北大书系〉总序》，吴晓东：《记忆的神话》，新世界出版社 2001 年版。

[02] 关于五四时期北大学生的“思想交锋”，可参阅杨早《一班刊物竟成三》，陈平原、山口守编：《大众传媒与现代文学》，新世界出版社 2003 年版。三种刊物分别指：《新潮》《国民》与《国故》。

[03] 何炳棣：《读史阅世六十年》，广西师范大学出版社 2005 年版，第 74 页。

[04] 高恒文：《京派文人：学院派的风采》，上海教育出版社 2002 年版，第 87—89 页。

[05] 季羡林：《悼组缃》，邓九平编：《季羡林散文全编》（三），中国广播电视出版社 1999 年版，第 109 页。

清代建341处，而为民国所建者仅17处。[01] 甚至有研究者认为会馆之衰主要起自1928年（这也正是我们关注的故都之始与革命文学之始的时间）："在京会馆衰败的主要原因，即1928年国民政府南迁。国民政府南迁使住在会馆的达官贵人纷纷随政府南去。"上述对于会馆走向衰落的起点与原因的分析，我们并无异议，但论者下面的论述我们却不能苟同："学校实行住宿制度和公寓的兴起，带走了会馆里的知识分子，带走了富有朝气的年轻人"[02]。达官贵人走了，失去财力支撑的会馆馆舍开始败落，高悬的大字匾额也开始剥落。但曾经只与仕宦、绅商及科举试子结缘的会馆却换了另一批居住者——"富有朝气的年轻人"。林海音的名作《城南旧事》叙写20世纪20年代中后期的北京，其中第一篇就是会馆故事。路过惠安馆的时候，爸爸告诉小英子那"里面住的都是从'飞安'那个地方来的学生"[03]。我们曾讲过，在北平"这个住满学生的"[04] 城市里，所谓"学生"其实只是知识青年这一城市群体的另一个名称而已，它不仅仅指称后人谈及北平最爱提及的大学生，也包括在读的中学生和谷景生所说的会馆里"准备考学的青年"，以及曾经是学生而现在只就读于"社会大学"的"流浪青年"。"学生"也因此成了文艺青年在故都这座城市最易为人接受的身份。20世纪20年代沈从文初到北平，在一家小旅馆的登记簿上写道："沈从文，年二十，学生，湖南凤凰县人。"[05] 30年代的师陀虽然"从来不曾考过什么大学"，但在公寓"户口簿"上填写的同样是"投考大学"[06]。因此，像谷景生那样在艺文中学挂名取得一个"学生"身份，以掩护其从事革命工作，在故都北平可以说是屡见不鲜的事。

30年代北平的云南会馆里就住着不少"准备考学"的青年；当然，还有陆万美、聂耳和张天虚这些热衷革命文艺的青年

对革命文艺青年来说，会馆并不比城市中的其他社区更有可鄙薄

[01]《1949年北京会馆情况调查报告》，《北京档案史料》1988年第2期。

[02] 胡春焕、白鹤群：《北京的会馆》，中国经济出版社1994年版，第25页。王熹、杨帆著：《会馆》（北京出版社2006年版）也完全采用了胡春焕和白鹤群的说法。

[03] 林海音：《城南旧事》，中国青年出版社2003年版，第22页。

[04] 师陀：《马兰》，文化生活出版社1948年版，第2页。

[05] 沈从文：《从文自传》，（上海）第一出版社1934年版，第163页。

[06] 师陀：《两次去北平》，《师陀全集》第8卷，河南大学出版社2004年版，第372页。

之处。“初来北京升学或找出路，一般多暂住在会馆中”已是“当时习惯”；至于住会馆的理由，一是同乡之间“凡事有个照料”，二则并非小事的“不必花租金”。[01] 上述说法虽是沈从文谈 20 世纪 20 年代北京风习时所讲，但借来描述 30 年代文艺青年在这座城市的经历也并没有多大的不妥。师陀曾说：“在我曾经居住过和偶然从那边经过的城市中，我想不出还有比北平容易遇见熟人的了。”[02] 赵园在《北京：城与人》中引用这段文字来抒写这座城市独具魅力的城市形象：“那种中国人更为亲切、深沉的乡土感。”[03] 而我们则更愿意将其落实到并无多少诗意的历史实处：30 年代“为各方流亡学生汇聚北平之盛”。所以如梁斌、碧野等诸多当时的文艺青年在晚年回首故都旧事的时候，都常常讲起在这个城市发生的一个相同场景：在大街或其他什么地方“偶遇”同乡同学等熟人。虽有些“戏剧性”，但也算不上什么传奇，更何况还有会馆的存在。1932 年 8 月 11 日，聂耳一到北平就直奔云南会馆。他在当天的日记中写道：“十二时半到北平正阳门车站。坐洋车到宣武门外校场头条云南会馆，在门口遇李纯一、许强、陈钟沪。吃蛋饭、谈天、收拾房间……拉琴。”[04] 日记中的李纯一为聂耳表姐，其他人多是其昆明同学。会馆里的同乡往往又是同学，“凡事有个照料”，减少了聂耳这班初到北平的青年对这座异乡城市的陌生感。美国学者韩起澜曾如此论述上海与外乡客居者的关系：“在上海这座移民城市里，籍贯构成了社会等级结构，形成了傲慢与偏见的流行意识。”[05] 但显然，北平会馆里敏感的文艺青年有可能因城乡的差异而有过“乡下人”的自卑，但他们很少因籍贯而遭遇这座城市的“傲慢与偏见”。相反，因会馆里往往凝聚起一个个由贫困的文艺青年结成的小圈子，同乡同学又同气相求，过着“有衣同穿，有饭同吃”的“原始共产主义生活”，每忆起当年会馆生活，原本年久失修一副破败相的馆舍倒常显出几分诗意：“潮州会馆有三进院落。

[01] 沈从文：《20 年代的中国新文学》，《沈从文全集》第 12 卷，北岳文艺出版社 2002 年版，第 375 页。

[02] 师陀：《马兰》，花城出版社 1982 年版，第 1 页。

[03] 赵园：《城与人》，北京大学出版社 2002 年版，第 5 页。

[04] 参见聂耳北平日记，收入聂耳全集编辑委员会编《聂耳全集》下卷，文化艺术出版社 1985 年版，第 449 页。

[05] [美]韩起澜著，卢明华译：《苏北人在上海，1850—1980》，上海古籍出版社 2004 年版，第 2 页。

前边大院有两棵老槐树，浓荫匝地；左右花坛种着一棵海棠和一棵丁香…… 二进有藤萝架和梨树，藤萝开花香满庭院。在藤萝架下和槐荫中，东西厢房门窗透碧。最后一进是长排平房，庭院深深…… 整座潮州会馆雅洁、幽静。”[01]

聂耳留下的一张相片也可证明梁斌所言 30 年代“各方流亡学生汇聚北平之盛”的说法。陆万美在回忆聂耳的文章中曾说住宿在云南会馆内的人数接近 40，而相片中的人数已近 80；碧野记述“潮州会馆的一群”也有近 20 人。当然，会馆里这些“流亡学生”或其他知识青年不可能都是革命文艺的热爱者，但我们至少可以说，故都革命文艺青年这一文艺群体中有不少人的文学生涯正是从会馆展开的。回首故都旧事，梁斌如是说：“住在骡马市大街直隶新馆，又开始了我的文学生涯。”[02] 1936 年参加“北方左联”的刘春“到北平后住在江西会馆，见到江西同乡：邹文宣、谢伟民、衷若霞、熊德基、谭石亭、胡明同志和李肇令等…… 志同道合。我们这些初来北平的人没有职业，从事写作”[03]。碧野也曾如此追忆北平的生活：“白天，潮州会馆大院静悄悄的，我们都在严肃认真地读写。”[04]

虽然聂耳旅居北平仅三个月，却被研究者视作“他生活中一次重要的转折”[05]。应该说，上述说法并不夸张。聂耳旅北平期间一直栖居云南会馆，当时同住于该馆的陆万美曾回忆聂耳在“云南会馆的一大批同乡朋友复杂混乱的生活圈”里的会馆生活，并引用聂耳本人自北平回沪后写给于伶的信，来证明会馆岁月为他带来的生命转折：“把我泛滥洋溢的热情与兴趣汇注入正流的界堤。”[06] 聂耳的“正流”也即指专心于革命文艺。聂

聂耳在云南会馆中与同乡们合影，虽然穿着和容颜有些模糊，但也可看出大多为知识青年。不管住在馆内还是住在馆外，北平的众多会馆依然是客居异乡的知识青年以地缘为纽带的聚集之所。图片来源：《聂耳全集》下卷

[01] 碧野：《人生的花与果》，《新文学史论》1992 年第 3 期。
[02] 梁斌：《我的第一篇小说》，《笔耕余录》，中国青年出版社 1984 年版，第 125 页。
[03] 刘春：《我参加“左联”的回顾》，《左联纪念集：1930—1990》，百家出版社 1991 年版，第 220—221 页。
[04] 碧野：《人生的花与果》，《新文学史论》1992 年第 3 期。
[05] 王懿之：《聂耳传》，上海音乐出版社 1992 年版，第 202 页。
[06] 陆万美：《把热情与兴趣汇注入正流的界堤——忆聂耳在北平》，《隽永的纪念》，云南人民出版社 1981 年版，第 94 页。

耳的生命转折也提示我们，会馆社会中交往的力量、集体生活的相互影响不可小觑，也正是在这样的交往与相互影响中，会馆里的革命文艺青年群落得以诞生。如果说李纯一、许强等考学青年使聂耳常“潜伏在考学校的玄想中”，那么，与同在会馆中“北方左联”的陆万美、写作长篇小说《铁轮》的张天虚等革命文艺青年的交往，则让聂耳“充满了创作欲”，并在日记中拟定了创作一份长篇小说的详细计划。[01] 同样，“发表作品、小有名气”的黄谷农开启了碧野的文学写作生涯，于是两人同为《觉今日报·文艺地带》写作“街头风景线”；而“严肃认真地读写”的碧野一群又带动了三个潮州女初中生，在会馆里办起了文艺“木板报”。[02]

碧野和“潮州会馆的一群”所栖居的潮州会馆南馆，他们在这“长排平房”中“严肃认真地读写”

从会馆到公寓有清晰的历史线索，但对30年代的故都革命文艺青年来说，似乎公寓和会馆二者之间并不存在那么大的历史距离。梁斌曾说：“住公寓最自由了，住会馆更自由。”[03] 如用现在一个时髦的词汇，可以说在北平，文艺青年“游走”于公寓、会馆、学校、图书馆之间，这也是在这座城市的历史中最易见到他们身影的城市空间。即便在公寓，由同乡构成的地缘关系也同样是文艺青年人际网络中一条重要的线。江西的金克木与同伴一到北平，“皮库胡同的久安公寓，这是他们的目的地，找的是一位姓方的同乡”[04]；山东的何兹全初到北平，住的也是公寓。虽说是公寓，其实已形同会馆：“这是曹州来

---

[01] 参见聂耳北平日记，收入《聂耳全集》下卷，人民音乐出版社1985年版第459、第475页。张天虚（1911—1941），1932年12月开始写作其长达50万字的长篇小说《铁轮》，于1933年7月完成于日本，1936年12月由郭沫若作序，以东京文艺刊行社的名义出版。

[02] 碧野：《人生的花与果》，《新文学史论》1992年第4期。黄谷农（1916—1999），即后来的民俗学家薛汕，原名黄谷隆，和碧野是金山中学同学，流亡到北平后进入中国大学。晚年所作《自传》中提及北平的文学生活，并说常发表作品的报刊为《觉今日报》《北辰报》《北平新报》以及东京的《留东新闻》，皆是小报。在《觉今日报·文艺地带》刊载作品时常用笔名“黄林辰”。

[03] 梁斌：《在直隶新馆的日子》，《笔耕余录》，中国青年出版社1984年版，第145页。

[04] 金克木：《少年漂泊者》，《孔乙己外传》，生活·读书·新知三联书店2000年版，第217页。

的学生组织的一个宿舍，好像叫作‘南华学舍’。”[01] 另一方面，从公寓到会馆和从会馆到公寓的迁居似乎也没有太多的历史玄机。正如沈从文所言，住会馆“不必花租金”，这对流落故都的贫困文艺青年来说委实不是一件小事。“连公寓也住不起的人，就只好设法去住免费的会馆”[02]。牧风从公寓迁居会馆也是为了“可以免见房东那吃人的鬼脸”[03]，同样，碧野“和黄谷农太穷，拖欠房租，房东开撵”，才从公寓搬进免费的会馆。实际上，贫困也是会馆中的他们开始写作的缘由之一。碧野“因为生活太穷困，我异想天开，把高中作文竞赛获冠军奖的《暴风雨之夜》寄给了报纸副刊”[04]；住在浙江会馆的王西彦亦是在会馆伙计催交伙食水电费的时候，“突然想起自己所写的一篇小小的习作”，以至于后来“每当我被询问到为什么走上文学道路时，我总是回答说，是生活的逼迫”。当时的文艺青年也曾戏称之为“穷而后工”：“近来其穷，不言其状，诸友因穷而得文不少。”[05]

会馆里的生活圈“复杂混乱”，“住着一些穷学生、亡命徒”[06]，公寓同样不是只为文艺青年准备的城市居所，也是鱼龙混杂。30 年代陶亢德曾编有一册《北平一顾》，写公寓的文章就有三篇，可见北平公寓之盛，以至于何容说：“感觉北京的生活和别处……不同的地方就是住公寓。”至于公寓的房客，何容写道：“除了学生，还有衙门里混小差事的，卸了任的穷县太爷，也有单为生孩子来住几天，等孩子生出来死了就搬走的。那些学生中，现在也有成了诗人的。”有过十余年公寓生活的徐崇寿对这一城市空间及其居民充满厌恶，概括其两大特色：一是“哗啦啦通宵达旦的战场”，“公寓的牌风转炽，学生哥儿们的玩牌就无停息了”；二是“深宵人静之后”，“学生哥儿枯居公寓之内，不甘寂寞，时常叫（歌妓）进来弹唱几曲以为开心”。[07]“北

[01] 何兹全：《爱国一书生——八十五自述》，华东师范大学出版社 1997 年版，第 41 页。至于住着曹州学生，却叫作“南华学舍”，何兹全猜测说：“也许是曹州素有‘南华’之称。”何兹全，历史学家，1911 年生于山东，1930 年从山东六中初中毕业后到北平，先后考入辅仁大学附中高二插班和文治中学高三插班，1931 年考入北京大学历史系。

[02] 王西彦：《一间阴暗的小房子》，《新文学史料》1984 年第 3 期。

[03] 牧风：《红笑》，《泡沫》1935 年 12 月第 1 卷第 4 期。

[04] 碧野：《人生的花与果》，《新文学史论》1992 年第 3 期。

[05] 若霞：《编辑后记》，《北方日报·一周文艺》1935 年 4 月 3 日第 4 期。

[06] 梁斌：《一个小说家的自述》，中国青年出版社 1991 年版，第 114 页。

[07] 分别参见何容《公寓里的风波》、徐崇寿《北平的公寓》，收入陶亢德编《北平一顾》，（上海）宇宙风社 1938 年版，第 203、第 197、第 200 页。

方左联”的马加晚年对公寓生活的回忆和徐崇寿颇为相似，也证明徐的说法不是个例：“我一回到文丰公寓，就觉得这里是多么消沉无聊。门口卖破烂的小贩打着小鼓，槐树上的蝉声吱吱不停，几个阔少大学生还在夜以继日地打麻将，还有他们从外面领来的野妓，为了寻欢作乐，唱着《四郎探母》。”[01] 在北平文坛，以公寓生活为题材的作品也颇为常见。另一位“北方左联”作家澎岛曾有作品写一家“特殊”的公寓，公寓的女主人专门为大学生“拉拢异性的朋友，为他们预备下舒适的房供他们同居”[02]。公寓恶名如此，致使北平有小报还专门刊出社评，提醒、劝诫来北平求学的学生，“公寓是藏污纳垢的渊薮，许多社会罪恶的养成，大都由于公寓的黑暗面作祟”，因此，“对于公寓这种场所，总以避免为佳”。[03]

不管是公寓还是会馆，究其实只是一个异乡人在北平的栖居场所，只有当居于这种“复杂混乱”的社区中的青年聚集成文艺群体的时候，它们才作为城市空间和文坛与文学史想象产生联系。而且依靠地缘关系聚集在会馆里的革命文艺青年也不仅仅是无名的“会馆的一群”，他们也常结成实有其名的文艺社团。江西会馆中刘春、李肇令、衷若霞等文艺青年不仅在《北方日报》编辑《一周文艺》周刊，而且成立了“忘川文艺社”；[04] 重庆会馆中的青年先是成立“左联”小组，而后又有了川籍文艺青年伍石夫等人参与的“榴火文艺社”。[05] 有一点值得注意：固然，地缘关系成就了这些左翼社团，也是会馆中文艺青年最重要的人际纽带，但会馆不可能限制文艺青年更大空间内的聚集，究其实这一城市空间也只是他们人际网络的起点而已。就算会馆可以营造出“一个‘熟悉’的社会，没有陌生人的社会”，但不管北平如何乡土，它都是现代中国的城，会馆也不可能真的成为“生活隔离，各自保持着孤立的社会圈子”“富于地方性”的乡土社会。[06] 论

[01] 马加：《漂泊生涯》，《新文学史料》1996年第1期。

[02] 澎岛：《另一种职业》，《北国月刊》1932年9月1日创刊号。

[03]《旅平同学可勿住公寓》，《中学新闻》1933年2月8日第22期。

[04]《一周文艺》于1935年3月20日在《北方日报》首次刊出，编辑者为衷若霞，通讯处为宣外江西会馆；《忘川》创刊于1936年4月，据刘春回忆，刊物凝聚了三四十个“革命进步的青年”，“大多数为江西籍”。

[05] 王景任：《“北平左联”最后一班车》，《左联纪念集：1930—1990》，百家出版社1990年版，第227页。

[06] 费孝通：《乡土中国》，北京出版社2005年版，第6页。

及传统的会馆，何炳棣如是说："无论地缘观念最初如何深固，同业的经济利益迟早能克服了同业之内原来的狭窄地域观念，所以最后总是趋向于超地缘的业缘组织的形成。"[01] 旧会馆的地缘观念尚可因共同利益而被超越，遑论对革命文学有共同信仰的 30 年代北平文艺青年。陆万美是云南人，但"开始参加'左联'活动，是编组在骡马市大街陕西会馆内的一个小组里"，而且同组的小左，还是一个山东青年。[02] 可见会馆里居住的大多是同乡，但在此活动的文艺青年却早已超越了地缘关系。

更何况，即便是地缘关系，也早已在现代都市里变得不那么单纯，而是掺杂了同学与同志等诸多现代因素，其"地方性"空间的会馆也勾连着学校、图书馆、报刊等现代城市的物质空间与精神空间，从而带来新的人际网络。贵州的王景任因与伍石夫等人为四川华西大学附属高中的同学，便住于重庆会馆并加入该馆青年结成的文学社团"榴花社"。而且，重庆会馆的这个"异乡人"也为"榴花社"带来了他自己的同乡——贵州籍的段雪笙、秦川（1919—2003，段雪笙外甥，笔名晴川，"北方左联"成员）等人；栖居浙江会馆的王西彦因参与"泡沫社"编辑会并结识山东的谷牧，考入中国大学后与并不是同籍的同学组织"绿洲文艺社"，"绿洲文艺社"又发展为"文艺青年协会"。谷牧与刘御领导的"平津青年作家救国会"联合王西彦、余修、李寒谷等人的"文艺青年协会"而最终成为更大规模的团体——"北平文艺青年救国会"。联合的成功，在人际网络方面除王西彦与谷牧早已相识外，首先依靠的还是地缘关系：刘御与李寒谷为云南同乡，首先是他们二人接触，"表示了团结合作的愿望"[03]。但从王景任、王西彦等人的由个人到社团到协会再到团体联合的经历中，我们可以看出，会馆文艺青年在这个城市中一直不断寻找着新的城市空间与人际网络认同，参与着故都革命文学运动的建构。更何况，还有现代报刊这一精神空间的介入，更为他们走进会馆外更大的革命文

[01] 何炳棣：《中国会馆史论》，（台湾）学生书局 1966 年版，第 102 页。

[02] 陆万美：《迎着敌人的刺刀尖，坚持战斗的"北平左联"》，《左联回忆录》（下），中国社会科学出版社 1982 年版，第 603 页。

[03] 刘御：《北平文艺青年救国会的建立及其前后》，《新文学史料》1983 年第 3 期。刘御笔名史巴克，"泡沫社"成员，在成员的延续中，我们可以视"平津青年作家救国会"亦为"泡沫社"、"浪花社"的后继。

艺青年群体提供了可能。“北方左联”南城支部及其“荒草社”成立于直隶新馆，应是以河北籍的文艺青年为中心，但实际上，除路一、梁斌、远千里等人以外，其他成员都非河北籍：高敏夫为陕西人、倪素存为安徽人、刘御为云南人、金肇野为辽宁人……正如路一所追忆：“以北平城南区‘左联’支部和《荒草》周刊为纽带，与师范大学、中国大学、民国大学、师大附中等学校的文艺爱好者和作者，以及宣武门、和平门内外的革命文艺青年联系在一起。”[01] 城市精神空间凝聚不同物质空间社会群落的作用不容小觑。如前面我们谈及较多的碧野，也正是以《泡沫》杂志这一精神空间为媒介，碧野才走出潮州会馆得以结识山东会馆的牧风，并由此走进“泡沫社”的后继“浪花社”。

言及近代北京及其会馆，美国学者白思奇看重“戊戌维新运动给后来的北京地方史、会馆史”带来的影响：“北京会馆的政治功能的加强”，其表现之一就是“许多政治性社团在会馆中成立”。[02] 虽是一个断代的城市史考察，但白思奇的思路提醒我们：在不同的历史时段，同一城市空间与不同城市社群和文化群体的结缘。讨论 30 年代北平城市史和文学史的关系，革命文艺青年群体及其社团与会馆的联系值得关注。实际上，也正是因为这个群体的存在，会馆生活才会让当时的文艺青年几番入梦：“梦境好像是这样子的：在北京骡马市大街直隶新馆，下午饭之后，我正趴在桌子上写一点什么东西。千里在地上走来走去，说：‘走吧！……’我说：‘走！去就去！’说着把笔放下，叫上路一、一鸿、一起、眺林……”[03] 这群会馆文艺青年要去哪里呢？梁斌如此追忆这一群落的城市生活与文学生活：“白天到北京图书馆读书，晚饭后到陶然亭一游，夜间写文章。”[04]“在图书馆读书的多是左倾学生”[05]，北平的图书馆也成了聚集故都革命文艺青年的另一个重要城市空间，只要翻阅碧野、田涛、王西彦、牧风这些当

[01] 路一：《记“北方左联”书记张秀中》，《左联纪念集：1930—1990》，百家出版社 1990 年版，第 231 页。

[02] [美]白思奇：《北京会馆与戊戌维新——从城市历史的角度看戊戌维新》，《北京社会科学》1999 年第 1 期。

[03] 梁斌：《在直隶新馆的日子》，梁斌《笔耕余录》，中国青年出版社 1984 年版，第 145 页。

[04] 梁斌：《我的第一篇小说》，《笔耕余录》，中国青年出版社 1984 年版，第 125 页。

[05] 梁斌：《一个小说家的自述》，中国青年出版社 1991 年版，第 103 页。

文艺青年当年的回忆文字，我们会发现，从会馆、公寓到图书馆，是他们共同的北平记忆。

在纪念文字中，梁斌如此描写当年“北方左联”的师友：“他还是过着文墨生活，每天到图书馆，读书，写文章。”[01] 因羡慕梁斌、路一等人的会馆生活，远千里“也就不上学了，好像离栏的野马一样，革命、跑图书馆、写诗”[02]。梁斌自己呢？“住在骡马市大街直隶新馆……过‘左联’的生活……又恢复了文学生涯”，“写文章写得脑子有点发热”，“脑子里都是人物、故事，骑着车子也在构思”，以致几次撞人。[03] 牧风当时也曾如此书写会馆里“手不愿离卷”的自己：“虽然是被书本骗着了，可还是对它有着好感；而且仿佛只有那里边，才是自己的世界，才有自己的安慰。灯下、晨曦中，每时，像没有它便混不下去。”[04] 诚然，无论讨论左翼文学还是左翼作家，我们都承认革命的政治与文学的书写是他们与生俱来的两翼，轻视任何一翼都会使历史的天平失衡。至少对于故都革命文艺青年而言，二者也许没有那么多的矛盾与冲突，不管是言个人，还是言群体：“泡沫社”这样的团体中有谷景生这样的职业革命者，也有牧风等书写革命的文艺青年。个人呢？对牧风、碧野、梁斌、远千里这样的故都革命文艺青年而言，“革命、跑图书馆、写诗”都是他们的生活，没有人会否认，书写“革命”同样是“革命的政治”。

借用雅各比对波西米亚知识分子的描述，我们可以说，故都革命文艺青年聚集在会馆、公寓和图书馆等城市空间，“梦想着未来和回忆着过去”[05]。王西彦的写作生涯开始于浙江会馆“小房子里的孤灯下面，抄写起童少年时代家乡农村生活的回忆”[06]。这应该是大多数革命文艺青年共同的生命体验与文学记忆。但问题的另一面是，即便“他的经历，却抵得太平天下的顺民一世纪的经历”，无论经历过怎样“转辗的生活”，他们终“还是一个青年”。[07] 十岁或不足二十岁的

[01] 梁斌：《怀念丁浩川老师》，《笔耕余录》，中国青年出版社 1984 年版，第 94 页。
[02] 梁斌：《远千里同志十年祭》，《笔耕余录》，中国青年出版社 1984 年版，第 152 页。
[03] 梁斌：《一个小说家的自述》，中国青年出版社 1991 年版，第 114、第 119、第 115 页。
[04] 牧风：《红笑》，《泡沫》1935 年 12 月第 1 卷第 4 期。
[05] [美]拉塞尔·雅各比著，洪洁译：《最后的知识分子》，江苏人民出版社 2002 年版，第 23 页。
[06] 王西彦：《一间阴暗的小房子》，《新文学史料》1984 年第 3 期。
[07] 鲁迅：《且介亭杂文二集·叶紫作〈丰收〉序》，人民文学出版社 2006 年版，第 6 页。

青年，抄写少年的记忆也就只能是顺理成章的事。只不过“革命”的信仰与追求使他们难以写出镜花水月的乡村牧歌；比起顾影自怜，以温情而伤感的笔触描摹童年“旧事”，这个文艺群体更愿意以自己的经历书写“对社会的丑与美、憎恶与同情、爱与恨”[01]，并以此来展现中国的时代图像。不管是王西彦记述雪夜里“做皮肉生意”女人的《车站旁的人家》、梁斌《红旗谱》的前奏《夜之交流》，还是田涛讲述被卖给财主而失去母爱的管姐的《离》，碧野纪念死去父亲的《窑工》……都是苦难与反抗的故事。苦难是过去的故事，而过去还在延续，所以他们以“革命”的名义呼唤反抗，以反抗隐喻未来。每一个时代都需要有人“梦想着未来”，即便所有的未来都有些乌托邦的色彩。在30年代的北平这座城市，用过去与现实的故事书写着未来梦幻的就是这群革命文艺青年。

有论者曾言“革命是现代性的最高表现形式”，但于“农村大集市”[02]的故都北平，最“现代性”的革命文学却在“封建残余”的会馆里开出花来，似乎不太符合历史想象的逻辑，但又确实是真实的历史故事。

三、中学生与三十年代左翼文艺运动

学生群体是新文学再生产的重要环节，可以说是新文学最重要的读者群体，同时也是培养符合新文学理想作者的重要来源。文学史研究较关注大学，尤其是北京大学等著名北方高校与新文学的渊源，但相对忽略了中学生这样一个基数更为庞大的群体。中学生文艺本身可能显得并不出色，但他们是新文学重要的后备军。30年代左翼文学，尤其是北方左翼文学的发展离不开广大的中学生群体，“北方左联”的成立与中学生群体具有直接关系。

讨论“三千余年未有之大变局”的中国近代社会，废科举，采取西方体制兴办新式教育，向来被认为是“吾国数千年中莫大之举动”[03]，是百年中国现代化进程中的“关键时刻”。于此视野中，这一

[01] 田涛：《记北平公寓生活（续）》，《新文学史料》1990年第2期。

[02] 旷新年：《1928：革命文学》，山东教育出版社1998年版，第12、88页。

[03] 严复：《论教育与国家之关系》。该文为严复于废除科举的第二年，即1906年在环球中国学生会的演说。

历史时段的学校与学生也成为备受关注的文化空间与知识群体。笼统地说，学校成为新文化生产的重心，学生作为新兴社会势力群体异军突起，都不会引起什么异议。但若对学校与学生进行亚群体分类的话，对不同阶段的学校以及随之产生的不同群体，其认识恐怕就大相径庭了。

晚清以降，中国仿西方学制，取三段式教育模式，于是有小学、中学、大学三种不同的校园文化空间，以及小学生、中学生、大学生三种不同的社会群体。强调大学对现代中国的影响举足轻重，似乎已是共识。但问题是，中国现代大学体制虽是欧风美雨的产物，“大学”之名却是古已有之，寻根尚可溯源至自家的三代、汉学与国子监。借用钱锺书的名言，可谓“东海西海，心理攸同”，因为不管中学西学，毕竟都有“高等教育”。但直到 1902 年壬寅学制——《钦定中学堂章程》公布，中国才出现了“中学”的名与实。以此观照，可以说，包括中学、师范和职业学校的现代中等教育才是真正的舶来品，中学与中学生也同样确凿无疑的是现代中国的新兴文化空间与新兴知识群体。而言及这一文化空间和学生群体，学界之认识与评价都有颇大的分歧。周策纵、朱丹（Donald Jordan）都将民国时代的中学生列入“上层精英”群体。新加坡国立大学荣退教授王赓武（Wang Gungwu）将现代中国的中学生与大学生相提并论：“现代教育中的中学生、大学生承继了中国培养‘精英’之‘士’教育传统，但是这一新生力量人数更多，更集中于城市与大集镇，脑子里激荡着的是从西方借来的崭新观念。”[01] 接着余英时近代知识分子边缘化的话题往下说的罗志田则反对以上诸家，认为将中学生纳入知识分子，甚至精英之列，是把知识分子的范围“放得甚宽”了。于罗志田而言，中学生只能属于现代中国的“边缘知识分子”社群。[02] 许纪霖

---

[01] Wang Gungwu, Forward（《序》），参见 Huang Jianli（黄坚立）：*The Politics of Depoliticization in Republican China*：*Guomindang Policy towards Student Political Activism, 1927—1949*（《民国时代非政治化的政治：国民党对学生政治运动的政策。1927—1949》），Peter LangAG，1996。其他著作可参见周策纵著，周子平等译：《五四运动：现代中国的思想革命》，江苏人民出版社 1996 年版；Donald Jordan（朱丹），*The Northern Expedition*：*Chinese National Revolution of 1926—1928*（《北伐：中国的民族革命 1926—1928》），Honolulu，1976。

[02] 罗志田：《近代中国社会权势的转移：知识分子的边缘化与边缘知识分子的兴起》，《权势转移——近代中国的思想、社会与学术》，湖北人民出版社 1999 年版，第 219 页。

则认为不同的教育生产不同的学生群体，也生产不同等级的文凭。由此，他将持有不同文凭的学生群体也分为不同等级的四个层次，在这个“等级性的文凭社会中”，四个等级分别是留学生、重点大学学生、一般大学学生与“遍布全国的师范院校和专科学校毕业生”。所以，许纪霖虽然强调学校在近代中国“成为国家建制所承认的精英培养的正式机构”，[01] 但由于将中学生群体遗弃于文凭等级社会之外，可见其视野中“精英培养的正式机构”并未包含中等学校，即中学生群体不在其所讨论的“知识精英”之列。

但问题是，说“师范院校和专科学校毕业生”“遍布全国”已是对并不普及的民国教育过分夸大的说法。以 1934 年为例，据民国政府教育部统计，当年专科以上学校全国仅 110 所，专科学校也才 31 所，高校数量位居前三名的上海、北平和河北省也不过分别是 24 所、17 所和 9 所，大多数省份的专科以上高校在 5 所以下，甚至为零；而当年的全国专科以上毕业生也才 9600 余人，全国平均每万人中大学生数仅仅为 1；[02] 中等学校学生则远远高于大学生，但每万人中接受过中等教育的也不过 12 人，能有钱读到高中毕业的人数更是少之又少了，当年的社会调查也表明，高中“从高一到高三人数逐渐减少”[03]。北平私立育英中学 1935 年班入学时有 150 余人，而到高三毕业时仅剩 50 人。河北定县素称“教育发达”之区，1929 年李景汉进行社会调查时，初级中学、师范和职业学校等中等学校共计 5 所（没有高级中学），在校生共 480 人，而当年三校毕业生却只有 134 人；全县 62 个村子中接受过中等以上教育的也仅仅 308 人，而中学以上学校毕业的则只有 222 人。[04]

1930 年梁斌投考保定二师，“只招一班，共四十个人，下场的是两千五百余人”[05]。中等学校数量少，其容量也有限，在整个民国期间，“中学教育资源不能满足教育需求的情况一直没有得到改善”，

---

[01] 许纪霖：《重建社会重心：现代中国知识分子与公共空间》，《公共空间中的知识分子》，江苏人民出版社 2007 年版，第 12—13、第 9 页。

[02] 教育部统计室编：《二十三年度全国高等教育统计》，商务印书馆 1936 年版。

[03] 张官廉：《中国中学生心理态度之研究》，燕京大学心理学研究专刊第 2 种，1932 年 12 月，第 5 页。

[04] 李景汉：《定县社会调查》（上册）《教育》，中华平民教育促进会 1933 年 2 月。

[05] 梁斌：《远千里同志十年祭》，《笔耕余录》，中国青年出版社 1984 年版，第 149 页。

以致出现“校荒”的现象。[01] 1931 年，国际联盟教育考察团在论及中国中等教育现状时说：“中等学校名额过少因而投考落第之学生甚多……现有之中等学校，实有属供不应求。”[02] 民国中等教育并非如想象的那样发达的另一个原因，是和现代教育结伴而生的教育收费制度有关——新式学校比起旧式教育要更为昂贵。在贫困的中国，教育收费的结果也只能是：“非有资产者不能受中等教育也，非极有资产者不能受高等教育也。”[03] 对于历史考察对象，后人有站在后世立场的想象与认识，但身处当时历史境域中的时人之看法与观念也许更值得注意。30 年代的中学生有强烈的精英意识，喜谈责任与使命，他们自述其原因为“中国今日，平均三百多个人中只有一个中学生”，“我国的中学生，比较的少，所以别的责任就要分到我们身上”，“所以我们每一个人都是三百多人的领袖”。[04] 他们也带着这样的思想走出中学校园，与母校和自己的中学时代“话别”：“在现在的教育尚未普及的中国，我们便是民众的领袖呀！”[05] 在校内，对自己的群体有如此的体认，校外的社会也这样看待他们：“在教育不普及的中国，中学毕业生已含有智识阶级的意味。”[06]

中学生群体不仅仅是因为数量少而被拉进知识分子行列，还有一个教育史的史实不应忽视：民国期间，中学，不管是公立还是私立，大多是全国性的学校，特别是省立高级中学。同大学一样，中学校园亦是不同籍贯的青年知识者聚集的文化空间。因此，高中在时人的眼中，也颇有今人心目中大学的意味。从 1932 年 12 月国民政府公布的《中学法》中也可窥见中学在各级行政区域的存在与分布：“中学由省或直隶于行政院之市设立之，但按地方情形有设立中学之

---

[01] 王伦信：《清末民国时期中学教育研究》，华东师范大学出版社 2002 年版，第 213 页。在该书中，著者还利用历史文献与材料统计比较了 1922 年与 1946 年各中学考生数与录取人数的比例，以论证民国期间中学教育资源短缺的历史。

[02] 国联教育考察团：《中国教育之改进》，国立编译馆 1932 年版，第 113—114 页。

[03] 赵笃明：《中国教育应如何改革》，《教育杂志》1925 年第 17 卷第 12 号。

[04] 文清：《我国中等学校学生目前的责任》，《育英半月刊》1935 年 10 月 16 日第 4 卷第 1 期。

[05] 王延寿：《话别》，育英学校年刊委员会编辑《育英年鉴》，育英学校年刊委员会事务部发行，1929 年。

[06] 李镛：《警告中学生》，(上海)警卫书局 1935 年版，第 37 页。

需要而无妨碍小学教育之设施者，得由县市设立之。”[01] 北京政府时期，在地方教育经费独立运动中，省教育职能向包括职业学校、师范学校、普通中学在内的中等教育延伸，由是，各地方中等教育迅速发展；而国民政府时期则主张各省教育职能应主要向初等教育努力。1930 年，全国第二次教育会议提出改进中等教育的原则，“暂就原有中等学校加以整理”[02]，因而各地方中高等教育发展有所减缓，学校数量和学生人数都增加无多。但实际上，整个 30 年代，各省教育经费的百分之五十仍然投给了中等教育，而其他高等教育、初等教育、社会教育、教育行政等各自占百分之十左右，而县教育财政的百分之五十以上用于初等教育，只有百分之十左右用于中等教育。[03] 也就是说，在县级政府重点发展初等教育，省级政府重点发展中等教育，中央政府重点发展高等教育的格局中，省立中学成了各地方的“最高学府”。至少时人也是如此看待各省之中等学校的，尤其是 1922 年新学制废除大学预科，将升学功能转移至高级中学以后。胡适对比新旧学制，将民国元年（1912 年）旧学制中大学预科附设于大学、不得独立的规定视为“民国开国的一件大不幸的事”，因为“各省从此没有一个最高学府了”。而废除预科，则各省“就等于添设无数大学高专的预科了”[04]。所以当年的中学生每忆及生平，也总不忘提及母校在本地的知名度：碧野说母校“金山中学是广东东江的最高学府”[05]，尹雪曼说安阳高中（河南省立第二高级中学）“在当年的河南省，真是响当当的学校”。而考取了“最高学府”或“响当当的学校”，其结果自然会是“家里的长辈、同辈都对我另眼相看不说，左邻右舍也都对我夸赞备至”，以至于去学校报到时，“家里人觉得我这时已是中学生了，身份不同，身价自然‘水涨船高’，不能再任我一个人坐火车来来去去，于是便套了一辆马车，由我哥哥陪着，咯咯哨哨地进城去

[01]《中学法》，宋恩荣、章咸编：《中华民国教育法规选编》，江苏教育出版社 2005 年版，第 325 页。

[02]《教育界消息·第二次全国教育会议之回顾》，《教育杂志》1930 年第 22 卷第 5 号。

[03] 商丽浩：《政府与社会——近代公共教育经费配置研究》，河北教育出版社 2001 年版，第 209—213 页。

[04] 胡适：《对于新学制的感想》，《新教育》（学制研究号）1922 年 1 月第 4 卷第 2 期。

[05] 碧野：《人生的花与果》，《新文学史料》1992 年第 2 期。金山中学又名广东省立第四中学。

了”[01]。应该说，这里隐含的历史逻辑是，中学的威望使周围人“另眼相看”，“夸赞”让一个个中学生感觉“身份不同”。这实际上包含着社会的认可与期待，也正是社会的这种认可与期待塑造了一代中学生的身份认同、自我定位与期待，以及社会参与意识。他们在进入学校后的自我称谓是“时代青年”，于是众多的中学校刊里也就遍地是关于“青年问题”“青年出路”的讨论。

更因“其抛弃书本，投身社会，亦中学生较大学生为多”，中学生群体甚至曾被称之为“学生之中心分子”，[02] 应该说这也不算什么过分夸张之词。五四以后，学校这一社会空间里风潮迭起，而中学生无疑是学生运动的主体。教育家常道直（1897—1975）曾统计 1922 年报纸上报道的各类学校的学生运动，也证明上述说法并非虚言：该年仅报纸上报道的学生风潮就有 106 起，涉及 100 所大中小各级各类学校。而不管是参与学校的数量，还是风潮次数，中学都远远高于小学和大学。具体来讲，据常道直统计，风潮涉及的 100 所学校中，小学 10 所、专科以上学校 24 所，中学是 66 所；106 起风潮中，小学风潮 11 起、专科以上学校 24 起，中学是 71 起。[03] 学生运动或风潮的兴起尽管原因各异，但它显示出民国年间中学生作为一个独立群体的存在。也因为学生政治运动在 20 世纪中国的历史中占据着一个特殊的位置，中学生作为一个蕴含政治力量的群体在当时为各种政党所关注，在后世也成为民国史学界所热衷的论题。[04]

述及中学生，罗志田虽不赞成将其纳入知识分子范畴，但也以为这一群体“对社会政治等的参与感和实际的参与都要比其他社会群体更强”[05]。于我们的论题而言，学生运动所展现出的也正是中学生群体强烈的社会参与感和实际的参与。他们不仅参与政治性的社会活

[01] 尹雪曼：《尹雪曼自选集》，（台湾）黎明文化事业股份有限公司 1982 年版，第 13、17 页。

[02] 李镛：《警告中学生》，（上海）警卫书局 1935 年版，第 1 页。

[03] 常道直：《民国十一年度学校风潮之具体的研究》，《教育杂志》1923 年 4 月第 15 卷第 4 号。

[04] Huang Jianli, *The Politics of Depoliticization in Republican China：Guomindang Policy towards Student Political Activism, 1927—1949*, Peter LangAG, 1996. 在绪论部分，著者说“学人和公众对学生政治运动这一话题一直有着浓厚的兴趣（keen interest）”，并对西方有关学生政治运动的研究略有综述。

[05] 罗志田：《近代中国社会权势的转移：知识分子的边缘化与边缘知识分子的兴起》，《权势转移——近代中国的思想、社会与学术》，湖北人民出版社 1999 年版，第 222 页。

动，同时，也有着强烈的参与社会文化运动的冲动。简而言之，他们既是政治运动的参与者，亦是文化运动的参与者。30 年代教育界有人论及五四后的中学生时说：

> 一般中学生一方面感觉着旧环境的不良和旧势力压迫的痛苦，一方面又受着新思潮的震荡。所以许多中学生，都加入革新运动的队伍里，以新思想相号召，自居于新人物的地位，为新文化运动的健儿。[01]

论者说的是五四中学生，但也同样适用于描述 30 年代这一群体的思想风貌：在反抗中追逐新潮。而对于这个年轻的群体而言，文学无疑是参与社会文化运动、发出自己声音的最佳突破口。也可以说，在 20 世纪上半叶，文学与政治在整个中国的社会生活中一样有着举足轻重的影响，中学校园亦不例外。从当时众多的中学校刊中也可以看出，关注政治与参与文坛是中学校园里密不可分的两种风气，也是中学生群体中最常见、最热烈的追求。陆万美在记述艾思奇早年经历时说：“五四以来，省一中事实上就是学生运动和演新话剧活动的中心。”[02] 杨纤如更是直接谈及 30 年代青年生活中的文学与政治：“那年头，青年为政治上苦闷而追求文学，又从文学中寻找政治出路。”[03]《中学生活》的创刊直接缘于对 30 年代流行的幽默文学的反驳，他们视幽默文学为“毒害热血有为的中学青年”的“流疫”，而以“消灭这些毒害青年的病菌，我们要重新创造新的青年文化”为号召。政治与文艺，在他们眼里的确也没有那么壁垒分明；相反，于他们而言，二者都是社会生活或者革命的一部分。他们强调“文化工作与革命运动是有连带关系的……传播革命是文化运动的实践，文化运动是革命的先驱”，因此，他们办刊的目的就是“以期从文艺方面，促醒沉醉的中华民族”。[04] 也因此，我们有理由说，中学生不仅作为一个蕴含政治力量的群体存在于政治史，而且作为文艺群体存在于新文

[01] 叶时珍：《中学生思想之剖》，《新教育》1935 年 3 月第 10 卷第 2 期。

[02] 陆万美：《艾思奇同志青年时期的革命活动和写作生活——记〈云南民众日报〉副刊及其他》，《隽永的纪念》，云南人民出版社 1981 年版，第 78 页。

[03] 杨纤如：《寿南北两“左联”六秩》，《左联纪念集 1930—1990》，第 26 页。

[04] 参见《发刊词》和《中学生活社宣言》，《中学生活》周刊 1934 年 8 月 2 日创刊号。

学的历史。

20 世纪上半叶的中国，“新文学”与“新教育”相互勾连、密不可分，已是文学史常识。但述及二者关系，援引大学为例，已是专家常见的论述策略与思路。比如藤井省三在研究《故乡》阅读史的著作中，专设一节讨论五四新文化运动与新兴读者。虽然认为“构成《新青年》主要读者层的是北京的学生”，但真正述及学生时，其考察视野中“支撑着文化城北京的，则是大学以及专科学校的教师与学生”。[01] 其实，“一旦激进起来，其速度又比老师辈更为迅猛”[02] 的中学生，其激进的也不仅是政治倾向，文学观念也同样与时俱进。端木蕻良在谈及中学生活时曾说：“南开不是关起门来办学，而是通向社会。”[03] 实际上，不只是南开中学，民国时代的中学大抵如此。30 年代一位中学生曾如此谈及中学与社会的关系：“随着五四与五卅，学校与社会的关系，不如从前那样的隔离，成为密切的连接。社会的变动，常立即反映于学校，这使学生与社会发生连带关系。”[04] 其实，不仅是五四之后，整个晚清以降的中等学校都是如此。从胡洪骍到胡适之的名字变迁即那一时代中学生活与时代风气关系的最佳证明：1904 年沪上梅溪学堂“原日本之所由强”这样的时论作文题目已让乡下人胡洪骍瞠目；而“《天演论》出版之后，不上几年，便风行全国，竟做了中学生的读物了”，于是澄衷学堂的作文题目也就有了“物竞天择，适者生存，试申其意”，于是胡洪骍变作了胡适之。[05] 所以“大学里的课堂讲授，与社会上的文学潮流，并非互不相干”，也应该说，包括中学在内的整个现代中国的校园皆是新文学得以展开的重要文化空间。以一向被认为新教育与新文学合作最为成功的五四新文学运动为例，固然北京大学的课堂讲授“与五四文学革命相表

---

[01] [日]藤井省三著，董炳月译：《鲁迅〈故乡〉阅读史——近代中国的文学空间》，新世界出版社 2002 年版，第 14 页、第 8 页。

[02] 罗志田：《近代中国社会权势的转移：知识分子的边缘化与边缘知识分子的兴起》，《权势转移——近代中国的思想、社会与学术》，湖北人民出版社 1999 年版，第 239 页。

[03] 端木蕻良：《我的中学生活》，钟叔河、朱纯编《过去的大学》，长江文艺出版社 2005 年版，第 350 页。

[04]《一位中学生的自述》，李镛《警告中学生》，（上海）警卫书局 1935 年版，第 146 页。

[05] 胡适：《四十自述》，上海亚东图书馆 1933 年版，第 90 页、第 99 页。关于胡适的中学生活可参见本书中《在上海（一）》部分。

里”[01]，但“几乎是北大文学院的附属中学”[02]的孔德学校其实也可看作五四先贤推行新文学的试验田。在北方，新文化运动以北京大学为中心而展开；而接过北大的火炬，在南方传递新文化圣火的则是以“东南新思想中心”杭州一师为中心的几所中等学校。1919 年暑假后——开学，杭州出现多种宣扬新文化的杂志，“执笔者多为杭州各中等学校学生中响应新文化运动的健将”[03]，以至于多年后，当年的参与者仍津津乐道于“中学生办起浙江省第一份新文化刊物”[04]。

20 世纪 20 年代中后期，“大气候仍在革命”，中学校园也是“一天乱轰轰的，革命”，山东南华学校的中学生何兹全“每天都迫不及待地读报纸”，以至于“我的政治知识、地理知识也跟着北伐军进步”。[05] 政治空气在中学校园如此弥漫，其文学空气也同样由文学革命变为革命文学；中学生的阅读也从《新青年》《小说月报》一变为《创造月刊》《拓荒者》，甚至“还可以从同学们手中得到英文的《新群众》《国际通讯》，日文的《文艺春秋》等”国外的左翼文学刊物。[06] 自 1930 年底至 1931 年 6 月，燕京大学张官廉对中国南北各地 20 所中学的近 2000 名中学生进行调查。其中一项是让被调查的中学生填写喜读之小说，张官廉统计的结果是：“如果按新旧小说来分，男生的旧小说在一百三十二种中只占十六，新小说竟占了一百一十六种；女生的八十三种之中新小说亦占了七十四种，旧小说只有九种。”[07] 因此从某种程度上可以说，到 30 年代，比起旧文学，新文学已占据更多的一代中学生读者；而张官廉的调查结果还进一步显示，中学生喜爱的小说若按类别而言，则是“爱情、革命、普罗最为普

[01] 陈平原：《新教育与新文学——从京师大学堂到北京大学》，《中国大学十讲》，复旦大学出版社 2002 年版，第 102 页。

[02] 邓云乡：《文化古城旧事》，中华书局 1995 年版，第 85 页。

[03] 秦贤次：《从浙江两级师范到杭州一师》，（台湾）《东方杂志》1977 年 7 至 10 月第 11 卷第 1—4 期。新文化运动中杭州最活跃的中等学校除一师外，还有一中和甲种工业学校，也正好包含了师范学校、职业学校和普通中学三种中等学校的全部类型。

[04] 阮毅成：《杭一中与杭一师》，傅国涌编：《过去的中学》，长江文艺出版社 2006 年版，第 43 页。

[05] 何兹全：《爱国一书生——八十五自述》，华东师范大学出版社 1997 年版，第 22、18 页。

[06] 端木蕻良：《我的中学生活》，钟叔河、朱纯编：《过去的大学》，同心出版社 2011 年版，第 350 页。

[07] 张官廉：《中国中学生心理态度之研究》，燕京大学心理学研究专刊第二种，燕京大学出版社 1932 年版，第 24 页。

及”。[01] 在回忆中，金克木也曾如此记述安徽省立第五中学课堂上的一幕历史场景：

> 教师上堂，带来一叠油印讲义发给学生。他也得了一份；一看题目和作者，呆了。
>
> 《普罗文学之文献》。作者署名知白。
>
> 当时无产阶级这个词是犯忌讳的……显然是这位教师听说学生中革命的居多，所以用“普罗”来使学生摸不清他的底细而肃然起敬。[02]

明知犯忌讳，却还用“普罗”来投合学生，可见彼时中学校园里“革命”与革命文学的风气之盛。

而且，作为文艺群体的中学生也不仅是一种新兴文学范式的接受者和阅读者，同时也是其创作者。也就是说，作为文艺群体的中学生参与着从接受、阅读、传播到创作的整个新文学流程。一位名叫采林的中学生曾如此记述他和新文学的关系：在初一时，他经同桌介绍读到了郁达夫等人的新文学作品，自此“以前看那些剑侠小说觉得没有看这类小说有味道了……看文艺小说差不多占有我的时间在百分之七十以上”。这可以看作是发生在中学空间内的一个新文学的传播与接受过程，在这个中学生从阅读旧式小说到痴迷新文学的阅读兴趣转移中，新文学为自己赢得了又一个读者。而且，做一名纯粹的消费性读者往往难于满足新文学的学生读者，采林在文中就写下了这个群体从阅读到创作、从读者到作者这一颇为顺理成章的转换过程：“只读不写是不能做一个文学家的。”[03]

从30年代出版的《学生文艺丛刊》《青年界》《中学生文艺月刊》《中学生文艺季刊》等诸多学生刊物以及专门面向中学生的文艺报刊中，我们也可以看出这一群体创作的活跃。甚至善念生意经的上海出版界还成立了专门面向中学生的书局，创办《中学生文艺月刊》，

---

[01] 张官廉：《中国中学生心理态度之研究》，燕京大学心理学研究专刊第二种，燕京大学出版社1932年版，第33页。

[02] 金克木：《游学生涯》，东方出版中心2008年版，第106—107页。

[03] 采林：《养成一个病态的思想了——一个爱好文艺的中学生的自白》，《北方日报·长城》1935年2月20日第362期。

而且上海这家“中学生书局”不仅在重庆开办分局，还在北平、天津、济南、青岛、开封、太原等全国各地都设有分销处。该书局既出版收有丰子恺、钱君匋、谢冰莹、顾凤城等作家创作的“中学生丛书”32 种，还出版专收中学生自己创作的“中学生小说丛刊”（许寿民主编，12 种）、“中学生创作丛书”（许寿民、洪超主编，20 种）。在广告中，该书局说：“自创办以来，发行图书二百余种……营业非常发达。”中学生书局生意兴隆，也是文艺在中学生中颇有市场的表现。开明书店的《中学生》创刊时只有“读者之页”“文艺竞赛”等栏目刊发学生作品，但在 1932 年却分出《中学生文艺》独立出版。最初只是年刊，1935 年又改为季刊。由栏目而刊物，又由年刊变为季刊，其原因都是，“来稿很多”，至于内容，“小说大多是接近时代的作品”[01]。

在后世的历史想象中，中学生写作也许至多只能算是学生作文，但时人并非完全做如是观。“北方左联”的徐盈与子冈夫妇就都是从《中学生》杂志开始走向文坛的，另一位“左联”作家汪金丁如此评说徐盈：“他还不过是个中学生，但他当时是我们中的‘多产作家’。”[02]就我们讨论的《觉今日报·文艺地带》和“泡沫社”而言，作为其主要作者与核心成员的耶菲与颖灿[03]，就都有和大同中学校友徐盈相似的经历：以各种笔名在《中学生》《中学生文艺季刊》等各种报刊上发表了不少作品，同样是中学生文艺群体中的“多产作家”。施蛰存在创办《中学生文艺月刊》时，曾将“喜欢舞文弄墨”的中学生纳入“振兴中国的文艺”的“新进作家”之列。[04]应该说，此言也

[01]《卷头语》，《中学生文艺季刊》1935 年春季号。

[02] 金丁：《从病中的徐盈联想到的》，汪乔英、汪雅梅编选：《金丁文集》，中国文联出版公司 2003 年版，第 460 页。汪金丁（1909—1998），北京人，1928 年毕业于育英中学，1932 年于上海参加“左联”；徐盈（1912—1996），山东人，北平私立大同中学毕业后，曾在保定农学院读书，1934 年毕业于金陵大学农业专修科；子冈（1914—1988），原名彭子冈，以记者名世。金丁、徐盈和师陀曾于 1932 年结成尖锐社，出版普罗文学杂志《尖锐》，徐盈曾托在苏州读书的子冈代销该刊。故都革命文艺青年所办刊物缺乏现代发行渠道，往往依靠这样的人际关系才能传之稍远。

[03] 颖灿（1916—1995），原名姜方生，浙江象山人，殷夫表侄，后自名殷参应与此有关，曾作文《忆殷夫》（《光明日报》1981 年 2 月 1 日）谈及殷夫为其讲诗歌的往事。1933 年入北平大同中学读书，抗战后到延安，任鲁艺编审委员会编辑，1978 年任《光明日报》副总编，晚年最看重 1978 年签发为吴晗平反的第一篇文章《评姚文元评新编历史剧〈海瑞罢官〉》。详细经历可参阅高鸿列和刘希圣：《殷参》，《辽宁党史人物传》第四卷，辽宁人民出版社 2000 年版。

[04] 编者：《创刊的话》，《中学生文艺月刊》1934 年创刊号。

并非完全虚与委蛇的套话与招揽顾客的广告语，而应有施蛰存由自身经历而生的对这一群体的体认：施蛰存本人最初的文学活动应是始于与戴望舒、杜衡、叶秋原、张天翼结成兰社，出版《兰友》旬刊。虽然施蛰存本人当时已是上海之江大学的大学生，但他这些朋友当时都是杭州宗文中学的中学生。

讨论作为文艺群体的中学生，并非要刻意提高他们在文学史中的地位与重要性，毕竟，像汪静之那样爆得大名的中等学校学生在新文学史上还不多见，那需要天时地利人和等多种历史因素的因缘巧合；十几岁的文艺青年也确难创作出传之后世的经典。我想说的是，如果不以后世声名和作品的经典程度为评判标准，而是从考察现代中国的文学生活的角度，那么不管是讨论 20 世纪上半叶中国文学与城市还是讨论其与教育的关系，作为文学空间的中学，以及作为文艺群体的中学生，其实都值得关注，不应该被轻易绕开。

张灏在考察近代中国思想史的转型时，以学校、传媒和结社为城市中的现代知识分子得以形成的制度性媒介和基础建构。[01] 以此观之，中学校园倒也构成了一个自足的文学空间。实际上，我们所考察的北平革命文学史图景中的“泡沫社”，以及《觉今日报》的副刊《文艺地带》，也正是源自中学校园内的文学活动——身处学校、结成社团、创办刊物、从学校到最终走向社会，中学生这个群体不断寻找着属于他们的精神空间。在下面的文字中，我们将具体讨论 30 年代的革命文学在中学这一特定空间内是如何展开的。

四、《文艺地带》与“泡沫社”的缘起

在北方左翼革命文艺的历史图景中，中学校园和中学生无疑是一个重要的文化空间和文艺群体。从最初的筹建到之后活动的展开，北平各左翼文化团体也都与这座城市的中学校园有着千丝万缕的关系：聂耳主持的“北方左联”成立大会是“借西四北面一教会女子中学二楼的教室做会场。这天从门口到楼口，都布置有女学生警戒”[02]。“平津木刻研究会”和“北平美联”可以说发端于艺文中学，许崙音、唐

[01] 张灏：《时代的探索》，（台湾）联经出版公司 2004 年版，第 37—42 页。

[02] 陆万美：《把热情与兴趣汇注入正流的界堤——忆聂耳在北平》，《隽永的纪念》，云南人民出版社 1981 年版，第 107 页。

诃、金肇野等左翼青年不但让在该校任教的国画大家王青芳拿起木刻刀，自号“万版楼主”，而且北方左翼美术界的盛事“平津书画·版画联合展览会”“木刻讲座”也都首发于这所中学[01]。许崙音病逝后，由熔炉社、平津木刻研究会、《庸报·另外一页》、《华北日报》艺术周刊社、北平漫画协会等革命文艺团体发起的追悼会亦是在艺文中学举行。北平左翼戏剧团体“呵莽剧社”和“新球剧社”的“演员多半是今是中学的师生”，剧社的负责人中陶也先和魏照风为该校学生，俞竹舟则是该校美术教师，而中学生陶也先同时也是“北平剧联”的主要领导人之一。[02]“担负北方全部分的文化斗争的任务”[03]的“北方左联”在外地的分支机构中，较多被人提起的是天津支部和保定小组，而“天津左联”的缘起与核心无疑是南开中学，重要参与者还有女师、甲种商业学校和中日中学等中学校园里的师生。至于保定，也可算是一个文化城，时人也如此谈及这个小小的古城，“学校和学生在保定是占重要地位的。而所谓学校，也就可以说即中学”，尤其是第二师范，“学生多注意于社会问题，造成了共党的大本营”。[04]也因此，保定的“左联”小组中，在农学院读书的徐盈曾在同学中组织过读书会，但与申春忆及当年“左联”旧事时，他说：“当时左联活动的中心不在农学院，而是在保定第二师范。”[05]

不管是出于对文化城市的向往，还是考学，天津、保定这些外地城市都有不少左翼中学生在 30 年代聚集于北平。他们或栖居会馆与公寓做流浪青年，或寄身大中学校，从不同的城市空间走入故都革命文艺青年群落。“北方左联”机关报《科学新闻》的编者端木蕻

[01] 许崙音（1914—1935），原名蔡思诚，这位木刻青年 21 岁英年早逝时，《北辰报》《北平新报》等诸多小报的副刊都刊载了悼念专号。金肇野（1912—1995），辽宁人，原名爱新觉罗·毓桐。唐诃（1913—1984），山西人，原名田际华。金肇野与唐诃都为“北方左联”成员，1935 年二人还以平津木刻研究会的名义发起“全国木刻联合展览会”，鲁迅曾为他们预备出版的《全国木刻联展专辑》作序，爱好木刻的《觉今日报·文艺地带》也在 1935 年 1 月 9 日以整版的篇幅讨论这次木刻展。王青芳（1900—1956），江苏人，齐白石弟子，30 年代在北平孔德中学、国立北平艺术专科学校、艺文中学等学校任教。

[02] 魏照风：《新球剧社的前前后后》，《中国现代文学研究丛刊》1980 年第 2 期。魏照风亦为今是学校的学生。

[03]《中国左翼作家联盟北方部成立宣言》，《北方左翼文化运动资料汇编》，北京出版社 1991 年版，第 46 页。

[04] 闻天：《保定的学校教育》，《中学生活》1934 年 10 月 30 日第 9 期。

[05] 申春：《关于保定左联小组》，《左联研究资料集》，上海市新闻出版局内部资料 1991 年，第 263 页。

良、冯厚生、方殷、韩白罗等多是南开中学的同学；“北方左联”城南支部则有梁斌、远千里等保定二师的学生。笔者的意思是说，讨论现代中国文学者的生平与经历，不管是个体还是群体，不应只重大学之“大”，只从大学说起，其中学生活同样值得关注。梁斌在保定并未参加“左联”，但当时也是一位热衷革命文学的左翼文艺青年，晚年曾忆及保定二师的左翼文学活动，“1932 年秋，第二师范曾成立了几个研究会：文学研究会、社会科学研究会、世界语学会”[01]，而且，“那时，青年人爱三五个志同道合的自己出钱办个刊物，在小书摊上代卖，也有自己拿着串斋卖的，一边走一边喊：‘九大枚一本……’”。[02] 梁斌的回忆其实道出了 30 年代中学校园里的文学风气，以及左翼文学在这一文化空间里兴起与展开的主要方式：革命文艺青年的结社与办刊。

“科学新闻社”的端木蕻良一班人在南开中学时也曾先后结成“青年文艺联谊会”和“新人社”，自费出版过文艺刊物《人间》和《新人》；梁斌所谓“三五个志同道合的自己出钱办个刊物”其实也可看作以刊物为中心的文艺社团。保定二师的社团名称也颇具时代特征：30 年代的文学社团，尤其是左翼学生社团大多被称为“读书会”“研究会”或“学会”。

现代中国的文艺青年结社乃时代风气，而中学校园里文学社团的兴起也自有其独立的因由。一方面，中学生群体对于中学生与文艺的关系，虽然双方针锋相对，但就“怎样将正确的文艺传导于中学生”这一问题，其观念却又颇为一致，正如“泡沫社”的张腾和《觉今日报·文艺地带》的作者乃光所言，“诸君都以为唯一方法是在学校里组织文艺研究会，而使国文教员指导之”，“中学生应联合爱好文艺的同学自动地组织文艺研究的团体”。[03] 另一方面，激进的中学生虽与校方多有矛盾，但他们对社团的诉求普遍得到了掌校者的支持。论及现代大学，时贤常表彰蔡元培以大学校长身份“花那么多心思和时间在关心、支持学生社团”上。但若将蔡校长谈及欧洲各国大学时所说

[01] 梁斌：《关于保定左联》，《笔耕余录》，中国青年出版社 1984 年版，第 128 页。
[02] 梁斌：《远千里同志十年祭》，《笔耕余录》，中国青年出版社 1984 年版，第 150 页。
[03] 张腾：《怎么办？——并答文平、萧启文、温宜、禾子诸君》，《北方日报·长城》1935 年 2 月 24 日第 366 期。乃光：《“中学生爱好文艺”的几重原性及改善方法》（下），《北方日报·长城》第 377 期。

的“大学生自经严格的中学教育以后，多能自治，学校不妨放任”解释成“此乃大学与中学的根本区别”，[01] 也终有过度阐释之嫌。实际上，民国时大学校长、教授参与中学教育者颇多，大学教师也常兼职于中学，在许多观念上大学与中学倒也颇为相通。现在很多中学的课外活动大多有名无实或实行“无政府主义”，而在民国中学的校园里，课外活动备受重视，“中学课外活动自五四运动后风行全国，至今不衰”[02]，课外活动中最被看重的无疑就是学生结社。因此可以说，至少在支持学生结社方面，中学与大学似乎倒并无“根本区别”。张伯苓既是南大校长，也是南中校长，这是我们说明这一问题的好例子。张校长“对于学生训练方针”注重五点，第三点即“团体组织”：“对于学生课外组织、团体活动，无不协力赞助，切实倡导。”将此处之“学生”，理解为南开学校之所有学生——大学生与中学生，应不为过。之所以如此支持学生结社，是因为在张伯苓看来，“国人团结力薄弱，精神涣散，原因在不能合作”，“只有个人，不知团体”，因此“鼓励学生自动组织各种社团”的目的是培养学生“通力合作，团结负责”的习惯与精神。[03] 中国的教育家以“教育救国”为嚆矢，中学校园里的外国校长虽然与之教育理念并不完全相同，但同样倡导鼓励学生课外结社。自 1919 年始在教会学校育英中学任副校长达 30 年的美国人 Ernest T.Shaw（中文名邵作德），从学生兴趣和锻炼学生“自动工作”的角度谈论学生结社的意义。在他看来，“无论如何精心设计安排，课程都远远无法满足学校内众多学生的兴趣”。比起课程与个人，课外的“社团更有助于学生发展自己独特的兴趣”，而且，“在功课上，一举一动，都有教员指导；但学生团体……能学习或养成一种解决问题的能力”，因此“学校采取鼓励学生结成正式或非正式社团的政策”。[04] 实际上，鼓励学生结社不仅是中学掌校者的教育

[01] 陈平原：《蔡元培与老北大的艺术教育》，《文学的周边》，新世界出版社 2004 年版，第 157 页。

[02] 杨同芳：《中学训育》，世界书局 1941 年版，第 106 页。

[03] 张伯苓：《四十年南开学校之回顾》，1944 年《南开学校四十年纪念校庆特刊》。傅国涌编《过去的中学》以及李桂林、戚名琇、钱曼倩编《中国近代教育史资料汇编》之《普通教育卷》（上海教育出版社，2007 年）二书均收录本文，皆视本文为中学教育文献。

[04] Ernest T.Shaw（邵作德），*Why Student Organizations?*（《学生为什么要结社？》）、《学生团体与学生生活》，两文分别收入育英学校学生自治会编辑 1931 年和 1932 年《育英年刊》。

理念，而且在某种程度上得到了国家政策的支持。1930 年国民政府颁布的《中等学校训育实施纲要》第七条规定：“指挥组织学生自治会及其他各种集会，以训练青年四权之运用。”[01]

学生渴求、掌校者鼓励和政策支持，学生、校方与官方的共识自然带来了中学校园社团的兴盛。1922 年，江苏省立一中校长陆殿扬曾对全国 20 个省份的 69 所中学进行调查，其中专门调查学生组织与社团，据各省中学校学生活动事业统计表，69 所中学共有各种形式的社团 460 多个，平均每校设立社团近 7 个。[02] 但值得注意的一点是，这些学生团体大多应该是学校组织，并未包括爱好文艺的中学生自发结成的文学社团，因为其“文学研究”一项只包括世界语研究会、英文会、国文会、法文会和阅书读书会 5 种因“选科制”而产生的学生社团。而小报《中学新闻》则刊有大量有关中学文艺社团的消息，从中可看出 30 年代中学生文艺群体结社的风气与特点：

> 市立一中高二文科的几个同学，见到了文坛的寂沉、同学们精神的散漫，于是组织了一个小小的文艺团体——北园文艺社……因为学校的爱护，社里的经费还不成问题，现在他们正在努力着他们的处女作品——《北园》创刊号。[03]
>
> 辅中一甲新组文艺社：课余文艺研究社。因经济关系，暂不刊印，仅将原稿置图书馆中，任人批阅。[04]
>
> 各种研究社及文艺团体占大多数……成绩最佳的还是文艺团体……资格最老的健青社……每星期出一张壁报。[05]

社团总需要精神空间，发出自己的声音，所以结社总是和办刊紧密相连。校方虽然支持中学生结社，却不可能为每一个学生社团提供经费，资助其出版社刊。北园文艺社实属幸运，像端木蕻良等人的“新人社”和梁斌回忆中所说的自费出版刊物，在中学校园是常态，

[01] 杨同芳：《中学训育》。本书附录中收入《中等学校训育实施纲要》等多种教育法规。

[02] 陆殿扬：《全国中学校状况调查统计》，《新教育》1922 年 12 月第 5 卷第 5 期。

[03] 晓春：《文艺社与演讲会——一中同学新成立的两个团体》，《中学新闻》1933 年 11 月 9 日第 10 期。

[04]《辅中新组文艺社》，《中学新闻》1934 年 4 月 19 日第 10 期。

[05] 联芳：《文艺团体在正中》，《中学新闻》1934 年 10 月 11 日第 53 期。

且难以持久；“将原稿置图书馆中，任人批阅”也是情不得已之事；最廉价最方便的壁报才是中学生文艺社团最为常见的园地之一。如同在北平市立一中的艺风文艺社就没有北园文艺社那么幸运：“高年级几位爱好文学的同学，近日合组一个壁刊，定名《艺风》，每两周发刊一次……完全用笔抄录，内容有诗歌、散文、小说等。”[01]

论及报刊，文学史家关注的是印刷文化，但在校园文化空间之内，手抄的壁报才是中学生文艺社团重要的文学生产方式和最易营建的精神空间之一，它在中学生群体的文学生活中占据着颇为重要的一章。只不过壁报一般只有一份问世，堪称真正的“孤本”，在空间上传之不远，在时间上存之不久，当时既无深远影响，后世又难睹其貌，也就难以进入史家视野，但它毕竟是现代中国文学生活的一角，虽然我们只能从当事者的回忆中想象壁报之于文艺青年及其社团的存在意义。后来以《红日》闻名的吴强（1910—1990）有一段文字，详细追述了他中学时代的一个左翼文学青年社团和一份走出校园的壁报，值得引述：

> 我和正风中学“左联”小组的几位盟员姚木紫、徐碧山、张凌云、刘毅慈等创立的春风文艺社，办了一种墙头文学刊物《春风》，用整张的图画纸，由善写小字的刘毅慈同学书写工工整整的蝇头小楷，誊录发表的作品，当时已是知名作家的何谷天（周文）的短篇小说《热》，就发表在《春风》的第二期上。这个左翼的刊物，由徐碧山配以插画和美术报头，以它特有的内容和形式，受到读者们的热烈欢迎。在正风中学本校挂出之后，观看的同学很多，沪西其他中学知道了，便要求移到他们学校去悬挂；这样，这个墙头刊物，便在沪西中等学校里发生了广泛的影响。[02]

除了壁报，在中学校园里，与中学生文艺群体关系最为紧密的出版物是校刊。论及新文学运动的历史，最常被史家提及的是北京大学和《新青年》“一校一刊”的“完美结合”，但这毕竟是百年难得一遇

[01] 梦中人：《一中每周杂谈》，《中学新闻》1935年1月17日第67期。
[02] 吴强：《回忆与感想》，《左联纪念集1930—1990》，百家出版社1990年版，第80页。

的历史偶然。伴随新式学校而兴起的校刊这一出版物，确实同样堪称现代中国一道独特的文化史与文学史的风景。校刊的作者群为本校师生，以学生为主体；主要发行于校内，全校同学人手一册，“如有愿意多得一份半月刊者，可出代价购买。代卖处：本校号房。……然购者仅限本校同学”[01]；除此之外，校刊也被赠送给一些文化机关，或与其他学校的校刊交换。因此，现存下来的校刊封面多印有“请交换”或“赠阅”的图章，这也是校刊走出其母校的主要途径。不管是作者还是发行，如只局限于校园，校刊当然无法产生过大的影响，也就难以占据历史舞台的中心，只能生存于历史的角落。但对于校园内学生群体常态的文学生活而言，校刊无疑是最易贴近和最为重要的文学生产空间。

南开中学校刊《南中学生》，砸碎锁链的封面画也可看出其激进色彩

前文中我们曾引述张伯苓谈论南开学校的文字，在谈及学生社团之前，张伯苓还曾专门提及学校的“出版”：“学校为训练学生之写作能力，增加学生发表思想之机关，自始即鼓励学生编辑刊物，会有会刊，校有校刊，或以周，或以季，种类甚多。”虽然对大多数民国年间的学校而言，恐怕难有实力做到“会有会刊”和“种类甚多”，但若说 30 年代凡稍有规模的中学即“校有校刊”也并非妄言。东北大学附中训育主任如此描述当时各学校出版校刊的风气：“近来国内各校出版物，几如汗牛充栋。不论其是季刊、月刊、半月刊、周刊、日刊，内容之优劣，暂且勿论，都有一种蓬勃之气象，活泼之精神。”而谈及校刊之于学校的意义，他的说法也许会让后人跌破眼镜：“国家强弱，系夫人才；人才盛衰，系夫学校；学校优劣，实有关乎校刊。”[02] 风气如此，以至于南开女中的雷主任以为不出校刊，则“女中在天津各校有落后的嫌疑”[03]。刘北汜在回忆 30 年代的中学生活时，也同样说道：“办校刊，也同样是学校里从教师到同学一致关心的事情。”[04]

---

[01]《本刊启事》，《大同半月刊》1931 年 5 月 4 日第 3 号。

[02] 刘继烯：《弁言》，《东北大学附属中学校刊》1928 年 4 月第 1 卷第 1 期。

[03] 尔琼：《写在前头的话》，《南开女中月刊》1931 年 5 月创刊号。

[04] 刘北汜：《潞河两忆》，http://www.luhe.net/xiaoyouhui/ShowArticle.asp?ArticleID=578。刘北汜（1917—1995），作家、出版家，吉林人，1935 年考入潞河中学后曾主持校刊，1943 年毕业于西南联大历史系，1946 年后曾主持《大公报》文艺副刊。

除去偶有的例外，如北平温泉中学的《谷光》、潞河中学的《协和湖》，校刊基本以各中学校名命名，大多是综合性刊物，常常发布学校通知、刊载校闻、通报图书馆所进新书以及进行各学科讨论等等。但无疑，校刊中占比例最大的是中学生的文艺作品。大同中学校刊《大同双旬刊》编者自我批评该刊内容“偏重文艺和缺乏理科稿件”，并以为“这的确是个不好的现象”，但编者真正不满的是“‘大同论坛’‘书报评介’及‘剧本’都没有”，也就是说，编者真正想要的恐怕还是杂文、书评和剧本这些文学作品。[01] 甚至像《协和湖》那样“办成纯文艺的”校刊也不少见。而且当这种办刊倾向被批评为“是一个错误”时，编者解释道：“我们以为这话很对。但得声明，这期也还是纯文艺的。事实上这无办法。编者同人，老实说都是爱好文艺的。”[02] 校刊由爱好文艺的学生主持其实也正是校刊的一个普遍特点。

对于众多没有能力出版刊物的中学生文艺社团来讲，借校刊一角来建立自己的文学园地无疑是其最佳选择。1935 年 1 月 30 日《觉今日报・文艺地带》的“文坛情报”中刊出一则消息：“北平青年文学家所组织之‘哪里去’文学社，现在《育英半月刊》附出《“哪里去”文学社特刊》，内容有‘速写’‘街头风景线’‘诗’等栏，作品内容皆活跃有力云。”论及现代报刊，史家一般将其分成三足鼎立的商业报刊、机关刊物和同人杂志，而校刊不属于上述任何一家，它有自己独特的运作模式。校刊并非面向社会的公开刊物，其作者是该校的在校师生及离校校友，颇有自家园地他人莫入的架势。大同中学的《大同周刊》即因被“认为本刊的稿件大多是校外的”而受到同学指责。[03] 因此，《觉今日报・文艺地带》所云的“哪里去”文学社既然在《育英半月刊》附出特刊，可推断该“北平青年文学家”所组织的文学社其实应是育英中学的学生社团。自 1929 年起，育英中学每年出版一册年刊。在 1935 年的《育英年刊》中，本届毕业生如此撰写本班班史：“尤见长者，惟本班之文学。前几年之芳洲文艺研究社、文学研究会，即为本班几位研究文学者所组织。……今岁本

[01]《编者的话》，《大同双旬刊》1934 年 12 月 10 日第 1 卷第 2 期。

[02] 白逵：《编辑后记》，《协和湖》1935 年 10 月第 4 卷第 1 期。

[03] 编者：《编后》，《大同周刊》1936 年 4 月 13 日第 2 卷第 6—7 期合刊。

校新兴文艺团体之‘哪里去’文学研究社，本班同学亦为其中坚之分子。”[01]《觉今日报·文艺地带》和“泡沫社”的核心人物李景慈也正是育英中学 1935 班的学生。也就是说，不管是作为小报副刊的《文艺地带》，还是故都革命文艺青年的文学社团“泡沫社”，其缘起也许就和育英中学的“哪里去”文学社，以及这个文学氛围浓郁的 1935 班有关。

育英中学是由美国基督教公理会于 1864 年创建的一所教会学校，初称男蒙馆。与其孪生的女蒙馆于 1895 年更名为贝满女中。1900 年公理会重建毁于庚子之乱的男蒙馆时，定其名为育英学校。1927 年后中学部在北平市教育局立案，定名为私立育英中学校。至 1935 年，该校在校生已达 1600 余人，是北平这座城市里规模最大的中等学校之一。在本节文字中，我们将要涉及的还有另外一所中学——私立大同中学。邓云乡在谈论文化古城的中学时曾说“私立中学一般都有集团，有背景”[02]，大同中学为北大的一群学人于 1923 年创立，可称“北大派”。其首任校长是北大生物学系首任系主任谭熙鸿（1891—1956）；1927 年北伐后，大同中学的校长是北大生物系毕业的吴铸人（1902—1984）。北大是中国现代史上著名的“造反学校”，北大人创办的中学也同样具有“造反”精神。育英中学在五四以后的 30 年间，掌校者一直是中国人李如松和美国人邵作德，而大同中学的校长更换却颇为频繁，仅 30 年代其掌校者就先后有吴铸人、许孝炎、贺翊新、李辛之等。1930 年该校学生认为吴铸人“掌校污校”，遂展开“驱吴运动”。在庆贺运动胜利时，学生称吴铸人下台后的学校为“本校中兴”。[03] 继吴铸人而来的掌校者就是许孝炎，即《觉今日报》社的社长。孙席珍在回忆中曾谈及许孝炎和大同中学与“北方左联”的联系：“在国民党伪党部里边，也有个别比较开明的人士，如许孝炎等，在一定程度上也对我们表示同情，比如编印刊物等等，暗中也为我们开绿灯，给予一些支持、照顾；他曾主办过一所大同中学，那里有好几位师生是北方左联的盟员，他虽心知，

---

[01] 王德垕、黄洪熙：《1935 班班史》，1935 年《育英年刊》。
[02] 邓云乡：《文化古城旧事》，中华书局 1995 年版，第 82 页。
[03] 氓：《本校中兴的管见》，《大同学生半月刊》1931 年 3 月 20 日第 2 号。

却并未公然限制他们的行动。”[01] 孙席珍的上述回忆应该说属于“知情者说”，因为他本人就曾在该校任教，大同中学的学生写文章还不忘“孙席珍先生的口头语”：“意志沃罗基”和“打一个比方”。[02] 除孙席珍外，中国大学的另一位左翼教师齐燕铭（1907—1978）和辅仁大学的傅非白[03] 都曾在该校任国文教师。就我们所知，学生中前期“北方左联”的成员有徐盈，徐盈也正是在该校读书时由孙席珍介绍而参加“左联”；“北方左联”中后期，大同中学更有了“左联”小组，组长即《觉今日报·文艺地带》和“泡沫社”的耶菲，颖灿为该小组成员。

大同中学“左联”小组组长耶菲，时年19岁，“泡沫社”主要成员之一

在故都北平的左翼文学史图景中，不仅由国民党市党部官员掌校的中学与革命文学产生了联系，“连汇文中学、贝满中学这样的教会学校也参加了进来”[04]。其实，这也没什么可奇怪的，尼姆就曾谈及基督教与中国革命青年的关系：“在今日中国，虽然拒斥基督教是一种风气，但众多革命的进步的学生，那些年轻的男孩子和女孩子，却常常受到这种宗教所蕴含的理想主义的影响。不过，让这些青年人真正感兴趣的应该说是基督教的哲学观和伦理观，而非纯粹的宗教教义。而且那些确实受了基督教思想影响的青年，大多和那些参加共产党的人一样，最初都是基于人道主义的天性和同情被压迫者的正义感。”[05] 易社强反对尼姆的观点，认为“她对这一现象的说法有些过分”，其理由是“燕京大学的学生中只有一小部分是基督徒……在‘一二·九’运动中占最重要地位的也并非

---

[01] 孙席珍：《北方左联的始末》，孙席珍遗著，吕萍整理：《悠悠往事》，百花文艺出版社1992年版，第162页。

[02] 吁：《从“穷”说到“浓厚大同的学术空气”》，《大同学生半月刊》1931年3月5日第1号。

[03] 傅非白，原名傅仲涛，又名傅克兴，笔名非白，后期创造社成员，亦曾参与革命文学论争，30年代在北平，曾与孟式钧、王均初、张香山等人成立开拓社，并主编《开拓》月刊，后在辅仁大学任教，参与并支持“北方左联”的成立。1926年8月1日《鲁迅日记》记载：“访凤举，被邀往德国饭店夜饭，并同傅书迈君。”2005年版《鲁迅全集》注为“未详”，实际上，“书迈”乃傅仲涛又一笔名。

[04] 张磐石：《我所了解的北平左翼文化运动》，《北方左翼文化运动资料汇编》，北京出版社1991年版，第273页。

[05] *Nym Wales*, *Inside Red China*, Doubleday, 1939, P.171. 该书在纽约出版的当年，即由胡仲持、蒯斯曛、梅益、林淡秋等八位左翼知识分子译为《续西行漫记》，1939年4月由复社出版。

基督教学生”。[01] 燕大的学生确与斯诺和尼姆夫妇交往颇多，燕大的杨刚所著自传体长篇小说《挑战》也确可看作是对尼姆上述说法的形象诠释，但问题是，囿于“一二·九”运动的研究对象，只关注与这一运动关系密切的燕京大学，视野未免狭隘。在整个现代中国政治的、文学的革命运动中，还有更多的教会学校空间与教会学生群体参与进来。杨刚小说中的主人公黎品生就是一所教会中学的学生，“这所外国人办的学校和它的基督教却打开了她的心扉，并将改变她的思想”。这位豪门娇小姐的走向革命，“基督教使人人认识到彼此平等”也确实是其最初的精神启蒙。[02] 我们关注的育英中学的中学生们称“基督教是富于革命的宗教”，其理由也同样是它的平等观念，认为基督教“是促成人类平等的宗教”[03]。其实理由也许没有那么重要，一个时代有一个时代的中心命题，不管是空间、群体，还是宗教，都只能算是时代的细节，最终都会百川归海、殊途同归，走近时代主题。教会学校大多有学生组成的团契这一宗教团体，而 1935 年育英中学的学生回顾一年的团契活动如下：“演讲会有二十余次，如袁永贞女士讲《学运的意识》、许地山博士讲《时代的认识》、陶希圣先生讲《一九三六年当前几个先决问题》。”[04] 宗教组织的团契尚且如此，可见时代风气所向，在左翼文学运动中，爱好文艺的青年在教会学校空间里结成革命的文学社团也就不足为怪了。

育英中学历年年刊。1929 年所出第一册称年鉴，后皆名年刊。由学生自治会年刊委员会编辑。1949 年前 20 册年刊记录了中学生活的方方面面，是一校校史，亦可看作现代中国中学历史的缩影

育英中学自 1929 年至 1948 年的 20 年间，每年出版 1 册年刊，为我们讨论中学生社团与出版物留下了丰富的校史资料：每册《育英年刊》中记载的学生社团都有 20 余个。固然，由此已可看出学生社团在中学的繁盛，但有一点值得注意，年刊所记载之学生社团大都属于校方体制内

[01] John Israel, Donald W. Klein, *Rebels and Bureaucrats*：*China's December 9ers*,（《中国一二·九一代》）University of California Press, Berkeley and Los Angeles, California, 1976, pp26.

[02]《挑战》是杨刚 1944 年至 1948 年在美国用英文写作的长篇自传体小说，1988 年人民文学出版社出版了陈冠商的中译本。本书引述文字出自该译本第 127 页和第 47 页。

[03] 编者：《圣诞节前献词》，《育英半月刊》1934 年 12 月 16 日第 3 卷第 3 期。

[04] 苏汉臣：《一年来的育英团契》，育英学生自治会编 1935 年《育英年刊》。

的团体，乃学校的“官方组织社团”。至于纯粹的学生自发结社，如《1935 班班史》中所提及的芳洲文艺研究社、文学研究会与“哪里去”文学研究社，则未列其中。

如陈平原所说，“风云激荡的思潮，必须落实为平淡无奇的体制，方能真正‘开花’‘结果’”[01]。社团在中学校园的兴起与兴盛，与教育者的教育观念有关，同时也与教育体制密不可分。虽然校园里激进的革命文艺青年的欲求和体制多有矛盾，甚至自己制造着对立，但能在校园这一文化空间结社办刊，能有一方精神园地倡言革命与革命文学，“做不平之鸣”，“仗着固有的天真，用显微镜放大社会的一切原子，将所见所闻和由直觉所感受的，赤裸裸地喊叫出来”[02]，其实也首先得益于体制。简单说，学生社团与刊物的遍地开花也源于中学“选科制”与“训导制”或称“训育”的实施。

先从“选科制”说起。1922 年 11 月，第八届全国教育会联合会议决通过的《学校系统改革案》以大总统令的形式颁布施行，其中“中等教育”项下第十三条规定：“中等教育得用选科制。”[03] 育英中学在 1928 年成立选科会，宣称其宗旨“系按照学生的个性，使之得有充分发展的机会”；其自我表彰的成绩包括中国歌剧研究会、国际研究会、文学研究会、英文文学研究会、新剧团、新闻团、算学研究会等各种学生团体的建立[04]；这些学生社团的形式则是“本校特于课外组织各种团体（如旅行团，社会调查团……），令学生自由加入，由校内外聘请专门人才分任指导”[05]。我们在前文提及的陆殿扬所调查统计的学生社团应该就是这种学校组织、学生加入、教师指导的学校“官方组织社团”。当然，其中文学社团的指导者就是该校的国文教师。1931 年育英中学“新文学研究会”的导师即在该校任教的诗人罗慕华。

虽称其“官方组织社团”，也并非意味着校方会以指导为名干涉

[01] 陈平原：《中国大学十讲》，复旦大学出版社 2002 年版，第 1 页。

[02] 编者：《为本刊敬告读者》，《大同学生半月刊》1931 年 3 月 5 日第 1 号。

[03]《学校系统改革案》，宋恩荣、章咸编：《中华民国教育法规选编》，江苏教育出版社 2005 年版，第 34 页。

[04] 张僧魁：《写在学生生活团体的前面》，1933 年《育英年刊》。张僧魁是育英中学 1935 班学生。

[05] 张佑臣：《本校沿革志略》，1929 年《育英年刊》。

其行为。应该说，这些文学社团中的学生与导师依然自由地选择着社团往“哪里去”。育英中学的“新文学研究会”就如此回应这个时代的文学走向，“青年们一听到新文学，便很容易想到‘Y 姊’‘A 弟’的肉麻文字；实则革命文学已占据了新文学的重要地位，那种肉麻文字，早就为人摈诸文学之外”[01]。虽然，现在已难知罗慕华在育英中学的文学活动的具体内容，但在 30 年代，中学校园里革命文学的兴起，同罗慕华一样的众多国文教师无疑是其推波助澜者。

研究“北方左联”的日本学者近藤龙哉多次陈述一种意见：“北方左联的源流之一是在开封集中的一些人。”[02] 此说是否成立姑且不谈，就我们的论题而言，构成“北方左联”“源流”的这些人的职业值得关注。近藤龙哉所谓集中在开封的人主要是指潘漠华、李俊民、招勉之和胡齐民，当时李俊民是河南省立第二师范国文教师，其余三人皆在河南省立一中任国文教员。应该说，这并非历史的巧合，因为如果对 30 年代知识青年，尤其是左翼作家的公开职业做一个调查统计，恐怕是中学国文教师最多，至少在以北平为中心的北方左翼文学运动中确实如此。江风在回忆中曾谈起北方另一个城市济南的多所中学：1933 年江风考入济南高中时，“胡也频、丁玲都已离济赴沪了，但那时留在该校教书的进步青年作家和学者仍然很多，其中有段耀林、陈翔鹤、张友松、王祝晨。另外，还有李何林、王冶秋和李俊民老师。山东其他学校也有，如何其芳在莱阳乡师教书，李广田在济南一中，陶钝、万曼在济南一师……”[03] 开封、济南尚且如此，作为文化城的北平当然更不可能例外。潘漠华和李俊民到北平后，与“北方左联”的另一位创始人段雪笙皆任职翊教女中；在师范大学读书的谢冰莹兼职安徽中学；早期执委陈璧如在艺文中学。而且，在北平各大学任教的左翼知识分子中，中学兼职的现象也颇为常见，如我们曾提及的孙席珍、齐燕铭、傅克兴之于大同中学。北方诸中学的国文教师多左翼知识分子，活跃的北方教联亦功不可没。比起上海，北平诸左

[01]《新文学研究会》，1931 年《育英年刊》。

[02] 近藤龙哉《左联成立大会》和《北方左連について——成立期を中心に》(《关于北方左联——以成立期为中心》)，分别收入《左联研究资料集》和東京大學東洋文化研究所編《東洋文化研究所紀要》第九十七冊，昭和六十年三月（公元 1985 年）。

[03] 江风：《我的共产主义思想蒙师李俊民同志》，《李俊民文集》，上海古籍出版社 1993 年版，第 656 页。

翼文化团体中，“教联的作用和影响是很大的”：

> 参加教联的还有许多是北师大的学生，他们在实习期间或毕业以后到北平的中学里教书，像宏达、志成这些学校里都有教联的同志。他们经常在课堂上公开宣传进步思想，讲抗日的道理，国民党特务一来，就讲点别的做掩饰。还有一部分教联的同志在北平待不住了，就到大名、保定、太原等地去教书，有的在学校里当上主任教员，有的还当上了校长，在那里又团结起一批学生，建立进步团体，发展一批新盟员。[01]

国文教育与新文学的关系为时下的文学史家所关注，从教科书切入是一条常见的思路。但问题是，民国期间一直未有官方的统一教材，教科书的编纂与出版属于商业行为，而非政府行为。因此落实到各校教学实际，对于各书局出版之教材，“或采或不采，大都任教员主张”[02]。可以说，体制的缺失为新文学与革命文学进入中学校园的文化空间留下了空隙，国文教师在课堂内外的文学活动也因此成为联系文学与教育的关键之一。“北方左联”的丁浩川曾在蠡县高小“担任两个班的国语，我并不采用当时国民党政府所审定的国语课本，而是把自己所喜爱的文章印发给学生做教材（别的国语教师也是这样做）”；与丁浩川是同事的另一位国文老师，“则是从左翼文艺杂志或苏联短篇小说的译本上选取一些富有战斗性的短篇文章”作为课文。[03] 丁浩川的学生梁斌也如此回忆自己的老师：“丁老师是崇拜创造社，崇拜郭沫若同志的。课文大部分选讲《创造月刊》和《太阳月刊》上的文章。”[04] 育英中学的王元化似乎并不怎么喜欢母校，但弟子为其作传时，还不忘为其国文老师阎蕴之专设一节：“他教元化他们读鲁迅，还有一些翻译文章。元化觉得别的课都机械无趣，唯阎先

---

[01] 张磐石：《我所了解的北平左翼文化运动》，《北方左翼文化运动资料汇编》，北京出版社 1991 年版，第 276 页。

[02] 张鸿来：《国文科教学之经过》，《师大附中成立 40 周年纪念特刊》1941 年。作者自 1913 年即在北平师大附中任国文课教师，并曾任主任，即校长。

[03] 丁浩川：《丁浩川教育文选》，辽宁人民出版社 1984 年版，第 29—30 页。

[04] 梁斌：《怀念丁浩川老师》，《笔耕余录》，北京出版社 1991 年版，第 89 页。

生的语文，让他沉迷。”[01]

蒋光赤编《太阳月刊》封面，1928 年

卷頭語

弟兄們！向太陽，向着光明走！

我們也不要悲觀，也不要徘徊，也不要懼怕，也不要落後。

我們相信黑夜終有黎明的時候，正義也將不終屈服於惡魔手。

我們只有奮鬥，因為除開奮鬥而外，我們沒有出路。

倘若我們是勇敢的，那我們也要如太陽一樣，將我們的光輝照遍全宇宙。

太陽是我們的希望，太陽是我們的象徵，——

讓我們在太陽的光輝下，高張着勝利的歌喉：

《太阳月刊》初刊卷头语（蒋光赤）

虽然站在纯文学的立场，时贤称 20 世纪为“非文学的世纪”，但若从文学对整个社会生活的影响力着眼，20 世纪上半叶其实也可堪称“文学的世纪”。以中等教育而言，翻阅那一时段各校《课程标准》对国文教学的规定，也可看出那是文学与教育最为亲密接触的黄金时代。将欣赏甚至写作新文学列入教学大纲，以当今中学教育的眼光来看恐怕匪夷所思，在当时却是司空见惯。1931 年《国立北平师范大学附属中学课程标准》将初中国文之“设科用意”定为“引起学生研究中国文学之兴味，能欣赏浅近文学作品”；高中为“养成中国文学上普通的欣赏能力，能做浅近文学作品”。辅仁大学附中《国文教学纲要》甚至将国文教学目的设为“使学生有养成创造新语及新文学之能力”[02]。而且国文教学不仅被细分为精读和略读，甚至开设现在大学中文系专业课的文学史、文学理论等课程的中学也并不少见。育英中学有文学史专职教师，北平师大附中开设“学术文与文学文”和“文学概论”课。前者引导学生“读文学文，预养其阅读赏鉴之能力，备日后课余时，能以文学作品为良好之伴侣[03]”；后者“设科用意”为“使学生明了文学与人生之关系，认识文学与时代之影响，并指导学生对于文学之创作、鉴赏与批评”[04]，其“教授内容”为“对于新兴文学之研究，注重文学思潮之介绍及建设批评之鹄的，不以一家一派之学说为限。（如温齐斯特之《文学评论之原理》、韩德生之《文学研究导言》、厨川白村之《苦闷的象征》、本间久雄之《新文学概论》及晚近卢那察尔斯基之《文艺与批评》等，各有其立场与观点）”。[05] 国文课在民

[01] 胡晓明：《跨过的岁月：王元化画传》，上海文艺出版社 1999 年版，第 26 页。文中将阎蕴之误为阎润之。

[02]《私立北平辅仁大学附属中学概况》，辅仁大学附属中学 1936 年版，第 56 页。

[03]《国立北平师范大学附属中学一览》，1931 年，第 35 页。

[04] 同上，第 46 页。

[05] 同上，第 47 页。

国中学教育中一直是占学分最高、课时最多的重头课[01]，学校如此看待国文，又有如此实践，其结果是既激发了学生的文学热情，以为“要想国文有进步，认识人生，可必得去爱好善美的文艺”[02]，由此造成了中学校园浓郁的文学空气，同时，也为左翼作家进入中学课堂提供了契机。

在中学校园如此的历史境域与机遇中，“语文教学，对一个进步教师来讲，是英雄大有用武之地”，因为“它不像其他课程，要照课本传授，很少插话。语文教学则不然，教材可以选择，思想可以发挥。一个革命教师，他可以涉及政治、经济、时事以及革命文学等”。[03] 虽然 30 年代中学课堂内外的教学实际与文学活动已无法重现，但当时师生留下的众多回忆材料却为我们想象与重构历史现场提供了可能。季羡林对其中学老师胡也频的国文课堂有颇为生动的回忆：

> 他不但不讲《古文观止》，好像连新文学作品也不大讲。每次上课，他都在黑板上大书“什么是现代文艺？”几个大字，然后滔滔不绝地讲起来，直讲得眉飞色舞，浓重的南方口音更加难懂了。下一次课，黑板上仍然是七个大字：“什么是现代文艺？”我们这一群年轻的孩子听得简直着了迷。我们按照他的介绍买了一些当时流行的马克思主义文艺理论书籍。……我们当然不能全懂，但是仍然怀着朝圣者的心情，硬着头皮读下去。[04]

韦君宜回顾自己的文学生涯，总是提及对自己影响最大的是南开

---

[01] 以 1929 年和 1930 年国民政府颁布的《中小学课程暂行标准》为例，前者规定初中 13 门课程每学期总计 180 个学分中，国文 36 分，占总学分 20%，高中 150 个学分，国文 24 分，占 16%；后者规定初中每学期 15 门课程，每周共计 35 课时，国文 6 课时，占总课时 17%，高中每学期 17 门课，每周总课时 34，国文 5 课时，占 15%。王伦信在《清末民国时期的中学教育研究》中，设有专章讨论中学课程，可参考。

[02] 乃光：《“中学生爱好文艺”的几重原性及改善方法》，《北方日报·长城》1935 年 3 月 7 日第 377 期。

[03] 李俊民：《前事不忘 后世之师——为吴天石同志蒙难二十周年纪念作》，《李俊民文集》，上海古籍出版社 1993 年，第 364 页。

[04] 季羡林：《忆念胡也频先生》，邓久平编《季羡林散文全编》(二)，中国广播电视出版社 1999 年版，第 324 页。

中学的国文老师田骢："我们有南开中学自编的国文课本，同时允许教师另外编选。田先生就开始给我们讲上海左翼的作品：丁玲主编的《北斗》，周起应（周扬）编的《文学月报》，然后开始介绍鲁迅，介绍鲁迅推荐的苏联作品《毁灭》，还有《士敏土》《新俄学生日记》等等。他讲的这些书，不是当文学作品来讲的。"[01]

年轻的左翼作家在国文课堂上热情张扬革命文学，其结果就是产生了中学校园文化空间内更年少的革命文艺青年群体。还是中学生的季羡林开始写作"革命、革命、革命之类"的《现代文艺的使命》以及"普罗"的《文明人的公理》；胡也频在济南高中的另一位学生冯毅之则追随老师参加了"左联"，流落到北平后成为"北方左联"的党组成员；潘漠华在开封的学生苏凡和耶菲也辗转到北平参与北方左翼文化运动；[02] 韦君宜的同学上了田骢的课，"看了左翼的书……就开始写开放的文章了"。

除去课堂内"滔滔不绝"地传革命文学之道，作为国文教师的左翼作家在课堂外组织中学生文学活动同样值得关注，而这文学活动组织的基本形式就是结社与办刊。开封河南省立一中的潘漠华、胡齐民与招勉之"推动爱读新书的同学组织读书会，高年级同学自动报名参加，一年级是由级任教师从每班各推荐两人参加"，潘漠华班上被推荐上去的就是以后活跃在《文艺地带》和"泡沫社"的耶菲。这个读书会后来被称作"寒诗社"，出版提倡普罗文艺的《火信》社刊，但仅三期即被查封。[03]

胡也频在山东高中就"号召组织了一个现代文艺研究会，有几个学生积极分子带头参加，公然在学生宿舍的走廊上，摆上桌子，贴出布告，昭告全校，踊跃参加。当场报名、填表，一时热闹得像过节一样"，而且"有了这样一个组织，胡先生还没有满足，他准备出一个刊物"。[04] 热情有余、资金不足、缺乏发行渠道、只能在校园传播，

[01] 韦君宜：《不能忘记的老师》，任文贵、杨北楼选编：《长相思：名人笔下的老师》，北京出版社 2000 年版，第 247 页。

[02] 冯毅之、苏凡的回忆《北平左联回忆》和《漫长的记忆》，二文均收入《左联回忆录》（下）中国社会科学出版社 1982 年版。

[03] 耶菲：《忆念我的老师潘漠华》，叶昭垲主编：《周新武纪念文集》，北京广播出版社 2002 年版，第 592—593 页。

[04] 季羡林：《忆念胡也频先生》，邓久平编：《季羡林散文全编》（二），中国广播影视出版社 2007 年版，第 325 页。

是大多数校园刊物共同的特征，再加上当局的查封，因此其生命也就难以持久。季羡林在回忆中没有提到这份已不知刊名的杂志出版了几期，抑或根本就未曾问世。不只是学生，南开中学的四位国文教师田骢、万曼、戴南冠和姜公伟曾组成“四月社”，出版“普罗”的《四月》杂志，这份简陋的只有十几页的《四月》也仅在5月出版两期。除了“同学们差不多都买来看了”[01]，现存下来的刊物首页上的“请批评”也显示出它的传播方式：除了本校同学购买，只能是赠阅。因此，回到我们最初的说法，这些中学师生共同参与的社团，其精神空间与写作园地依然逃不出壁报与校刊。潘漠华等人在开封组织学生成立读书会，购买阅读上海出版的左翼书刊；齐燕铭、赖亚力等教师在大同中学组织学生成立“健进读书会”，指导学生阅读“艾思奇《大众哲学》，斯诺《西行漫记》等禁书”[02]。30年代的学生读书会也即文学社团的别名，学生“除了看书以外，还拼命写稿投到壁报上，写了便拿去请潘批改，然后发表在壁报上”[03]；“健进读书会”的耶菲和颖灿正是校刊的编者和作者。在韦君宜的回忆中，“四月社”的田骢等几位教师是学生主编校刊的幕后指导，其实其他学校校刊的背后亦常有国文老师的存在：育英中学的校刊就常得到国文和文学史教师刘任萍的指导；而大同中学的齐燕铭和傅非白不仅多次为其校刊撰写文章，支持学生对拉丁化新文字的研究，介绍苏联革命文艺，而且为校刊选择木刻设计封面，可见其热心与投入。

大同中学校刊《大同》双旬刊1935年1卷3、4期合刊。封面木刻为该校国文教师齐燕铭提供

关于校刊，有一点值得注意：校刊不是学校的“官方”刊物，而是学生刊物；校刊联系着中学校园里一个最大的学生团体——学生自治会。各中学校刊的主办者基本上都是该校学生自治会：《育英半月刊》的编辑者是育英中学学生自治会，《大同周刊》的编者是大同中学学生自治会。陆殿扬1922年调查的20个省份69

[01] 韦君宜：《不能忘记的老师》，任文贵、杨北楼选编：《长相思：名人笔下的老师》，北京出版社2000年版，第247页。

[02] 林志：《林志回忆录》，http://linzhi.home.sunbo.net/show_hdr.php？xname=JPR8TV0&dname=UQMIV31&xpos=6。林志（1914—2006），1931年进入大同中学读书。

[03] 苏凡：《漫长的记忆》，《左联回忆录》（下），中国社会科学出版社1982年版，第559页。

所中学中，有 62 所学校成立有学生自治会，可见其普及。而大多数学生自治会亦将出版校刊列为其重要工作之一，因此，学生自治会的普及即意味着校刊的风行。

学生自治会在校园的繁盛同中等教育体制中的“训导制”（或称“训育”）有着直接的联系。可以说，学生自治运动伴随着“民主”观念在现代中国的盛行和对“共和国”想象的兴起，[01] 而最终落实于“训育”政策在中等以上学校的实施。1930 年国民政府教育部颁布的《中等学校训育实施纲要》中，更是将中等学校“指挥组织学生自治会”列入法规。同年，国民党中央常务会议又通过《学生团体组织原则》和《学生自治会组织大纲》，制订《学生自治会组织大纲实施细则》。上述诸法规将中等以上学校的自治组织统一命名为“学生自治会”，规定“各学校学生自治会之名称，须冠以各学校之校名”，其详细的规定使这一团体成为校园内学生的法定组织。政策规定落实到具体的学校，即各中学学生自治团体的兴起。以育英中学为例，该校每年的年刊中都会谈及该校训育工作，历年表述也如出一辙：“各级学生，均组织自治团体，以便互相砥砺。”[02] 按教育史家的说法：“在以学生为主体结合的各种与训育相关的组织中，学生自治会是其核心。”[03]

学生自治会虽是联系学校生活方方面面的综合性组织，但与中学生的文学活动亦大有关联。《学生自治会组织大纲》对自治会的规定可谓事无巨细，就其组织形式而言，《大纲》规定：“凡中等学校之学生自治会，其干事会下得设文书、事务、学术、体育、游艺各股，由干事互选分掌之。”各校自治会之具体组织形式或偶有差异，但大都由学术股或者在学术股下再专门设置分支机构负责出版事项。育英中学学生自治会学术股成立“年刊委员会”负责出版年刊，成立“半月

[01] 最早谈及学生自治问题的陶行知如此谈论学生自治在现代中国的需要：“中国既号称共和国，当然要有能够共同自治的公民。想有能够共同自治的公民，必先有能够共同自治的学生。所以从我们国体上看起来，我们学校一定要养成学生共同自治的能力，否则不应算为共和国的学校。”（《学生自治问题之研究》，《新教育》1919 年 10 月第 2 卷第 2 期）

[02] 育英中学历年年刊之《本校沿革志略》，虽然每年撰者不同，但对与训育工作与学生自治团体的表述基本相同。

[03] 王伦信：《清末民国时期的中学教育研究》，华东师范大学出版社 2002 年版，第 183 页。该书专设一节讨论“学生自治会与中学训育”。

北平私立大同中学的革命文艺青年。中间穿长衫者为学生自治会总务股主任（即主席）耶菲，右第二人是颖灿。两人为校刊编者，也同为“泡沫社”成员和《觉今日报·文艺地带》的主要作者

刊委员会”负责编辑出版校刊；大同中学学生自治会学术股下设置编纂组“审查并编纂本会各种出版物”，编纂组又分别成立负责出版壁报的“大同壁报编纂委员会”和编辑校刊的“大同月刊编纂委员会”。至于校刊经费，虽也偶有像北平私立潞河中学《协和湖》那样的情况，“学校为出校刊，拨有专款”[01]，但为数不会太多。国民政府颁布的《学生自治会组织大纲》规定自治会经费“以会员费及其他捐款补充之，必要时得请求学校补助”，所以多数学校也会按此办理。大同中学自治会章程规定，“会员每人每学期交会费一元，于开学缴费时缴纳”[02]，而自治会经费中开支最大的即出版校刊。大同中学学生自治会 1935 年第一学期收会费 500 余元，出版校刊即独占去 200 元。[03] 民国中学校园内学生出版刊物甚多，但大多如育英学校学生自治会所言，“我校刊物，不为不多，若《饭碗》《晓钟》等俱风行一时，不幸因办理不善，相继夭亡”[04]，校刊因有制度和资金的双重保证才得以持久。

当然，校刊也并非如学生所期待的那样平平安安“以至永远”，而是时有危机，这与自治会和校刊、校方及当局的关系有关。可以说学生团体与刊物乖顺之时，常会得到校方支持，甚至校方也时有“招安”之举：育英中学校方就曾对校刊有“接收之议”，但结果“以故未成”。“以故未成”也证明着二者的矛盾。中学生群体是激进的，却又是幼稚的。他们虽然深知“我国的言论不能自由……新闻纸类都受检查”，却错把校刊当作了一片自由的园地：“本校的本刊则不然，……在相当范围内，可以尽量发表诸位同学的思想、感论。”[05]

---

[01] 刘北汜：《潞河两忆》，http://www.luhe.net/xiaoyouhui/ShowArticle.asp?ArticleID=578。

[02]《北平私立大同中学校学生自治会章程》，《大同》1935 年 10 月 10 日第 1 卷第 1 期。会员为学校全体学生。

[03]《1935 年度第一学期学生自治会预算》，《大同月刊》1935 年 10 月 10 日第 1 卷第 1 期。

[04] 未名记：《〈尝试刊〉史略》，《育英年刊》1931 年。

[05] 编者：《写在编首的几句话》，《育英周刊》1933 年 10 月 2 日第 1 期。

有这般认识，因此也就难免在校刊中有“越轨”的激烈言辞，使校刊与校方的矛盾升级，其结果就令校刊遭遇灭顶之灾：育英中学的校刊即“因周刊内发表言论关系，曾一度发生不幸事件，嗣后学校当局因周刊前途日益暗淡，波折业生，遂令停刊，以防再度发生不幸事件。总自治会亦因经费拮据，周刊遂因而丧命！”[01]。1936年《育英半月刊》更名《信号》，虽然我们没有证据证明与因参与“一二·九”运动的“泡沫社”被封有关，但从编者对校刊改名原因的解说中也能看出这其中似乎别有隐情：“据说改的原因是便于传播校内消息，至于文章似乎不大有登的可能。”[02]同样，《大同周刊》不但因“遭到当道的猜疑，周刊被停邮了”，而且“各方面得到警告、恫吓，甚至要使周刊停刊”。[03]更严重的就不仅是校刊“丧命”了。南开女中校刊“开始时谈文学，谈得很像那么一回事”，但“后来她们越谈越厉害，先对学校的一些措施写文章批评，后对天津市内的政治形势嬉笑怒骂”，其结果是“学校当局再也忍不住了”：校刊停刊，主要编辑人员被开除，被怀疑“在背后煽动”的三位国文老师田骢、万曼和戴南冠被“解了聘”。[04]

但校刊也颇像“原上草”，虽时有停刊之虞，风头过后，或者换一批学生进入自治会，便“春风吹又生”般在校园里再度兴起。同是一校之校刊，却有周刊、半月刊、双旬刊或月刊的分别，显示出校刊史的断裂，而在断裂中延续也正是校刊史的常态。也因此，校刊成为中学生文艺群体最为稳固的写作园地。育英中学校刊“为便利同学投稿起见，特在招待室前添置《周刊》投稿箱，每日有人专司其事”[05]。《大同双旬刊》也多次声明“稿件是全体同学供给的”，辩白“本刊不是‘同人’刊物，对于取稿上当然不会有任何私见”。[06]《育英周刊》同样有这样的“不得不表白者”，因其“选稿问题”，被指责为“都是‘王德垕之群的作品’〔借用一位爱护本刊的同学（也许是老

[01]《一年来之周刊》，《育英年刊》1934年。

[02] 查先进：《一年来〈信号〉的经过》，1936年《育英年刊》。

[03] 编者：《告别的话》，《大同周刊》1936年5月25日第10期。

[04] 韦君宜：《不能忘记的老师》，任文贵、杨北楼选编：《长相思：名人笔下的老师》，北京出版社2000年版，第248页。

[05]《编辑部启事（三）》，《育英周刊》1933年10月2日第1期。

[06]《编者的话》，《大同双旬刊》1934年12月10日第2期。

师）所说的话〕”。[01] 辩白即意味着有批评的存在，而批评也并非总是空穴来风。王德垕的“表白”言辞激烈，而《育英半月刊》的编者李景慈面对批评就没有那么义正辞严：“有人说我们是中四包办；我们承认，我们的同人是中四同学，然而这是为求编辑、事务的顺利的。稿件的取舍，绝无班级性存于其间。我们同时更要打破学校中的班级性，和没有省界性一样。”[02] 虽有这样庄严的宣告和希望，面向全校学生的校刊经常和校园外社会上的刊物一样，以刊物为中心凝聚起一个小团体，甚至成为“圈子”刊物，也确实是常有的事。

1935年育英半月刊委员会成员，其中两位穿着军训服装。30年代国民政府为遏制校园激进思潮，施行会考制与军训制。而这群文艺青年反而更加叛逆，他们写道：“‘会考’就是要把你的视线，从现实社会移到死书本上来。同时，用‘军国民训练’羁缚住你的自由……现在的教育是把人养成一个服从的牛马和吃人的机器。”（东门：《1934年的中等教育》，《大同》双旬刊1935年1月第1卷第3、4期合刊）

1934年育英学校“周刊委员会”成员为王德垕、单学正、张兴中、吕岩、李景慈，除单学正为1934班外，其他四人皆为该校1935班学生；1935年《育英周刊》改为《育英半月刊》，除李景慈初中毕业升入高中外，原“周刊委员会”诸人高中毕业，于是“半月刊委员会”重组，“王德垕之群”也一变为“李景慈之群”——委员长：李景慈、佘永敦；编辑部：胡振麟、王立言；事务部：宋立本、黄植标。清一色1935班初中毕业进入高中部的新生，即李景慈所说的“中四”学生。这个1935班的文学风气也确实浓厚，在毕业生留言中也可见出这一群体中为数不少的文艺青年——王德垕：攻文学，尤嗜诗歌；魏大仁：文学是他的特长……将入大学专攻文学；潘裕然：他是个时代青年……文学是他的特长，书报杂志常能见到他的作品……[03]

王元化与李景慈同班，亦为本班一个文学青年。虽然谈及文学

[01] 王德垕：《编后》，《育英周刊》1933年10月30日第4期。
[02] 景慈：《编余一角》，《育英半月刊》1934年12月16日第3卷第3期。
[03] 本文对诸人班级身份的认定以及毕业留言皆依据历年《育英年刊》。

经历，他多次说是始于流亡上海的1938年，但偶尔也会在只言片语中提起中学时代旧事："抗战前，我在北平读中学，和几个喜爱文艺的同学都是鲁迅的崇拜者。那时，凡和鲁迅有关的杂志《作家》《中流》《译文》，我们每期必读。"[01]作为文艺青年的王元化也同样不会满足于单纯地阅读："'一二·九'学生运动后，读了一些进步书刊。虽然我对文艺懂得很少，但是凭着青年人的热情，把自己一些幼稚的东西向报刊投稿。"[02]向哪些报刊投稿呢？王元化没有说，但熟悉其生平的弟子胡晓明在其传记中倒是透露了一点王元化与校刊的关系："当时他在育英中学读高一，在开学时就被推选主编校刊《课外选课专页》，平生第一次发表了文章。"[03]胡晓明所谓的高一，当时的育英中学称为"中四"。但作为文艺青年的王元化是否属于该班"喜爱文艺"的"李景慈之群"，是否参与了"中四"班学生为"中坚之分子"的"哪里去"文学研究社，王元化未曾说起这些旧事，后人也就无从得知。据1936年《育英年刊》，当年王元化参加了育英中学文艺青年结成的"新文字研究会"，并任编辑股股长。而新文字或者大众语自始至终都是左翼文艺青年关注的问题。大同中学也同样有个"北京大多数人都知道"的"新文字促进会"，主持者是耶菲。[04]在《觉今日报》一周年纪念时，阿茨（即李景慈）撰文总结一年的《文艺地带》，文中首先提及的就是伴随该副刊诞生的"具有前进意识的问题讨论"，而讨论的问题中，"第一个就是属于大众语跟大众语文学的建立问题"。[05]《文艺地带》还为此讨论开辟了"拉丁化线"专栏；《泡沫》杂志、育英与大同两校校刊中，讨论新文字的内容也占据了不少的篇幅，《大同周刊》还设置了"新文字课本"专栏以宣传新文字。

我们曾在前文谈到，众多没有能力出版社刊的中学生文艺社团"借用"校刊一角做社团园地是校园文学活动中颇为常见的现象。

[01] 王元化：《续谈〈怪虎豹〉》，《人物·书话·纪事》，人民文学出版社2006年版，第225页。
[02] 王元化：《〈脚踪〉序》，《王元化集外文》，上海文艺出版社2001年版，第170页。
[03] 胡晓明：《跨过的岁月：王元化画传》，上海文艺出版社1999年版，第33页。
[04] 林志：《中学时代的老同学》，叶昭垲主编：《周新武纪念文集》，北京广播学院出版社2002年版，第27页。
[05] 阿茨：《一年——〈文艺地带〉底作品检讨》，《觉今日报》1935年10月2日。

1934年底“哪里去”文学社在《育英半月刊》附出“‘哪里去’文学社特刊”；1936年《育英半月刊》更名《信号》，王元化等人的“新文字研究会”也在《信号》出版专页。但校刊印数不多、发行不广的特点，使校刊存世不多，我们现在已很难见到一种前后完整的校刊。我们也并未找到刊载“哪里去”文学社特刊的《育英半月刊》和“新文字研究会”曾出版专页的《信号》。但在这些校刊中，我们却找到了北平小报《觉今日报》的副刊《文艺地带》和故都革命青年文学团体“泡沫社”的缘起，因为育英中学校刊《育英半月刊》的文艺栏就叫作《文艺地带》，其刊头美术字与《觉今日报·文艺地带》完全相同。至于作者，我们已无法一一核实两个《文艺地带》里那些让人眼花缭乱的笔名。

从最初考察一份小报的副刊，找到与之相关的一个社团和一份杂志，到最后追踪至中学校园里的校刊，我们始终也没弄清《觉今日报·文艺地带》和《泡沫》里的张腾、辛朋到底是谁；王温宜或温宜除了是上述一报一刊的核心作者外，也出现在《育英半月刊》的《文艺地带》里，那么他应是育英中学的学生，但他是王德垕、王立言、王云和还是王元化，或者他根本就不姓王，我们不得而知。在相同和不相同的报刊里，不断变换笔名，是30年代的文坛风气，作为文艺青年的中学生群体亦是如此。王云和作《歪曲新说》刊载于《觉今日报·文艺地带》时署名耿明，在《育英半月刊》发表时用的则是君芜的笔名，[01]如果不是同一文章，我们也无从辨别耿明和君芜实际上是同一人。

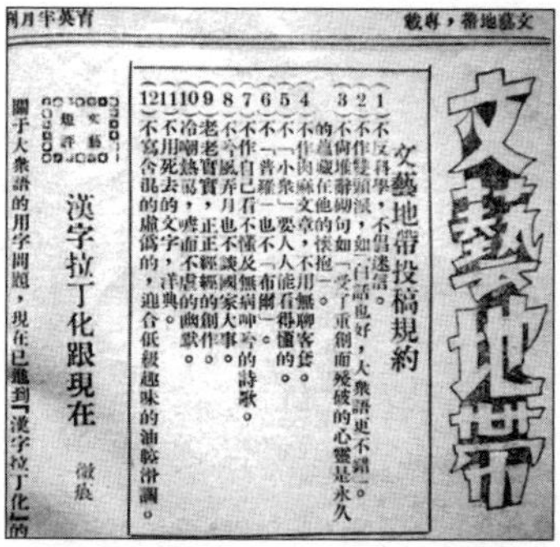
育英半月刊
文藝地帶，專載
文藝地帶
文藝地帶投稿規約
（1）不反科學，不倡迷信。
（2）不作雙頭濕句，如「白話也好，大衆語更不錯」。
（3）不向堆砌辭句如「受了重創而殘破的心靈是永久的蟲蝕在他的懷抱」。
（4）不作肉麻文章，不用無聊客套。
（5）不「小衆」要人人能看得懂的。
（6）不「普羅」也不「布爾」。
（7）不作自己看不懂及無病呻吟的詩歌。
（8）不吟風弄月也不談國家大事。
（9）老老實實，正正經經的創作。
（10）冷嘲熱諷而不虛偽的幽默。
（11）不用死去的文字，洋典。
（12）不寫含混的，虛偽的，迎合低級趣味的油腔滑調。
漢字拉丁化跟現在 微痕
關于大衆語的用字問題，現在已進到「漢字拉丁化」的

1934年12月第3卷第2期《育英半月刊》里的专栏《文艺地带》；此时距《觉今日报》创刊仅两个月。本期育英《文艺地带》首篇文字是李景慈以微痕的笔名刊载的《汉字拉丁化跟现在》

王德垕在《育英半月刊》发表《啸峰随笔》后，我们才知道王啸峰和啸峰乃其笔名。《育英半月刊》总编辑王德垕的继任者是李景慈，作为《育英半月刊·文艺地带》的编者，至少也是《觉今日报·文艺地带》的编者之一，就我们目前所知，李景慈在育英校刊上常使用的笔名有微痕、小草和皓光；在《觉今日报》和《泡沫》上使用的则有阿茨、林慧文和

[01] 署名耿明和君芜的《歪曲新说》分别刊载于《觉今日报·文艺地带》1935年3月1日和《育英半月刊》第3卷第7期。

皓光。大同中学耶菲的真名、化名和笔名更是复杂多变：中学以前名周晓乐，考上中学后家人为其取学名周德成以示郑重，在大同中学主持“新文字促进会”时化名严新武，新中国成立后名周新武；30 年代在北平时，不管是在《觉今日报·文艺地带》《泡沫》还是大同校刊，常有多个笔名“共时”出现，文艺作品署名耶菲，有关大众语和新文字的文章署名李朴，时事批判则署名濮准、央央、乌光、湜沤等，发表读书会聚谈时的文章则署名居谭菲。若非本人后来著文澄清，这些后世名不见文学史的革命文艺青年的笔名，在后人眼里只能是一笔算不清的糊涂账，我们也难以知晓“耶菲”“李朴”与“居谭菲”实是一人。更何况，笔名实在太多，连本人都“还有现在记不起来的”[01]。

至于《育英半月刊·文艺地带》里诸如丹田、人天、铁霞这些笔名究竟为何人，我们更加无法一一核实。1935 班的王元化、潘裕然、魏大仁等这些爱好文艺的中学生，常常“向报刊投稿”，在“书报杂志常见到他的作品”，那么他们在两种《文艺地带》里是以什么笔名出现，我们也不得而知。但校刊里也会有比较固定的核心作者。《育英半月刊》里常见的作者是李景慈、王德垕、王温宜、王云和、胡振麟、吕奎龙、秦佩珩、余永敩、查先进。据育英年刊，李景慈、王德垕、胡振麟、余永敩、查先进为 1935 班学生；吕奎龙、王云和与单学正为 1934 班学生；秦佩珩（1914—1989）为 1937 班学生，与胡适之子胡思杜同届。[02] 虽然上述作者名单中大部分人确实是 1935 班学生，但我们并不想用当时育英学生指责这份校刊时用的“包办”这一词语，将其概括为一个班级的“班刊”，而更愿意将校刊看作是凝聚一校文艺青年的园地，虽然“圈子”确实存在。

大同中学的校刊同样如此，被在校学生指责为“同人刊物”也自有原因，因为校刊的作者群中同样有一个“圈子”的存在。大同中学校刊的作者“圈子”中有耶菲、颖灿、粲然、启山、东朴、东门、白澄等人。《大同双旬刊》中为数不少的“补白”皆署名“菲”和

---

[01] 耶菲：《我用过的名字》，叶昭垲主编：《周新武纪念文集》，北京广播学院出版社 2002 年版。

[02] 胡适为本校校董。秦佩珩 1937 年育英中学毕业考入燕京大学，和李景慈一样在沦陷的故都北平继续写作，曾出版《椰子集》等诗文集，后以经济史学家名世。

“灿”，由此可以推测，耶菲与颖灿二人应该是该刊的实际编者。

分析两份校刊的作者圈子，可以看出大部分正是《觉今日报·文艺地带》的作者和“泡沫社”的成员。至此，我们可以说，北平小报《觉今日报》的副刊《文艺地带》和故都革命文艺青年团体“泡沫社”，正是缘起于这座城市的两所中学。我们对《文艺地带》与“泡沫社”的追索，决定了本书从后往前倒叙与溯源的写作方式；如果返回这个故事的起点，依从前往后的顺序讲起，我们也可以说，30年代的北平小报副刊交由“学生”主持的风气，也使小报副刊成了这座城市文艺青年一个无形的精神社区，将栖身于会馆、中学这些原本有些封闭的城市空间的文艺青年凝聚在一起，直至最后结成由不同亚群体构成的有形社团。但就中学生而言，这一过程，我们也可以看作从校刊、小报文艺副刊到社团刊物，中学生文艺群体在这座城市不断寻找他们的精神空间的历程。最后的问题是，被严格限制的学生自治会和封闭的校刊又是怎样将两所学校和校外的左翼文学团体联系起来的呢？

如前所说，学生自治会源起于中等以上学校的“训育制”。用现在的语言表述，“训育”接近思想政治教育。在国民政府时期，“训育”无异于思想控制，控制校园里激进的学生群体。对于学生自治会的成立及活动，国民政府有严格的规定。国民政府虽然同意各校组织学生自治会，但其成立手续异常烦琐，烦琐的手续当然是指向对这一学生团体的全面掌控：在成立前必须向本地党部申请许可证；领得许可证后，必须将拟定的章程草案“呈请当地高级党部核准”；组织完成后，“须备其章程及职员履历表、会员名册，呈请当地高级党部核准后，呈报学校及主管官署备案”。当然最重要的是对学生自治会活动范围的限制：“以在学校以内组织为限”，“越出学生自治会职务范围者，学校得撤销之”。[01]

如果说学生自治会由严格的政府法规限定于一校范围之内，那么校刊的自我画地为牢，则是由其与生俱来的特点所决定的。不管是稿件作者还是发行销售，校刊只限于本校师生。但在现代社会，不管是用有形的法规条文，还是用无形的俗成约定，欲将社团与刊物控制和

[01] 参见1930年中央常务会议通过的《学生团体组织原则》《学生自治会组织大纲》以及《学生自治会组织大纲实施细则》。

限制于一个严格规定的狭小空间内，也委实不是一件容易之事。以校刊而言，校友的存在无疑为封闭的校刊留下了走出校园的一条缝隙。根据大同校刊的《编后》，我们可以知道，其刊物作者圈子中的白澄、东门、东朴等人并非大同在校生，而是校外的校友。[01] 这些校友不仅是大同校刊及其《觉今日报·文艺地带》的作者，也正是"泡沫社"的成员。更值得注意的是，育英校刊中的吕奎龙，1934 年从育英中学初中部毕业后，入艺文中学高中部读书，成为"泡沫社"社长谷景生的同学，而且"泡沫社"的社址就设在他的家里。因此，我们可以想象，如同北平小报副刊将育英和大同这些不同校园空间内的革命文艺青年凝聚在一起，校友的存在，也引导校刊及校刊里的中学生文艺群体走出狭小的校园，走进身边这座城市更大的文化空间。

而且，也不仅仅是这些校友带出了一群同道文艺青年，在校园之外结成了一个文艺社团；更值得关注的是，一个封闭的空间一旦有了裂隙，那么良性的对流就会形成——出去与进来就会成为这个空间的常态，文化空间亦是如此。大同中学在有人走出校园，走进"泡沫社"后，在校刊载文介绍社刊《泡沫》，把这个小小的杂志比喻成"一些艰苦的孩子，费力地垦殖着他们的小块土地"。他们也不仅仅是把刊物介绍给身边的同学，而是欲召唤更多人走出校园，走进"泡沫社"那一"小块土地"，"把一粒小的种子，开放为美丽的花朵"。[02]

大同校刊的这份征求社友的广告引领多少人走出校园走进"泡沫社"，现在已无从考察；但有人因"泡沫社"而"非法"走进了大同校刊，却是证据确凿。我们在前文曾提及大同校刊被指责为"稿件大多是校外的"，编者也曾为之辩解："我们将投稿箱当作宝库！这里面的确太丰富了，我们何必用外稿呢？更进一步问：'有谁愿意给我们写稿呢？'"[03] 但辩解也只是辩解，该刊作者圈子中确实有参与"泡沫社"活动的"北方左联"诗人史巴克，当时他在师范大学读书；"泡沫社"的核心人物之一、育英中学的李景慈更是以阿莰、皓光的笔名

[01] 参见 1935 年 1 月 18 日第 1 卷第 3、4 期合刊《大同双旬刊》以及 1935 年 10 月 10 日《大同月刊》的《编后》。

[02] 高肃：《泡沫》,《大同周刊》1936 年 3 月 16 日第 2 卷第 3 期。

[03]《编后》,《大同周刊》1936 年 4 月 13 日第 2 卷第 6、7 期合刊。

在大同校刊频频刊载文章。

在走出去与走进来的过程中，原本封闭的校刊和校园都难以再彻底封闭，经由一份小报的副刊、一个社团和对革命文学的共同信仰，中学生文艺群体和中学校园的文化空间都与北平这座城市的革命文学史图景联系到了一起。讲述故都革命文学的故事，想走进30年代革命青年的文学生活，中学校园这一城市空间及其文化风景，都值得驻足。

五、《觉今日报》、“泡沫社”与流浪青年

小报《觉今日报》创刊于1934年10月1日，于“一二·九”之后的1935年12月16日停刊，共出版429期。其文艺副刊名为《文艺地带》，基本每日刊出，该副刊自始至终未署编者姓名。1934年岁末，该报出了一期《读者批评专页》，各版编者皆谈及来年办报构想。“蘅君”著文《明年的〈文艺地带〉》[01]，这是文艺副刊编者在该报上唯一的一次署名，但也仅是一个名字而已，除此以外，我们对其一无所知。1935年，《文艺地带》诸多作者在时常发表作品的大报《北方日报》副刊《长城》上，曾刊出一首悼“蘅君”的小诗，但我们同样没有证据，来证明诗中那位“二十七岁／便离开了这人生的筵席”[02]的“蘅君”就是《文艺地带》的编者“蘅君”。其实，即便没有英年早逝，我们也很难再寻觅有关“蘅君”身世的细枝末节，北平革命文艺青年的个体面目大多已模糊不清，他们以“复数”群体存在于这座大城的历史中。所以相对于个人，社团更值得关注。在历史追索中，小报副刊《文艺地带》就联系着“当时唯一由‘左联’掌握着的”[03]文学社团“泡沫社”:《泡沫》创刊号上即登出《文艺地带》的广告，称这份小报副刊为“青年作家耕耘的园地”[04]。《文艺地带》在“泡沫社”成立不久也刊出文艺通讯:“最近北平一部分喜好文学的青年，张腾、王温宜、刘牧风、林惠文、谷峰等联合组织‘泡沫社’，

---

[01] 蘅君:《明年的〈文艺地带〉》,《觉今日报·读者批评专页》1934年12月30日。

[02] 一鸿:《哭蘅君》,《北方日报·长城》1935年2月20日。

[03] 陈落:《“北平左联”结束前后》,《左联纪念集:1930—1990》，百家出版社1990年版，第210页。

[04]《泡沫》1935年8月5日创刊号。

发刊《泡沫》文艺周报。”[01] 而且，该通讯中所云的“泡沫社”诸成员中，除谷峰（即谷景生）外，几乎都是《文艺地带》最常见和最重要的作者。

以下我们将具体考察“泡沫社”与《觉今日报·文艺地带》的关系、社团动态的流变与静态的人员构成。社团流变的小史，呈现的不仅是北方革命文艺社团的聚散离合，也显现出革命文艺青年在北平这座城市里于壁报、校刊、小报副刊、社团刊物中不断寻找精神空间的历程；其成员构成则勾连着同一社团中不同亚群体的存在，以及他们在不同社区寄居的城市空间及其由此形成的文学生活。碧野在回忆中曾说“泡沫社”成员有一二百人之多。当然，今天我们已很难考证出一份详实可信的社员名录。但我们可以窥一斑而见全豹，考察“泡沫社”的个案，是为了“重现”众多北方革命文学社团的样貌及与之关联的历史图景。为此目的，我们采取的是对社团整体构成进行亚群体分类的方法，即将社团成员按一定标准划分出不同的次级群落进行考察分析。“历史”这一概念本来就混合着实存与想象的双重因子：文学社团是历史的实存，而对其亚群体的“分”与“析”则承载着我们的历史想象与历史重构。

如同北平众多其他左翼文学社团，“泡沫社”也兼具政治性和文学性的双重特征。虽然在文学史上影响并不算大，但作为“一二·九”运动中最重要的左翼社团之一，“泡沫社”在中共党史中还时常被提起，尤其是谈及“一二·九”运动最重要的领导者之一谷景生与新时期中共重要领导人谷牧的时候。[02]“泡沫社”也因联系着二人关于革命与青春的记忆，让他们无法释怀。关于“泡沫社”成立前后的情况，谷牧在接受记者采访时如是说：“1935 年秋，我已经和北京的党组织接上了关系，组织上指定我负责恢复北京‘左联’，开展党的工作。我开始在‘左联’任组织委员，后来又任书记。‘左

[01] 如：《觉今日报·文艺地带》1935 年 7 月 13 日。

[02] 谷景生（1913—2004），1935 年在北平任中共北平临时市委书记、北平文总书记兼“左联”书记，时名谷峰，1955 年被授予少将军衔。谷牧（1914—2009），1935 年后曾任“北平左联”书记，时名刘曼生，笔名牧风、子颖。抗战后在中共东北军第 112 师工作，任工委书记；新中国成立后曾任国务院副总理、中共中央书记处书记等职。关于二人与“泡沫社”关系的说法可参考中共郑州市委党史研究室编《谷景生与一二九运动》（中共党史出版社 2006 年版）与中国人民政治协商会议全国委员会办公厅编的大型纪念画册《谷牧》（中央文献出版社 2002 年版）。

联’中有一个成员，他父亲在殷汝耕手下做官，但与国民党、共产党都保持了联系。于是，我们‘左联’的几个人就在这个同学的家里聚会，在他父亲的资助下办起了进步杂志《泡沫》。”[01] 直到 1998 年谷牧还对碧野说起“泡沫社”：“现在，泡沫社只剩下一个你，一个我了！龙头是我，龙尾是你。”[02] 谷景生对这个小小的文学社团同样魂牵梦绕，在 1966 年那个特殊的岁月里还曾与其在梦里相见：“半夜，鲁迅敲门叫醒我，说：‘别睡了，姓谷的，跟我上街卖货去。’我并未睡眼惺忪，大声回应：‘姓鲁的，还是带那几个小钉，几个小瓦碟？今天再带一个泡沫吧。’”[03] 但谷景生显然对谷牧等人的说法颇为不满，谈及“泡沫社”成员时，特别提到“还有流亡学生刘曼生（现名谷牧）。我介绍谷牧成为左联一般成员，又发展他入党后，让他参加《泡沫》的写稿”[04]。关于“泡沫社”的成立，该社成员王云和在遗文中有更详细的回忆：“泡沫社成立会 1935 年 5 月中旬在北平朝阳门新鲜胡同 27 号（后被确定为社址）吕奎龙家举行……经过提名、酝酿、协商、讨论，与会者一致推举谷景生为社长……此后，泡沫社阵容逐渐壮大，《泡沫》内容不断充实，方向始终正确，所有这一切都是和这位社长的辛勤努力分不开的。”[05] 关于谷牧和谷景生与“泡沫社”的关系，陈落的说法是：“谷景生任社长，实际由谷牧负责。”[06] 余修与王西彦的回忆可作为陈落说法的旁证：余修曾忆及“一二·九”前后，谷牧以《泡沫》杂志相赠，并向其约稿；[07] 王西彦也在回忆中谈到“在刘曼生和王余杞家里开过筹备会

北平的职业革命家、“泡沫社”社长谷峰（谷景生）

---

[01]《图书馆是传播革命知识的地方（谷牧同志采访稿）》，《光明日报》1996 年 8 月 31 日。

[02] 碧野：《爱书·读书·写书》，《学习月刊》2000 年第 1 期。

[03] 谷景生：《记梦：同鲁迅街头摆摊》，《谷景生与一二九运动》，中共党史出版社 2006 年版，第 263 页，编者在注释中说该文系从谷景生 1966 年 12 月的日记中抄录。文中小钉、小瓦碟之说系出自鲁迅《且介亭杂文·序言》：“我只在深夜的街头摆着一个地摊，所有的无非几个小钉，几个瓦碟。”至于泡沫则当指“泡沫社”。

[04] 谷景生：《回忆一二九运动与北平地下党》，《人民日报》1995 年 12 月 9 日。

[05] 王云和：《往事中的泡沫》，《谷景生与一二九运动》，中共党史出版社 2006 年版，第 48 页。王云和（1916—？），原名王春江，笔名耿明、慧君、芋芜等，《觉今日报·文艺地带》和《泡沫》的主要作者之一。

[06] 陈落：《“北平左联”结束前后》，《左联纪念集：1930—1990》，百家出版社 1990 年版，第 213 页。

[07] 余修：《1936 年北平左联的情况》，《北京党史资料通讯》1984 年 9 月第 21 期。

或编辑会，商量出版《泡沫》等刊物”[01]。实际上，陈落的看法也提示我们换一种眼光，来看待30年代由不同亚群体构成的左翼文学社团：当时谷景生的“合法身份”在艺文中学，选定该校学生吕奎龙家做“泡沫社”社址应该不是巧合。谷景生亦曾谈及，其伤愈后在北平开始从事革命，首先即是“从同学中着手发展关系”。在具有双重特征的左翼文学社团中，同潘漠华、段雪笙[02]等“北方左联”的不少组织者与领导者一样，谷景生代表的更是“政治性”的一翼与一群。王钧初在祭悼文字中曾如此评说潘漠华在北平的文艺活动：“他用大部分的时间去结交朋友，讨论问题，并编辑刊物”，虽然，“他的创作或译文、出版的单行本，实在不多，但是他的伟大，却建筑在另一面”。[03]这种说法也同样适用于谷景生，因为不管是潘漠华还是谷景生，他们都应属于本雅明所关注的城市中“把全部精力都花在密谋活动上”的“职业密谋家”这类人：“革命唯一的条件就是让他们很好地组织密谋活动……他们醉心于发明能创造革命奇迹的东西。”[04]

“结交朋友”、组织社团应该也是“密谋活动”的一部分，用谷景生的话来说就是“团结了一批爱国青年，渐渐积聚了一些革命力量”[05]。而当这些“革命力量”最终聚集起来，于“一二·九”那一天走上故都北平寒冷的街头，“革命奇迹”也就被生产出来了。而当谷景生“密谋”一次次学生革命运动的时候，谷牧则在山东会馆中勤

[01] 王西彦：《回忆北平作家协会及其他》，《北方左翼文化运动资料汇编》，北京出版社1991年版，第453页。

[02] 潘漠华（1902—1934），又名潘训，五四时期的湖畔诗人之一，1930年到北平；段雪笙（1901—1946），贵州人，1927年至1930年居上海，在中共法南区委工作，出版小说集《女护士长》和《两个不幸的友人》，1930年8月到北平。段雪笙和潘漠华同为“北方左联”最早的组建者，都曾任“北方左联”党团书记。潘漠华1933年底去天津，任中共天津市委常委兼宣传部长，1934年2月被捕，12月遇害。段雪笙于1931年夏在北平中共党组织及“左联”遭破坏后回贵州，1933年回北平组织左翼教联，后去山东，但参与北平教联的活动，1937年去四川，1946年病逝于南溪女中。

[03] 王钧初：《追悼P君》，《救国时报·救国阵地》1936年1月9日第6期。王钧初（1904—1986），河南人，1929年毕业于北平艺专西画系，曾在《世界日报》做美术编辑，1931年与张香山、傅非白、孟式钧等人组织开拓社，出版《开拓》半月刊宣扬革命文艺，又与尚莫宗等人组织普罗美术团体胡涂画会。1935年经鲁迅帮助去苏联留学，1939年回国后去延安，任鲁艺美术理论教研室主任，取笔名胡蛮。

[04] 本雅明著，张旭东、魏文生译：《发达资本主义时代的抒情诗人》，生活·读书·新知三联书店1989年版，第29—31页。本雅明是用不断引用马克思关于职业密谋家的文字开始论述波德莱尔与巴黎的，上述引文的原创者虽是马克思，但在被本雅明引用后，实际上，它也闪烁着本雅明的光辉。

[05] 谷景生：《回忆一二九运动与北平地下党》，《人民日报》1995年12月9日。

《泡沫》杂志的主要负责人之一，革命文艺青年牧风（谷牧）

奋地创作着《寂寞的灵魂》《海上的斗争》《王六》等一篇篇小说和速写，《泡沫》《文化批判》《北方日报》《东方快报》等各种杂志和大小报的副刊上也频频出现“牧风”的名字。为庆贺谷牧米寿而出版的大型纪念画册如是说：“到北平后，他靠在报刊上发表进步文章和文学作品，逐步结识了一批进步青年。”[01] 所以无论以后怎样强调谷牧在北平的革命经历，在故都的历史中，时为“泡沫社”成员的“牧风”其实更属于革命文艺青年这个城市群落。让他醉心的是对“革命”的书写，而非“密谋”革命的行动。所以，时为共青团北平市委书记的职业革命家谷峰为策动学生“革命”运动而组织进步青年结成社团是极有可能之事；而说热衷文学的牧风在编辑革命文学刊物等文学活动方面“负责”较多也并非不合情理，也许这也是当年的文艺青年在以后的回忆中更亲近牧风的原因之一。

回忆“泡沫社”最多的作家是晚年的碧野，他有零星的散记，有专文，在长篇回忆录《人生的花与果》中亦专设一节忆及这个社团。文学史研究者谈及该社时多沿用碧野之说，如范泉主编《中国现代文学社团流派辞典》[02]，甚至其当事者如谷景生、谷牧对“泡沫社”的历史记忆也颇受碧野的影响。在历史追索中，我们会发现碧野的回忆难免存在着诸多错误。毕竟回忆是今天的事，无法“一键恢复”的历史还需要更多的历史记忆碎片才能重构。碧野曾多次深情追忆其笔名来由与处女作在《泡沫》的发表，其笔名联系着北平这座大城和这座大城中“潮州会馆的一群”兄弟姐妹：“我们出北平城西南角的西便门，在风沙中听那叮当的驼铃……在大哥的启发下，我望着无边碧绿的大野，这才真正确定了我今后的笔名：碧野。”[03] 实际上，其处女作并非如其所说刊于 1935 年 12 月《泡沫》第 4 期的《窑工》，该文早在同年 7 月 13 日即登载于《党今日报·文艺地带》。而在此之前，碧野也早已是这份小报副刊，尤其是“街头风景线”和“速写”专栏

[01]《前言》，全国政协办公厅编《谷牧》，第 1 页。

[02] 范泉主编：《中国现代文学社团流派辞典》，上海书店 1993 年版。该书对“泡沫社”的解释可参见其相关条目。该辞典是研究 20 世纪二三十年代文学社团的贺麦晓最主要的参考资料之一，季剑青在其博士论文中对“泡沫社”解说的依据同样来自该辞典。

[03] 碧野：《人生的花与果》，《新文学史料》1992 年第 3 期。

里最常见的作者。只不过那时其笔名不是“碧野”，而是“碧影”。每忆及文学历程，碧野会念念不忘“处女作”与“泡沫社”的故事：以《窑工》投稿《泡沫》后不几天，接编辑部来信，约见谈话，兴奋不已的碧野从潮州会馆出发，步行十余里到达“泡沫社”，“一个年轻编辑”不仅对其热情鼓励，还预支给这个“贫穷潦倒”的文艺青年两元稿费。故事的结尾是：“后来，我才知道《泡沫》是‘北方左联’办的刊物，跟我谈话的是“北方左联”党团书记谷牧同志。由他介绍，我参加了“北方左联”，参加了《泡沫》文艺社。”多次的讲述中，当年的故事有详有略，讲述者甚至清晰地记得北平东城史家胡同“泡沫社”“那个杂草丛生的荒凉院子里，堆着破砖烂瓦，静悄悄的，只有几只麻雀在屋檐上跳着吱喳着”[01]，对于那位“年轻编辑”，却只是“后来”才得知是谷牧。这“后来”是多久以后呢？在另一次讲述中，碧野说的是：“这个人是谁，现在记不清了。事隔多年以后，我才知道谷牧同志曾经是该社的主要负责人。”[02] 一位中共党史专家对谷牧与碧野关于“泡沫社”的说法颇有异议，尤其专门提及“青年作者碧野，当时他写了一篇文章《窑工》，谷景生感到不错，专门约见他交谈意见。后来此人成了新中国文学界著名的诗人、散文家”[03]。单向度的历史永远无法重现曾经的“现场”，对于“泡沫社”荒凉院子里的“年轻编辑”，不管是认定谷景生还是谷牧，其实我们都没有足够的证据。弄清也许到底是哪一个“谷”也没有那么重要，今天的“谷牧”、历史中的“谷峰”“牧风”，这三个名字本身便有些像今天与历史的关系一样纠缠不清，不经意间也许就已张冠李戴。况且，对于难以理清的历史中人与事的孰是与孰非，没有足够的证据，我们也不想做道德的裁决；对所谓“知识分子的内战”我们也无甚兴趣。在我们的历史视野中，碧野记忆的对与错远没有其记忆本身呈现出的问题更有意义——碧野的亲近谷牧也许另有玄机。

谈及 20 世纪 20 年代后期中国知识分子的流动及左翼文学运动的前奏，我们已论述过“大革命失败之后，各种潜在的革命文学资源

[01] 碧野：《人生的花与果》，《新文学史料》1992 年第 3 期。

[02] 碧野：《〈泡沫〉琐屑、〈浪花〉点滴》，《新文学史料》1979 年 5 月第 3 期。

[03] 张如贤：《谷景生与一二九运动》，《谷景生与一二九运动》，中共党史出版社 2006 年版，第 48 页。

会不约而同地向上海汇聚”[01]。但现在，我们应该指出的是，没有一个城市不是移民社会。法国城市学家格拉夫梅耶尔在讨论城市的典型特征时首先谈到的就是“凝聚”，“城市在同一地点集中大量相聚的累积过程”[02]。“相聚的累积”也主要是指包括移民在内的城市居民和各种文化资源。那么，讨论任何现代城市中一种新的社会风尚或一个文化运动的兴起，我们都可以在事后追溯中谈论其史前、史中人与文化资源的“聚集”。王晓渔倒是不满足于只讨论知识分子流动中的“聚集”，而是更关注“凝聚”的解体或离散，“1930 年左右部分知识分子纷纷离开上海”也确实算得上是知识分子“云集上海”的后传。但如果就此得出结论——“具有自由主义倾向的知识分子离开了这座城市，具有左翼倾向的知识分子则留在这里”，也确实是一个太过于“简单的归纳”。[03] 其背后依然是关于 30 年代中国文学“双城记”的简单想象：左翼上海与学院北平。关于自由主义知识分子离沪后的去向，其同门师弟代为解说：在许纪霖携众弟子撰写的《近代中国知识分子的公共交往》一书中，第六章讨论的是“30 年代北平知识分子的交往世界”，以“十字街头的象牙塔”为标题，顺理成章地，其关注范畴与中心是胡适派学人群、新老两代京派文人；知识分子在这个城市的物质空间也就只能是北大清华的校园、苦雨斋与“太太的客厅”，精神空间自然为大报名刊《大公报》与《独立评论》。[04] 北平这座城市中的左翼革命文学力量，还很少进入学术视野。

雅各比被称作“消失”文化的研究者，在《最后的知识分子》一书中，雅各比以“日常经验”如此开篇：

> 走进一个熟悉的房间同时识别一个新的物件——一盏灯，一幅画，一面钟——这是一种日常经验。但走进一个

[01] 刘震：《左翼文学运动的兴起与上海新书业（1928—1930）》，人民文学出版社 2008 年版，第 9 页。另外可参见历史学者章清著：《亭子间：一群文化人和他们的事业》（上海人民出版社 1991 年版）。

[02] [法] 伊夫·格拉夫梅耶尔著，徐伟民译：《城市社会学》，天津人民出版社 2005 年版，第 1 页。

[03] 王晓渔：《知识分子的“内战”：现代上海的文化场域（1927—1930）》，上海人民出版社 2007 年版，第 7 页。

[04] 许纪霖等：《近代中国知识分子的公共交往（1895—1949）》，上海人民出版社 2008 年版。

> 熟悉的房间并立刻指出最近刚搬走的东西就很难做到了。我们的眼睛和耳朵能轻而易举地发现添加了什么，却不太容易注意到“减少”了什么，比如物体和声音的消失。几个星期、几个月或者几年过去了，我们都没有意识到它们已不复存在。也许，有一天一进屋我们便感觉到一种说不清的不适：什么东西消失了，可那是什么呢？[01]

30 年代北平城市史犹如雅各比笔下的那个“熟悉的房间”，似乎只有自由主义知识分子和学院文人才配是这里的房客。虽然我们都知道北平是穷学生的天下，但关于这一城市群落及他们在这座大城遭遇革命的故事却正在我们的历史记忆中“消失”着。

梁斌追忆自己在北平的经历时曾说，30 年代“为各方流亡学生汇聚北平之盛”[02]。这些“全国各地”的“少年漂泊者”是 30 年代中国文化史天空上的另一群“候鸟”，其“迁徙”的最终落脚点是北平。在这座城市里，他们自称、也被称为“流浪青年”。梁斌每次讲到保定二师学潮以后的遭际，总是重复同一句话：“1933 年的春天，我流浪到北京。”[03] 碧野同梁斌一样是在广东金山中学参加学潮后流亡到北平的；王西彦倒是没有参加什么学潮，甚至还有一个民众教育馆馆长的“美缺”在等着他，但从浙江民众教育实验学校一毕业，就“怀着一个‘逃亡者’的心情”，逃到了“向往已久的文化故都”，在他眼里，“馆长的价值连鱼也算不上，远走高飞到北方那个文化古都去的意义则远在熊掌以上”[04]；“九一八”事变前夕，马加因经济困难从东北大学休学后，即决定“漂泊”“到北平去”[05]；而“九一八”以后，有更多失去家园的少年漂泊者从东三省流浪到北平。不管他们此前是否是热衷学潮的左倾学生，当流落到故都这座大城时，有许多人就在

---

[01] [美]拉塞尔·雅各比著，洪洁译：《最后的知识分子》，江苏人民出版社 2002 年版，第 1 页。

[02] 梁斌：《一个小说家的自述》，中国青年出版社 1991 年版，第 91 页。

[03] 在《山东剧院之行》《怀念丁浩川老师》《我与图书》《我的第一篇小说》等文字中，梁斌都有这样的说法，上述诸文皆收入其散文集《笔耕余录》，中国青年出版社 1984 年版。

[04] 王西彦：《一间阴暗的小房子——〈乡土·岁月·追寻〉之四》，《新文学史料》1984 年第 3 期。

[05] 马加：《漂泊生涯——我的回忆录》，《新文学史料》1996 年第 1 期。

此遭遇革命与革命文学，从而聚集到故都革命文艺青年的群落里。

一个时代有一个时代的文学偶像，30 年代的文艺青年崇拜蒋光慈与高尔基。1930 年，金克木在奔赴北平的时候，对同伴说：“我们现在真是‘少年漂泊者’了。”“少年漂泊者”的说法就源自蒋光慈“一本薄薄的小说，全书红皮，在许多青年手中传来传去，引起他们到外地去漂泊的幻想”[01]。至于高尔基，正如鲁迅所言，在五四时期，“当屠格纳夫、柴霍夫这些作家大为中国读书界所称颂的时候，高尔基是不太有人注意的”[02]。而在 30 年代的中国却产生了“高尔基热”，以至“他本人由码头脚夫而登世界文坛的传奇自传都起到了革命教科书的作用”。对于左翼文学运动中“高尔基热”的兴起，李今有很好的论述。但若讨论高尔基对一代青年人鲜活生命状态的影响，只关注“在价值观上都不得不从自我走向集体，从艺术的独立性走向服务政治，从人道主义走向阶级论”的宏大叙事与历史转折，以及在这种转折中形成的“高尔基的典范性”[03] 似乎还不够。实际上,30 年代青年热衷“流浪”就有高尔基播下的种子，甚至可以说，是高尔基让他们看到另外一个世界，一个比校园更大的世界，“《我的大学》这个书名就很富启发性，原来生活就是大学”[04]。时为南开中学学生的端木蕻良跑到北京，也同样是因为信奉“走高尔基的路——上社会大学，正和我心意”[05]。

关于北平这座城市的魅力与情调、精致与优雅，我们已经谈论得太多；在北平与其居民的精神联系中，我们也注入了太多的诗意。即便这是真实的存在，它也不是“城与人”故事的全部，尤其是当我们注视这座大城的历史中一个信仰革命、热爱流浪的知识青年群体的时候。即便在这个静谧的古城北平，他们不安分的心灵也难以安宁。相反，这座城市让他们感到压抑，让他们充满逃离的欲望，“希求着新的视野，转换这单调的生活”，“有时脑子里会激起这样的波纹”：“去

[01] 金克木：《少年漂泊者》，金克木著：《孔乙己外传》，生活·读书·新知三联书店 2000 年版，第 204 页。

[02] 鲁迅：《集外集拾遗·译本高尔基〈一月九日〉小引》，人民文学出版社 2006 年版，第 195 页。

[03] 李今：《三四十年代苏俄汉译文学论》，人民文学出版社 2006 年版，第 69—70 页。

[04] 王西彦：《梦想与现实——〈乡土·岁月·追寻〉之五》，《新文学史料》1984 年第 4 期。

[05] 端木蕻良：《我的中学生活》，《化为桃林》，上海古籍出版社 2000 年版，第 33 页。

吧！漂泊去吧，少年的高尔基、卢骚，不就是漂泊了半生吗？”[01] 如同在北平城市史中漫步，随时都会与星散于这座大城的流浪青年相遇一样，在北平的各种出版物中，“流浪”也是出现频率最高的词汇之一。虽然，因掺杂了少年人太多的幻想，本是艰辛的流浪在他们的不断吟唱中显得有些过于浪漫，甚至夸大其词和些许的矫情，但是，当同“革命”一样成为他们的青春时尚和生命关键词，“流浪”也就变成他们的信仰及这个群体的徽标。所以他们也很难像学院文人那样成为“住在北平爱北平”的“北平的情人”，受用“北平的可爱”，用文章“鼓吹北平的空气”。[02] 如同热爱革命与热爱文学一样，“流浪青年”这个城市群落依旧渴望着流浪，“在生活安谧的时候，就打下了流浪的决心”[03]。法国历史学家库贝洛在研究流浪史的专著中写道：“走上流浪之路”，除了贫困还“意味着放弃互益世界传统互助的保护”和“同社会秩序决裂”。[04] 而这决裂之一就是同学院的决裂，“刚刚跨进大学的门槛，就用一双怀疑的眼睛看待一切。我根本不相信能从堂而皇之的大学教室里得到什么有用的东西”，“教授们给我喂着一点稀薄得很可怜的知识”，远比不上“万花筒似的大千社会”更有吸引力；[05]“不上学了，好像离栏的野马一样，革命、跑图书馆、写诗”才让他们感觉“美气”。[06] 也因此，同在北平，这个充满叛逆、不安分的文艺青年群落在歌唱流浪的文字中，流露出的是和学院文人迥异的城市体验：“在这古城里，四下漂泊流浪着，除掉时时感受‘瓮中’也似的卷曲的懊恼，‘风急天高月黑’的境界，午夜的不安。躁动的灵魂在‘瓮中’似的古城中体验压抑，在压抑中挣扎，在挣扎中倾听时代的风暴，无处不在呼呼地叫着，且尽力洗清这破乱的陈旧的世界，”[07] 而后，以革命和革命文学改造社会、救赎生命，这似乎成了

[01] 梁斌：《塞北之行》，《华北日报·每日文艺》1935 年 10 月 27 日。

[02] 废名：《北平通信》，《宇宙风》1936 年 6 月 16 日第 19 期，该期为《北平特辑》。

[03] 东晓：《流浪的始日》，《华北日报·每日文艺》1936 年 9 月 26 日。

[04] [法] 若兹·库贝洛著，曹丹红译：《流浪的历史》，广西师范大学出版社 2005 年版，第 12—13 页。

[05] 王西彦：《一间阴暗的小房子——〈乡土·岁月·追寻〉之四》，《新文学史料》1984 年第 4 期。

[06] 梁斌：《远千里同志十年祭》，《笔耕余录》，中国青年出版社 1984 年版，第 152 页。

[07] 罗白：《秋萝集》，北平义城书店 1935 年版，第 1 页、第 4—5 页。罗白原名赵德尊（1913—？），九一八后流亡北平，1933 年考入清华大学外文系，后任“北方左联”清华小组支部书记，新中国成立后曾任黑龙江省委书记。

流浪青年在这座城市里共同的心灵史。《觉今日报·文艺地带》的作者允晋“在北国里漂泊”时这样写下他的流浪之歌：

漂泊中我仍过着灰色的生活，
漂泊中我依然是那样地懦弱，
但耳畔永远有一个勇敢的叮咛，
催促我去担负起时代的工作。[01]

热爱文学与革命的流浪青年应是“泡沫社”和故都革命文艺青年群体中一个重要的亚群体：谷景生提及谷牧时称之为“流亡学生”，而碧野于“泡沫社”荒凉的院子里出现在谷牧面前时，“他看出我是一个流浪青年”。梁斌追忆北平的交往圈子时也不忘提及因流浪而生的情感联系：“都是二十多岁的青年，为了追求真理，有家难归，在流浪中生活，思想容易发生共鸣。”[02] 青春韶华里共同的流浪际遇、同样的文学生活、思想上的同气相求，自然会引起情感的亲近，也许这也是在碧野记忆中他对谷牧更有亲近感的原因之一，更何况他们还分享着同样的城市空间——会馆。如果以所栖居的城市空间对30年代青年进行分类，流落在北平各会馆里的众多文艺青年也可看作一个独立的城市群落，“泡沫社”的牧风、碧野就同是会馆里的文艺青年。而且，据碧野回忆，潮州会馆里十五兄妹构成的一个小群体就同是“泡沫社”成员。

[01] 允晋：《叮咛》，《觉今日报·文艺地带》1934年10月23日。
[02] 梁斌：《在直隶新馆的日子》，《笔耕余录》，中国青年出版社1984年版，第148页。

第五章

左翼的文学创作

一、茅盾与左翼小说

茅盾（1896—1981），原名沈德鸿，字雁冰，浙江省桐乡乌镇人，现代著名文学批评家和作家。1927 年开始创作《幻灭》等小说，代表作有《蚀》三部曲（《幻灭》《动摇》《追求》），长篇小说《子夜》，短篇小说《春蚕》《秋收》和《残冬》等，是 30 年代最重要的小说家之一。新中国成立时茅盾任文化部部长，后任全国政协副主席、中国作家协会主席等职务。

茅盾，1927 年

茅盾是新文坛的重要开拓者之一。

1921 年茅盾与郑振铎、王统照等十二人发起文学研究会，主编《小说月报》，为新文学开辟了极为重要的文学阵地。同时，他从事

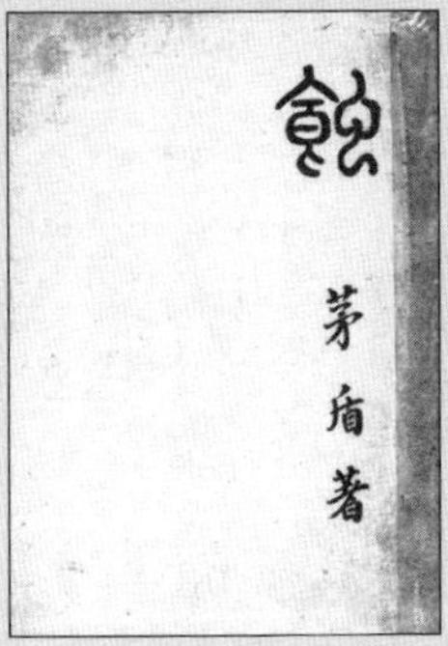

茅盾《蚀》

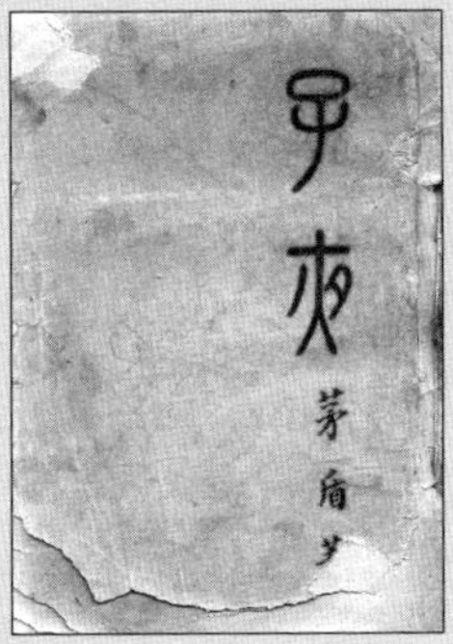

茅盾《子夜》

茅盾《追求》开明书店 1930 年版

茅盾《子夜》开明书店初版

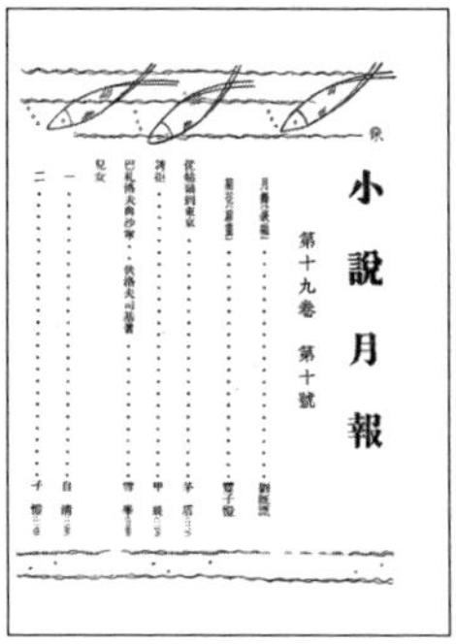

茅盾《从牯岭到东京》载于《小说月报》1928年第十九卷第十号

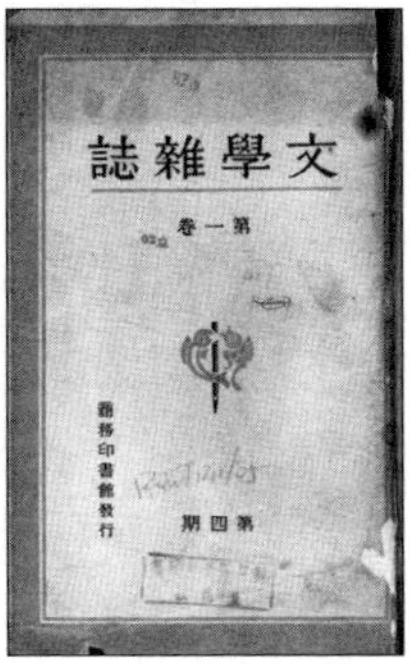

《文学杂志》第一卷第一期

文学理论批评和翻译介绍活动，倡导并呼应“文学为人生”的文学主张，与之后的创造社互相争鸣，开启了新文学初期现实主义文学思潮。

茅盾曾借鉴法国理论家泰勒有关文学的时代、环境和种族三因素的理论，较为系统地阐发了“文学为人生”的现实主义文学主张。1920 年初，他发表《新旧文学评议之评议》，提出新文学应该“有表现人生指导人生的能力”[01]。他反对把文学当作游戏或者消遣品，认为“文学是表现人生的东西；不论它是客观的描写事物，或是主观的描写理想，总须以人生为对象”[02]。1923 年茅盾发表文章认为，“文学是有激励人心的积极性的”，他强调“在我们这时代，我们希望文学能够担当唤醒民众而给他们力量的重大责任”。[03] 除了文艺批评，茅盾还大力译介西方文学，基于其“文学为人生”的文学主张，他把自己译介的目标定位成启蒙，即除了介绍西方文学艺术之外，更重要的是介绍他们的现代思想。[04]

茅盾不仅积极参与 20 世纪 20 年代的文学活动，也从事中国共产党的革命工作。茅盾在 30 年代的文学创作与其大革命失败前的政治活动有着密切关系。茅盾在 1921 年加入中国共产党，是重要的早期党员之一。1927 年“宁汉合流”，汪精卫武汉政府叛变革命，大肆屠杀共产党人与革命群众。大革命期间茅盾直接参与过革命活动，并曾在武汉政府时期主编汉口《国民日报》，汪、蒋合流之后被国民党政府通缉，逃亡途中失去与组织的联系，潜回上海蛰居。对这段时期的心路历程与开始小说创作的关系，茅盾曾经有过交代：“一九二七年大革命的失败，使我痛心，也使我悲观，它迫使我停下来思索，革命究竟往何处去？……中国革命的道路该怎么走？……我发现自己

[01] 茅盾：《新旧文学评议之评议》，《小说月报》1920 年 1 月第 11 卷第 1 号。
[02] 茅盾：《中国文学不发达的原因》，《文学旬刊》1921 年 5 月 10 日第 1 号。
[03] 茅盾：《“大转变时期”何时来呢？》，《文学》周报 1923 年 12 月 31 日第 103 期。
[04] 茅盾：《新文学研究者的责任与努力》，《小说月报》1921 年 2 月第 12 卷第 2 号。

并没有弄清楚。”隐居下来之后茅盾以卖文为生，“过去大半年的波涛起伏的生活正在我脑中发酵，于是我……写我的第一部小说《幻灭》”。[01]

在茅盾创作《幻灭》等早期小说时，文坛上流行的是左翼作家的“革命加恋爱”小说。大革命失败后，国共合作建立起来的革命氛围骤变，大批左倾知识分子被国民党杀害，有一些噤若寒蝉，还有一些则更加坚定地走共产主义革命的道路。后期创造社和太阳社在上海宣称要“从文学革命到革命文学”。他们的创作以工农暴动等为主题，同时纠葛情爱，被称为“革命加恋爱”小说。这些小说充斥着标语口号，语言浮躁，但在大革命失败氛围之下颇能激动部分青年的心。其中创作较好的是蒋光慈和洪灵菲等太阳社的作家们。这些普罗文学的流行在“左联”成立之后开始遭到左翼内部的清算。

“左联”的成立是对革命文学论争的总结。负责联络和领导“左联”成立的潘汉年在“左联”成立前后发表了一些文章，对革命文学论争期间的宗派主义和左倾做法做出批评。“左联”成立时也要求对过去的文艺批评进行反思。[02]但“左联”成立之初本身就十分“左”，常常忙于飞行集会、散发传单等政治活动，同时国民党对其的镇压也十分残酷，“左联五烈士”很快就被杀害。在相当一段时间内，“左联”并没有好好地反省过去的左翼文学创作活动。瞿秋白来到“左联”后改变了极左政策，改善了“左联”的生存环境，[03]同时国际革命作家联盟哈尔可夫会议也对过去的“左倾空谈”路线提出了批评，为“左联”的自我批判创造了一个重要的契机。[04] 1932年4月，借着湖风书局重印出版华汉（阳翰笙）小说《地泉》三部曲为重版作序的机会，瞿秋白、茅盾、郑伯奇和钱杏邨等对初期普罗文学存在的问题进行了集体反思。

瞿秋白的《序》在理论上主要依靠的是“拉普”作家法捷耶夫

[01] 茅盾：《回忆录一集》，《茅盾全集》第34卷，人民文学出版社1997年版，第282—284页。

[02] 见《上海新文学运动者底讨论会》，《萌芽月刊》1930年3月1日第1卷第3期。

[03] 茅盾：《我走过的道路》（上），人民文学出版社1984年版，第476页。

[04] 萧三：《出席哈尔可夫世界革命文学大会中国代表的报告》，《文学导报》1931年8月20日第1卷第3期。

的文章《打倒席勒》，并把这篇文章翻译过来放到了《序》的前面。[01]瞿秋白指出，普罗艺术家不应该“把现实神秘化”，不能“空想出什么英雄的个性来做‘时代精神的号筒’”，《地泉》表现的是一种“革命的浪漫谛克”倾向。瞿秋白从根本上否定了这种“浪漫谛克”的倾向，认为“这种浪漫主义是新文学的障碍，必须肃清这种障碍，然后新兴文学才能够走上正确的路线”。和他彻底否定“浪漫谛克”倾向的观点一致的是茅盾。茅盾认为，“一九二八年到（一九）三〇年顷大多数（或竟不妨说是全体）此类作品的一般的倾向”，“现在差不多公认是失败的”，是“革命的不肖子”，“要愤然一脚踢开”，“从（重）新开始干”。[02]但郑伯奇、钱杏邨和华汉（阳翰笙）三位早期普罗文学的倡导者则表示不能完全否定其意义，他们认为，尽管存在许多错误，但早期普罗文学“确立了中国普罗文学运动的基础”的作用仍然值得肯定。

实际上瞿秋白等否定这种“浪漫蒂克”的文学即大革命失败后曾盛极一时的“革命加恋爱”小说。这一类小说突出的革命与恋爱问题延续了五四以来家庭与伦理的革命先锋性内容，是大革命时期的风尚，也是大革命失败之后青年人的自我救赎——对革命时期革命与恋爱问题的追忆成了从战场归来的青年人书写的主要题材。情欲是颠覆传统、保守的社会秩序的重要突破口，五四时代湖畔派诗人们的大胆情诗就挑动过封建卫道士的神经，“革命加恋爱”小说延续并开拓了这一题材，甚至让恋爱成为革命乌托邦的重要议题。在革命与恋爱问题上，这类小说尽管态度不尽相同，但几乎毫无例外地都会强调政治的正确性，情欲的释放最终也是以革命为指归的。可以说，“革命加恋爱”小说在革命失败的严冬里温暖并鼓舞了革命青年继续前行。洪灵菲小说《流亡》一开始就讲述了男女主人公在荒村古庙棺材屋躲避追捕，两人在奇臭无比的床板上的紧张与兴奋：“他机械地吻着她的前额，吻着她的双唇。”“他这时一方面固然免不了有些害怕，一方面却很感到有趣。他觉得在这漆黑之夜，古屋之内，爱人的怀上，很

[01]［苏联］法捷耶夫著，瞿秋白译：《打倒席勒》，见《革命的浪漫谛克》，《瞿秋白文集》文学编（一），人民文学出版社1985年版，第456页。

[02] 茅盾：《中国苏维埃革命与普罗文学之建设》，《文学导报》1931年11月15日第1卷第8期。

可领略人生的意味。”“革命加恋爱”小说主要代表作品有蒋光慈的《野祭》(1927)、《菊芬》(1928)和《冲出云围的月亮》(1930),洪灵菲的三部曲《流亡》(1928)、《前线》(1928)、《转变》(1928),华汉(阳翰笙)的《两个女性》等。还包括孟超的《爱的映照》、戴平万的《前夜》等。实际上,茅盾的早期小说《蚀》三部曲等也有同样的主题。

瞿秋白等五位讨论者一致认定早期普罗文学的“革命的浪漫谛克”倾向,但对于出现这种倾向的原因和如何解决问题的看法并不一致。华汉、钱杏邨等认为出现不好倾向的原因在于作家的非无产阶级思想,要解决问题自然还需要进一步克服小资产阶级意识。这几位倡导者的看法仍然是延续了革命文学论争期间的看法。瞿秋白等则认为问题出在对文学和政治关系认识问题的概念化和简单化倾向上,因而需要重视文学的特性,引进“拉普”提出的“唯物辩证法的创作方法”。

《地泉》序中对初期普罗文学存在问题的讨论终结了“左联”成立前后“革命加恋爱”的小说写作模式,使其转向较为注意现实主义和文学特性的“唯物辩证法的创作方法”(另一种译法即“唯物辩证法的现实主义”),在“左联”纠正过去普罗文学的偏向上起到了一定作用。《北斗》杂志还举办了“创作不振之原因及其出路”的征文,“左联”各位理论家一致提倡“唯物辩证法的创作方法”,认为只有掌握了这种方法才能克服“革命的浪漫谛克”倾向。另一方面,冯雪峰认为丁玲的《水》是“唯物辩证法的创作方法”的“初步兑现”。冯雪峰认为《水》是无产阶级小说诞生的标志,其成功的经验在于采用“重要的巨大的现实题材”,在写作上不再是对个人心理的刻画,而是“集体的行动的开展”。[01] 钱杏邨也认为《水》是“左翼文艺运动一九三一年的最优秀的成果”[02]。冯雪峰以丁玲创作《水》为例,试图

丁玲《北斗》创刊号第一卷第一期

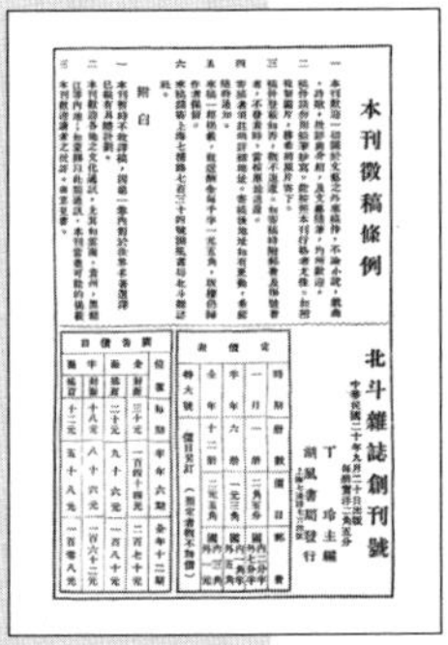
本刊徵稿條例
北斗雜誌創刊號

丁玲《北斗》创刊号

[01] 冯雪峰:《关于新小说的诞生》,《北斗》1932 年 1 月第 2 卷第 1 期。
[02] 钱杏邨:《一九三一年中国文坛的回顾》,《北斗》1932 年 1 月第 2 卷第 1 期。

证明转换立场对于作家克服小资产阶级的“浪漫谛克”的意义。但“唯物辩证法的创作方法”混淆了文艺创作的方法和哲学思维的区别，不符合文学创作的基本规律，给左翼文学思潮带来了不利影响。“唯物辩证法的创作方法”注重人物的阶级性和集体性，和早期普罗文学一样，出现公式化、概念化和脸谱化的问题。“左联”作家们经过一段时间的创作之后对此产生了极大的困惑。

“左联”作家依照“唯物辩证法的创作方法”创作文学作品，但最后发现自己的创作和信仰之间存在矛盾。丁玲回忆创作《水》时的感受：“有许多人物事实都在苦恼我，使我不安，可是我写不出来，我抓不到可以任我运用的一支笔，我讨厌我的‘作风’，我以为它限制了我的思想。”[01] 同样，张天翼放弃自己擅长的讽刺小说去写作《二十一个》，沙汀写作臆想的《法律外的航线》，剧作家田汉依据钱杏邨的《中国女作家评传》对几位女作家的阶级成分和态度的评价来计划自己的剧本《暴风雨中的七个女性》，洪深也依据唯物辩证法写作了以《五奎桥》《香稻米》和《青龙潭》为一组的“农村三部曲”，结果遭致剧评家的批评。“左联”的创作状况走入了困境。而作家和批评家之间的这种尴尬状况却给了“第三种人”以己代表“作家之群”的机会。[02] 其中唯一的例外似乎是茅盾创作的《子夜》。但即使是《子夜》也同样是依据党对中国社会性质、中国革命性质及形势，以及对阶级状况的分析而做出的意识形态层面的图解。茅盾创作《子夜》的过程同样费尽周折，最后终于决定压缩原来的结构，集中写自己熟悉的部分。即使如此，茅盾自己也还是认为第四章是“全书中的游离部分”，

[01] 丁玲：《我的创作生活》，《丁玲文集》第5卷，湖南人民出版社1984年版，第382页。

[02] 茅盾在回忆录中追述了当年的这场严重的危机：“记得在一九三二—（一九）三三年顷，曾出现过所谓文艺批评的‘危机’，作家们和批评家们之间的关系有点紧张。所谓‘危机’，是指一九二八年以来盛行的那种文艺批评不时兴了，曾经目为‘权威’的，被发现是建筑在错误基础上的，于是遭到了‘清算’。‘第三种人’又乘机‘崛起’，把文艺批评中的这些过失归咎于党对文艺的领导，以艺术保护者的身份出现，指责革命文学，提出所谓‘文艺自由’的口号。以鲁迅为代表的左翼文艺界对‘第三种人’展开了论战，批驳了他们的谬论，捍卫了无产阶级革命文艺运动。但是，健全的正确的文艺批评尚未建立起来，批评家们尚未完全摆脱旧的习惯。所以作家们写出作品，听到的每每是‘从大处落墨’的空泛论断，什么‘没有把握时代的精神’‘无视了许多伟大的斗争’‘没有写出新时代的英雄’等等，却很少见到有具体分析的评论，也很少听到对作家创作的甘苦表示体恤的。总之，通过与‘第三种人’的这场论争，也暴露了左翼文艺批评界的贫弱和引来了作家对批评家的意见。”见茅盾：《我走过的道路》，人民文学出版社1984年版，第539页。

此后的几部短篇小说如《三人行》等同样有着这样的毛病。[01] 新时期有学者就批评《子夜》是“一部高级形式的社会文献”[02]。

作为对“唯物辩证法的创作方法”的纠正，“社会主义现实主义”被引入了“左联”。1932 年 4 月，苏联官方解散了“拉普”，另外成立全苏作家协会，开始批判“唯物辩证法的创作方法”，提倡“社会主义的现实主义”。周扬是第一个比较系统地介绍“社会主义现实主义”理论的理论家。他的《关于“社会主义的现实主义与革命的浪漫主义”》批判了“拉普”的“唯物辩证法的创作方法”是文艺上的德波林主义，即强调世界观对具体的创作方法问题的垂直决定作用。另一方面，周扬阐述“社会主义的现实主义”和旧现实主义的区别在于它的“运动性”和“大众性”，“社会主义的现实主义”在于“典型的环境中的典型的性格之正确地传达”。最后，周扬认为“社会主义的现实主义”还应该包容革命的浪漫主义，不应该把浪漫主义等同于哲学上的观念论。[03]“社会主义的现实主义”强调具体地、历史地去描写现实，清算了“唯物辩证法的创作方法”对世界观和创作方法认识上的偏误，但文学和政治的关系问题并没有从根本上得到解决。

尽管如此，左翼转向了更为扎实的创作。虽然与当时流行的“革命加恋爱”小说有共同的题材，但茅盾的小说与其他作家的创作还是有一定的距离，这使他受到后期创造社和太阳社的批判，也使左翼文学具有了另一种可能性。茅盾在二三十年代开创了左翼作家的社会剖析派小说潮流，有学者认为“他是彻底改变五四中长篇小说幼稚状态，使之走向完善的最突出的小说家”[04]。

茅盾的早期小说创作以《蚀》三部曲《幻灭》《动摇》《追求》为代表。

革命文学论争时期，茅盾对自己创作《蚀》三部曲是有解释的。他要在这几部作品中描绘大革命时期的社会现实，表现当时社会的剧烈变革，刻画那一历史时期小资产阶级知识青年的思想面貌和心路历

[01] 茅盾：《我走过的道路》，人民文学出版社 1984 年版，第 503 页。

[02] 蓝棣之：《茅盾：〈子夜〉》，《现代文学经典：症候式分析》，清华大学出版社 1998 年版。

[03] 周扬：《关于“社会主义的现实主义与革命的浪漫主义”——“唯物辩证法的创作方法”之否定》，《现代》1933 年 11 月第 4 卷第 1 期。

[04] 钱理群、温儒敏、吴福辉著：《中国现代文学三十年》（修订本），北京大学出版社 1998 年版，第 223 页。

程，即表现当时小资产阶级知识青年在革命浪潮中所经历的三个时期：一是革命前夕的亢奋和革命既到面前的幻灭；二是革命斗争剧烈时的动摇；三是幻灭动摇后不甘寂寞尚思做最后之追求。[01] 三部曲对时代生活进行了广阔的描写，对复杂社会矛盾中的人物进行了深刻的刻画，对人物心理状态进行了细致的披露。

《幻灭》这部小说以静女士的恋爱经历为经，以大革命为纬，结构出“小资产阶级的女子”静女士“对于革命的幻灭”。每一次希望，结果只是失望，这就是幻灭。小说中的静女士自幼在温馨和恬静的家庭生活中长大，“理智上是向光明，‘要革命的’”，“感情上则每遇顿挫便灰心；她的灰心也是不能持久的，消沉之后感到寂寞便又要寻求光明，然后又幻灭；她是不断地在追求，不断地在幻灭”。静女士经历过三次重要的幻灭。“她在中学时代热心社会活动，后来幻灭，则以专心读书为逋逃薮，然而又不耐寂寞，终于跌入了恋爱”，但当她决定用恋爱来打发她无聊的生活时，她发现爱人抱素是一个卑鄙的军阀探子和已有妻室的骗子，她陷入第一次幻灭。在医生与同学的鼓励下，她渐渐平复了恋爱幻灭的创伤。当“北伐”节节胜利，革命高潮不断高涨时，她的理智指引她去追求乃至投身革命事业，于是她奔向了革命的中心汉口，但这让她遭遇了第二次幻灭：“革命事业不是一方面，静女士是每处都感受了幻灭；她先想做政治工作，她做成了，但是幻灭；她又干妇女运动，她又在总工会办事，一切都幻灭。”[02] 此后她逃进了后方病院，想做一件“问心无愧”的事，实际上是逃避，是退休了。但她不能退休寂寞到底，她追求憧憬的本能很快又再次复活，这次找到了一个真正爱她的男人强连长。只是中国人正陷于水深火热的生活之中，她不可能幻想能和强连长独自过好，强连长要去打仗，这恋爱的结果又是幻灭。

第二部《动摇》写的是大革命时期武汉附近一个小县城的故事，茅盾希望写出的是“革命斗争剧烈时从事革命工作者的动摇”。有史家认为“它不是自下而上地由心理透视时局，而是自上而下地由时局透视心理，从一定的意义而言，它为《幻灭》和《动摇》中的知识青

[01] 茅盾：《从牯岭到东京》，《小说月报》1928 年 10 月第 19 卷第 10 期。
[02] 茅盾：《从牯岭到东京》，《小说月报》1928 年 10 月第 19 卷第 10 期。

年心灵悲剧提供了真切、具体的社会政治背景”[01]。胡国光是一个“积年的老狐狸”，他利用种种卑污手段混进革命阵营，通过伪装革命掩盖自己的投机破坏行为。当胡国光混入商民协会充当委员被人揭发之后，作为革命联盟的国民党县党部负责人方罗兰，在革命形势急剧变化的时候，“认不清这时代的性质”。他知道混入革命内部的胡国光的罪恶却不敢揭露和斗争，对胡国光的事情敷衍了事，让胡国光跻身县党部执委兼常委，助长了反革命的气焰。当胡国光煽动群众包围县署之时，他又害怕人民群众的力量，不但束手无策，而且为了个人的安全决定离开革命。这部小说可以说是大革命失败的一个隐喻。

第三部《追求》如茅盾在《读〈倪焕之〉》中所说，意图在于“暴露一九二八年春初的知识分子的病态和迷惘”[02]。其中所写的人物，在革命高潮期间都曾有过一度的亢奋，大革命失败之后他们既不肯同流合污，又找不到正确道路。“他们都不甘昏昏沉沉过去，都要追求一些什么，然而结果都失败。”张曼青到城郊做中学教员，转而追求“教育救国”，但他救不了那些追求革命的学生；王仲昭“新闻救国”的道路也不过只是登几篇舞场小文章，偏离了救国的根本目的；章秋柳在流产之后只能在官能享受的自我麻醉中毁灭着自己，也毁灭着别人；史循则由怀疑到要自杀。这部作品基调较为灰暗，情绪波澜起伏。茅盾自己曾解释说，这是因为“在那时会见了几个旧友，知道了一些痛心的事——你不为威武所屈的人也许会因亲爱者的乖张使你失望而发狂……这使得我的作品有一层极厚的悲观色彩，并且使我的作品有缠绵幽怨和激昂奋发的调子同时并在。《追求》就是这么一件狂乱的混合物”[03]。

《蚀》三部曲取得了很高的艺术成就。这三部小说开拓了现代小说反映社会和心灵的新领域，中国现代中篇小说文体也由此开始成为一种较为成熟的艺术形式。另外，这三部小说还成功地塑造了一批“时代女性”形象，慧女士、孙舞阳和章秋柳等不同于传统的中国女性，以强健的生命活力和个性给父权社会带来了一系列的冲击。最

[01] 杨义：《中国现代小说史》（中），《杨义文存》第二卷，人民出版社 1998 年版，第 101 页。

[02] 茅盾：《读〈倪焕之〉》，《文学周报》1929 年 5 月 12 日第 8 卷第 20 号。

[03] 茅盾：《从牯岭到东京》，《小说月报》1928 年 10 月第 19 卷第 10 期。

后，《蚀》三部曲对大革命宏大历史图景的描绘，对特定历史阶段部分革命青年的幻灭、动摇和追求的刻画，已经透露出左翼小说创作的新范式。随着茅盾长篇小说《子夜》的成功，逐渐开始形成一个新的小说流派，即社会剖析派。

中篇小说显然还不足以容纳茅盾的创造能量，他说在创作《蚀》时因为“我是第一次从事创作，写长篇小说没有把握，就决定写三个有连续性的中篇，其中的人物基本相同”[01]。在另一处回忆中他也说，“我觉得所有自己熟悉的题材都是恰配做长篇，无从剪短似的”，“一九二八年以前那几年里震动全世界、全中国的几次大事件，我都是熟悉的，而这些‘历史的事件’都还没有鲜明力强的文艺上的表现……我以为那些‘历史事件’须得装在十万字以上的长篇里才能够抒写个淋漓透彻”。[02]稍后的长篇小说《虹》虽说由于种种现实原因被搁置，也未尝不可以说是当时的小说文体尚不足以表现出茅盾想要表达的内容。再后来的《子夜》在形式上虽然已经结束，但实际上茅盾的宏愿仍有许多未来得及完成。[03]

1933年1月，茅盾长篇小说《子夜》的出版在文艺界引起强烈反响，“三个多月销至四版，可见轰动之概”[04]。这是左翼作家的一次重要收获。此前“第三种人”等就借左翼作家缺少伟大作品来攻击左翼文艺理论。《子夜》的诞生有效地回应了文坛对左翼文学的质疑。瞿秋白大力宣传“一九三三年在将来的文学史上，没有疑问地要记录《子夜》的出版”[05]，“这是中国第一部写实主义的成功的长篇小说”[06]。

《子夜》以民族工业资本家吴荪甫和买办金融资本家赵伯韬之间的矛盾和斗争为主线，深入反映左翼作家眼中的1930年左右的中国

---

[01] 茅盾：《回忆录一集》，《茅盾全集》第34卷，人民文学出版社1997年版，第385页。

[02] 茅盾：《我的回顾》，《茅盾全集》第19卷，人民文学出版社1991年版，第407—408页。

[03] 茅盾回忆《子夜》创作时的情况：“《子夜》的初步计划，还是雄心勃勃的，虽然不再是城市——农村交响曲，却仍旧想使一九三〇年动荡的中国得一全面的表现”，“但是，当我提笔要根据分章大纲写成小说时，就感到规模还是太大……于是就有再次缩小计划的考虑，彻底收起那勃勃雄心”。见茅盾：《回忆录一集》，《茅盾全集》第34卷，人民文学出版社1997年版，第501页。

[04] 吴组缃：《评茅盾〈子夜〉》，《文艺月报》1933年6月1日创刊号。

[05] 瞿秋白：《〈子夜〉和国货年》，《瞿秋白文集》文学编第二卷，人民文学出版社1986年版，第71页。

[06] 瞿秋白：《〈子夜〉和国货年》，《瞿秋白文集》文学编第二卷，人民文学出版社1986年版，第71页。

社会面貌。[01]

上海是民国时期最重要的工业、金融和文化中心。上海纸醉金迷的现代都市景观使到此躲避战乱的吴老太爷深受刺激而猝死。上海有头有脸的人物借吊唁为名，聚集在吴荪甫家打听战况、谈生意、搞社交。买办资本家赵伯韬拉拢吴荪甫联合资金结成公债大户，想要在股票交易中贱买贵卖，从中牟取暴利。吴和赵的合作获得了成功，但金融公债的混乱和投机妨害了工业的发展。实业界推举吴荪甫等联合创办银行，希望能借此经营交通、矿山等。但农民和工人运动让吴荪甫的企业蒙受了很大压力。吴荪甫起用屠维岳，后者动用各种手段平息工人罢工。与此同时，上海金融斗争也日趋激烈，吴荪甫与赵伯韬的联合也转为敌对局面。由于国民党派系战争影响等因素，吴荪甫金融投机失败，资金短缺，赵伯韬想乘吴资金短缺之时控股吴荪甫的银行以便吞并其产业。吴荪甫试图转嫁自己的金融困难，加大对工人的盘剥，但这次屠维岳再也不能帮他平息工人的抗争。最后，他把自己的产业和公馆全都抵押做公债，以图最后一搏。由于公债的情势危急，赵伯韬操纵交易所的管理机构为难、卖空吴荪甫，吴荪甫彻底破产，民族企业就这样落入了西方金融资本的控制之中。

小说通过对以吴荪甫为代表的民族资本主义和以赵伯韬为代表的西方资本主义的勾结与斗争的叙述，描绘了民族资本主义在 30 年代中国的悲剧命运，正如茅盾自己所说，“中国并没有走向资本主义发展的道路，中国在帝国主义的压迫下，是更加殖民地化了”[02]。

运用长篇小说这种具有史诗般磅礴气质的艺术形式去把握中国共产党对 30 年代社会经济和文化状况的分析，这样一种新的小说创作正是“左联”理论家所一再呼吁的。虽然后世文学史家对茅盾所开拓的这种小说形式的艺术性表示怀疑，将《子夜》视为“一部高级形式的社会文献”[03]，但并不能因此否定《子夜》所取得的成就。

《子夜》开创了一个新的小说写作范式：“它是中国现代文学史上

---

[01] 茅盾曾说：“一九三〇年夏秋间进行得很热闹的关于中国社会性质的论战，对于确定我这部小说的写作意图，也颇有关系。”见茅盾：《回忆录一集》，《茅盾全集》第 34 卷，人民文学出版社 1997 年版，第 482 页。

[02] 茅盾：《〈子夜〉是怎样写成的》，《茅盾全集》第 22 卷，人民文学出版社 1993 年版，第 54 页。

[03] 蓝棣之：《茅盾：〈子夜〉》，《现代文学经典：症候式分析》，清华大学出版社 1998 年版。

第一部以科学世界观为指导的社会剖析小说，是运用革命现实主义方法熔铸生活、再现生活的出色成果。”[01]“《子夜》在现代文学史上第一次以相当宏大的规模描绘了上海这个现代化大都市，第一次以相当可观的深度刻画了中国民族资产阶级的典型形象。”[02]“《子夜》是五四以来第一部真正具有宏大而复杂的现代结构的长篇小说。”[03]因而，它被认为是“开辟了用科学世界观剖析社会现实的新的创作道路，对一个新的小说流派——以茅盾、吴组缃、沙汀和稍后的艾芜为代表的社会剖析派的形成，起着重要的推动作用”。[04]

机器化大生产下的工业大都会是世界左翼作家常用的题材，左翼作家从来都不缺少对大都会的描写，民国时期中国能称为“大都会”的只有上海而已。写上海的现代作家很多，但茅盾对上海的宏大的史诗性书写在中国现代文学史上独具一格。源于中国革命的特殊性、知识分子与土地的亲缘性等，中国左翼作家最擅长的还是农村题材。茅盾原计划在《子夜》中表现而未竟的农村题材最终在《林家铺子》《春蚕》和《秋收》等短篇小说中得以充分地表达，由《子夜》所开创的社会剖析小说最终在农村题材的创作潮流中发扬光大。

尽管存在文学和政治纠结不清的理论难题，“左联”作家在文学实践中还是取得了相当大的成绩。“社会剖析派”小说以茅盾创作的《子夜》、“农村三部曲”（《春蚕》《秋收》和《残冬》）等为代表，与之同属一类的还有叶紫的小说《丰收》《电网外》，蒋牧良的《三七租》，非“左联”作家吴组缃的《西柳集》和《饭余集》中的作品，等等。《子夜》出版后，文坛上其他作家如吴宓、赵家璧、李辰冬等同样给予好评。朱自清赞扬《子夜》采用“严密的分析”，“写的是民族资

叶紫《丰收》1936年版插画

吴组缃《西柳集》1933

[01] 严家炎：《中国现代小说流派史》，人民文学出版社1995年版，第176页。
[02] 同［01］，第177页。
[03] 同［01］，第178页。
[04] 同［01］，第178页。

本主义的发展与崩溃的缩影”，认为现代小说“正应该如此取材，才有出路”。[01] 朱自清的看法影响了学生吴组缃、季羡林、林庚、李长之等，在《子夜》的影响之下，非左翼作家吴组缃创作了《黄昏》《一千八百担》等社会剖析小说的代表作。茅盾以《子夜》为代表的创作使社会剖析小说逐渐成为 30 年代小说的主流，对中国革命现实主义小说起了举足轻重的作用。

左翼作家以不俗的小说创作成就引领了一个文学创作潮流，社会剖析派小说运用阶级分析的方法，通过对社会生活的研究、分析、提炼和加工来拓展小说的巨大的历史、社会内容，塑造典型环境下的典型人物，具有宏伟的结构和客观的叙述。这类小说将政治性、阶级性、时代性、真实性融会在一起，形成鲜明的左翼特色。以茅盾的《子夜》为例，茅盾试图在《子夜》中大规模地描写中国社会现象，通过对比革命力量正在蓬勃发展的农村和敌人相对集中的城市两者革命发展的状况，反映出中国革命的整个面貌，虽然小说最后放弃了写不熟悉的农村、工厂和实际的革命军事斗争的部分，但《子夜》仍然容纳了军阀混战、民族资本和买办资本的殊死斗争、工业的破产和工人运动、农村的武装斗争等广阔的社会面貌，塑造了一批如吴老太爷、赵伯韬、吴荪甫、屠维岳等典型人物形象，揭示了中国社会复杂的社会矛盾。

另一方面，受到鲁迅启发和中外讽刺文学的影响，“左联”还出现了一批擅长写作社会讽刺小说的作家。“左联”讽刺作家如张天翼、蒋牧良、沙汀、周文等的讽刺小说虽然和社会剖析派小说一样具有广阔的社会内容、鲜明的阶级立场和典型环境下的典型人物刻画等特点，但对人物性格和阶级特征的讽刺性描写则是其最为显著的特征。

夏志清称赞张天翼是 30 年代“最富才华的短篇小说家”，认为他“用最经济的描述和铺陈，以戏剧性和敏捷的风格”，“捕捉到他的角色在动作中的每一特征”，“又用喜剧或者戏剧性的精确，来模拟每一社会阶层的语言习惯”。[02] 他的小说《包氏父子》《脊背与奶子》和《清明时节》等刻画了包氏父子、长太爷等具有鲜明性格的人物形象。门房老包是社会底层群众，他希望通过拼命供钱给儿子小包上

---

[01] 朱自清：《〈子夜〉》，《文学季刊》1934 年 4 月第 1 卷第 2 期。

[02] 夏志清著，刘绍铭译：《中国现代小说史》，传记文学出版社 1991 年版，第 231 页。

学来摆脱贫贱的社会地位，听到别人说他儿子将来有出息，他万分高兴：“老包笑了笑。可是马上又拼命忍住肚子里的快活，摇摇脑袋，轻轻地嘘了口气。”他有意要“谦虚”，而这“谦虚”明明带有炫耀的意味，不由得把话题转向“学费”，“学费真不容易，学费”，想要看到别人不理解“学费”的神情。但小包不能理解父亲的苦心，反而受了洋学校的不正风气影响，一心想要挤进花花公子郭纯的行列，做尽了奴才相。张天翼用一系列的动作来刻画包国维谄媚郭纯的心态：“看郭纯到底睬不睬他。他用手擦擦脸，又抹抹头发。他站起来，又坐到靠手上。接着他又站起来踱了几步，就坐到螃蟹旁边。他手放在靠手上，过会儿把它移到自己腿上，两秒钟之后又把两手在胸脯前叉着。他脚伸了出去又退回来。他总是觉得不舒服。手叉在胸脯上似乎压紧着他的肺部，就又给搁到了靠手上。那双手简直没有什么地方可以放下。那双脚老缩着也有点发麻。”这样的小包只会让老包耗尽心血而下场悲惨。

另外一个重要的左翼小说家沙汀则擅长对农村人物的讽刺性描写。沙汀流落上海时与同学艾芜相遇，曾向鲁迅请教写作题材问题。沙汀后来发表《法律外的航线》，采取左翼小说那种集体群像的写法，获得左翼文坛的赞誉，但免不了有“左联”早期创作概念化的倾向。真正让沙汀展露才华的是《在祠堂里》《兽道》《代理县长》和《龚老法团》等。沙汀这些小说描写的是四川农村的黑暗生活，《代理县长》中那个代理县长在灾区仍不忘借机揩油，在濒临死亡的灾民身上也要搜刮民脂民膏。《在祠堂里》中那个弱女子被活活钉死在棺材里面。沙汀小说创作高峰期是40年代创作《淘金记》等的时候。

沙汀

沙汀《法律外的航线》辛垦书店1932年版

和“左联”关系十分紧密而没有正式加入“左联”的还有一批来自东北的流亡作家群体，即“东北作家群”。“东北作家群”主要是一些青年作者，如萧红、萧军、端木蕻良、舒群、骆宾基、李辉英等，他们和“左联”一部分作家的创作实际上构成了“左联”反帝抗日、救亡图存的小说创作潮流。萧红的《生死场》、萧军的《八月的乡村》、端木蕻良的《鸶鹭湖的忧郁》、舒群的《没有祖国的孩子》、李辉英的《最后一课》，以及阳翰笙的《义勇军》、楼适夷的《S.O.S》等对“九一八”事变前后东北人民广阔复杂的生存状态进行了全方位的描写。他们的小说以一种浓郁的眷恋乡土的爱国主义情绪和粗犷的地方风格把东北广袤的黑土、铁蹄下的不屈人民、茂草、高粱搅成一团，构筑成东北抗日主题。其中萧红和端木蕻良等的小说在抒情、讽刺和心理等方面的探索尤为后世所称道。

“二萧”是“东北作家群”最具有代表性的作家。其中萧军（1907—1988），辽宁省义县人，自幼性格倔强。早年从军，并广泛接触文学作品。1931 年“九一八”事变后，曾与朋友组织抗日义勇军，失败后逃往哈尔滨，从此开始文学生涯，并结识了金剑啸、罗烽、舒群、白朗等革命青年文艺家，成为中共地下党领导的革命文艺队伍中的一员。1933 年因受迫害逃往青岛，开始与鲁迅通信，并在青岛完成《八月的乡村》。同年 11 月赴上海，在鲁迅的关怀和培养下，登上文坛。1935 年，《八月的乡村》由鲁迅作序，作为“奴隶丛书”之一出版。之后萧军又陆续出版了短篇小说集《羊》《江上》，散文集《绿叶底的故事》《十月十五日》等。1935 年开始发表长篇小说《第三代》第一、二部，中篇小说《涓涓》等。抗战爆发后，两度前往延安，参加了延安文艺座谈会。

萧军与萧红

萧军《八月的乡村》
1935 年初版

《八月的乡村》是萧军的成名之作。小说通过“九一八”事变后东北山区一支抗日游击队对敌战斗的几个片段，刻画了游击队领导人陈柱司令、铁鹰队长、青年知识分子萧明、朝鲜女战士安娜，以及从农民转变为抗日战士的唐老疙瘩、李七嫂等众多人物形象，揭示了庄严神圣的民族抗战对人民群众和抗日战士的磨炼，透射出作者对侵略者的憎恨，对失去的土地的热爱，对抗日战士的礼赞，“显示着中国的一份和全部，现在和未来，死路和活路”。小说在民族危亡的时刻，以新鲜的题材、严肃的内容、粗犷的画面、短篇连缀式的结构充分地描写了中华民族同敌人血战到底的英雄气概，成为抗日文学的先行作品。因而在出版时，就受到鲁

萧红

迅、周扬、胡风、胡乔木等左翼作家的好评。

萧红在“东北作家群”里面是一个独特的存在。萧红（1911—1942），原名张乃莹，黑龙江省呼兰县（现为哈尔滨市呼兰区）人。中学时代醉心于文学和绘画。1931 年因反抗家庭包办婚姻，与家庭决裂，走上痛苦艰辛的流浪生活。1932 年与萧军结合，开始文学创作。1934 年与萧军逃离东北，经青岛到上海，得到鲁迅的帮助和教导。1935 年起，陆续出版了《生死场》和《商市街》《桥》《牛车上》等小说、散文集，从此步入文坛，成为“东北作家群”的代表作家。

《生死场》这部小说书写的是十年间哈尔滨附近一个村庄经历的生死轮回，以及日本侵占东北后的苦难与抗争。这部小说不像一般小说那样具有前后贯穿的小说叙事，也缺乏对人物性格的刻画。小说主要通过散文化的叙述和描写，以情感作为线索把人物、情节和环境串联起来，形成一个独特的整体。鲁迅评价《生死场》“叙事和写景，胜于人物的描写，然而北方人民的对于生的坚强，对于死的挣扎，却往往已经力透纸背”[01]。

全书共十七节，明显地分为前后两部分。前十节描写“九一八”事变前的十年，农民愚昧麻木的非人生活。小说主要通过一些片段情节，描写乡村人民生命意识的麻木、生存境遇的困苦和精神世界的荒凉：“在乡村，人和动物一样忙着生，忙着死……”人的生育甚至不如猪狗的生产，生命竟然毫无价值，而且流逝的时间没有改变这里的一丝一毫，一切都凝固在生死轮回中。小说的这些描写处处流露出萧红对人的生存状态所特有的悲悯感。《生死场》不仅以悲悯之心描写了人的价值的泯灭和生命的浪费，而且揭示了造成这种生命无价值的原因。这不仅是由于“自然的暴君”和“两只脚的暴君”的淫威，同时也是封建文化制度所造成的农民精神世界的麻木而导致的价值颠倒——“农家无论是菜棵，或是一株茅草也要超过人的价值”。小说后七节描写在日本帝国主义侵略下，农民生存意志的顽强和民族抗争意识的觉醒。东北沦陷后，日本侵略者烧杀奸淫掳掠，农田荒芜，尸

[01] 鲁迅：《萧红作〈生死场〉序》，《且介亭杂文二集》，《鲁迅全集》第六卷，人民文学出版社 2005 年版，第 422 页。

横遍野。血淋淋的现实把这些老中国的愚昧儿女从精神麻木中唤醒，开始走上抗日的道路。小说第十三节《你要死吗？》描写农民在国家观念和民族意识觉醒后"盟誓"抗日，在宏壮悲愤的典礼中，表现了乡间没有"死灭"的人心和民魂，力透纸背地照见了"北方人民的对于生的坚强，对于死的挣扎"。

二、以中国诗歌会为代表的左翼诗歌

30 年代诗歌是由 20 年代发展而来，其对"大众化"和"纯诗化"两种不同方向的探索在 20 年代就已见端倪。

五四新文化运动初期就有许多以人力车夫等为主题的诗歌。胡适和徐志摩等也曾经为人力车夫呼吁过。到国民大革命期间，"革命诗歌"已经成为重要的口号。1923 年邓中夏在《新诗人的棒喝》和《贡献于新诗人面前》等文章中就已经提出，新诗应当成为无产阶级革命斗争的工具。郭沫若《女神》集中的某些篇什已经具有了明显的"革命性"，到了《前茅》《恢复》时期，这种革命性渐渐染上了无产阶级色彩。蒋光慈是最早尝试无产阶级诗歌创作的作家之一。

蒋光慈在苏俄学习期间接触苏俄文学，很早就开始创作无产阶级诗歌。蒋光慈（1901—1931），又名蒋光赤，曾用名如恒、侠僧等。在家乡安徽参加过学生运动，后到上海加入社会主义青年团。1921 年被中共派往苏联留学，1924 年归国后，与沈泽民等人组织革命文学团体"春雷社"。1925 年，出版了诗集《新梦》，收录了他 1921 年至 1924 年的诗作。鲜明的革命色彩使《新梦》受到了青年读者的广泛欢迎，到 1926 年就已印了三版。这些作品充满激情地歌唱和张扬无产阶级政治理想，和胡适等《新青年》杂志同人开创的早期白话诗较为接近，如蒋光慈在《莫斯科吟》中直白的欢呼那样，"十月革命，又如通天火柱一般，/ 后面燃烧着过去的残物，/ 前面照耀着将来的新途径。/ 哎，十月革命，我将我的心灵先给你罢，/ 人类因你出世而重生"。这几句诗对十月革命的讴歌正是早期无产阶级诗歌注重理性观念表达的体现，诗歌借鉴了《圣经》的某些词句，赋予十月革命神圣的语义，但后面的想象却较为平实，感情也极为裸露。蒋光慈回国后于 1924 年至 1926 年写成诗集《哀中国》，诗歌延续《新梦》风格，但国家的现实图景使诗歌情感基调显得更悲壮慷慨，无产阶级理想蓝图与现实图景的对比更突出了革命的现实性与必要性。《哀中国》一诗写道：“满国中外邦的旗帜乱飞扬，满国中外人的气焰好猖狂！旅顺大连不是中国人的土地么？可是久已做了外国人的军港；法国花园不是中国人的土地么？可是不准穿中服的人们游逛。哎哟，中国人是奴隶啊！为什么这般地自甘屈服？为什么这般地委靡颓唐？”在五卅惨案周年纪念日，蒋光慈写下《血祭》一诗：“顶好敌人以机关枪打来，我们也以机关枪打去！我们的自由，解放，正义，在与敌人斗争里。倘若我们还讲什么和平，守什么秩序，可怜的弱者啊，我们将永远地——永远地做奴隶！”

大革命失败后席卷全国的革命文学论争将无产阶级诗歌主张扩张到了整个文坛，稍后成立的“左联”则直接领导了一个新诗大众化的潮流。创造社和太阳社的诗人们如郭沫若、龚冰庐、蒋光慈、钱杏邨、洪灵菲和殷夫等，推动了初期的无产阶级政治抒情诗的潮流，郭沫若的《前茅》《恢复》和蒋光慈的诗一样都是无产阶级诗歌的早期尝试。1931 年 2 月 7 日，五位左翼青年作家柔石、胡也频、殷夫、李伟森、冯铿和另外 18 位中共党员，被国民党秘密枪杀于上海。这五位作家史称“左联五烈士”。其中胡也频和殷夫都有比较优秀的诗作传世。

胡也频（1903—1931），原名胡崇轩，福建福州人。五四时期开始发表诗歌和小说。他的诗受李金发所代表的早期象征派的影响，但诗歌已经趋向革命，值得注意的是，诗歌不是机械化的普罗文学口号，而是更多表达出人性化之革命理想。他在《诗人如弓手》中写道：“诗人如弓手，语言是其利箭，无休止地向罪恶射击，不计较生命之力的消耗。但永远在苦恼中跋涉，未能一践其理想，即扑灭残酷之人性，盼春光普照于世界。”1927 年 10 月大革命失败伊始，胡也频的诗歌变得更加激进。在《一个时代》中诗人揭露：“刀枪因杀人而显贵，法律乃权威之奴隶，净地变了屠场，

胡也频

胡也频和丁玲合照

人尸难与猪羊比价。……铁窗之冷狱于是热闹，勇敢的青年成了囚犯，监卒遇这罕有之客，便满足了极酷虐的敲诈。”

另外一位重要诗人是殷夫（1909—1931）。殷夫本名徐祖华，另有笔名白莽、徐白等，浙江象山人。他在短暂的革命青春中曾三次被捕。他的早期诗作与胡也频的有相近之处，但殷夫的政治抒情诗更注重抒情意象与图景的构造，同时带有更强的“广场”性，更加接近以马雅可夫斯基为代表的苏俄未来派诗风，在对重大历史事件的呼喊与评价中表现得尤为明显。以纪念五卅惨案的《血字》为例，殷夫的诗歌清晰地划分了抒情对象和自我，并“营造”了需要打击的对象，诗歌用节奏感强的句式加强气势，他写道：

“五卅”哟！
立起来，在南京路走！
把你血的光芒射到天的尽头，
把你刚强的姿态投映到黄浦江口，
把你的洪钟般的预言震动宇宙！

今日他们的天堂，
他日他们的地狱，
今日我们的血液写成字，
异日他们的泪水可入浴。

我是一个叛乱的开始，
我也是历史的长子，
我是海燕，
我是时代的尖刺。

“五”要成为报复的枷子，
“卅”要成为囚禁仇敌的铁栅，
“五”要分成镰刀和铁锤，
“卅”要成为断铐和炮弹！……
四年的血液润饰够了，

巴尔底山

殷夫是左翼刊物《巴尔底山》的重要作者之一

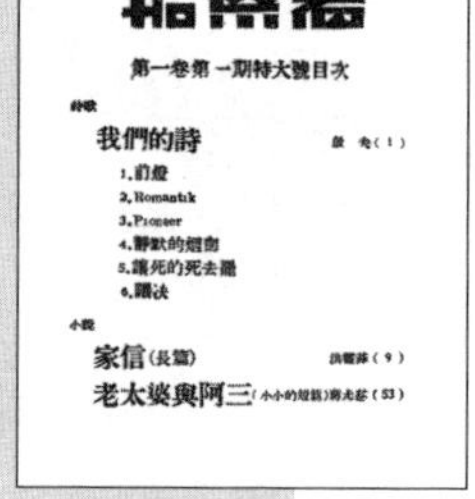
拓荒者

第一卷第一期特大號目次

詩歌

我們的詩　殷夫（1）

1.[illegible]
2.Romantik
3.Pioneer
4.[illegible]
5.讓死的死去罷
6.[illegible]

小說

家信（長篇）　[illegible]（9）

老太婆與阿三（小小的短篇）[illegible]（53）

《拓荒者》第一期目次

两个血字不该再放光辉，
千万的心音够坚决了，
这个日子应该即刻消毁！

但与胡也频的诗歌不同的是，殷夫用阶级情取代了早期革命诗歌中出现的人性观点，背叛了自己曾经所属的阶级：

别了，我最亲爱的哥哥，
你的来函促成了我的决心，
恨的是不能握一握最后的手，
再独立地向前途踏进。

鲁迅在为殷夫的诗集《孩儿塔》所作的序中对殷夫的诗歌做出了高度评价："这是东方的微光，是林中的响箭，是冬末的萌芽，是进军的第一步，是对于前驱者的爱的大纛，也是对于摧残者的憎的丰碑。一切所谓圆熟简练，静穆幽远之作，都无须来作比方，因为这诗属于别一世界。"[01]

1932 年 9 月，"左联"的诗人成立了中国诗歌会。中国诗歌会除了在上海建立总会外，还在北平、广州及日本东京等地设有分会。上海总会有机关刊物《新诗歌》旬刊（后改为半月刊、月刊），各分会也有自己的刊物或副刊。他们强调诗歌与现实的血肉联系，在《中国诗歌会缘起》中说："在次殖民地的中国，一切都沐浴在急风狂雨里，许许多多的诗歌材料，正赖我们去摄取，去表现。但是，中国的诗坛还是这么的沉寂；一般的人闹着洋化，一般人又还只是沉醉在风花雪月里。……把诗歌写得与大众十万八千里，是不能适应这伟大的时代的。"因此，他们积极响应"左联"号召，尝试将文学中最具有"文学性"的诗歌进行大众化，"要使我们的诗歌成为大众歌调，/ 我们自己也成为大众中的一个"[02]。他们积极去"捕捉现实"：迅速地反映时代重大事件，表现工农大众及其斗争，强调诗歌对实际革命运动

[01] 鲁迅：《白莽作〈孩儿塔〉序》，《鲁迅全集》第六卷，人民文学出版社 2005 年版，第 512 页。

[02]《发刊诗》，《新诗歌》1933 年 2 月 11 日创刊号。

的直接鼓动作用。

以中国诗歌会为代表的诗歌思潮强调诗歌积极探索形式的大众化。他们从中国民间文学中汲取艺术营养，朝着“新诗歌谣化”的方向努力，利用旧的民间形式装革命的现实内容，改造旧民歌的形式，扬长避短，推陈出新，采用俗言俚语，等等，出版了“歌谣专号”“创作专号”等，进行了广泛实验。在题材上，前期以表现工农民众的苦难生活为主，后期则大力倡导“国防诗歌”，宣传抗日救亡。在形式上，有意加强了叙事诗的创作，并进行了新诗朗诵运动等多方面的尝试。

中国诗歌会诗人众多，诗作丰富，形成了一股强大的诗歌潮流。主要诗人包括杨骚、穆木天、任钧、蒲风等，以蒲风的诗歌成就最大。他们的诗歌表达出对无产阶级革命斗争主题的诗性理解。蒲风的诗集《茫茫夜》中的《咆哮》写觉醒的苏区农民面对敌人的进攻，“要用自己的力量来护卫他们自己的土地”的蓬勃生机。副题为“农村前奏曲”的《茫茫夜》一诗，通过一位参加了“穷人军”的儿子与母亲的对话形式——“为着我们大众我离开了家，/ 为着我们的工作离开了你和她！ / 母亲，母亲，别牵挂！”歌唱了农民的觉醒，从而塑造了一位英勇行动起来为人民解放而战斗的革命战士形象。叙事长诗《六月流火》围绕王家庄农民反对国民党军队为攻打红军而修筑公路的中心事件，揭露了国民党当局实行反革命围剿的罪行，歌颂了工农红军领导的人民革命斗争，是同类题材中一篇影响较大的作品。“蒲风的诗以题材的尖锐性、重要性、及时性取胜，善于渲染革命情绪，铺写大规模的群众斗争场面，气魄雄壮，情调高昂，采用自由诗的形式，常取得直接的鼓动效果。”[01] 这一评价同样适用于中国诗歌会其他诗人的诗歌。

但左翼诗歌不只是呈现意识形态的内容，其对诗歌形式也做了新的探索。如蒲风的《我迎着风狂和雨暴》:“如今，我带回了发动机的热和力，/ 我要把魔鬼当柴烧，/ 我要配足马力哟，/ 我的力的总能，/ 要像那五大海洋的怒潮！”这首诗夸张的阶级主体形象更适合用吼叫让接受者得到阶级情绪的体验。与现代派诗歌相比，它没有含蓄蕴藉的语言，缺少意象之间的整体性，单个的意象如“五大海洋”，更

[01] 钱理群、温儒敏、吴福辉:《中国现代文学三十年》(修订本)，北京大学出版社 1998 年版，第 352—353 页。

多的是由明喻构成与前一意象之间的连接。但无产阶级诗歌需要的是群众性广场体验，不是个体体验，因此和精致的现代派诗具有完全不同的风格，诗歌的接受程式也完全不同。大众化诗歌直白奔放，需要读者去叫喊和朗诵，而不是个体阅读、沉思默想、低吟回味。我们可以从殷夫的代表作《一九二九年的五月一日》得到体会：

> 我突入人群，高呼
> “我们……我们……我们”
> 白加红的五彩纸片，
> 在晨曦中翻飞像队鸽群。
>
> 呵，响应，响应，响应，
> 满街上是我们的呼声！
> 我融入于一个声音的洪流，
> 我们是伟大的一个心灵。
>
> 满街都是工人，同志，我们
> 满街都是粗暴的呼声，
> 满街都是喜悦的笑，叫，
> 夜的沉寂扫荡净尽。
> ……
> 一个巡捕拿住我的衣领，
> 但我还在狂叫，狂叫，狂叫，
> 我已不是我，
> 我的心合着人群燃烧！

杨骚的《记忆之都》《受难者的短曲》《春的感伤》等诗集，大多借爱情题材抒发对黑暗现实的不满和对光明未来的追求，诗歌虽有旧诗词的痕迹，但笔调清新，具有浪漫主义气息。任钧写有诗集《战歌》《冷热集》。王亚平是中国诗歌会河北分会的主要负责人，主编北平出版的《新诗歌》。他写有短诗集《都市冬》《海燕的歌》和以“一二·九”运动为题材的长篇叙事诗《十二月的风》。

1937 年，中国诗歌会随着“左联”解散，仍然在一定程度上影响了延安和其他解放区的工农兵文艺的发展。

除了中国诗歌会的诗歌之外，常常被左翼文坛关注的一个重要的非左翼诗人是臧克家。臧克家出生于 1905 年，抗战前出版了《烙印》和《罪恶的黑手》这两部最重要的诗集。臧克家在诗歌艺术形式上取法闻一多，思想内容上倾向于左翼现实主义，在 30 年代文坛上独树一帜。1933 年臧克家第一本诗集《烙印》由闻一多作序。闻一多称赞臧克家像苦吟诗人孟郊那样磨炼自己的诗，[01] 而左翼批评家茅盾称赞臧克家“在目今青年诗人中，《烙印》的作者也许是最优秀中间的一个了”[02]。臧克家批评新月派徐志摩的诗歌写风花雪月的闲情，现代派诗人戴望舒的诗歌形式只能表现“清淡迷离的情感和意象”。而左翼诗歌作为一种思想的宣传工具，满纸的鲜血和炸弹，“失掉了诗的条件”[03]。他的诗歌关注的是生活在中国社会最底层的人民。臧克家写底层人民生活的不幸与苦恼，同时把未来的希望寄托在他们身上。他写“老马”处境悲惨，“总得叫大车装个够，/ 他横竖不说一句话，/ 背上的压力往肉里扣，/ 他把头沉重地垂下”，尽管“这刻不知道下刻的命，/ 他有泪只往心里咽”，尽管“眼里飘来一道鞭影”，他仍然“抬头望望前面”。(《老马》) 从这首诗里，我们可以发现臧克家诗歌崇尚的“坚韧主义”。在他看来，生活是“一万支暗箭埋伏在你周边，/ 专瞅你一千回小心里一回的不检点”，他宣称要“从棘针尖上去认识人生”，“当前的磨难就是你的对手”，要“运尽气力去与它苦斗”。(《生活》) 这种“坚韧主义”不仅是诗人的一种生活态度，而且是他的诗学。臧克家推崇苦吟，他的诗歌常常有经过不断磨砺而闪闪发光的句子，如“日头堕到鸟巢里，/ 黄昏还没溶尽归鸦的翅膀，/ 陌生的道路无归宿的薄暮，/ 把这群人度到这座古镇上”。(《难民》) 这句诗用意象之间的连接取代说明，把情感和倾向隐藏在意象转喻之中，同时讲究形式，讲究节奏韵律，是臧克家诗作中的代表，但他的诗歌有时候会过于雕琢，显得冷涩。

[01] 闻一多：《〈烙印〉序》，《烙印》，开明书店 1945 年版，第 6 页。

[02] 茅盾：《一个青年诗人的“烙印”》，《文学》1933 年 11 月第 1 卷第 5 号。

[03] 臧克家：《论新诗》，《文学》1934 年 7 月第 3 卷第 1 号。

三、鲁迅与 30 年代的杂文

杂文是新文学一个重要的门类，是现代知识分子对他所处时代的社会、思想和文化现实进行及时回应的有效方式。现代杂文的发展与刊物几乎可以说是相依为命的。五四时期《新青年》《语丝》和《晨报副刊》等报刊上的杂文对激烈的社会现实的回应，形成五四新文化与传统交锋的文化前线。1924 年《语丝》周刊的诞生是中国现代杂文发展史上的重大事件，它是现代文坛上第一家主要发表作家创作的小品文学的定期刊物。梁遇春说："有了《晨报副刊》，有了《语丝》，才有周作人先生的小品文字，鲁迅先生的杂感。"[01] 五四时期出现了许多杂文家，如陈独秀、鲁迅、周作人、陈源、林语堂等。《语丝》的创立，不仅以自身力量直接支持了杂文的发展，还带动了其他刊物对杂文的重视，尤其重要的是，聚集在《语丝》周围的一批作家，形成了杂文发展史上第一重要的流派"语丝派"。周作人和鲁迅作为"语丝派"的首领，领导和代表着《语丝》的风格和方向，是该流派创作的主力。以周作人为例，他在五四时期的杂文创作成就令人瞩目。在 1921 年发表《美文》的同时，创作了《碰伤》《三天》《天足》《思想界的倾向》《"重来"》等一批富于批判性、战斗性，又避开了前几年《随感录》艺术手段单调、文学味不浓的老路的优秀作品，形成了自己独特的创作特色，在实践上为杂文文学化的加强做出了示范。

大革命失败之后，国民党政府的政治高压使许多知识分子噤若寒蝉，顾左右而言他，闲适幽默大行其道。流行轻松软性的幽默和闲适的小品，使杂文的文学价值受到一些作家的质疑。透过杂文，我们可以看到作家们与时代的搏斗，但也有许多作家不愿意继续甚至放弃斗争性的文字转而从事幽默闲适的小品文创作。林语堂在五四时期也创作浮躁扬厉的杂文，他的《翦拂集》留下了他和鲁迅并肩战斗的证据。但 1932 年 9 月林语堂创办了《论语》半月刊，后来又创办《人间世》和《宇宙风》，这些刊物学习周作人推崇的公安竟陵派小品，导致点校公安竟陵小品风行一时。虽林语堂号称"宇宙之大，苍蝇之微，皆可取材"[02]，但实际上这些刊物提倡的幽默闲

[01] 梁遇春：《小品文选》，北新书局 1930 年版，第 2 页。
[02] 林语堂：《人间世发刊词》，《人间世》1934 年第 1 期。

适和独抒性灵的小品，只见“苍蝇”，不见“宇宙”，由此可见这群作家真实的写作立场和美学追求。其实林语堂在《人间世发刊词》中已经明确说明，提倡小品“不能兴邦，亦不能亡国，只想办一好好的杂志而已，最多也只是提倡一种散文笔调而已”。放弃文学的社会承担，追求散文的幽默闲适，刻意与社会保持超远距离，用看客的心态来观看中国，而且特别强调幽默之于讽刺的区别，[01] 必然引来左翼作家们的批评。鲁迅一方面肯定《论语》“发表了别处不肯发表的文章，揭穿了别处故意颠倒的谈话，至今还使名士不平，小官怀恨，连吃饭睡觉的时候都会记得起来。憎恶之久，憎恶者之多，就是效力之大的证据”，但幽默“将屠户的凶残，使大家化为一笑，收场大吉”，是鲁迅所反对的。[02]

在表现个人趣味的小品文和表现战斗性的杂文之间，左翼作家更加青睐杂文，为杂文争取独立的地位。左翼作家及其影响下的具有时事性和战斗性的杂文创作构成了 30 年代杂文创作的主要潮流。在鲁迅的影响下，左翼作家多能参与其间，30 年代出现了杂文创作的高峰，出现了以徐懋庸、唐弢、巴人、周木斋等为代表的杂文作家群。30 年代著名的文学刊物《萌芽》和《文学》都刊载杂文，还有《太白》和《申报·自由谈》等比较专门化的杂文期刊出现。

《萌芽》1930 年第一卷第一期

《萌芽》1930 年第一卷第二期插画

《文学》杂志 1933 年第 104 期

[01] 论语派作家特别强调“应该减少讽刺文字，增加无所为的幽默小品文”，见《编辑后记——论语的格调》,《论语》1932 年 12 月 1 日第 6 期。

[02] 鲁迅：《“论语一年”》,《南腔北调集》,《鲁迅全集》第四卷，人民文学出版社 2005 年版，第 582—583 页。

30 年代还有一种以文学性来质疑杂文的声音。在“为什么没有伟大作品产生”的讨论中，曾有人认为杂文没有太大的文学价值是没有伟大作品出现的一个原因，“第三种人”林希隽则以文学性公开否定杂文作家。作为现代文学史上最伟大的杂文家，鲁迅的说法是：“在风沙扑面，狼虎成群的时候，谁还有这许多闲工夫，来赏玩琥珀扇坠，翡翠戒指呢。他们即使要悦目，所要的也是耸立于风沙中的大建筑，要坚固而伟大，不必怎样精；即使要满意，所要的也是匕首和投枪，要锋利而切实，用不着什么雅。”[01] 在鲁迅这里，杂文是一种战斗的诗学。

鲁迅的杂文无疑是 30 年代文艺最杰出的成就之一。鲁迅在他思想最成熟的年月里，倾注了他的大部分生命与心血于杂文创作中。事实上，鲁迅的名字是与杂文紧紧联系在一起的，杂文在鲁迅手上成熟，后人的杂文也很难再超越鲁迅这座高山。鲁迅的杂文以其独特的诗学、难以衡量的思考深度，以及激起的社会影响成为无法克服也无法超越的独特存在。鲁迅认为杂文是克服诸多文学门类局限，用文字表情达意的最好工具，“我们试去查一通美国的‘文学概论’或中国什么大学的讲义，的确，总不能发现一种叫作 Tsa-wen 的东西”，“我知道中国的这几年的杂文作者，他的作文，却没有一个想到‘文学概论’的规定，或者希图文学史上的位置的，他以为非这样写不可，他就这样写”。[02] 没有什么文体能够限制鲁迅杂文的自由创造性，在生命最后的十年里，鲁迅将大部分的心血都倾注在杂文的创作上。其实鲁迅未曾给杂文下过定义，但是曾提到过关于杂文的文体：其实“杂文”也不是现在的新货色，是“古已有之”的，凡有文章，倘若分类，都有类可归，如果编年，那就只按作成的年月，不管文体，各种都夹在一处，于是成了“杂”。其实“杂文”就是收录在一个文集中的包括各种文体和题材的文章，包括涉及时事短评、论文、随笔、信件、通讯、寓言及小说化的文章，以及称得上是文学评论的各种序和小引等等。可以说，鲁迅在杂文中运用了所有形式。鲁迅的杂文中

---

[01] 鲁迅：《小品文的危机》，《南腔北调集》，《鲁迅全集》第四卷，人民文学出版社 2005 年版，第 591 页。

[02] 鲁迅：《徐懋庸作〈打杂集〉序》，《且介亭杂文二集》，《鲁迅全集》第六卷，人民文学出版社 2005 年版，第 300 页。

重要的不是文章的题材或文体，而是什么年代写的，即反映着什么样的时代背景才是重要的。因为杂文与“现在时（正在进行时）”的生活有着如此密切的互动关系（用鲁迅的说法，是“感应的神经，是攻守的手足”），它也就能够成为一个时代的忠实的记录者。从这里我们可以明白，杂文是鲁迅能够畅所欲言表达对时代看法的新诗学。

他的杂文对中国社会思想文化和生活的回应让其成为一部活的中国人的“人史”。[01] 鲁迅杂文体现出作家在“反常规”的“多疑”思维之下的深刻洞见，发掘出中国人人性深处的幽暗。如鲁迅批评戏迷喜欢看男人扮女人，“最可贵的是男人扮女人了，因为从两性看来，都近于异性，男人看见‘扮女人’，女人看见‘男人扮’”，“我们中国的最伟大最永久的艺术是男人扮女人”。[02] 由这一例即让人感受到许多人眼中的鲁迅的“刻毒”。鲁迅的杂文正以其“刻毒”让许多中国人感觉到如芒在背。而瞿秋白初步运用阶级性的观点对鲁迅杂文的价值给予了高度赞扬，称之为“战斗的‘阜利通’”[03]。瞿秋白自己也写作了大量尖锐的时事性和政论性的杂文。在鲁迅和瞿秋白的影响下，“左联”涌现出一批杂文家，如唐弢、徐懋庸、聂绀弩等。30 年代的杂文记录下了一个极度矛盾复杂年代的历史，尤其是鲁迅的杂文，是鲁迅将个人的心血和灵魂与时代交融在一起而形成的时代诗学。

由于鲁迅杂文对现实和历史的极大穿透力和“杀伤力”，在一些现代知识分子看来，有违中国文化与士大夫的中庸传统，体现了鲁迅其人其文的反叛性、异质性，因此，一些文人总是试图否定和抹杀鲁迅杂文，否定、抹杀不了就只有辱骂：“刀笔吏”“好骂人”“恶毒”“睚眦必报”等等。不过鲁迅对这些反应显然有十分清醒的认识：“我自己也知道，在中国，我的笔要算较为尖刻的，说话有时也不留情面。但我又知道人们怎样地用了公理正义的美名，正人君子的徽号，温良敦厚的假脸，流言公论的武器，吞吐曲折的文字，行私利己，使无刀无笔的弱者不得喘息。倘使我没有这笔，也就是被欺侮到

[01] 鲁迅：《晨凉漫记》，《准风月谈》，《鲁迅全集》第五卷，人民文学出版社 2005 年版，第 248 页。

[02] 鲁迅：《论照相之类》，《坟》，《鲁迅全集》第一卷，人民文学出版社 2005 年版，第 196 页。

[03] 瞿秋白：《〈鲁迅杂感选集〉序言》，《瞿秋白文集》文学编（三），人民文学出版社 1989 年版，第 96 页。

赴诉无门的一个；我觉悟了，所以要常用。”[01] 人们总是希望“终结”鲁迅的杂文，常常有人提出鲁迅杂文已经过时。

聂绀弩

但鲁迅的杂文之于现代中国，在有识之士那里是不会那么快就过时的。抗战爆发后，左翼作家分流到全国各个地区。在上海，孤岛时期创办了以《鲁迅风》和《杂文丛刊》为代表的杂文刊物。在国统区，也出现了以冯雪峰、胡风、聂绀弩为代表，以《野草》杂志为阵地的“《野草》派”。在解放区，出现了以《解放日报》《谷雨》《抗战文艺》为中心的杂文作家群，代表作家有谢觉哉、丁玲、罗峰、严秀等等，形成了杂文的“鲁迅风”。这些杂文作家，继承了鲁迅杂文的现实精神和斗争传统，创作出了大量优秀的作品，丰富了杂文文学史。

四、“剧联”与左翼戏剧运动

晚清时期西洋人在中国已经开展话剧演出活动，只是影响较小。甲午战败后，春柳社等留日学生团体组织的文明新戏和当时革命空气紧密结合在一起，获得了中国观众的认可。但文明戏的时代随着其政治目标的消失而失去了其激动人心的价值，一些演员堕落腐化，戏剧也开始成为满足小市民阶层世俗趣味的存在，本身艺术上的粗制滥造等更成为有识之士猛烈抨击的对象。洪深在总结文明戏时一口气列出了九条：

> 所谓文明戏，是怎样一个东西呢。（一）从来没有一部编写完全的剧本的，只将一张很简单的幕表，贴在后台上场处。（二）有时连这张幕表，也不肯郑重遵守。（三）绝对不排练，不试演，不充分预备的。（四）有时演员上场，甚至连全剧的情节，还不大清楚。（五）演员在外面，过了很放荡的生活，到台上时，疲倦，想瞌睡，没精神。（六）新进的演员，未受教育，亦无大志，目的只在混饭吃。（七）没有艺术的目的，自好者仅知保全饭碗，不良者欲借戏为工

[01] 鲁迅：《我还不能带住》，《鲁迅全集》第三卷，人民文学出版社 2005 年版，第 260 页。

具，以获得不正当的出名。（八）即有要好努力的演员，也只能自顾自，无术使全部改善。（九）布景道具灯光编剧等，不顾事实，不计情理。[01]

五四一代新知识分子领袖如陈独秀、胡适和鲁迅等对传统戏剧大多没有好感，提倡西方的以说话来反映现实的戏剧样式。随着易卜生等西方现实主义戏剧传入中国，戏剧的现实性再次被提了出来。民众戏剧社及上海戏剧协社这两个五四初期最重要的新剧团体都强调戏剧必须反映社会人生。《民众戏剧社宣言》明确提出："当看戏是消闲的时代，现在已经过去了。戏院在现代社会中确是站着重要的地位，是推动社会使前进的一个轮子，又是搜寻社会病根的 X 光镜。"[02] 同时，针对文明戏的职业化和商业化所产生的种种弊端，五四时期开始提倡非营业性质的业余戏剧，即"爱美剧"，开展更容易为校园观众所接受的小剧场运动。1922 年冬，蒲伯英和陈大悲主持创办北京人艺戏剧专门学校。1925 年，余上沅、赵太侔和闻一多等主持恢复北京国立艺术专门学校，增设戏剧系，培养了一批杰出的现代戏剧人才。1925 年至 1927 年大革命前后，已经有不少作者写出了新式戏剧剧本，并开始在各大中学上演。五四时期的戏剧改革改变了文明戏对戏剧的认知，建立了一套新的戏剧美学原则、表演体系和经营管理模式。

欧阳予倩

20 年代中期波澜壮阔的大革命最后以血雨腥风的两党斗争结束，大量被革命鼓动起来的知识分子又被抛向日常生活，戏剧活动活跃起来。1928 年田汉、欧阳予倩和徐悲鸿以"南国社"的名义创办"上海南国艺术学院"，开设戏剧科，培养了陈白尘、郑君里、塞克、张曙和左明等话剧人才。1929 年欧阳予倩担任广东戏剧研究所所长，洪深担任附属戏剧学校校长，唐槐秋任教务长。南国社、辛酉剧社、复旦剧社、戏剧协社和广东戏剧研究所等的公演及旅行演出都获得巨大成功。戏剧运动在

陈白尘

[01] 洪深：《戏剧集导言》，《中国新文学大系》，上海文艺出版社 1981 年影印版，第 15 页。
[02]《民众戏剧社宣言》，《戏剧》1921 年 5 月 31 日第 1 卷第 1 期。

大革命失败之后呈现出一片繁荣的景象，甚至有“1929 年是戏剧的年头”之说。

但“爱美剧”这样的小剧场运动已经无法再承受动荡过后的心灵和社会现实。本来各新剧剧团囿于门户之见，就相互有对立情绪。“爱美剧”的非职业性让爱美剧团“多少带有‘玩票’‘兴趣’的性质，而其结合又大多以感情或职业关系作为主要的联系”[01]。1928 年挪威戏剧家易卜生 100 周年诞辰，南国社邀集戏剧界人士举办纪念会，提出举行联合公演，各剧团负责人口头赞同，会后并无下文。这次会议只有洪深建议将新剧改名为“话剧”，算是话剧史上的一个重要史实。南国社内部产生了矛盾，陈白尘等分离出去的一部分人组织了摩登社。田汉在《我们的自己批判》一文中即说：“我们中间本有不少自称‘波希米亚人’的一种无政府主义的颓废的倾向，他们也喜欢我的味道，我也为着使戏剧容易实现得真切，每每好写他们的个性，所以我们中间自自然然就酿成一种特殊的风格”，“我们的戏剧也无处不反映着我们的生活，虽说这种生活的基调立在没落的小资产阶级上”。[02] 郑伯奇则直白提问：“他们演的那些戏是给谁看？”他质问当时“民众受着无限的压迫、掠夺、屈辱，而我们的先生苦心孤诣地给他们些‘爱之花’‘青春之美酒’。他们能够接受么”，而“这几年来民众是经了‘血的洗礼’，‘铁的锻炼’，没有追随着他人啼笑的余裕了”。[03] 姑且不论郑伯奇的叙述是否符合当时的实际情况，因为田汉曾说：“南国社在戏剧上的投石虽然小，但青年间的反响却相当的大。”[04] 南国社戏剧演出还在舞台布景与灯光上做过一些新的尝试，他们运用简单的布片材料，通过灯光造成浪漫抒情效果，对左翼戏剧

---

[01] 赵铭彝：《关于左翼戏剧家联盟》，文化部党史资料征集工作委员会编：《中国左翼戏剧家联盟史料集》，中国戏剧出版社 1999 年版，第 29 页。

[02] 田汉：《我们的自己批判——〈我们的艺术运动之理论与实际〉上篇》，文化部党史资料征集工作委员会编：《中国左翼戏剧家联盟史料集》，中国戏剧出版社 1999 年版，第 326 页。

[03] 郑伯奇：《中国戏剧的进路》，文化部党史资料征集工作委员会编：《中国左翼戏剧家联盟史料集》，中国戏剧出版社 1999 年版，第 316—317 页。

[04] 田汉：《我们的自己批判——〈我们的艺术运动之理论与实际〉上篇》，文化部党史资料征集工作委员会编：《中国左翼戏剧家联盟史料集》，中国戏剧出版社 1999 年版，第 326 页。

运动有相当的影响。[01] 即便如此，“爱美剧”这种局限于青年学生等小受众群体的演出，在政治的压迫之下，也不得不对现实做出回应，田汉在对南国社的自我批判中就说：“我们不大知道民众是什么，也不大知道怎样去接近民众，我们也知道一些抽象的理论，但未尽成活泼的体验。”[02] 从中我们可以看到，话剧诞生之初所具有的那种现实关怀仍然是话剧发展的推动力。

“爱美剧”的发展困境给 30 年代中国话剧运动带来了几种不同的路径。

首先是左翼戏剧运动。

政治形势的变化让激进起来的“爱美剧”运动失去发展空间，左翼戏剧人的成功推动让“爱美剧”运动走向和政治紧密结合在一起的“无产阶级戏剧”运动，在根本上改变了剧团的存在生态、戏剧表现内容和演出对象。

1929 年 6 月，夏衍、郑伯奇、冯乃超、钱杏邨等中共党员在上海成立艺术剧社，成为推动“爱美剧”运动转变的重要政治文化力量。他们编辑出版专业戏剧刊物《艺术》月刊和《沙仑》月刊等，提出“无产阶级戏剧”的口号。艺术剧社从事戏剧运动之初并没有为“爱美剧”运动所接受。赵铭彝回忆说：“宣传这个口号是一些从日本回来的人，如郑伯奇、沈叶沉（即沈西苓）、许幸之、沈起予等，他们和创造社、太阳社有些关系。当时我们对‘无产阶级的戏剧’没有什么理解，可是却瞧不起他们这些宣传的人，以为他们从来没有干过戏剧，是空喊家，甚至找他们的岔子。”[03] 只有到艺术剧社真正开始公演并取得成功，才能够真正为那些从事“爱美剧”运动的人接受。与此同时，他们还举办戏剧讲习班，培养戏剧人才，组织到工厂和学校等地巡回演出。艺术剧社的演出及其组织的联合公演等加深了上海话剧界间的联系，开始成立行业公会性质的上海剧团联合会。参加联合会的包括戏剧协社、南国社、辛酉剧社、艺术剧社、摩登社、复旦

[01] 赵铭彝：《左翼戏剧家联盟是怎样组成的》，文化部党史资料征集工作委员会编：《中国左翼戏剧家联盟史料集》，中国戏剧出版社 1999 年版，第 45 页。

[02] 田汉：《我们的自己批判——〈我们的艺术运动之理论与实际〉上篇》，文化部党史资料征集工作委员会编：《中国左翼戏剧家联盟史料集》，中国戏剧出版社 1999 年版，第 326 页。

[03] 赵铭彝：《左翼戏剧家联盟是怎样组成的》，文化部党史资料征集工作委员会编：《中国左翼戏剧家联盟史料集》，中国戏剧出版社 1999 年版，第 46 页。

剧社、大夏剧社、剧艺社等，共产党组织在戏剧团体内部也展开了活动。[01] 田汉在 1930 年 4 月发表《我们的自己批判》，宣布南国社转换方向，开始带动其他戏剧团体转向无产阶级戏剧活动。

但让话剧界急剧左转的还有一系列政治事件。1930 年艺术剧社的反帝剧本《西线无战事》在上海公演之后遭到查封，于是有人提议加强联合会组织，强调戏剧与政治发生关系。此后上海大光明电影院放映辱华电影《上海快车》，洪深带领南国社成员鼓动观众抵制，虽然电影停映，但国民政府部门迫使洪深远离上海。1930 年 6 月南国社在中央大戏院上演梅里美小说《卡门》改编的剧本，剧团被查封。南国社的遭遇直接让联合会改组为“左翼剧团联盟”，并通过了由郑君里起草的《最近行动纲领》。随后，由于不能获得各剧团内部部分人士的认同，又改名为“中国左翼戏剧家联盟”，简称“剧联”。新成立的“剧联”在组织形式上开始采取剧团联盟，后采取剧作家联盟，成为具有政治性的统一战线，打破了过去“爱美剧”团那种依靠个人志趣和个人关系维系剧团的局面。

“剧联”在话剧界积极开展活动，影响了 30 年代话剧界的基本面貌。“剧联”成立之后成立基干剧团——大道剧社，并把盟员渗透到各剧团，在那些剧团起到核心作用。当时透过“剧联”盟员起核心作用的剧团主要是学生剧团，最后组织成立了一个上海剧团联合会。与此同时，“剧联”的《最近行动纲领》规定该联盟“深入都市无产阶级的群众当中，取本联盟独立表演、辅助工友表演或本联盟与工友联合表演三方式以领导无产阶级的演剧运动”，还规定“其所采取的演剧形式，以工人群众的知识水准能够充分理解、欢迎为原则”。[02] 除此之外，“剧联”积极组织戏剧讲习班，推动学校剧运动以及联合各小市民小店员剧团组织业余演剧运动，通过共产党和赤色工会在 1931 年组织第一个蓝衫剧团。据不完全统计，“剧联”到 1935 年已经有农民剧团一个，蓝衫剧团八个，业余剧团十三个，学生剧团

[01] 赵铭彝：《左翼戏剧家联盟是怎样组成的》，文化部党史资料征集工作委员会编：《中国左翼戏剧家联盟史料集》，中国戏剧出版社 1999 年版，第 48 页。

[02]《中国左翼戏剧家联盟最近行动纲领》（1931 年 9 月通过），《文学导报》1931 年 10 月 23 日第 1 卷第 6、7 期合刊。

二十八个，儿童剧团二个。[01] 除此之外，“剧联”成立电影小组，有力地推动了 30 年代中国左翼电影运动。

戏剧的现实性是左翼剧作家编剧和创作的重点所在。“走向民间”是五四时期的一个口号。但正如田汉所言，当时的话剧还“没有认清什么是我们的观众，即什么是‘民众’”[02]。共产党领导的艺术剧社及随后的“剧联”都倡言建设无产阶级戏剧，《最近行动纲领》也明确要“争取革命的小资产阶级的学生群众与小市民”，要求“剧本内容暂取暴露性的，指示出在资产阶级与无产阶级底尖锐化的斗争过程中，中间阶级之没落底必然与其出路”。[03] 左翼剧作者翻译和改编了大量西方与俄苏的反帝剧本和工人斗争的戏剧剧本。德国米尔顿的《碳坑夫》、美国辛克莱的《梁上君子》、德国雷马克的《西线无战事》、法国梅里美的《卡门》、苏联拉夫列尼约夫的《第四十一》等都获得了很大的成功。左翼剧作家高度关注社会现实和工人农民的生活，革命和反抗斗争是左翼戏剧的基本主题，如陈鲤庭的《放下你的鞭子》，田汉的《乱钟》《水银灯下》和《回春之曲》，楼适夷的《S.O.S》和《活路》，于伶的《丰收》《腊月二十四》和《一袋米》，袁殊的《工厂夜景》，洪深的“农村三部曲”(《五奎桥》《青龙潭》和《香稻米》)，夏衍的《赛金花》和《秋瑾》，等。

田汉是 30 年代左翼戏剧最重要的代表人物之一。田汉在 30 年代领导左翼戏剧和电影运动，同时创作了许多新的剧本，作品的形态与风格发生了和早期不同的变化。他的一些作品以底层群众的悲惨命运与政治反抗为主题，如《年夜饭》描写的是某工厂职员在资本家的剥削下提高觉悟参加工人斗争的故事；《梅雨》反映的是梅雨期间挣扎在生死线上的小市民的悲苦；《一九三二年的月光曲》描写公共汽车工人团结一致反对外国资本家的斗争；等。还有一些反映的是反帝爱国以及批判国民党政府不抵抗主义的内容，如《乱钟》《扫射》《暴风雨中的七个女性》《战友》《回春之曲》等。田汉在 30 年

[01] 赵铭彝：《关于戏剧家联盟》，文化部党史资料征集工作委员会编：《中国左翼戏剧家联盟史料集》，中国戏剧出版社 1999 年版，第 37 页。

[02] 田汉：《我们的自己批判——〈我们的艺术运动之理论与实际〉上篇》，文化部党史资料征集工作委员会编：《中国左翼戏剧家联盟史料集》，中国戏剧出版社 1999 年版，第 341 页。

[03]《中国左翼戏剧家联盟最近行动纲领》(1931 年 9 月通过)，《文学导报》1931 年 10 月 23 日第 1 卷第 6、7 期合刊。

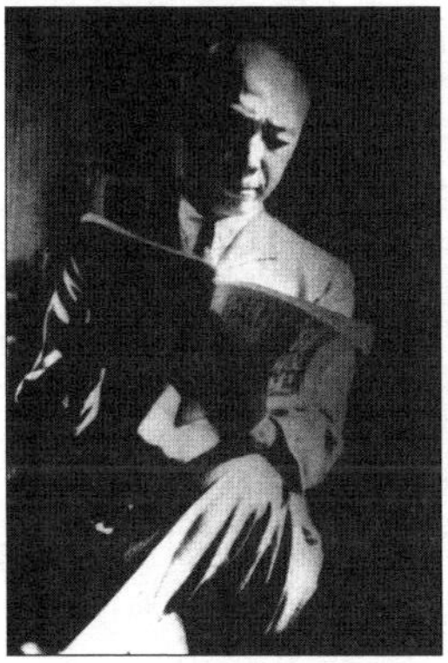

田汉 1936 年在上海住处阅读《日清海战史》

田汉和冼星海 1936 年在苏州

代创作的两部重要作品为《乱钟》和《回春之曲》。《乱钟》描写的是 1931 年“九一八”事变的当夜，东北某大学生宿舍里一群爱国青年，急切地等待前往政府请愿的代表回来，期望当局满足他们参加抗日的要求，但得到的是政府要学生安心读书不得干预国事的消息，就在当夜日军发动“九一八”事变。该剧在号召打倒日本帝国主义，打倒汉奸走狗的呼号声中结束。《回春之曲》写的是爱国华侨青年回国参战的英雄行为和忠贞不渝的爱情。华侨青年高维汉在“九一八”事变后告别恋人梅娘，回国参战，在上海保卫战中身负重伤失去记忆；梅娘则挣脱家庭束缚，回国照顾高维汉，高维汉在梅娘的精心护理之下终于在除夕的鞭炮声中康复。

洪深是现代话剧事业的开拓者之一，20 年代初其创作的九幕剧《赵阎王》为他赢得了文坛声誉。30 年代初洪深积极投身左翼戏剧事业，认为“现代话剧的重要价值，就是因为有主义，对于世故人情的了解与批判，对于人生的哲学，对于行为的攻击或赞成”[01]。“农村三部曲”是洪深转向之后的最重要作品。“农村三部曲”包括独幕剧《五奎桥》（1930）、三幕剧《香稻米》（1931）和四幕剧《青龙潭》（1932）三部作品。这三部作品以江南农村为背景，展示了二三十年代中国农村社会经济凋敝的现实和农民的苦难遭遇，以及他们逐渐觉醒并开始进行自发斗争的历史过程。其中影响最大的是《五奎桥》。“五奎桥”是地主周乡绅祖先建造的一座私桥，周乡绅认为此桥是全家命脉之所系，但农民抗旱需要拆除这座桥。通过描写拆桥保桥的斗争，洪深力图揭示农村权势阶层和底层农民之间的对立以及农民反抗的不可抗拒力量。30 年代世界经济形势加剧恶化，西方势力极力扩大在中国市场的贸易，严重损伤了中国本土经济。左翼作家对丰收成

[01] 此为洪深为马彦祥《戏剧概论》作的长序《从中国的新戏说到新剧》，见马彦祥：《戏剧概论》，光华书店 1929 年版，第 28 页。

灾图景的叙述成为控诉与反抗国民政府和帝国主义势力的重要话题。《香稻米》写自耕农黄二官家丰收成灾的意外遭遇。《青龙潭》则叙述庄家村农民面对天灾十分无助，乞求青龙潭龙王保佑降雨，被政治觉悟者青年农民李全生唤醒的故事。洪深的这三部剧作受到左翼作家概念先行毛病的影响，虽然演出在观众中获得强烈反响，但也被剧评家们批评，认为其作品“形象化得不够，是太机械地处理了题材”，表现出一种“机械的现实主义”的倾向。[01]

左翼另一位重要剧作家是夏衍。1927 年夏衍在日本参加进步运动被日本政府驱逐回国，同年在上海加入中国共产党。1929 年加入艺术剧社，主编左翼戏剧刊物《艺术》。1930 年“左联”成立之后担任“左联”执行委员，成为左翼文化运动的领导者之一。1932 年之后他和郑伯奇等进入电影界，成为左翼电影运动的重要组织者和实践者。夏衍的主要剧作有《上海屋檐下》《法西斯细菌》和《赛金花》等。夏衍服从党的安排走上文艺道路，坚持将文艺作为革命的武器的观念，其作品具有鲜明的现实针对性与政治倾向性。

夏衍

《上海屋檐下》这部话剧的故事发生在抗战前上海一个普通弄堂房子里。夏衍构思的独特之处在于通过这幢房子的横截面让观众了解五户人家一天的经历，这在舞台艺术上是一个大胆的创新。在黄梅雨天气诡异多变的气候里，作家对这一群体的刻画，展现了这些人物多样的生活处境和精神面貌。施小宝在丈夫出海生活无依的境况下被迫卖身，老报贩李陵碑因儿子阵亡而精神失常，失业大学生黄家楣耗尽家产上了大学却失业停留在上海，只能靠卖掉老婆的衣服来款待从乡下来的父亲，小学教员赵振宇一家每天为生活所累，纱厂职员林志成一家则隐藏着一个革命与爱情、背叛与忠贞的故事。夏衍擅长通过平凡生活表现时代感和政治倾向，对气氛的调度与情节结构的处理都十分细腻和精巧，对小人物性格的塑造和内心活动的描绘十分突出，虽说仍然有一些概念化的毛病，但仍不失自己鲜明的艺术风格。

[01] 张庚：《洪深与〈农村三部曲〉》，《光明》1936 年 8 月 10 日第 1 卷第 5 期。

左翼话剧运动是突破“爱美剧”发展困境的重要实践，给 20 世纪 30 年代的话剧带来了强大的政治能量，但其艺术方面也为一些文学史家所诟病。顾彬认为田汉和洪深等左翼戏剧家“由于给舞台带来拙劣的作品而留下不光彩的成绩”[01]。但他所重视的“描写受到侵割的内心世界”的田汉早在《我们的自己批判》中给出了自己的选择。

[01]［德］顾彬著，范劲等译：《20 世纪中国文学史》，华东师范大学出版社 2008 年版，第 172 页。

第六章

京派和海派

一、新感觉派与海派小说

京派海派论争从地域的角度切入对当时文学和文坛的看法，给后世文学研究者提供了重要的思考角度。京海两地的作家，除了左翼作家之外，也常常都被纳入京派和海派之中。虽然很多重要作家并不能用京派、海派这样的流派来限定，但京派和海派也的确能够在一定程度上概括两地文学的不同精神风貌。

海派起先并不是一个很好听的名字。这从沈从文指责白相（吴语：玩耍，“不务正业，游荡为生”）和玩票的作家是海派作家上就可以证明。鲁迅曾十分尖锐地批评清末民初上海文学是“才子 + 流氓”的文学。但 80 年代以来许多文学史家逐渐给海派“洗脱罪名”，认为“海派文学是近代中国时髦文学之祖”[01],“实在还是个忍辱负重的‘现代’长子”[02]。海派文学的出现与上海地域经济和文化特征有直接的关系。清末科举制度废除，大量文人进入上海租界，洋场才子已经出现，创作了大量的鸳鸯蝴蝶派文学。30 年代，南京国民政府在形式上完成了全国的统一，虽然 30 年代世界经济大萧条，国内农村经

[01] 杨义：《论海派小说》,《中国现代文学流派》,（《杨义文存》第四卷，人民出版社 1998 年版，第 502 页。

[02] 吴福辉：《都市漩流中的海派小说》，复旦大学出版社 2009 年版，第 1 页。

济凋敝破产，但现代工业经济仍然取得了一定的成就。[01] 尤其是上海已经成为 30 年代中国最重要的工业中心、对外贸易中心和国际金融中心。经济的繁荣也推动了上海的现代化进程。以南京路为代表的四大百货公司、游艺场、电影院、舞厅和跑马场等现代消费场所，以四马路为中心的发达的现代出版行业，给 30 年代上海文学的发展带来了新的血液。30 年代上海文学带有某种前卫的先锋性质，它大量“转运”外来文化，迎合大众阅读市场，站在现代都市工业文明的立场来看待中国的现实生活与文化。[02]

老上海月份牌广告

老上海百乐门

海派文学大致可以分为三个阶段。早期的海派是从五四文学分离出来走向都市大众读者的一些新文学作家，主要包括张资平、叶灵凤、曾今可、曾虚白和章克标等。早期海派的小说有强烈的世俗化倾向，表现市民生活，反映的是市民审美趣味。他们开始初步描写现代都市的各种声色场所，写三角、多角恋爱，沉醉于物质与性的享乐之中而不能自拔，甚至造成一种“新的肉欲小说”，但在形式上是有所创新的，他们“尝试心理的、象征的、新鲜大胆的小说用语和多种多样的表达方式”[03]。

张资平（1893—1959）曾在东京帝国大学攻读地质学，1921 年和郭沫若、郁达夫、成仿吾等创办新文学初期的重要文学社团——

[01] 易劳逸：《南京十年时期的国民党中国，1927—1937 年》，费正清、费维恺编：《剑桥中华民国史（1912—1949 年）》下卷，中国社会科学出版社 1993 年版，第 175—176 页。

[02] 吴福辉：《都市漩流中的海派小说》，复旦大学出版社 2009 年版，第 2 页。

[03] 钱理群、温儒敏、吴福辉：《中国现代文学三十年》（修订本），北京大学出版社 1998 年版，第 321—322 页。

创造社，1928 年后脱离创造社，创办乐群书店，出版《乐群》月刊，独立开展文学活动。张资平在 1930 年加入过邓演达领导的第三党，抗日战争时期堕落成为汉奸文人。他在 1922 年出版的长篇小说《冲积期化石》，是中国现代文学史上最早的一部长篇小说。张资平在 30 年代前后创作高峰期时平均每年出版 4 部长篇小说，一生共出版 24 部长篇小说、5 部短篇小说集。创造社同人郑伯奇曾评价“张资平的作风，和沫若、达夫迥不相同。他们两人都偏于主观，资平的写作态度是相当客观的”[01]，但这种客观其实有点倾向于法国的自然主义。张资平认为：“自然派之人物描写绝不是依据随便的想象，粗略地描写人情就算了事，要更进而探究其心理，即取心理学者般的态度。描写要到达可依据心理学证明其确实的境地。更进一步，单描写心理仍不能满足，要加描写生理……所以观察人类先要由生理的方面描写。”[02] 张资平的小说以客观平实的态度反映五四时期青年男女对恋爱自由、婚姻自主的强烈追求，以及陈腐的封建伦理道德和金钱势力对他们的束缚，笔调清新流畅，曾经一纸风行，拥有众多青年读者。但从长篇小说《苔莉》开始，小说过度追求商业利润，公式化地利用色情因素，滥用经济和性的双重压抑主题，失去了对自然主义尺度的把握，小说充满肉欲气息。张资平因此被鲁迅冠以“三角多角恋爱小说家”的称号，后来被誉为“中国现代言情小说的开山祖师”。

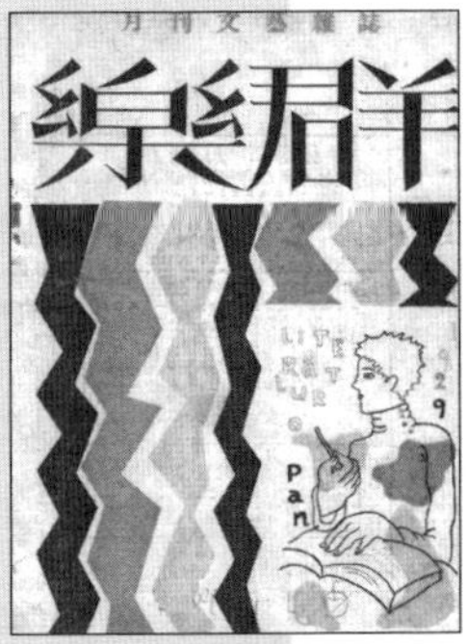

《乐群》月刊第一卷第五期封面

叶灵凤（1905—1975）在 1925 年加入创造社，主编过《洪水》半月刊。1926 年与潘汉年合办过《幻洲》。1938 年移居香港后创作了大量随笔。叶灵凤以小说《女娲氏之遗孽》成名，主要小说集有《菊子夫人》《鸠绿媚》《红的天使》以及《时代姑娘》等。

叶灵凤把自己的小说称为“象牙之塔里的浪漫的文字”[03]。叶灵凤早期小说多半是感伤的恋情小说，打着反禁欲主义和批判封建道德的旗帜，滑向性挑逗和性暴露的泥淖。叶灵凤的小说和张资平的小说一

[01] 郑伯奇：《导言》，《中国新文学大系小说三集》，上海文艺出版社 2003 年影印版，第 17 页。

[02] 张资平：《文艺史概要》，时中书社 1925 年版，第 73 页。

[03] 叶灵凤：《回忆〈幻洲〉及其他》，《叶灵凤文集》第四卷，花城出版社 1999 年版，第 14 页。

叶灵凤编《万象》第一册目录

叶灵凤编《万象》第一册封面

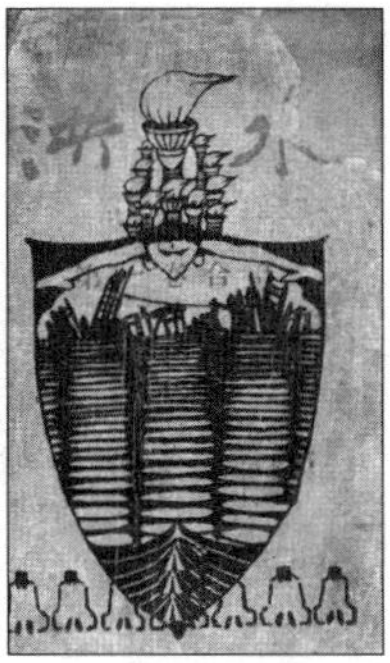

《洪水》封面

样写青年的三角恋爱及变态心理，但和张资平自然主义的“客观”有所不同，他受到唯美主义作家王尔德等的影响，带有幻美色彩。其代表作《女娲氏之遗孽》叙述有夫之妇蕙不顾礼教束缚及世俗舆论，和青年学生莓箴相爱的故事。被丈夫发现和莓箴的私情之后，蕙悲苦万分，几度欲了此一生，但得到了丈夫的宽宥。叶灵凤擅长心理分析，这部小说采用第一人称叙述视角，向读者展示了一个女性陷入婚外情的内心挣扎与痛苦。其他的小说如《姊嫁之夜》《内疚》《摩伽的试探》等运用了精神分析学说。30 年代叶灵凤和穆时英、刘呐鸥等关系密切，穆时英 1933 年在小说集《公墓》的《自序》中曾提到叶灵凤“时常和我讨论到方法问题，给了我许多暗示”。这段时间叶灵凤创作了《紫丁香》《流行性感冒》《第七号女性》《忧郁解剖学》和《朱古律的回忆》等，带有很强的新感觉主义特征。这些小说“用跳动不定的充满感官刺激的意象，新奇的比喻，对话的暗示性、多义性，甚至分镜头剧本的直接插入等最现代的文体来写最现代的都市男女”[01]。

海派的第二个阶段是新感觉派的出现。新感觉派作家主要包括刘呐鸥、穆时英、施蛰存、黑婴和禾金等人。1928 年 9 月刘呐鸥创办《无轨列车》半月刊，介绍日本新感觉主义文学，同时初步尝试运用现代的手法创作小说与诗歌；1929 年 9 月，施蛰存、戴望舒、刘呐鸥等人创办《新文艺》月刊，他们一方面积极介绍日本的新感觉主义，一方面尝试运用感觉主义和意识流等方法表现现代生活和人物心理；1932 年 5 月，《现代》杂志创刊，标志着这些作家作为一个流派

[01] 钱理群、温儒敏、吴福辉：《中国现代文学三十年》(修订本)，北京大学出版社 1998 年版，第 323 页。

集结在一起。施蛰存、穆时英、刘呐鸥等人均在《现代》杂志上发表具有新感觉特点的作品。

中国的新感觉派作家主要受到法国作家保罗·穆杭和日本新感觉派作家川端康成及横光利一等人的影响。这些作家不愿意直接描写外在现实，而是强调主观感受，力图把主观印象投入客体，追求对事物的新奇感受，创造出具有主观色彩的“新现实”。这些对于生活在 30 年代光怪陆离的上海，并且不赞同左翼文学的激进革命论的新感觉派成员来说无疑是一条新的出路。他们学习、借鉴外国现代主义的诸多手法，特别是心理分析、意识流或弗洛伊德主义等，并且将它们运用于文学创作，探索另外一条文学道路。

川端康成曾经是日本新感觉派作家

新感觉派的成员虽然和左翼成员一样都生活在上海这座繁华大都市，但是他们笔下的文学世界中的大都市上海却在中国现代文学史上留下了经典的印记。这也是新感觉派小说最显著的特色，即在快节奏中展现上海大都市的生活，尤其是半殖民地都市的畸形与病态。夜总会、赛马场、电影院、外滩的旅馆、1932 年最新型的流线型汽车、富豪的别墅、海滨浴场和霓虹灯光，这些是新感觉派小说中最常见的小说场景和意象。他们将半殖民大都市最显著的意象串联起来，同时有意识地借助从外国引进的新手法，用快节奏的叙事来表现上海大都市中的各种生活世态，暴露都市生活的糜烂和资产阶级男女的堕落与疯狂。新感觉派小说之“新”在于“第一次用现代人的眼光来打量上海，用一种新异的现代的形式来表达这个东方大都会的城与人的神韵”。[01]

新感觉派小说在表现都市生活的过程中，往往刻意捕捉新奇的感觉、印象，并对小说的形式、手法、技巧进行了一定程度的革新。该流派重视人的主观感觉，追求新奇的感觉，往往将感觉渗透到客观描写中，并且采用通感的手法显示感觉的奇妙。以这种感觉外化的描写代替单纯的外部现实刻画，从而使作品更加出彩，并有很多意想不到的效果出现。同时他们借鉴电影的表现手法，吸收西方意识流手法，并将诗歌中的叠句运用到小说中创造某种气氛。

[01] 钱理群、温儒敏、吴福辉：《中国现代文学三十年》（修订本），北京大学出版社 1998 年版，第 325 页。

另外，新感觉派注重挖掘与表现人的潜意识、隐意识，以及日常生活中的微妙心理、变态心理等。注重对人物心理深层的开拓是新感觉派小说的一个重要特色。

刘呐鸥（1905—1940）是中国新感觉派与日本新感觉派之间的重要桥梁。刘呐鸥原名刘灿波，笔名洛生、欧外鸥。1905 年出生于台湾省台南州新营郡柳营庄，年少时家境富裕。7 岁时进入盐水港公学校，13 岁时进入台南县长老教会中学，15 岁时留学日本，转入东京青山学院插班中学部，18 岁时转入青山学院的高等学部，专攻英语、日语，1926 年 3 月毕业。后来到上海震旦大学法文特别班学习法文，并且与同班的戴望舒、施蛰存和苏汶结识。刘呐鸥在日本留学期间，也是日本现代文学史上流派繁多、名家涌现的时期，比如从自然主义小说到唯美主义文学小说，从“白桦派”运动到新思潮派文学，还有具有日本文学特点的心境小说。最能引起刘呐鸥兴趣的是在关东大地震后崛起的新感觉派，刘呐鸥是将新感觉主义介绍到中国的第一人，1928 年他选译出版“现代日本小说集”，共收有日本新感觉派和无产阶级作家的小说 7 篇，并于 1929 年在自己创办的水沫书店出版，他用片冈铁兵的其中一篇小说《色情文化》作为小说集的名称。1929 年刘呐鸥出版自己唯一的一部小说集《都市风景线》，收录了 1928—1929 年两年间创作的 8 篇小说，“这是中国第一本较多地采用现代派手法技巧写的短篇小说集”[01]。他是第一个以都市人的目光并以新感觉的方式看待都市的场景和生存在都市里的人的作家，他采用分镜头、意识流、心理分析和象征等手法来表现现代都市快节奏生活，批判现代男女的腐朽空虚与堕落。但刘呐鸥生于台湾，求学于日本，他的日语比汉语还好，在上海的时间较短，故他的小说还有很多非中国的特点。

刘呐鸥主编《无轨列车》，1928 年

将日本新感觉派中国化比较成功的是穆时英。穆时英（1912—1940），浙江省慈溪县（现为慈溪市）人。父亲是银行家。他幼年随父亲来到上海，在上海读完中学和大学。1929 年开始写小说。1930

[01] 严家炎：《中国现代小说流派史》，人民文学出版社 1995 年版，第 132 页。

年春天在《新文艺》上发表《咱们的世界》《黑旋风》等作品时，他还不足十八岁。施蛰存把他的《南北极》推荐到《小说月报》发表后，引起了文艺界的重视。这些最初发表的小说，受到当时流行的左翼小说影响，后来都收入 1932 年 1 月出版的《南北极》。集子里的 5 篇小说，大多以闯荡江湖的流浪无产者为主人公，写出了阶级对立、阶级压迫、自发反抗乃至革命造反等内容。它们全部采用第一人称，而且熟练地运用了都市底层人的口语，具有流氓无赖的气息，人物思想不正，带有疯狂性。虽然该作品没有新感觉派的味道，但是从中可以看出他后期发展变化的苗头。

从 1932 年起穆时英开始写《公墓》《上海的狐步舞》《白金的女体塑像》等，这些小说代表了中国新感觉派最高艺术水准，他因而被称为“新感觉派的圣手”。穆时英几乎在每篇小说中都采用不同的艺术形式和手段，他的文字有十足的魔力，也被人称为“鬼才”。穆时英特殊的句式、奇异的文本结构和充满疯狂与紧张的表达都赋予他的小说无与伦比的力量。穆时英的小说在题材与人物方面与刘呐鸥很接近，却比刘呐鸥写得活泼，更见才华，更有新感觉派的特点。有人这样形容穆时英：“满肚子堀口大学式的俏皮语，有着横光利一的小说作风，和林房雄一样地在创造着簇新的小说的形式”。[01]《上海的狐步舞》是其未完成的长篇中的一节，开篇即说“上海，造在地狱上的天堂”。小说由无数条线构成，形成了“多声部合奏”的结构。火车站边的恐怖枪杀、上流社会的乱伦淫荡、大都会的灯红酒绿等等错综复杂，却构成了一幅奇异的都会场景。穆时英小说中的人物沉迷于大都会的魔力，但同时也挣扎彷徨。他的小说也流露出对现代生活的批判，常常带有哀婉抒情的气息。

30 年代上海百乐门

施蛰存（1905—2003）原名施德普，后名施青萍，曾用笔名安华，生于杭州，幼年随父母去苏州，辛亥革命后长期迁居松江。他后来的小说许多以此为背景。中学毕业后先入杭州之江大学，1923

[01] 迅俟：《穆时英》，杨之华编《文坛史料》，上海中华日报社 1944 年版，第 231 页。

年到上海，入上海大学。1926 年秋，转入震旦大学法文特别班。同年，加入共青团。1927 年“四一二”事变后，回松江出任中学教员。1928 年秋天以后，他为帮助刘呐鸥做书店的编辑出版工作，常往来于上海、松江之间，先后担任过《无轨列车》《新文艺》等刊物的编辑。1932 年应上海现代书局之聘，他开始主编大型文学月刊《现代》，从此成为专业文艺工作者，1935 年出至第六卷第二期后才因故辞职。此外他还编过《文艺风景》等多种文艺刊物。

施蛰存早年创作受到左翼文学很大的影响，曾自费印刷《江干集》《娟子姑娘》和《追》三本小说集。其中《追》这篇写上海工人第三次武装起义中的一个插曲，破绽较多，只能说是施蛰存的学艺之作，除了体现作者曾经是共青团员的进步立场外，在其他方面意义不大。

施蛰存虽然后来常常被归入新感觉派，但他的小说与刘呐鸥、穆时英的小说有明显不同。施蛰存的小说更接近由日本新感觉派转变而来的新心理主义。尽管如此，他们同样热衷于技巧创新的追求。他早期的小说用怀旧的抒情笔调来表现青年男女的情感与小市民生活，其具有代表性的心理分析小说主要收录在《将军底头》《梅雨之夕》和《善女人行品》三部小说集当中。他的这些小说和刘呐鸥、穆时英写摩天大楼、电影、JAZZ、色情及长型汽车那种机械与速度的小说有所不同。施蛰存创作了很多历史题材小说，如《鸠摩罗什》《将军底头》《石秀》《李师师》和《黄心大师》等，用精神分析的手段来重新演绎历史人物与事件，用他自己的话说，“《鸠摩罗什》写道和爱的冲突，《将军底头》却写种族和爱的冲突。至于《石秀》一篇，我是只用力在描写一种性欲心理”[01]。另一些小说则将笔触深入现代都市人类的潜意识中，如《夜叉》和《魔道》。《魔道》用第一人称叙事手法讲述一个妄想症患者的一次周末旅行，病人从黑衣老妇的出现开始陷入错觉和妄想，营造出一种神秘恐怖的氛围。还有一些小说则写城镇青年进入都市的文化碰撞，如《春阳》《雾》和《鸥》等。例如《雾》这篇小说叙述了一个神父的女儿赴上海参加表妹婚礼，途中遇到一个年轻绅士，后来表妹羡慕地告诉她那个绅士是一个电影明星，

[01] 施蛰存：《〈将军的头〉自序》，《十年创作集》，华东师范大学出版社 1996 年版，第 793 页。

结果她竟然认为自己受到欺骗和侮辱，批评那个青年绅士是“一个下贱的戏子”。

刘呐鸥、穆时英和施蛰存在创作新感觉派小说之前或多或少都受 30 年代左翼文学的影响，在政治路线上是偏左的。在经过短暂的新感觉派创作之后，刘呐鸥和穆时英转入了电影领域，和左翼电影界人士又产生一系列争执，站到了左翼的对立面。抗日战争爆发之后，刘呐鸥和穆时英都因与日伪合作被暗杀，很长时间内被认为有汉奸嫌疑。

海派发展的第三个阶段是在抗日战争之后出现张爱玲等一批新的作家，不过这已经不属于 30 年代文学讲述的范围了。

二、废名、沈从文、师陀与京派小说

和这些有较强的先锋前卫意识的海派作家不同，京派作家主要是新文学中心南迁上海之后，继续留在北平的一批作家，京派是在 30 年代初开始形成的文学流派。京派作家主要包括这样几个部分：一批是 20 年代末留在北平的周作人、废名和俞平伯等语丝社作家；另一批是留在北平的梁实秋、凌叔华、沈从文、孙大雨等新月派作家；还有一些是崭露头角的青年作家，如朱光潜、李健吾、何其芳、李广田、卞之琳、萧乾和李长之等。他们以 30 年代北平的大学、文学刊物和文艺沙龙为纽带，形成与海派完全不同的一种地域文学流派。其主要文学刊物有 1930 年由废名和冯至主编创刊的《骆驼草》，1933 年 9 月由沈从文和萧乾相继编辑的《大公报·文艺副刊》，以及 1934 年由卞之琳、沈从文和李健吾编辑、创刊的《水星》。京派在散文和诗歌方面执牛耳的是周作人、俞平伯、何其芳、李广田、卞之琳和林庚等；在理论方面最为突出的是朱光潜、李健吾和李长之；最能体现京派特色的是小说创作，其代表作家除了沈从文还有废名、凌叔华、林徽因和萧乾。

林徽因

京派作家有独立的审美追求。他们对审美意蕴有浓郁的兴趣和独到的体验，追求和谐、节制、圆融、完美的艺术境界。[01] 京派理论家朱光潜为京派文学观做了充分的

[01] 杨义：《京派小说的形态和命运》，《中国现代文学流派》，人民出版社 1998 年版，第 488—499 页。

说明，他认为：“艺术和实际人生之中本来要有一种距离，所以近情理之中要有几分不近情理”，“诗人和艺术家看世界，常把在我的外射为在物的，结果是死物的生命化，无情事物的有情化”，从而达到“在凝神观照中物我由两忘而同一，于是我的情趣和物的姿态往复回流”。[01] 京派作家强调理性的节制和情绪的内敛。他们批评新感觉派作家过于注重技巧，沈从文批评“穆时英大部分作品，近于邪僻文字”，他认为“一个能处置故事于人性谐调上且能尽文学德性的作者，作品容易具普遍性与永久性，那是很明显的”[02]。

京派小说在现代文学史上独具一格。这个小说流派是乡土中国的文学形态。受到现代文明侵蚀的农业社会是他们叙述的主题。京派小说“把经过节制和净化的感情，融合于白描的或印象式的人间画面，这就形成了相当数量的一批京派作家小说以民俗为经，以抒情为纬的‘民俗—诗情小说’的审美特征”[03]。京派作家很多都是学院派知识分子，但他们热衷于发现各自的平民世界。沈从文笔下的湘西，废名的黄梅和京西城郊，芦焚的果园城，萧乾的皇城根等都是为人所称道的艺术世界。京派作家创造的抒情小说的传统这一脉一直延续到他们的学生辈汪曾祺，以及更近的阿城等当代作家的创作当中。

废名是早期京派小说的代表作家，原名冯文炳，是个痴迷文体实验的作家，他将小说、散文、诗歌等文体糅合在一起，似乎要实验出文学创造性的底线。同时，他的文体实验也刷新着文学文体的既定观念。《桥》（1925—1930）是废名的长篇小说，五年造一“桥”，按作者自己的说法，“桥”并未建完。现当代文学史上有多部未竟长篇，茅盾的《霜叶红似二月花》、沈从文的《长河》、丁玲的《母亲》等多给人半部红楼之憾。可读《桥》不会给人太多残缺的感觉。小说似乎应该带着读者在情节的路上跑才对，可废名的《桥》，却无须跑，路也并不清晰，似乎掩映在草丛中。读者随便翻开《桥》，不管头尾，随意颠三倒四地阅读也没有关系，就像随时可以走出小路，到路边看

---

[01] 朱光潜：《文艺心理学·美感经验的分析（三）物我同一（移情作用）》，《朱光潜全集》第一卷，安徽教育出版社 1987 年版，第 242—243 页。

[02] 沈从文：《论穆时英》，《沫沫集续编》，《沈从文全集》第十六卷，北岳文艺出版社 2002 年版，第 233 页。

[03] 杨义：《京派小说的形态和命运》，《中国现代文学流派》，人民出版社 1998 年版，第 488—499 页。

野花野草就好。《桥》有人物，可人物又没有那么重要，它倒更像是一个物的世界、风景的世界。时间是推动小说情节发展的最重要元素，可废名的《桥》里似乎时间也消失了，于是，一部长篇成就一个时间消逝的风景的世界，无声无息。《桥》上部上篇十八章，十八个题目，下篇二十五章，二十五个题目，共计四十三个题目，除五个外，皆以“物”命名。下篇有三章（四章《日记》、一五章《诗》、二四章《故事》）虽不以“物”名篇，但其中充满对物的描写。如四章《日记》，本来要写细竹记日记，最后写的却是用来“蘸水磨墨”的柳枝，由古诗“寒壁画花开”想到“壁上的花”，由净水磨的好墨想起观世音的净瓶，杨柳水则是吹熄了灯后天上的星——按废名一贯的风格，这篇改以“柳枝”为题也许更合适些。其实题目和文中那些物，如“花”，“箫”等，一般不会成为文章的中心，大多如萤火，在文章中一闪就过去了。它们也不会成为后文的伏笔，隐去了也许就永远不再出现，有些神秘，却让人回味。但也正是这对物的迷恋成就了独特的废名与独特的《桥》。

左翼时代的废名置身在革命之外，“永远站在桥的这一边”，看着无边的风景。这风景消解了人，消解了故事，消解了时间、生死与痛苦，只剩下宁静的风景包容着废名人生的永恒与对生命的感悟。

沈从文（1902—1988）是京派作家中的代表人物，他的生平和创作是京派的典型。

沈从文，原名沈岳焕，笔名休芸芸、甲辰、上官碧等。湖南凤凰人，祖父是汉族，祖母是苗族，母亲是土家族。沈从文十四岁投身行伍，浪迹湘川黔边境地区。他 1924 年开始文学创作，抗战爆发后到西南联大任教，1931 年至 1933 年在山东大学任教。1946 年沈从文回到北京大学任教，新中国成立后在中国历史博物馆和中国社会科学院历史研究所工作，主要从事中国古代历史的研究。1988 年其病逝于北京。

沈从文

沈从文是高产作家，从 1926 年出版第一部小说集《鸭子》开始，一生作品结集有 80 多部。早期的小说集有《蜜柑》《雨后及其他》《神巫之爱》等，30 年代主要有《龙珠》《旅店及其他》《石子船》《虎雏》《阿黑小史》《月下小景》《八骏图》《从文小说习作选》《主妇集》等，另有中长篇小说《阿丽思中国游记》《边城》和《长河》，散文集《从文自传》《记丁玲》《湘行散记》《湘西》，以及文论集《废邮存底》《沫沫集》《烛虚》等。沈从文晚年主要从事文物工作，著有《中国古代服饰研究》。

湘西是沈从文的故乡，也是沈从文小说的精神之乡，他最出色的小说题材基本上都是湘西故事。根据沈从文自己的回忆，他成为文学家是一个典型的启蒙故事。沈从文出生在一个没落的大户家庭，十四岁起就投身地方军队。经历过地方军阀部队的各种混乱、荒谬故事之后，沈从文有机会接触到湘西军阀陈渠珍。陈渠珍将大批古画和书籍交给沈从文保管和抄录，如此，除了练就一手好字之外，沈从文也受到了书籍的熏陶。[01] 不久沈从文又被陈渠珍调到他的报馆工作。沈从文在报馆认识了一个印刷工头，借此机缘读到了《新潮》《改造》和《创造》这些宣传新思想的书报杂志，从此“对新书投了降”。经过几天几夜的苦苦思考，他带着陈渠珍一次性发给他的三个月薪水到了新文学的发源地北平。但沈从文在湘西的生活正如他自己所说，是一本生活的大书，这些生活经历成就了他的小说世界。在沈从文离开湘西将近十年之后，沈从文回忆说：“现在还有许多人生活在那个城市里，我却常常生活在那个小城过去给我的印象里。”[02]

湘西吊脚楼

湘西位于湖南省西北，属于沅江和澧水流域，多苗族、瑶族和土家族等少数民族，民国后设湘西镇守使管辖。沈从文的祖父原是以卖马草为生，后因镇压太平军起义有功，被朝廷擢升为将军，1863 年升任贵州提督时年仅二十五岁。但对沈从文写作湘西小说影响较大的是来自于祖母的苗族血统。沈从文祖父无子，将弟弟的第二个儿子沈

[01] 他回忆说：“全由于应用，我同时就学会了许多知识。又由于习染，我成天翻来翻去，把那些旧书大部分也慢慢地看懂了”，“到了这时我性格也似乎稍变了些”，“既多读了些书，把感情弄柔和了许多，接近自然时感觉也稍稍不同了。加之人又长大了一点，也间或有些不安于现实的打算，为了一些过去的或未来的东西所苦恼，因此生活虽在一种极有希望的情况中过着日子，但是我却觉得异常寂寞”。见沈从文：《从文自传》，《沈从文全集》第十三卷，北岳文艺出版社 2002 年版，第 357 页。

[02] 沈从文：《从文自传》，《沈从文全集》第十三卷，北岳文艺出版社 2002 年版，第 246 页。

宗嗣过继为子，沈从文是沈宗嗣的第二个儿子。沈从文的嫡亲祖母是苗族，但其身份在沈家一直讳莫如深，据说根据当地习俗，与苗族所生子女无社会地位，不能参加科举考试。沈家将沈从文嫡亲祖母远嫁出去，并制造已经死亡的假象。[01] 由于沈从文的家世、血统及自己的从军经历，他有和许多现代作家不同的社会阅历，他创作的湘西小说甚至被出身费正清研究中心的西方学者当作研究湘西地区历史的材料。金介甫认为，沈从文的湘西小说“以江河小说的形式提供一部短短的历史。作品在体现中国西南地区人民的政治情况上比福克纳的作品在体现美国南部的政治情况上显得更充分。作品并没有因为主观性而丧失了可读性，或降低了它注释历史的力量”[02]。不过我们更多的是从文学角度去理解沈从文的作品。

1923年沈从文到达北平，开始学习写作，并最终成为京派作家的翘楚。

沈从文开始写作的头几年并非一帆风顺，他花了很长时间去学习和适应新文学秩序及其叙述技巧。沈从文一方面为考大学而奔忙，一方面又为了生计干各种杂活，在北平的初期其生活与写作都十分艰难。他一度给当时已成著名作家的郁达夫写信诉苦，甚至准备重回军阀部队当兵的老路。他的大量未刊稿被某个编辑连缀成一长段后扭成团扔进废纸篓。经过近两年的磨炼之后，沈从文终于开始在《晨报副刊》发表作品，而且也结识了丁玲、胡也频等文学朋友。从1924年到1928年，沈从文写了大量的作品，成了新文学最早的一批职业写作者。

沈从文的早期作品基本上是学习当时流行的各种文体、题材和语言等并加以试验的结果，当时就有人给他“文体作家”的绰号，带有些许揶揄讽刺之意，不过其早期作品虽然带有许多文坛流俗及技术学习的痕迹，但也能表现出他自己的独到之处。作为一个没有任何新文学基础的年轻文学爱好者，“沈从文艺术的成长在最初的阶段缓慢得近乎痛苦，他开始写作时，全凭自己摸索，对西方的小说传统，

[01] [美]金介甫著，符加钦译：《凤凰之子：沈从文传》，中国友谊出版公司2000年版，第40页。

[02] [美]金介甫著，符加钦译：《引言》，《凤凰之子：沈从文传》，中国友谊出版公司2000年版，第5页。

沈从文和夫人，1935 年

可说全无认识”，“在文体上和结构上，他在这一阶段写成的小说，难得有几篇没有毛病的”[01]。他的第一部集子《鸭子》收录了最初探索的样本。这部集子收录了戏剧、小说、散文和诗歌四种文学体裁，其中一些剧本如《鸭子》《霄神》和《野店》等就模仿了周作人翻译的《狂言十番》。不过“沈从文装进这种外国文艺杯子里的却全是土货——很多是湘西民间文学里的逸闻”[02]。沈从文的这些剧本常常让两个角色互相斗智，台词生动，滑稽诙谐，大量使用当地双关语。这些深受《狂言十番》影响的笑剧在沈从文写作技术更加成熟之后被化用到了《月下小景》的写作当中。他的许多早期小说则模仿文坛流行的郁达夫式自叙传小说，写那些孤独凄凉、身体懦弱、神经过敏、猛烈批评社会不公的青年，只不过沈从文的这些小说更有点像自我写照，而不是像郁达夫那样借小说浇自己的块垒。沈从文的早期文体试验锻炼了他自己对文体的掌控能力，并最终形成了自己的独特文体。

沈从文的早期小说在文体和题材上模仿文坛流行样式，或者换句话说，他在适应文坛的同时，也在探索自己独特的语言表达方式。沈从文早期作品的文字语言，尝试的痕迹很明显，而且并不是很成功。苏雪林就认为沈从文“用字虽然力求短峭简练，描写却依然繁冗拖沓。有时累累数百言还不能表达出‘中心思想’。有似老妪谈家常，絮絮叨叨，说了半天，听者尚茫然不知其命意之所在；又好像用软绵绵的拳头去打胖子，打不到他的痛处”[03]。借鉴了《圣经》的语言，一方面显得欧化，但又与时兴的欧化句法稍有区别，同时还夹杂某些方言，叙述常常采用对话，而且常常是在叙述中间转入这种连篇累牍的对话甚至是独白，显得有些生硬夹缠。[04] 但沈从文的文字如若成功，

[01] [美]夏志清著，刘绍铭译：《中国现代小说史》，传记文学出版社 1991 年版，第 215 页。

[02] [美]金介甫著，符加钦译：《凤凰之子：沈从文传》，中国友谊出版公司 2000 年版，第 203 页。

[03] 苏雪林：《沈从文论》，刘洪涛、杨瑞仁编：《沈从文研究资料》(上)，天津人民出版社 2006 年版，第 193 页。

[04] [美]夏志清说：“大概是由于缺少正统训练之故，他常出怪主意，在小说中往往不问情由地加插了一大段散文式的按语和啰唆描述。”见夏志清著，刘绍铭译：《中国现代小说史》，传记文学出版社 1991 年版，第 215 页。

其妙处也为人所称赞。同样是批评沈从文的苏雪林就称赞沈从文文字“句法短峭简练，富有单纯的美”，苏雪林举他的《第四》为例，其中“这个人那时正从山西过北京，一个又体面又可爱的人物，在 ××× 最粗糙的比喻上，说那个人单是拿他的脸或者一张口，或者身上任何一部分放到当铺中去也很容易质到一笔大数目款项”，认为沈从文类似的语句“遣语新奇，有时想入非非，令人发笑”[01]。

苏雪林《刺心》，北新书局 1933 年版

沈从文的早期作品已经大体呈现了他成熟时期作品的基本面貌。他的作品可以分为两个对峙的部分，一边是都市文明，一边是湘西世界。沈从文把自己的“满腔怒火”都投向了都市文明，而把自己的同情与理解都给了他所喜爱的湘西世界。这两种文学题材从沈从文开始创作之时就存在。前者如《公寓中》，借当时文坛流行的日记体小说形式，写了一位青年对女性的性幻想与生理上的饥寒交织。他用自传性质的笔调在这些小说中刻画了一个又一个“满腔怒火”的年轻人形象。用食与色来批判城市文明一直是沈从文都市题材小说的重要主题之一。但总的说来成就并不太高，文章缺少剪裁、文笔粗糙、语句啰唆、情感泛滥而无节制。即使是后期的城市小说代表作《八骏图》也仍然不能完全摆脱此类毛病。后者如《玫瑰与九妹》，这部作品讲的是大哥和九妹种玫瑰花，守候玫瑰发芽开花的小故事。沈从文在这个故事里不用直接抒情，也不强调情节的戏剧性，而是着重气氛的渲染。这种淡化故事性的抒情性小说最终在沈从文手上成为现代文学史上一种成熟的小说艺术形式。但这些特点的完善，经历了漫长的探索。

1932 年沈从文完成《从文自传》，这可以看作是他艺术创作开始进入一个新阶段的标志。沈从文在这部作品里回顾了自己的出身与家族、童年生活、从军生涯以及选择文学人生的经历等，让他从过去的经验中重新确认了自我。这部自传的完成，“标志了他的创作摸索阶段已经完成，从而达到了一个较高的境界”[02]。沈从文多年后在回忆写作自传的时候也说到了自己写作艺术上的逐渐成熟：“本人学习用

---

[01] 苏雪林：《沈从文论》，刘洪涛、杨瑞仁编：《沈从文研究资料》(上)，天津人民出版社 2006 年版，第 192 页。

[02] 严家炎主编：《20 世纪中国文学史》，高等教育出版社 2010 年版，第 16 页。

笔还不到十年，手中一枝笔，也只能说正逐渐在成熟中，慢慢脱去矜持、浮夸、生硬、做作，日益接近自然。为了补救业务上的弱点，我得格外努力。因此不断变换作品的内容和形式，用不同方法处理文字组织故事，进行不同的试探。”[01] 沈从文之后创作了《边城》《长河》《湘行散记》等脍炙人口的篇什。

1934 年 10 月，沈从文出版《边城》，这是他最重要的作品之一。

沈从文似乎并不是一个太擅长讲“故事”的小说家，他的湘西小说缺少悬念，结构松散，故事本身也显得有些陈旧老套。他的长处并不是他讲述的故事，而是他隐藏在故事中的叙述及叙述背后所倾注的热情。《边城》的故事是非常简单的。边城少女翠翠自小和爷爷生活，靠摆渡为生。船总顺顺家的两个少年——弟弟傩送和哥哥天保先后爱上了翠翠。兄弟俩打算用唱山歌比赛的形式来看谁能够赢得翠翠的爱。明知比不过弟弟的天保出船做生意遇险身亡，傩送则因哥哥的死内疚而下桃源。船总顺顺因为儿子的死也不愿意翠翠做儿媳妇，爷爷从翠翠的身上联想到了自己女儿当年的情形，在雷雨之夜死去，留下翠翠在渡口等待明天。

沈从文《边城》中写到的吊脚楼

这种兄弟俩爱上同一个姑娘的故事并不少见。沈从文这篇小说的成功显然并不是因故事本身。《边城》为世人所欣赏主要有三个方面。一是小说表现的人性美。“《边城》，更准确一点说，应该是一幅描绘人性的风俗画，一首讴歌人性的赞美诗。”[02] 沈从文给小说中每位人物以同情与理解，从中看不出作者对人物的性格与命运的分析。翠翠的爷爷乘船摆渡不论日夜风雨，忠于职守，几十年如一日，即使有端午赛龙舟也尽心职守，不去观看。摆渡也不向客人收费，如遇到强塞的钱财也是买了烟茶供应给客人。沈从文一开始对女主人公翠翠是这样写的：

[01] 沈从文：《附记》，《沈从文全集》第十三卷，北岳文艺出版社 2002 年版，第 336 页。

[02] 吴立昌：《论沈从文笔下的人性美》，刘洪涛、杨瑞仁编：《沈从文研究资料》（上），天津人民出版社 2006 年版，第 437 页。

> 翠翠在风日里长养着，把皮肤变得黑黑的，触目为青山绿水，一对眸子清明如水晶。自然既长养她且教育她，为人天真活泼，处处俨然如一只小兽物。人又那么乖，如山头黄麂一样，从不想到残忍事情，从不发愁，从不动气。平时在渡船上遇陌生人对她有所注意时，便把光光的眼睛瞅着那陌生人，作成随时皆可举步逃入深山的神气，但明白了人无机心后，就又从从容容地在水边玩耍了。

小城中的其他人物也同样美好。船总顺顺是当地有钱有身份的人，他并没有因此看不起别人，而是慷慨好义、正直明理，受到地方的尊敬。顺顺的两个儿子也同样如此。兄弟俩为了翠翠，采取的是友爱公正的赛歌方式。其他人物如杨马兵也同样热心善良。总而言之，《边城》中似乎找不到一种不合乎“人性”的性格。沈从文也的确有此想法：“对于农人与兵士，怀了不可言说的温爱，这点感情在我一切作品中，随处都可以看出。我从不隐讳这点感情。……我动手写他们时，为了使其更有人性，自然便老老实实地写下去。”[01] 就评论界来说，这一点其实早在几十年前就已被刘西渭的一句话说完：“在他艺术的制作里，他表现一段具体的生命，而这生命是美化了的，经过他的热情再现的。大多数人可以欣赏他的作品，因为他所涵有的理想，是人人可以接受，融化在各自的生命里的。”[02]

《边城》为人欣赏的另一个重要方面是牧歌文体。沈从文被时人嘲讽为“文体作家”，其实是暗讽他作品缺少“内容”。新时期对沈从文的重新评价，除了对沈从文小说的人性美加以赞美外，其文体也自然成为重点关注的对象之一。刘西渭这么评价：

> 《边城》便是这样一部杰作。这里一切谐和，光与形的适度配置，什么样人生活在什么样空气里，一件艺术作品，正要叫人看不出艺术的。一切准乎自然，而我们明白，在这种自然的气势之下，藏着一个艺术家的心力。细致，然而

---

[01] 沈从文：《题记》，《沈从文全集》第八卷，北岳文艺出版社 2002 年版，第 57 页。
[02] 刘西渭：《〈边城〉与〈八骏图〉》，刘洪涛、杨瑞仁编：《沈从文研究资料》（上），天津人民出版社 2006 年版，第 200—201 页。

> 绝不琐碎；真实，然而绝不教训；风韵，然而绝不弄姿；美丽，然而绝不做作。这不是一个大东西，然而这是一颗千古不磨的珠玉。[01]

刘西渭发现了沈从文文体的好处，文字漂亮却感性，没有太多的分析，所以有些只能靠读者自己去领悟。司马长风在自己的文学史中列出了这篇小说的一系列技巧：一是写人物用烘托法，如写二老的英勇是通过老船夫的话说明；二是写景好，如边城风光；三是多用暗示，不直接表达翠翠的感情；四是对话朴素清新，如翠翠和爷爷的对话；五是结尾独出心裁，没有把这个故事写成个矫情的大悲剧。[02] 司马长风虽说论述细致，但还没有对沈从文小说文体有一个明确的认识。其实沈从文在指导年轻人创作之时的确鼓励过一种新形式的小说。他认为现代伟大作品不多的原因是职业作家已经构成小说体式的定式，“使一般人以为必如此如彼，才叫小说，叫作散文，叫作诗歌”，他赞赏某位年轻作家“用绥远草原藏蒙人民与宗教有关情感纠纷和湘黔山区苗族与鬼神迷信有关情感纠纷，半叙景物，半涉人事，安置人事爱憎取予，于特具鲜明性格景物习惯背景中，让它从两相对照中形成一种特别空气，必然容易产生动人效果”，沈从文自信“这工作成就，更无疑将于芦焚、艾芜、沙汀等作家，糅小说故事散文游记而为一的试验以外，自成一个新的形式。如能好好发展下去，将充满传奇性而又富有现实性”[03]。值得注意的是，他有意区别开了芦焚、艾芜、沙汀等的“糅小说故事散文游记而为一”的小说写法。有学者指出，沈从文尝试的是一种糅诗、游记、散文与抒情幻想为一体的小说。[04]

《边城》及沈从文的其他小说的政治倾向性并不为任何时代的人所称道，却成了评价沈从文文学成就的一个重要尺度。德国学者顾

---

[01] 刘西渭：《〈边城〉与〈八骏图〉》，刘洪涛、杨瑞仁编：《沈从文研究资料》（上），天津人民出版社 2006 年版，第 202—203 页。

[02] 司马长风：《论沈从文的创作——〈中国新文学史〉节选》，刘洪涛、杨瑞仁编：《沈从文研究资料》（上），天津人民出版社 2006 年版，第 382—383 页。

[03] 沈从文：《致周定一先生》，《新废邮存底续编》，《沈从文全集》第十七卷，北岳文艺出版社 2002 年版，第 470 页。

[04] ［新加坡］王润华：《沈从文小说创作的理论架构》，刘洪涛、杨瑞仁编：《沈从文研究资料》（下），天津人民出版社 2006 年版，第 726 页。

彬就直言沈从文的“两大叙事特征——貌似漠不关心现代的各种灾祸以及对乡土生活明显的美化——的背后，同样潜藏着政治性”[01]。实际上沈从文并非没有与 30 年代文坛政治话语对话的意图。在谈及当时“民族文学”和“农民文学”有关争论时，他认为它们“一时必不会有如何结论。即或有了结论，派谁来证实，谁又能证实”，所以“不妨试来写 个小说看看吧。因此，《边城》问了世”，作者“想借桃源上行七百里路酉水流域一个小城小市中几个愚妇俗子，被一件人事牵连在一处时，各人应有的一份哀乐，为人类‘爱’字做一度恰如其分的说明”。所谓“恰如其分的说明”，即“要表现的本是一种‘人生的形式’，一种‘优美、健康、自然而又不悖乎人性的人生形式’”[02]。但读《边城》的并非都是作者的理想读者，沈从文抱怨：“我作品能够在市场上流行，实际上等于买椟还珠，你们能欣赏我故事的清新，照例那作品背后蕴藏的热情却忽略了，你们能欣赏我文字的朴实，照例那作品背后隐伏的悲痛也忽略了。”[03]“这种“蕴藏的热情”和“隐伏的悲痛”正是其政治的倾向性，正因为如此，我们才能明白沈从文的要求：“我的读者应是有理性的，而这点理性便基于对中国现代社会变动有所关心，认识这个民族的过去伟大处与目前堕落处，各在那里很寂寞地从事于民族复兴大业的人。”[04]

只是沈从文的政治倾向性并非受到所有人欢迎。夏志清认为，“他们对沈从文感兴趣的原因，不但因为他文笔流畅，最重要的还是他那种天生的保守性和对旧中国不移的信心”，“这种保守主义跟他们所倡导的批判的自由主义一样，对当时激进的革命气氛，会发生拨乱反正的作用”。[05]“第三种人”批评家韩侍桁则批评沈从文是“一个空虚的作者”。他认为沈从文的文体是“一种最易于模仿……轻飘的文体”。[06]在他看来，更重要的是作品的内容，而沈从文的作品“在某

[01] [德]顾彬著，范劲等译：《20 世纪中国文学史》，华东师范大学出版社 2008 年版，第 124 页。

[02] 沈从文：《习作选集代序》，《沈从文全集》第九卷，北岳文艺出版社 2002 年版，第 5 页。

[03] 沈从文：《习作选集代序》，《沈从文全集》第九卷，北岳文艺出版社 2002 年版，第 4 页。

[04] 沈从文：《题记》，《沈从文全集》第八卷，北岳文艺出版社 2002 年版，第 59 页。

[05] 夏志清著，刘绍铭编译：《中国现代小说史》，传记文学出版社 1991 年版，第 214 页。

[06] 侍桁：《一个空虚的作者——评沈从文先生及其作品》，刘洪涛、杨瑞仁编：《沈从文研究资料》(上)，天津人民出版社 2006 年版，第 167 页。

一方面——社会中的较大部分——因为是正适合了一般人的本能的低级的趣味，所以受了赞赏！同时在另一方面——那成为社会的文化中心的动力的一个较小的部分——因为他的创造正是他们所认为是阻止社会向前进展的妨碍，所以他不但从他们得不到赞赏，而是相反地发生一种深深厌恶的情感”[01]。这是当时相当有代表性的一种观点。

沈从文在新中国成立后被埋没多年，反倒是在西方研究盛行后再返回国内。然而奇怪的是，西方学者的研究同样看重的是沈从文作品的内容及隐藏在作品背后的政治倾向，只不过这一次国内的评价变成了称赞。其中对国内沈从文研究影响较大的是美国学者金介甫，而促使他研究沈从文的“是沈从文对中国社会状况的敏锐感受，而不是他对中国新文学的成熟的贡献，也不是他作品的文学价值”，“把沈从文的小说和其他作品当作社会历史的附录来读，可得到双重的报偿”，他认为“沈从文作品中所表现的地方性在社会方面和象征方面的重要意义，反驳了认为地方观念在中国社会历史上微不足道的观点”。[02]受到海外沈从文研究的影响，国内在沈从文小说的地方色彩和民族认同方面展开的研究非常多，但相当部分又缺少像金介甫那样的社会学修养，结论流于空泛。

1933 年是沈从文生活与写作发生巨变的一年。5 月 14 日，好友丁玲被国民党绑架，沈从文奔走救援，写下了长篇传记《记丁玲女士》；9 月 9 日与张兆和结婚；9 月 23 日与杨振声合编《大公报・文艺副刊》；10 月 18 日发表《文学者的态度》，进入京海之争的核心；同时开始创作其代表作《边城》。1934 年元旦开始在《国闻周报》连载；稍后于 1934 年 1 月回乡探母病月余，途中给新婚妻子的信在返京后整理成其散文代表作《湘行散记》，并陆续在报刊发表。这一切似乎都可以让沈从文成为文坛焦点。这位从湘西出来谋求别样人生的士兵，经过近十年的努力，从此在文坛站稳了脚跟。

1934 年初的湘西之行对沈从文的写作产生了巨大影响。这是他

---

[01] 侍桁：《一个空虚的作者——评沈从文先生及其作品》，刘洪涛、杨瑞仁编：《沈从文研究资料》（上），天津人民出版社 2006 年版，第 165 页。

[02] [美]金介甫著，虞建华、邵华强译：《引言》，《沈从文笔下的文化与社会》，华东师范大学出版社 1994 年版，第 3 页、第 4 页、第 7 页。

离家十年后第一次回到故乡，他发现现实的湘西与自己回忆和写作中的湘西已经很不一样。沈从文牧歌式的笔调可以继续描述那个年轻的苗族税吏、和妓女恋爱的多情水手牛保、老烟鬼无法用名分束缚住而向往自由生活的年轻妓女夭夭等，他们还如沈从文所想的那样，但现实中的湘西已经是面目全非。《边城》中的翠翠已经死了，鸦片烟已经毁了傩送，而哥哥的仆人虎雏已经成为流氓。所以沈从文说“细心的读者”“当很容易理会到”《湘行散记》“写的尽管只是沅水流域各个水码头及一只小船上纤夫水手等琐细平凡人事得失哀乐，其实对于他们的过去和当前，都怀着不易形诸笔墨的沉痛和隐忧，预感到他们明天的命运”，“终将受一种来自外部另一方面的巨大势能所摧毁”。[01]

重回湘西让沈从文的创作发生了重大的变化。《湘行散记》“成了沈从文的牧歌风格与后来自然主义作品之间的文学桥梁”，“可以说是对他一生经历的人物地点又从内心深处作了一次探访，而不仅仅是记下使他感到沮丧的行旅”。[02] 实际上，沈从文的故乡行前后描写湘西的作品大有区别。1937 年沈从文未完成的湘西小说《小砦》中的码头及其周边依旧是《边城》那样的世外桃源，但省里驻防此地的军官、满身是病的妓女桂枝、贪图小便宜的勤务兵都不复《边城》里那些善良正义的人物形象。湘西小说创作的这种变化相对完整地体现在另一部稍晚创作的长篇小说《长河》之中。

1938 年 7 月，沈从文开始创作他的长篇小说《长河》，经过国民党政府的政治审查，几经删改，至 1945 年才出版单行本，这本原计划创作多部的长篇小说只完成了第一部。小说在乡下的风情、人物和时事关系上都可以与《边城》一一对应，小说人物夭夭、滕长顺、老水手、三黑子和《边城》中的翠翠、顺顺、老船夫、傩送都“分别具有对应的类特征”[03]，因而有点儿类似于《边城》的扩写版，但《边城》是“一点纯粹的诗”“与生活不像黏附的诗”，而《长河》则更直

[01] 沈从文：《〈湘行散记〉序》，《沈从文全集》第十六卷，北岳文艺出版社 2002 年版，第 390 页。

[02] [美]金介甫著，符加钦译：《凤凰之子：沈从文传》，中国友谊出版公司 2000 年版，第 360 页。

[03] 凌宇：《在“常”与“变”的撞击中》，赵园主编：《沈从文名作欣赏》，中国和平出版社 1993 年版，第 610 页。

接地表露出牧歌被现实侵蚀下的情形。作者宣称这篇小说是“用辰河流域一个小小的水码头作背景，就我所熟习的人事作题材，来写写这个地方一些平凡人物生活上的‘常’与‘变’，以及在两相乘除中所有的哀乐”，而且这篇小说明确具有对现实进行回应的意图，“问题在分析现实，所以忠忠实实和问题接触时，心中不免痛苦”，而且“唯恐作品和读者对面，给读者也只是一个痛苦印象”，所以“还特意加上一点牧歌的谐趣，取得人事上的调和”。[01]《边城》中的人性美在《长河》中被现代文明所侵蚀，暗示国民党中央势力的“新生活”经过传播的变形勾起了湘西人民的无限恐惧。牧歌最终只能在现实政治之中瓦解，《长河》的未竟似乎就已经预示了这一点。

湘西在沈从文笔下被不断通过回忆和想象重建，成为一个独特的湘西世界。用现代文明的眼光来衡量，沈从文的湘西世界充满蛮力、血腥和悲剧，但作者倾注了不可言说的同情和理解。这种同情和理解与沈从文民族血统带来的复杂情感有一定关联，但可能更多地与他的社会经验有关。沈从文在湘西的行伍生涯让他看到了许多现代作家所没有看到的，他试图用湘西的眼光去重新打量中国近代以来的历史。沈从文从湘西走到城市并没有让他接受现代文明，反而让他成为现代文明的批判者。他在湘西的农民、土匪、士兵、水手、船工和妓女等人物的生活当中看到了有别于宏大历史的力量，从而形成了他自己的文化守成主义。“胡适等人看中沈从文的，就是这种务实的保守性。”[02] 但这种文化守成主义最终被现实政治摧毁殆尽。

萧乾（1910—1999）是京派后起之秀。1935年萧乾在燕京大学毕业之后进《大公报》接替沈从文编文艺副刊，出版短篇小说集《篱下集》《栗子》《落日》及自传体长篇小说《梦之谷》。他通过童年视角刻画城市中底层人民的生活，展示人间的不公和世态炎凉。《篱下》写一个不懂事的孩子环哥的所见所闻，写母子寄人篱下的辛酸。这些小说带有较强的作者自身生活的印记，但他能够控制叙述者的距离，做到哀而不伤。同时他还受到左翼作家的影响，开始写作一批揭露教会题

萧乾，1936年

[01] 沈从文：《题记》，《沈从文全集》第十卷，北岳文艺出版社2002年版，第6—7页。
[02] 夏志清著，刘绍铭编译：《中国现代小说史》，传记文学出版社1991年版，第214页。

材的小说，如《皈依》《鹏程》和《参商》等，暴露中外“吃教者”的伪善面目。长篇小说《梦之谷》采用第一人称叙事，书写青年男女的爱情被金钱和黑暗势力摧残后的悲剧。

其他重要的京派小说家还有芦焚（1910—1988）。他在 40 年代以后以笔名师陀闻名文坛，30 年代出版了《谷》《里门拾记》《落日光》和《野鸟集》等小说集。杨振声为早期新潮社成员，有长篇小说小说《玉君》，短篇《报复》《抢亲》和《抛锚》等。文艺批评家李健吾 30 年代也创作过《陷阱》和《坛子》等短篇小说，另外有长篇小说《心病》。30 年代的林徽因也有《九十九度中》等小说问世。

三、后期新月派和以戴望舒、卞之琳等为代表的现代派诗歌

以中国诗歌会为代表的左翼诗歌并不能涵盖 30 年代诗歌的全部。五四时期重要的新月派在经过大革命的动荡之后，在诗歌精神和主题上发生了一些新的变化，并且由于北方新兴诗人的加入，更加凸显了新月派诗歌的生命力和艺术成就。1928 年 3 月徐志摩、闻一多和饶孟侃等在上海创办《新月》月刊，到 1933 年 6 月结束。1931 年徐志摩主编《诗歌》季刊。新月派的基本成员除了一批 20 年代成名的“老诗人”之外，又出现了陈梦家和方玮德等青年诗人群体。1931 年 9 月陈梦家编选的《新月诗选》集中了新月诗派最强大的阵容。

后期新月派仍然坚持诗歌超功利、自我表现的“纯诗”立场。新月派针对中国诗歌会的左翼诗人提出诗歌的革命性诉求，强调“始终忠实于自己，诚实表现自己渺小的一掬情感，不做夸大的梦”，“老老实实写诗”。[01] 和左翼诗歌激进昂扬的情绪不同，后期新月派的诗歌情绪十分低落。后期新月诗派可以说是以徐志摩为旗帜的，青年诗人大部分是徐志摩的学生或晚辈。徐志摩早期也有一些以劳动群众为写作对象的诗歌，以附和五四时期的潮流，但随着大革命失败之后的政治高压，他更多地转向了自我和内心世界。徐志摩在《猛虎集·自序》中公开承认：“尤其是最近几年，有时候自己想着了都害怕，日子悠悠地过去，内心竟可以一无消息，不透一点亮，不见纹丝的动。

[01] 陈梦家：《序言》，《新月诗选》，新月书店 1933 年版，第 18 页、第 19 页。

我常常疑心这一次是真的干了、完了的…… 最近这几年生活不仅是极平凡，简直到了枯窘的深处，跟着诗的产量也尽向瘦小里耗。”徐志摩在诗中哀叹：“我不知道风 / 是在一个方向吹——/ 我是在梦中，/ 在梦的轻波里依洄。”（《我不知道风是在哪一个方向吹》）

后期新月诗派另一位代表诗人是陈梦家。陈梦家（1911—1966），字梦甲，浙江上虞人。1931 年毕业于南京中央大学法政科，又考入燕京大学研究神学。大学期间曾受业于徐志摩与闻一多，因而对新诗产生兴趣，是后期新月诗派的骨干，曾协助徐志摩创办《诗刊》。徐志摩遇难后，他搜集徐志摩遗作，辑成诗集《云游》。陈梦家的主要作品有《梦家诗集》（1931）、《铁马集》（1934）和《梦家诗存》（1936），另有诗文合集《不开花的春天》和由他编选的《新月诗选》。他在发表于《新月》第三卷第三号上的《信》里公开承认，“我只爱一点清静，少和一些世事发生关系。我不能再存着妄想，这国家只会糟下去的”，他企图在艺术中创造一个自己的过渡，“我有勇气创造自己的世界，离开这目前的困难”。陈梦家这位年轻人说：“一朵野花在荒原里开了又落了，/ 他看见青天，看不见自己的渺小，/ 听惯风的温柔，听惯风的怒号，/ 就连他自己的梦也容易忘掉。”（《一朵夜花》）

低落的情绪和艺术上的追求，在后期新月派诗歌那里扭结在了一起，成为后期新月派诗歌的重要特征。卞之琳明确地指出，这种情绪和大革命失败后青年知识分子精神状况之间的关联：“大约在 1927 年左右或稍后几年初露头角的一批诚实和敏感的诗人，所走的道路不同，可以说是根植于同一个缘由——普遍的幻灭。面对狰狞的现实，投入积极的斗争，使他们中大多数没有功夫多作艺术上的考虑，而回避现实，使他们中其余人在讲求艺术中寻找了出路。”[01] 闻一多在五四时期提出的音乐美、绘画美和建筑美三原则是早期新月派注重格律的重要依归。后期新月派同样坚持“主张本质的纯正、技巧的周密和格律的谨严”，但对格律的态度是有所调整的。早在 1926 年 6 月 10 日《晨报·诗镌》停刊，徐志摩在宣告“放假”时，即已承认“发现了我们所标榜的‘格律’可怕的流弊”及“危险”——“单讲

---

[01] 卞之琳：《〈戴望舒诗集〉序》，《戴望舒诗集》，四川人民出版社 1981 年版，第 2 页。

外表的结果只是无意义乃至无意识的形式主义”；徐志摩由此得出结论：“一首诗的字句是身体的外形，音节是血脉，‘诗感’或原动的诗意是心脏的跳动，有它才有血脉的流转。”[01] 陈梦家在编选《新月诗选》时宣称：“我们绝不坚持非格律不可的论调，因为情绪的空气不容许格律来应用时，还是得听诗的意义不受拘束地自由发展。”[02] 陈梦家等后期新月派的年轻诗人在诗歌艺术探索上保持了长期的热情。

后期新月派的艺术成就最鲜明地体现在对西方诗歌“十四行诗体”的转借与改造上。闻一多是十四行诗的重要介绍者和汉语十四行诗体的提倡者及尝试者。《新月》月刊和《诗刊》上发表了许多新月派诗人的理论探讨文章及试验作品，随后整个诗坛形成了试验热潮。后期新月派“在十四行诗体里发现（找到）了中、西诗歌诗体形式的某种‘契合点’，从而为新诗的形式创造提供了新的经验”[03]。闻一多的《你指着太阳起誓》、孙大雨的《决绝》和陈梦家的《太湖之夜》等都是十四行诗体试验的重要成果，开启了40年代十四行诗创作的热潮。

大革命失败之后的政治高压让大量青年知识分子转回内心，后期新月派诗人如陈梦家所说，抒情的重心是在揭示“灵魂的战栗”。于是，在后期新月派的诗歌里，出现了引人注目的大都市的病态、现代人的精神异化。如陈梦家的《都市的颂歌》：“你睁开 / 眼睛，看见纵不是青天，也是烟灰 / 积成厚绒，铺开一张博大的幕，/ 不许透进一丝一毫真纯的光波，/ 关住了这一座大都市的魔鬼。”于是又有了都市里被窒息的年轻生命的《自己的歌》：“我挝碎了我的心胸掏出一串歌——/ 血红的酒里渗着深毒的花朵”，“生命原是点燃了不永明的火，/ 还要套上那铜钱的枷，肉的迷阵”，“在世界的谜里做了上帝的玩偶，/ 最痛恨自己知道是一条刍狗”。而孙大雨的《自己的写照》也被认为是“用整个纽约城的风光形态来托出一个现代人的错综的意识”[04]。后期新月派在这一点上可谓是为中国新诗后来的现代化发展

[01] 徐志摩：《诗刊放假》，《徐志摩研究资料》，陕西人民出版社1988年版，第173页、第172页。

[02] 陈梦家：《序言》，《新月诗选》，新月书店1931年版，第15页。

[03] 钱理群、温儒敏、吴福辉：《中国现代文学三十年》（修订本），北京大学出版社1998年版，第361页。

[04] 徐志摩：《〈诗刊〉前言》，《徐志摩研究资料》，陕西人民出版社1988年版，第235页、第236页。

指出了一个新的方向。

中国现代新诗，一部分走向田间大众之路，另外一部分则沿着后期象征派的路走向了中国特有的现代主义诗歌。现代派诗歌作家产生于后期新月派的部分诗人和 20 年代末的象征诗派诗人。现代派诗歌最初酝酿于戴望舒、施蛰存和刘呐鸥等在大革命失败初期的一系列文学活动。我们可以把 1927 年戴望舒创作的《雨巷》作为现代诗派的先声，将 1932 年施蛰存主编《现代》杂志作为现代诗派形成的标志。此后戴望舒主持《现代诗风》(1935 年 10 月创刊)，戴望舒、卞之琳、梁宗岱和冯至主编《新诗》月刊（1936 年 10 月创刊）。它们的先后出版代表中国现代主义诗歌进入一个鼎盛时期。现代诗派的诗人除了戴望舒、施蛰存、何其芳、李广田、林庚、徐迟等之外还有卞之琳、孙大雨和陈梦家等。

现代诗派的命名来源于 1935 年孙作云的《论“现代派”》一文。施蛰存也曾在《又关于本刊的诗》中发表过一个可以看作现代派诗歌宣言的观点：“《现代》中的诗是诗，而且是纯然的现代诗。它们是现代人在现代生活中所感受的现代情绪，用现代的词藻排列成的现代诗行。”[01] 根据施蛰存的基本界定，他所谓“现代人”实际上主要是指一些生活在城市，在大学念书或者教书的知识分子。如徐迟的诗《二十岁人》所表达的抒情主体是这样的：“我来了，二十岁人，青年，年轻、明亮又健康。从植着杉树的路上，我来了哪，挟着网球拍子，哼着歌：G 调小步舞；F 调罗曼司。我来了，穿着雪白的衬衣……印第安弦的网影子，在胸上……”而所谓“现代生活”则是这样的：“这里面包含着各式各样独特的形态：汇集着大船泊的港湾，轰响着噪音的工场，深入地下的矿坑，奏着 Jazz 乐的舞场，摩天楼的百货店，飞机的空中战，广大的竞马场——甚至连自然景物也与前代的不同了。”[02] 郁琪的诗《夜的舞会》这么写道：“散乱在天蓝，朱、黑，惨绿，媚黄，衣饰幻成的几何形体，/ 若万花镜的拥聚惊散在眼的网膜上”，“飘动地有大飞船感觉的夜是舞会哪”。而施蛰

---

[01] 施蛰存：《又关于本刊的诗》，《北山散文集》（二），华东师范大学出版社 2001 年版，第 1110 页。

[02] 施蛰存：《又关于本刊的诗》，《北山散文集》（二），华东师范大学出版社 2001 年版，第 1110 页。

存所谓“现代情绪”多是“都市怀乡病”。戴望舒的诗《回了心吧》表达的正是对都市怀乡病的体味:“回来啊，来一抚我伤痕，/用盈盈的微笑或轻轻的一吻。”至于施蛰存说的“现代词藻”与“现代诗形”，他自己曾做过这样的解释:“《现代》中有许多诗的作者曾在他们的诗篇中采用一些比较生疏的古字，或甚至是所谓‘文言文’中的虚字，但他们并不是有意地‘搜扬古董’。对于这些字，他们没有‘古’的或‘文言’的观念。只要适宜于表达一个意义，一种情绪，或甚至是完成一个音节，他们就采用了这些字，所以我说它们是现代的词藻。”施蛰存的这一说法阐述了现代派诗不拘辞藻的自由性。恰恰戴望舒在《现代》杂志上发表过的《望舒诗论》曾对诗的形式主义提出过批评，他反对新月派诗歌主张的三美原则，认为诗歌不应该借重音乐，诗的韵律不在于抑扬顿挫，而在于诗歌的情绪表达，因而可以看出现代诗派在 30 年代重新举起了“诗的散文化”的旗帜，只不过这一次不同于新文化运动初期白话诗那样“作诗如作文”，现代诗派仍然坚持“纯诗”的观念，强调诗就是诗。[01]

现代诗派中最重要的诗人是戴望舒（1905—1950）。戴望舒一度左倾，曾加入过“左联”，抗战期间因宣传抗日被捕，曾写下《我用残损的手掌》和《狱中题壁》等著名的爱国诗篇，1950 年病逝。戴望舒于 1925 年入震旦大学法文班学习法文，能够直接阅读魏尔伦、果尔蒙和耶麦等象征主义诗人的诗作，并受到他们的深刻影响。戴望舒 20 年代中期开始创作新诗，前期主要是一些感伤的浪漫主义抒情诗，但也注重从古典诗歌传统中吸取营养。大革命失败之后戴望舒的诗歌转向象征主义。《雨巷》是其初期象征主义诗歌的代表作。诗人用一个独自彷徨在悠长而又寂寥的雨巷中的姑娘作为象征，以丁香、愁雨和美人等传统意象表达那种有所追求而理想破灭的哀怨情绪。这首诗为戴望舒赢得了“雨巷诗人”的称号。

但戴望舒很快开始反省《雨巷》这种注重形式的诗歌，开始探索现代主义的诗歌艺术。戴望舒抛弃形式主义的诗歌原则，开始寻找“最合自己的脚的鞋子”，推动新诗散文化的方向。戴望舒自称为“我的杰作”的一首诗《我的记忆》，应该算得上是他在这个方向用

[01] 钱理群、温儒敏、吴福辉:《中国现代文学三十年》(修订本)，北京大学出版社 1998 年版，第 364 页。

力的一个代表。这首诗将“记忆”称为寂寥时的密友，用一系列具体可感的日常生活事件作为记忆的载体，呈现它的音容笑貌、言谈举止：它到处存在，“在燃着的烟卷上”，“在绘着百合花的笔杆上”，“在喝了一半的酒瓶上”，“它是胆小的，它怕着人们的喧嚣，/ 但在寂寥时，它便对我来作密切的访问”……这首诗摆脱了韵律节奏的外在束缚，从平凡的生活中写抽象的事物，扩大了诗歌的表现能力。卞之琳曾对戴望舒的现代派诗风做过恰如其分的评述，这评述可以用来作为对戴望舒现代诗的定论：“在亲切的日常生活调子里舒卷自如，敏锐，精确，而又不失它的风姿，有节制的潇洒和有功力的淳朴。”[01] 以他的代表作《我的记忆》为例，尽管所要表达的是对残忍、虚伪的生活永远摆脱不掉的“记忆”，根底上是一个流血的受伤的灵魂的痛苦的歌唱，但在转化为诗的艺术时，却将残酷的主观“记忆”外化为一个人格化了的存在于“我”之外，却又为“我”而存在的客体，它的“形象”是“忠实得甚于我的最好的友人”。服从于这样的诗的构思，全诗用日常生活中的口语，选取了大量生活中最常见的意象——烟卷、笔杆、酒瓶等等，从而形成亲切感。全诗的语调也是平静、不动声色的，确实是一种“有节制的潇洒”。

在现代诗派中具有重要文学史地位的还有“汉园三诗人”，即卞之琳、李广田和何其芳，因 1936 年三人出合集《汉园集》而得名。何其芳除《汉园集》内所收的诗之外，在 40 年代还出版过《预言》和《夜歌》两部重要诗集。他们的诗歌与中国传统诗歌有着深刻的联系，同时广泛学习西方现代诗歌，尝试中西诗学的结合。何其芳说：“这时我读着晚唐五代时期的那些精致的冶艳的诗词，蛊惑于那种憔悴的红颜上的妩媚，又在几位班纳斯派以后的法兰西诗人的篇什中找到了一种同样的迷醉。”[02] 何其芳收在《预言》里的早期诗歌中的那种冷艳的色彩、青春的感伤、精致的艺术是在东西方诗歌的共同影响下形成的。[03]

“汉园三诗人”中的卞之琳在日后的诗坛上最为引人注目。卞之

[01] 卞之琳：《〈戴望舒诗集〉序》，《戴望舒诗集》，四川人民出版社 1981 年版，第 5 页。
[02] 何其芳：《梦中道路》，《何其芳文集》第 2 卷，人民文学出版社 1982 年版，第 65 页。
[03] 钱理群、温儒敏、吴福辉：《中国现代文学三十年》（修订本），北京大学出版社 1998 年版，第 366 页。

琳（1910—2000），江苏海门人，1929 年考入北京大学英文系，在徐志摩、沈从文等人的鼓励下发表诗作。他在以《数行集》与何其芳的《燕泥集》、李广田的《行云集》合出《汉园集》之前，已经出版了诗集《三秋草》《鱼目集》。其大学时代的诗作，如《西长安街》《酸梅汤》《叫卖》《一个闲人》《一个和尚》《墙头草》等，内容多描写北平“街景”和下层社会的凡人小事，在玩笑与辛酸中叙述北国的荒凉境界，呈现人生命运难以把握的迷惘。这些诗作大多采用洗练的口语、戏剧化的手法，讲究“音组”和“顿”，形式较为整饬，诗风受到新月派格律体影响。

成熟期的卞之琳与废名、曹葆华和金克木等诗人更为一致。卞之琳醉心于新诗技巧与形式试验，受到过西方现代主义的广泛影响，仅他自己提到的诗人就有波德莱尔、艾略特、里尔克、魏尔伦和叶芝等。卞之琳的创作还受到徐志摩等后期新月派及戴望舒等现代派诗人的影响，主张情与理、智与象的融合。他的代表作《距离的组织》《旧元夜遐思》《尺八》《断章》等哲理诗善于从日常生活现象中进行哲学的探索。《断章》这首诗通过对“风景”这一常见物象的感悟，探讨主客体关系的相对性。同时，卞之琳的诗作开创了新诗的戏剧性情境，并将之与传统诗歌的“意境”相结合，追求“诗的非个人化”。“你站在桥上看风景，/ 看风景人在楼上看你。/ 明月装饰了你的窗子，/ 你装饰了别人的梦。”（《断章》）这首诗里面的“你”和“我”是可以互换的，诗人的主体隐藏在诗句的背后，冷静地旁观这个世界。总之，卞之琳这个时期的诗作可以说承继了后期新月派“抒情客观化”的主张，也开启了 40 年代穆旦等诗人的现代主义诗歌创作潮流。

何其芳（1912—1977），四川万县人。他 30 年代创作的诗歌近八十首，其中一部分先后收入于与卞之琳、李广田合出的《汉园集》中的《燕泥集》（1936 年）里，另有小说、散文、诗歌合集《刻意集》（1938 年）与诗集《预言》（1945 年）。他早年的诗歌受到西方 19 世纪浪漫主义诗歌和徐志摩、戴望舒等诗人的影响，1931 年秋《预言》的发表，显现出他的自我风格。他在西方象征主义和晚唐五代诗词之间发现了相通之处，以华美精致的文字、忧郁缠绵的格调，抒写着青春、爱情、梦幻和对美的追求的“独语”，创造出一种新的柔和、新的美丽，呈现出鲜明的唯美主义色彩。

30 年代现代派诗人中比较重要的还有废名和林庚等。废名诗歌的内在精神是中国的诗禅传统。他的诗往往从佛学典籍中精心摄取意象，却省略意象联结的中介，超越常规逻辑做大跨度的跳跃，依赖的是直觉与顿悟。如他的诗《街头》看似意识流动，但也类似禅语："行到街头乃有汽车驰过，/ 乃有邮筒寂寞。/ 邮筒 PO，/ 乃记不起汽车的号码 X，/ 乃有阿拉伯数字寂寞，/ 汽车寂寞，/ 大街寂寞，/ 人类寂寞。"林庚则试图将现代语言和传统诗歌形式结合，寻求诗歌的新格律，他的诗集《北平情歌》是这方面的代表作。

四、林语堂、周作人和 30 年代的小品文

30 年代幽默小品文的理论倡导者和代表作家是林语堂（1895—1976）。他出生于福建漳州的一个基督教牧师家庭。1916 年上海圣约翰大学毕业后，入北京清华大学任英文教员。1919 年后赴美国哈佛大学、德国耶拿大学、德国莱比锡大学学习，1923 年获莱比锡大学哲学博士学位。回国后任教于北京大学、北京师范大学、北京女子师范大学、厦门大学，并加入"语丝社"。大革命失败后，他决心以汉语和英语写作为职业，立志"两脚踏东西文化，一心评宇宙文章"，为中西文化的沟通和交流，做出有益的贡献。汉语写作方面，他出版了《翦拂集》《大荒集》《我的话》《语堂文存》等散文集，学术著作有《语言学论丛》，另有发表在《论语》等刊物上的未结集的大量文章。英语写作方面，出版了《吾国与吾民》《小评论选集》《中国新闻舆论史》，以及 1936 年 9 月移居美国以后出版的《生活的艺术》《苏东坡传》，长篇小说《京华烟云》《风声鹤唳》等。

林语堂

20 年代，林语堂虽然第一个主张将英文"humour"译成幽默，但作为《语丝》杂志的同人，他在进行社会批评和文明批评时，风格勇悍泼辣，带有战斗的"凌厉浮躁"之气，既少"幽默"，更无"闲适"。30 年代，林语堂参加了中国民权保障同盟，做了不少反对专制统治的工作。但在杨杏佛被国民党特务暗杀后，面对白色恐怖，他萌生退意，对自我的生存策略和言说方式做出了适时的调整。

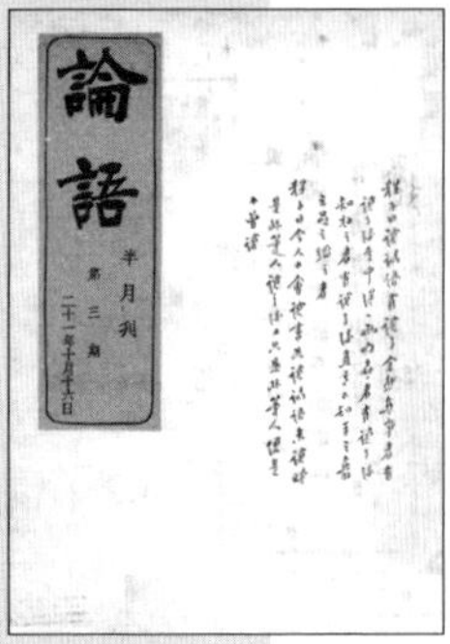

《论语》半月刊封面

他先后创办《论语》《人间世》《宇宙风》三种杂志，以“非政治化”这种具有“合法性”的话语方式来寻求政治性抗争。他坚持宇宙之大，苍蝇之微，无不可以入笔，但同时又主张少谈政治，规定《论语》以提倡幽默文字为目标，试图采用招笑的方式隐晦曲折地说话。“幽默”的人生态度、自我的张扬、闲适的笔调形成了一种新的“论语派”风格，在“风沙扑面，虎狼成群”的时候颇受读者欢迎。当然，在林语堂庄谐并出地谈性灵、说自我、话闲适的文章中，政治批评、社会批评和文化批评依然大量存在。只是当幽默和闲适被鼓吹成一种潮流和风尚时，理论上容易走向偏执，在其他人的创作实践中更难免泥沙俱下，不能获得战斗者的欢迎。《论语》前期还多有鲁迅等人的文章，到后期就成了周作人、俞平伯、刘半农等京派文人的重要发表园地。

林语堂的散文主张多少受到周作人的影响。周作人在林语堂转变之前发表过《闭户读书论》，思想日趋保守。1930 年 5 月，他和俞平伯、废名、徐祖正等人创办《骆驼草》周刊，在他执笔的“发刊词”里宣称“不谈国事、立志做‘秀才’”，要利用“有闲之暇”“讲闲话，玩古董”。周作人也是《论语》的重要作者。周作人在现代文学史上最早提出“美文”这一概念，在散文理论方面颇有建树，五四时期写下了大量浮躁凌厉之文，进入 20 年代中期之后更加强调“自己的园地”，散文借鉴晚明小品，又有外国随笔的笔调、日本俳句的味道，留下了许多“冲和平淡”的散文名篇，表达了“凡人的悲哀”。

《人间世》小品文半月刊第十三期封面

《宇宙风》第十九期封面

《宇宙风》第一期插画

林语堂

而在“闭户读书”之后更极力排斥政治，将创作主题转向草木虫鱼等，甚至试验一种“文抄公体”的散文，这种散文可以归入笔记体散文。文章的核心部分是经过周作人独到眼光挑选的古文，经过周作人语言的连缀和评点，两者杂糅，被郁达夫称赞为“一变为枯涩苍老，炉火纯青，归入古雅遒劲的一途了”[01]。

但周作人的这些观念毕竟与论语派，还是有很大差异的。正如阿英曾说：“周作人的小品，虽是对暗之力逃避，但这逃避是不得已的，不是他所甘心的，所以，在他的文字中，无论怎样，还处处可以找到他对黑暗的现实的各种各样的抗议的心情。”[02]如《关于命运》：“毒贩之死于厚利是容易明了的，至于再吸犯便很难懂，他们何至于爱白面过于爱生命呢？第一，中国人大约特别有一种麻醉享受性，即俗云嗜好。第二，中国人富的闲得无聊，穷的苦得不堪，以麻醉消遣。有友好之劝酬，在贩卖之便利，以麻醉玩弄。卫生不良，多生病痛，医药不备，无法治疗，以麻醉救急。如是乃上瘾，法宽则蔓延，法严则骈诛矣。”[03]

京派当中的散文家除了周作人、俞平伯和刘半农等 20 年代已经成名的一批“老人”之外，还有一拨刚刚成长起来的年轻人，他们以何其芳、李广田、师陀和萧乾等为代表。

《画梦录》是何其芳早期散文的代表。这部情绪与意象带有些颓唐风味的散文集在 1936 年获得了《大公报》文艺奖金。何其芳的散文充满华丽的词藻和浓郁的抒情气息，《墓》这篇散文是一首田园牧歌，在这首牧歌里面他写道：“在花香与绿阴织成的春夜里，谁曾在梦里摘取过红熟的葡萄似的第一次蜜吻？谁曾梦过燕子化作年青的女郎来入梦，穿着燕翅色的衣衫？谁曾梦过一不相识的情侣来晤别，在她远嫁的前夕？”何其芳的散文像是一个孤独的青年人的独语，内心充满诗情画意。他的散文是依靠幻象来建构一种独语的文体。《黄昏》描写了在街头孤独行走的人物的自我寻找：“狂奔的猛兽寻找着

[01] 郁达夫：《散文二集导言》，《中国新文学大系》，上海文艺出版社 2003 年影印版，“导言”第 14 页。
[02] 阿英：《俞平伯》，《夜航集》，上海良友图书印刷公司 1935 年版，第 18—19 页。
[03] 周作人：《关于命运》，《苦茶随笔》，河北教育出版社 2003 年版，第 113 页。

壮士的刀，美丽的飞鸟寻找着牢笼，青春不羁之心寻找着毒色的眼睛。我呢？”散文告诉我们，他在寻找已经失去的“温柔的脚步”。在《独语》中作者让读者“设想独步在荒凉的夜街上，一种枯寂的声响固执地追随着你，如昏黄的灯光下的黑色影子，你不知该对它珍爱还是不能忍耐了：那是你脚步的独语”。对这种孤独耐人寻味的咀嚼和把玩正是《画梦录》创作的最好注脚。这些散文中犹如梦境般的意象、反复咏叹的情绪、细腻的抒情和莫名的忧伤，构成了一个现实与梦境交融的艺术世界。《画梦录》塑造了一个美丽而哀伤的纤弱形象，其正处在少男少女为赋新词强说愁的时光。

李广田著有《画廊集》《银狐集》和《雀蓑集》等散文集。李广田与何其芳、卞之琳出版过合集《汉园集》，因此被并称为“汉园三诗人”。但李广田和何其芳散文的独语风格是截然不同的，李的散文如同与故旧叙谈，亲切而含蓄。借用李广田在文章中评价别人散文的一句话来评价他自己的散文也是十分恰当的：“文章都是自然而洒落的，每令人感到他不是在写文章，而是在一座破旧的老屋里，在幽暗的灯光下，当夜深人静的时候，他在低声地同我们诉说前梦，把人们引到了一种和平的空气里，使人深思，忘记了生活的疲倦和人间的争执，更使人在平庸的事物里，找到美和真实。”[01] 李广田的散文常讲述故乡山东的平常人事，通过对乡村生活细节与片段的叙述，发现乡土乡情，体悟人生，读来别有一种风味。《画廊》一文描写了乡下人买年画时候的从容与悠闲，表达出对乡风乡俗的赞美之情。抗战爆发后李广田又出版了《日边随笔》等散文集，视野更开阔，题材也更多样。

在左派杂文、论语派幽默小品文和京派抒情小品之外还有另一支重要的散文流派，那就是开明作家群。从浙江上虞的春晖中学，到匡互生等离开春晖中学至上海创办立达学园，再到后来立达同人创办开明书店，以叶圣陶、夏丏尊和丰子恺等为主要代表，逐渐形成了一个较为松散的开明作家群。这些作家大多从事中学教育，坚守启蒙主义立场，与政治保持一定距离，不参与文坛是非。他们的散文受到作家自身常年从事中学教育的潜在影响，创作多从身边取材，注重人格教

[01] 李广田：《道旁的智慧》，《画廊集》，商务印书馆 1936 年版，第 153 页。

化，讲求文章修养，但每位作家的风格也各有差异。夏丏尊长期从事教育和出版工作，曾与叶圣陶合著《文心》和《文章讲话》等为供学生学习文章而写的著作，在工作之余创作的散文多收入《平屋杂文》。《白马湖之冬》《钢铁假山》和《猫》等是其代表作。他的散文在平凡琐事之中贯彻人生真理，长于记叙，文章构思严谨，文笔老练。丰子恺是现代著名漫画家和散文家。他的散文主要收在《缘缘堂随笔》《随笔二十篇》和《缘缘堂再笔》等当中。丰子恺是弘一大师李叔同的弟子，受到佛家思想的影响。丰子恺认为儿童是佛性的一种表征，“在人世间与我因缘最深的儿童，他们在我心中占有与神明、星辰、艺术同等的地位”，他们“能拆去世间事物的因果关系的网，看见事物的本身的真相”。[01] 他极力歌颂儿童，《儿女》《给我的孩子们》和《送阿宝出黄金时代》等描写的正是他认为处在黄金时代的“儿童相”作品。同时，他也在大自然、艺术与宗教中发现美与善，其散文展现出佛家思维与悲悯情怀。《无常之恸》一文借古代诗歌阐释佛家真理，借《我与弘一法师》“看透”人生境界，但这些文章并不消极虚无，而是传达出佛家积极达观的人生姿态。他的散文细腻而含有哲理趣味。

游记文学在中国本来就有悠久的传统，随着新文学发展时间的不断延伸，新文学作家流动渐渐增多，新文学中的游记散文也在 30 年代兴盛起来，出现了一批有较大社会影响的作品。朱自清根据 30 年代初去欧洲访学的经历，写出了《欧游杂记》和《伦敦杂记》，文章朴素而见功力，前者详细描绘了所到欧洲诸国的历史文化和自然风光，后者描写了伦敦各处景点和人物。李健吾的意大利之行留在了《意大利游简》之中。李健吾用亲切叙述的笔调向读者讲述了自己在意大利各地的游览经历和见闻。此外还有郑振铎的《欧行日记》、胡愈之的《莫斯科印象记》和刘半农的《欧游回忆录》等作品。除了欧游散文之外，也出现了许多国内游记散文，其中最重要的代表作家是郁达夫。郁达夫和王映霞 30 年代初回到浙江，游踪遍及江南各处，留下了《屐痕处处》《达夫游记》等作品集。这些作品集中以《钓台的春昼》和《感伤的行旅》等为上。《钓台的春昼》以游踪为线，渗

[01] 丰子恺：《儿女》,《丰子恺文集》第五卷，浙江文艺出版社 1990 年版，第 116 页。

透作家内心的不平，文章结构整饬严谨，条理清楚，语言精练，是现代文学史上游记散文中不可多得的佳作。

第七章

巴金、老舍和曹禺

一、老舍和《骆驼祥子》

老舍

老舍（1899—1966），原名舒庆春，字舍予，笔名老舍，北京人，出身于满族正红旗，原姓舒觉罗氏（一说舒穆禄氏）。父亲是保卫紫禁城的一名护军，阵亡于八国联军攻打北京城的炮火中。父亲去世后老舍家庭陷入困境，靠母亲替人洗衣裳做活计维持一家人的生活。老舍在大杂院里度过艰难的幼年和少年时代，读书也是靠乐善好施的刘大叔的帮助，后因交不起学费转到免费供应食宿的北京师范学校。老舍的这些经历为他日后创作的平民化与“京味”风格的形成奠定了基础。他对底层生活伦理和世俗审美趣味有很强的认同感。[01] 老舍曾言：“我自己是寒苦出身，所以对苦人有很深的同情。我的职业虽使我老在知识分子的圈子里转，可是我的朋友并不都是教授与学者。打拳的，卖唱的，洋车夫，也是我的朋友。”[02]

老舍没有直接参与激进的新文化运动，他始终与时代主流保持一些距离，在创作上也常表现出不苟时尚的自足心态。他常常试图在创作中超越一般感时忧国的范畴，去探索现代文明的病源。1924 年之

[01] 严家炎主编：《20 世纪中国文学史》（上册），高等教育出版社 2010 年版，第 366 页。
[02] 老舍：《〈老舍选集〉序》，《老舍文集》第 16 卷，人民文学出版社 1991 年版，第 220 页。

后，老舍到英国伦敦大学东方学院担任汉语教员。五年旅居英国的生活，打开了他的眼界，也激发了他的创作兴趣，他开始以英国民族性作为参照来反省中国民族性问题。那段时间他创作了三部重要的长篇小说，1926 年写成长篇小说《老张的哲学》，接着又创作了另两部长篇——《赵子曰》（1926 年）与《二马》（1929 年）。老舍在这三部小说中首次引入西方的“滑稽剧（Farce）体裁”。“他既拿老北京人打趣，也嘲谑在海外的中国人。他的幽默风格主要来自对英国文学，特别是对狄更斯的借鉴。”[01]

《老张的哲学》是老舍以自己师范学校毕业后的执教经历为素材写成的。老舍在这部小说中运用幽默的语言来描写北京市民生活，开创了现代京味小说书写样式。老张是旧北京一个无恶不作的无赖恶棍，他身兼兵、学、商三种职业，信仰回、耶、佛三种宗教，小说讲述了老张残酷拆散两对年轻男女爱情的故事。这部小说广泛地描写了 20 年代北京各个社会阶层的生活和思想感情。这是老舍初次用西方叙述方式来讲述老北京故事，稍后的《赵子曰》和《二马》在逐渐进步。《二马》这部小说描写了老马（马则仁）和小马（马威）父子漂洋过海到伦敦之后各自的爱情故事，通过中英两国国民性之间的比较，剖析了中国“老民族中的老分子”愚昧落后和麻木不仁的精神缺点。小说采取新的结构布局，注重对人物内心的刻画，取得了相当大的成功。《赵子曰》以大学生赵子曰为主角。他爱慕虚荣，不务正业，在学潮中沽名钓誉而被学校除名。赵子曰秉性不改，通过各种途径试图谋一官半职均未成功，但最终愿意痛改前非，踏上了漫漫的革命之路。这部小说中老舍对国民性的批判转到了青年学生身上。这部小说结构紧凑，立意幽默讽刺。夏志清认为它是现代中国文学中的第一部严肃的喜剧小说：“尽管在结尾时它流于通俗剧式的调子，它的放浪的喜剧气氛，甚至它的尖锐的嘲讽，都使这本小说成为描绘国家腐败而不夹杂太多爱国说教的犀利杰作。”[02]

1930 年老舍回国，其创作开始进入鼎盛时期。老舍回国后的创作大都延续了国民性批判的话题，但艺术上更为成熟。1932 年的长

---

[01]［德］顾彬著，范劲等译：《20 世纪中国文学史》，华东师范大学出版社 2008 年版，第 116 页。

[02] 夏志清著，刘绍铭编译：《中国现代小说史》，传记文学出版社 1991 年版，第 191 页。

篇小说《猫城记》是一部幽默讽刺的科幻寓言小说。这部小说将故事背景放在了火星上。火星上的猫人那种保守、愚昧、非人性的特点分明就是“老中国儿女”落后的国民性。这部小说在国内一直不受重视，但在西方则不同。顾彬认为这部小说和老舍的其他小说一样，“一种日常生活现象在这里被用作为刻画一个民族和国家的手段，这是老舍的特点，在司空见惯的事物中显现出特殊”。

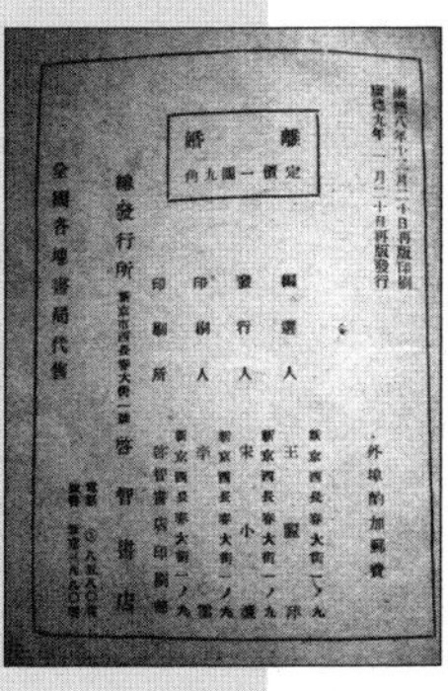
離婚
定價一圓九角
外埠酌加郵費
編選人
發行人
印刷人
印刷所
總發行所
全國各埠書局代售

老舍《离婚》

顾彬认为老舍最成功的作品是小说《离婚》(1933)。这部小说的主人翁，是一群国民政府中的科员，而这些小人物的烦恼，也无非是老婆、孩子、办公、升官、外遇等等。烦恼不如“痛苦”浪漫——不至于死人；然而“烦恼”却如影随形，挥之不去，比之“痛苦”，更加难以摆脱，它不会轰然摧毁人的肉体，但会一点点侵蚀人的灵魂。在老舍众多的作品中，《离婚》中的内容是最为平淡的，但这平淡今天读来却更加沉重——“月牙儿”的命运也许在一个新制度到来后就会发生变化，然而尘世中庸庸碌碌的小人物的命运似乎永远也难以改变。其中最显著的是作品主人公老李贯穿全文的知识分子式的人生思索，这种思索展示了老李从理想主义者向小市民蜕变的心理历程，其中不乏作家主体的批判意味。老舍在《离婚》中展示的悲哀，便是庸俗社会学胜利的悲哀；而在老李身上所体现出的矛盾，正是老舍他们这一代知识分子所面对的矛盾。小说中并未如当时的革命文学那样开出一个药方，因为人生中最平常的无奈反而是无药可医的，它沉淀在民族文化甚至是人类文化的最底层，难以根除。然而将这无奈展示在人们面前，使其中的一部分人暂时得以清醒，这也许对他们反省自我也不无裨益。奠定老舍《离婚》价值根本点的并不是道德批评，而是在张大哥、老李等人的人生态度的对照书写中，超越一般道德批评的界限，在存在论层面上探讨人生观问题，批判市民的庸人哲学，叩问诗意生存境界，并且抒发了逃离和反叛只能归于徒劳的生命悲感。这种存在论层面上的人生价值追问和人生悲感体验，展示了老舍这个长于民生关怀、长于民族存亡思考的“市民诗人”鲜为人知的另一面：他亦长于在超越现实功利的层面上对生命存在进行哲学性的思考。《离婚》中的存在追问，既在思想深度方面与当代卓越的思想家殊途同归，又完全立足于老舍对北京市民人生的深切关怀，熔铸着老舍独特的情感体验。

老舍以幽默讽刺来批判国民性，在新文学作家如胡适和鲁迅等看来有些油滑，显得有些勉强造作。而他在 30 年代最广为人知的长篇小说《骆驼祥子》(1936 年)却一改前期小说的幽默风格，故事主题意蕴更符合五四新文学“严肃”的主旋律。这部小说揭示了一个农民如何市民化，又如何被社会抛入流氓无产者行列的过程，以及这一过程中所经历的精神的毁灭。按照老舍自己的说法，《骆驼祥子》写出了“个人主义的末路鬼”。

《骆驼祥子》以祥子三起三落为基本故事情节。祥子从农村到城市谋生，他把买一辆车作为生活目标，幻想着有一辆属于自己的车，靠自己的勤劳换取安稳的生活。“他老想着远远的一辆车，可以使他自由，独立，像自己的手脚的那么一辆车。有了自己的车，他可以不再受拴车的人们的气，也无须敷衍别人；有自己的力气与洋车，睁开眼就可以有饭吃。”三年之后，祥子终于买下了一辆新车，“祥子的手哆嗦得更厉害了，揣起保单，拉起车，几乎要哭出来。拉到个僻静地方，细细端详自己的车，在漆板上试着照照自己的脸”。但是好景不长，祥子凭借个人努力挣来的第一辆车，半年即被匪兵抢去。虎口逃生的祥子在路口拉到三匹骆驼，卖了三十块钱。人和车厂的老板刘四爷快七十岁了，只有一个三十七岁的女儿，叫虎妞。虎妞长得虎头虎脑，像个男人一样。刘四爷很喜欢祥子的勤快，虎妞更喜爱这个傻大个儿的憨厚可靠。祥子把三十元钱交给刘四爷保管，准备积攒着买第二辆车。一次受气后，祥子被虎妞引诱，决定离开人和车厂，去曹宅拉包月。曹先生被便衣盯上，祥子的钱也被敲诈一空，只得回到人和车厂。刘四爷不满祥子和虎妞，但虎妞告诉刘四爷自己怀上了祥子的孩子。刘四爷怕祥子继承自己的产业，让祥子滚蛋，但虎妞和祥子在大杂院里租房成亲了。婚后祥子坚决要出去拉车，虎妞把自己的钱给祥子买车。后来虎妞难产而死，祥子又被迫卖掉车安葬虎妞。这时候邻居二强子的女儿小福子表示愿意跟祥子一起过日子。但祥子无力养活他们全家，决定去挣钱再回来。祥子找到曹先生再给他拉包月，小福子却因在妓院受不了折磨，上吊自杀而死。祥子开始堕落，抽烟，

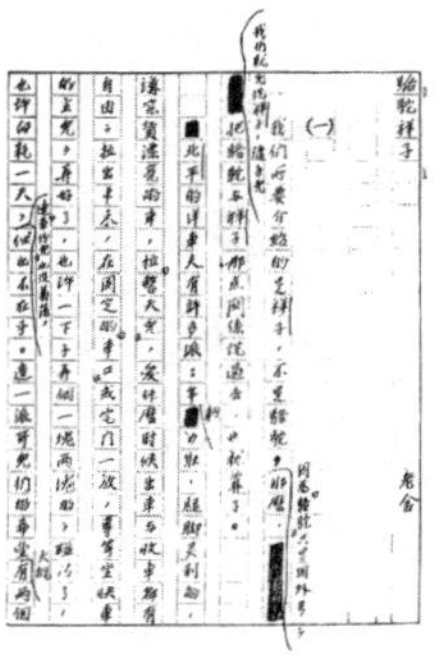

老舍《骆驼祥子》手稿

耍坏，犯懒。为了赚钱他举报出卖了阮明，甚至出卖了曹先生。祥子他吃喝嫖赌，渐渐成为一个堕落、无耻、麻木、潦倒、狡猾、好占便宜、自暴自弃的行尸走肉。老舍在小说最后写道：“体面的，要强的，好梦想的，利己的，个人的，健壮的，伟大的，祥子，不知陪着人家送了多少回殡；不知道何时何地会埋起他自己来，埋起这堕落的，自私的，不幸的，社会病胎里的产儿，个人主义的末路鬼！”

《骆驼祥子》塑造了祥子、虎妞和小福子等几个不朽的人物形象。

小说中的祥子被塑造成一个失败而沉沦的个人主义英雄形象。也正是在这一点上，老舍和左翼作家建立起了思想上的共同联系。祥子刚刚来到北平时自尊自强，“他不怕吃苦，也没有一般洋车夫的可以原谅而不便效法的恶习，他的聪明和努力都足以使他的志愿成为事实”。他相信通过自己的努力能够改变自己的命运，经历了失车的几次重大挫折后并不气馁。但他第一次买的车被匪兵劫掠，存钱准备第二次买车又被便衣敲诈一空。在国内政治动乱社会黑暗的大时代背景之下，祥子的个人努力都只得付诸东流。祥子作为一个独立的劳动者的善良愿望最终幻灭。祥子不求人，不合群，别扭，自私，死命要赚钱，“在没有公道的世界里，穷人仗着狠心维持个人的自由，哪怕很小很小的一点自由”，但“一个拉车的吞的是粗粮，冒出来的是血；他要卖最大的力气，得最低的报酬；要立在人间的最低处，等着一切人一切法一切困苦的击打”，最终他堕落了。

这是个人主义英雄在二三十年代中国奋斗的悲剧。祥子不但自私，不合群，而且极为懦弱，面对虎妞的威胁，只是被动地接受，没有丝毫的反抗，至多在心里暗暗地诅咒；面对孙侦探的敲诈，他也只有自己心里偷偷地恼火，却仍然没有实际的反抗行动。“他谁也不敢招惹，连条野狗都得躲着，临完还是被人欺侮得出不来气！”虽然祥子只是社会底层的一员，影响微乎其微，但是如果每一个祥子都能有反抗剥削与压迫的决心和行动，那么这个力量是无法估量的，甚至有可能冲破黑暗的社会，迎来光明的生活。正如老车夫所言：“看见过蚂蚱吧？独自一个儿也蹦得怪远的，可是教个孩子逮住，用线儿拴上，连飞也飞不起来。赶到成了群，打成阵，哼，一阵就把整顷的庄稼吃净，谁也没法儿治它们！”这些对个人主义失败和对集体主义反抗的描述，让夏志清觉得老舍在这部小说中的左倾观点

"令人吃惊"[01]。

另一方面，小说也借祥子的命运思考现代城市病。祥子的三起三落也表现了一个保持农业传统美德的青年被一步步卷入城市黑暗底层的过程。祥子从农村来到城市，幻想当一个有稳固生活的劳动者，但他一直在走向堕落。无论是祥子初来乍到就看到的那个无恶不作的人和车厂，还是他结婚后搬进去的杂乱大杂院，或者是那妓院白房子，都给他的灵魂添上层层污秽，最终从洁身自好到破罐子破摔，彻底沉沦。和沈从文借助性的话题来叙述扭曲病态的都市人生有所不同，老舍更在意金钱对这个城市中人与人之间关系的扭曲。祥子本来有着劳动者的一切美德，他把劳动看成是娱乐，选择生活伴侣也是按照劳动人民的审美标准去选择，不喜欢虎妞那样好逸恶劳的人。曹宅出事儿之后他主动引咎辞工，觉得责任和脸面比生命还重要。但刘四爷为了厂子的利益耽误虎妞的青春，为了不让祥子继承厂子与虎妞断绝父女关系，二强子逼迫女儿卖淫，等等，展现给祥子的尽是人伦沦丧的戏剧。

小说中另一个重要的人物形象是虎妞。虎妞能干，泼辣，有心计又充满矛盾，她的形象丰满而富有层次。一方面虎妞贵为车厂老板的千金，但被父亲耽误婚姻，只得主动勾引祥子，最终和祥子走到一起。另一方面，虎妞精明强悍泼辣，对祥子不断地纠缠和折磨，用骗婚的手段逼迫祥子就范，造成祥子的婚姻悲剧。虎妞沾染了有钱人家的习气，好逸恶劳，不仅自己不出门干活，还不让祥子去拉车。但从女性主义的角度而言，虎妞主动追求婚姻的自由和幸福则又为人称道。她可以为了和祥子在一起放弃财产，为了得到祥子不惜运用计谋，最后，拗不过祥子还是把私房钱拿出来给祥子买车。与虎妞形成对比的是小福子。老舍的短篇小说《月牙儿》就书写了一个善良的妓女形象，但小福子这个穷苦人家的女儿最终也没有逃脱悲苦的命运，她被父亲卖进了白房子。她和祥子相爱，希望自己能够和祥子在一起，但最终熬不过妓院的折磨，没有等到祥子就自杀身亡。和虎妞不一样，小福子完全是二三十年代社会黑暗与传统伦理制度下的女性牺牲品。

[01] 夏志清著，刘绍铭编译：《中国现代小说史》，传记文学出版社 1991 年版，第 204 页。

老舍在 30 年代还创作了《断魂枪》《月牙儿》《柳家大院》和《微神》等短篇小说。1938 年中华全国文艺界抗敌协会成立后，老舍曾任总务部主任，积极投身抗战文艺工作。

老舍对“老中国儿女”国民性的关注是“通过对北京市民日常生活全景式的风俗描写来达到的”[01]。这首先表现在他对北京市民世界的书写。他的众多小说几乎包罗了北京现代市民阶层生活的方方面面，展现出百科全书式的知识场景。

在老舍的小说世界当中，有老派市民、新派市民及正派市民等几种不同的人物系列。其中写得最好的是老派市民形象，如《二马》中迷信、中庸、马虎、懒散的奴才式人物老马，《猫城记》中保守愚昧的猫民，他们无不折射着“老中国儿女”的国民性。其他小说如《柳天赐传》中的牛老四、《离婚》中的张大哥等，他们都是那种知足认命的小市民。这些老派市民在中国现代历史进程中遭受到巨大的冲击，张大哥遭到不幸时，“硬气只限于狠命的请客，骂一句人他都觉得有负于礼教”，哀叹“我得罪过谁？招惹过谁”。但老舍也并不是简单地批判传统，他对西方文明同样持非常谨慎的态度。他笔下那些新派市民多半流露出一副西崽相。《离婚》中的张天真就是这种新潮又浅薄的角色。老舍对中西文化的审视甚至含有排斥西方都市文明的色彩。《月牙儿》中母女两代妓女的故事试图告诉我们，当挣扎在最底层的老百姓连生存权都谈不上的时候，西方文明只能是一句骗人的空话。《骆驼祥子》告诉我们的也是一个青年正派农民在城市现代文明扭曲之下逐渐走向堕落深渊的过程。相反，老舍笔下那些正派市民形象的刻画则明显不足，如《赵子曰》中的赵景纯、《二马》中的李子荣、《离婚》中的丁二爷等，人物形象显得有些单薄。

与对北京市民世界的叙述相应的是老舍小说的“京味”。“京味”作为一种风格，“包括作家对北京特有风韵、特具的人文景观的展示以及展示中所注入的文化趣味”[02]。这种“京味”除了北京风俗人情的“人味”，还有北京文化的那种体面、精巧、懒散与懦弱等对人物形

[01] 钱理群、温儒敏、吴福辉：《中国现代文学三十年》（修订本），北京大学出版社 1998 年版，第 243 页。

[02] 钱理群、温儒敏、吴福辉：《中国现代文学三十年》（修订本），北京大学出版社 1998 年版，第 251 页。

象塑造的渗透。祥子为了面子主动辞掉曹宅的包月工作，老李的家眷来京同事们要送礼，老马的那种精巧与懦弱，等等，无不带有北京文化性格特有的“味儿”。至于老舍作品中常常出现的那种幽默味，除了来自英国人的幽默范儿，还来自北京市民语言特有的“打哈哈”性质，既有对现实不满的以“笑”代“愤”的发泄，也有对自身不满的自我解嘲。老舍早期作品语言的那种“京片子”式的油滑最终也发展成《骆驼祥子》和《离婚》等小说中更加生活化、自然化的口语。

二、巴金和《家》

和老舍那样与五四新文化保持距离的立场有所不同，巴金自称是“五四运动的产儿”[01]。有学者认为：“他的创作经历和思想发展，鲜明地体现出五四新文化影响下的中国一代知识分子求索、奋进、彷徨、突围的心路历程。”[02]

巴金（1904—2005），原名李尧棠，字芾甘，1904 年出生于四川成都一个传统大家庭。巴金亲历过传统大家庭内部的各种矛盾与争斗，这对他后来人生道路的选择及文学创作主题的开拓有重要的影响。1923 年巴金离家到上海等地求学，广泛地阅读《新青年》《新潮》《每周评论》等刊物，被当时流行的无政府主义思想所吸引，并从事社会活动。他宣布“无政府主义是我的生命，我的一切，假若我一生中有一点安慰，这就是我至爱的无政府主义。在我的苦痛与绝望的生活中，在这残酷的世界里，鼓励着我的勇气使我不时向前进的，也是我所至爱的、能够体现出无政府主义之美的无政府主义的先驱们。对于我，这美丽的无政府主义理想就是我的唯一光明，为了它，我虽然受尽一切的人间的痛苦，受尽世人的侮辱我也甘愿的”[03]，“我现在的信条是：忠实地生活，正当地奋斗，爱那需要爱的，恨那摧残爱

巴金和大哥李尧枚，1929 年摄于上海

[01] 巴金：《随想录·五四运动六十周年》，《巴金全集》第 16 卷，人民文学出版社 1991 年版，第 66 页。
[02] 严家炎主编：《20 世纪中国文学史》（上册），高等教育出版社 2010 年版，第 355 页。
[03] 巴金：《答诬我者书》，《巴金全集》第 18 卷，人民文学出版社 1993 年版，第 179 页。

的。我的上帝只有一个，那就是人类”[01]。

1927 年初，巴金赴法国留学，除了继续研究无政府主义思想，还接触到了西方其他各种社会思潮。在留法期间，他积极参加各种社会活动，研究法国大革命史，阅读启蒙思想家和民粹派著作，翻译克鲁泡特金的著作。当时国内国共合作破裂，革命阵营内部血雨腥风，大量青年知识分子因卷入政治斗争而死亡。再者，当时美国政府不顾世界舆论抗议，处死其奉为“先生”的无政府主义者，世界无政府主义运动遭受重大挫折。这些都给巴金带来极大的痛苦，他开始转向用文学来抒发自己的感情。

巴金的第一部中篇小说《灭亡》正是在这种背景下产生的。这部作品 1929 年开始连载于《小说月报》。小说借助无政府主义革命家杜大心这一人物形象，描述自己参加无政府主义社会活动以来的心灵历程。杜大心对个人前途失去信心，对黑暗的社会制度感到绝望，他对世界的悲观认识和消极态度使他失去了爱情。但杜大心富于正义感和献身精神，他和他的同伴们一样以救世主自居。朋友张为群的死让他坚定了无政府主义的信念，他充分肯定行刺暗杀等个人恐怖手段，选择刺杀戒严司令，最终献出了自己的生命。杜大心的观点和抉择显示出巴金所信仰的无政府主义的某些特点，但在没有无政府主义信仰的读者看来则显得狂热而偏激。这部小说已经奠定了巴金文学创作的大部分主题特征，既有对传统社会制度的猛烈批评，也有执着地为信念牺牲的英雄狂热精神，还有充满浪漫感伤色彩的爱情。虽然该小说在结构和语言上有许多毛病，但作品一出，大受欢迎，甚至重印过 20 多版。

和鲁迅等五四作家以文学唤醒民众为己任的较为理性的文学观有所不同，巴金的文学是他倾诉自我的一种言说方式。巴金自己谈《灭亡》的创作时也说：“我有感情必须发泄，有爱憎必须倾吐，否则我这颗年轻的心就会枯死。”[02] 他认为：“文学的最高境界是无技巧，是文学和人的一致，就是说要言行一致，作家在生活中做的和在作品

[01] 巴金：《海行杂记·两封信》，《巴金全集》第 12 卷，人民文学出版社 1989 年版，第 52 页。

[02] 巴金：《谈〈灭亡〉》，《巴金全集》第 20 卷，人民文学出版社 1993 年版，第 380 页。

中写的要一致，要表现自己的人格，不要隐瞒自己的内心。”[01] 巴金 1928 年回国后奔波于京沪闽粤等地，创作了大量文学作品。这些作品能够映衬出青年巴金的精神世界。直到 1935 年担任文化生活出版社总编辑，巴金才开始结束动荡与漂泊的生活。

1932 年巴金在《东方杂志》上连载中篇小说《新生》，加上《灭亡》和还在计划中的《黎明》，构成了“革命三部曲”。几乎同时，巴金出版了“爱情三部曲”（即 1931 年《雾》、1933 年《雨》、1935 年《电》三部中篇的合称）。这些他前期的代表作品，延续了《灭亡》的气息与精神，带有较强的无政府主义思想，是作者对无政府主义社会革命思考与探索的痛苦结晶。其中“爱情三部曲”是巴金自己比较喜欢的前期作品，“我可以毫不夸张地说，就在今天我读着《雨》和《电》，我的心还会颤动。它们使我哭，也使我笑。他们给过我勇气，也给过我安慰”[02]。《雾》中的革命者陈真犹如刻苦的清教徒，全身心投入革命，完全是杜大心的翻版。与之截然相反的是周如水，如雾一般的性格，带有俄罗斯文学中“多余人”形象的印记。他优柔寡断，缺乏追求的勇气。《雨》中陈真和周如水意外死亡，而吴仁民与他的朋友陈真、周如水都不同，他是一个激情洋溢又无所事事的人。与这些男性不同，巴金塑造了一个他认为近乎完美的女性形象，即头脑冷静的李佩珠。这个形象可以说寄托了巴金对社会革命的理想。《电》是“爱情三部曲”的总结。这部小说叙述李佩珠经历一系列挫折之后成熟起来的故事。无政府主义知识分子在福建从事反对军阀的革命活动，结果遭到镇压，他们对无政府恐怖主义的信念给李佩珠带来新的思考。在她看来“痛快地交出生命，那是英雄的事业，我们似乎更需要平凡的人”。

有版權
平裝實價三角 精裝實價四角五分
飯餘集
吳組緗作
刊行者 文化生活出版社 上海昆明路德安里二十號
印刷者 三一印刷公司 上海昆明路七九七號
發行經售處 開明書店 上海福州路
四川總經售處 成都開明書店
巴金主編
文學叢刊
第一集
共十六冊
路 茅盾 長篇
故事新編 魯迅 短篇
神鬼人 巴金 短篇
八駿圖 沈從文 短篇
團圓 張天翼 短篇
珠落集 靳以 短篇
雀鼠集 魯彥 短篇
南行記 艾蕪 短篇
分 何穀天 短篇
飯餘集 吳組緗 短篇
羊 蕭軍 短篇
短劍集 鄭振鐸 散文
黃昏之獻 麗尼 散文
雷雨 曹禺 劇本
以身作則 李健吾 劇本
魚目集 卞之琳 詩集
中華民國二十四年十二月初版

巴金编《文学丛刊》（1935 年）

但真正让巴金获得巨大声誉的并不是这些前期作品，也不是 40 年代创作的《憩园》（1944 年）、《第四病室》（1946 年）和《寒夜》

[01] 巴金：《谈文学创作——答上海文学研究所研究生问》，《巴金全集》第 19 卷，人民文学出版社 1993 年版，第 615 页。

[02] 巴金：《〈爱情的三部曲〉总序》，《巴金全集》第 6 卷，人民文学出版社 1988 年版，第 6 页。

（1947 年）等艺术已臻成熟的中篇和长篇小说，而是以“激流三部曲”（即 1933 年《家》、1938 年《春》、1940 年《秋》三部长篇小说合集）为代表的传统家族题材小说。巴金由“灭亡”式的无政府主义革命小说转向传统家族题材小说的创作，少了对无政府主义理论与实践的探索，减少了前期创作中的概念化毛病，也缺少了革命者的激越与信念，但对传统大家庭在现代思想冲击之下内部矛盾的展现让几代中国读者为之倾心。《家》这部小说被曹禺等著名剧作家改编成话剧，被数次拍摄成电影和电视剧，足见其影响之深。

《家》是巴金现代中国传统大家庭叙事的起点。新文学中的家庭叙事早在五四时期就已经诞生了。鲁迅的小说中有许多就是探讨家庭伦理问题的，如《离婚》和《伤逝》等。家庭变革是中国近代社会变革的一个重要方面，它是一个长期的过程，到五四前后才形成了声势浩大的家庭革命运动。五四时期激进知识分子“开始认识到要振兴中华民族，就必须从陈腐的传统伦理和制度的束缚中解放出来。将所有个人都从旧的被动思考的模式中解放出来，打破建立在农业社会基础之上的自给自足的家长制的家族制度，势必会增强民族的实力”[01]。这或许是中国文化本身特性所决定的。一些西方学者就指出：“在革命的紧要关头，家庭被认为是社会变革的重要因素。在这一点上，中国也许是世界上唯一的国家。”[02] 可见新文学的家庭叙事是有社会思想渊源的。茅盾的《子夜》也有传统大家庭在现代文化冲击之下逐渐解体的叙述，但在 30 年代，对中国传统大家庭现代境遇的叙事获得更多读者关注的则是巴金以《家》为代表的“激流三部曲”。

《家》在 1931 年完成，初名《激流》，发行单行本时改名为《家》。1938 年和 1940 年，巴金又创作了《春》和《秋》，与《家》构成故事情节具有连贯性的系列小说。“激流三部曲”是一个整体，借传统家长与接受现代文明的青年男女之间的冲突，叙述了传统大家庭悲欢离合的整个历史。其中《家》是“激流三部曲”中成就最高、影响最大的一部小说。这部小说以高觉新、高觉慧和高觉民兄弟的爱情故事为情节发展的主干，展现他们不同的性格、思想以及由此产生

[01] 周策纵著，陈永明等译：《五四运动史》，岳麓书社 1999 年版，第 500 页。
[02] 李小江、朱虹、董秀玉主编：《性别与中国》，生活·读书·新知三联书店 1994 年版，第 43 页。

的不同人生道路。

《家》着力刻画了高老太爷、觉慧和觉新三个人物。小说中的高公馆是一个有五房儿孙的传统大家庭。高老太爷是传统大家庭专制家长的一个典型。他作为高公馆的家长，是这个家庭及其产业的创造者，他恪守传统伦理道德，希望以此维系家庭福祚绵长，却给家庭成员带来诸多不幸。这个高老太爷面对年轻人时常常以卫道士自居，但实际上年轻时风流荒唐，偌大年纪仍不忘娶姨太太。他把“我说是对的，哪个敢说不对”这句话放在嘴边。尽管作者并没有用太多笔墨直接书写高老太爷，但高老太爷幽灵般的存在给高公馆笼罩上了一层恐怖气氛。高觉新是现代文学传统家庭叙事中经典的长子长孙形象。觉新受过新思想的熏陶，清楚地认识到传统家庭在现代社会的种种弊病及其危害，但又背负着传统伦理的枷锁，自觉承担长房长孙的责任，面对传统家庭伦理专制与压迫，常常选择妥协与顺从，不断葬送自己的幸福。他年轻时与梅表妹相爱，但祖父给他安排的结婚对象却是瑞珏。梅因婚姻不幸郁郁而终。瑞珏温柔善良，让觉新感受到了家庭幸福，但她最终又因为长辈们恐怖无稽的“血光之灾”难产而死。觉慧则是一个年轻单纯的传统家庭反叛者，有着青春洋溢、热情叛逆的五四精神。觉慧坚决反对大哥觉新的“作揖哲学”和“无抵抗主义”，坚持对旧势力“不顾忌，不害怕，不妥协”。他认为：“这旧家庭里面的一切简直是一个复杂的结，他这直率的热烈的心是无法把它解开的。”他并不想对“家”寄托什么希望，而是从传统家庭逃向了社会。

当然，《家》和后续的《春》《秋》中还有很多生动的人物形象。这些人物栩栩如生，也令读者怀疑《家》带有巴金早年生活的许多经验。他自己也说：“在这里我所要展开给读者的乃是过去十多年生活的一幅图画。”[01] 甚至高老太爷和觉新这两个人物形象也的确都有其原型。但巴金也一再重申小说并不是照搬现实，“我所憎恨的并不是个人，而是制度”，“我要向一个垂死的制度叫出我的 I'accuse（我控诉）”。[02] 巴金在小说中号召年轻人激烈反抗传统家庭，投入社会革命洪流。有些学者认为，它之所以在三四十年代能够产生巨大影响，

[01] 巴金：《〈激流〉总序》，《巴金全集》第1卷，人民文学出版社1986年版，第4页。
[02] 巴金：《关于〈家〉》，《巴金全集》第1卷，人民文学出版社1986年版，第442页。

“与它的批判性的激进的主题是分不开的”[01]。当作者将信仰的激情与抽象理论的思索能力从早期小说转换到《家》这种自己所熟悉的题材当中时，尽管没有早期小说那些理论演绎的痕迹，但他对传统大家庭的叙述，不只是简单地猛烈抨击旧礼教，而是带有对传统家族制度的思辨，这种思辨和无政府主义对家庭的思考有着或多或少的联系。

三、曹禺与 30 年代中国话剧

除了左翼话剧运动之外，熊佛西在河北定县推行的“农民戏剧实验”也是 30 年代的重要戏剧运动之一。熊佛西曾任北京艺专戏剧系主任，是“北方剧坛的泰斗”，与田汉并称“南田北熊”。熊佛西在 20 年代是小剧场运动的积极组织者，强调“以动作为核心的与观众和剧场共生共存的‘综合艺术’，强调戏剧美学特征上的‘趣味’和‘单纯’”[02]。但在 30 年代动荡的社会现实中，他同田汉等左翼剧坛领袖一样发现了小剧场观众的局限性。熊佛西总结 20 年代的新剧运动“跟广大的民众没法生半点实际的联系，只顾到知识分子，甚至于是少数的知识分子”，他继承了新剧现实性主张，坚持戏剧改造人生的理念，认为“戏剧是组织民众最有力量的艺术”[03]。但熊佛西认为他的戏剧观众应该是占全国大多数的农民群众。1932 年至 1937 年间，熊佛西应中华平民教育促进会总干事晏阳初的邀请，带领部分艺专戏剧系师生参加晏阳初主持的定县乡村建设实验，开展农民戏剧实验，和左翼提出的无产阶级戏剧相对应，他将自己的戏剧实验称为“戏剧大众化实验”。

熊佛西从剧本、剧团、舞台、剧场和演出等戏剧多个方面展开实验。[04] 首先，他强调戏剧的观众是农民，应该提供农民能够接受和欣赏的剧本。他主张培养农民演员，从演剧给农民看到农民演剧给农民看，他训练过十几个农民剧团，并重点培养了两个农民实验剧团。其次，他主张建立适应农民戏剧要求的露天剧场，并经过自己的精心设计，使之能够成为农村教育文化活动的中心。最后，他认为“演出在

---

[01] 钱理群、温儒敏、吴福辉：《中国现代文学三十年》(修订本)，北京大学出版社 1998 年版，第 262 页。

[02] 严家炎主编：《20 世纪中国文学史》中册，高等教育出版社 2010 年版，第 108 页。

[03] 熊佛西：《戏剧大众化之实验》，正中书局 1937 年版，第 105 页。

[04] 严家炎主编：《20 世纪中国文学史》中册，高等教育出版社 2010 年版，第 109 页。

其最本质的意义上，是于人群之中造成一个集团的共同的戏剧活动”，因此探讨观众与演员混合的新式演出法，“采取集团的表演”。[01] 实际上，熊佛西的这些主张和左翼戏剧在如何组织民众的问题上是有异曲同工之处的。抗战结束了熊佛西的戏剧实验，但最终使其和左翼戏剧一起成为抗战戏剧的艺术资源。

与左翼戏剧和农民戏剧运动都有些不同的是唐槐秋领导下的中国旅行剧团，这代表着话剧职业化运动的重要尝试。唐槐秋曾经参加南国社，后参加欧阳予倩主持的广东戏剧研究所，并与欧阳予倩一起创办过现代剧团。唐槐秋担任过南国社导演，并参加过《苏州夜话》《名优之死》《赵阎王》和《五奎桥》等剧的演出。1933 年唐槐秋以自己和妻女为主要班底，创办中国第一个完全职业化的剧团“中国旅行剧团”，并一直坚持到 1947 年。“中旅”是中国现代话剧史上坚持时间最久、演出场次最多、演出范围最广的剧团。

“中旅”从剧作家那里购得演出权，然后与剧场签订演出合同。这种把剧团置于市场之下去选择剧本和剧场的形式，就迫使剧团去选择优秀剧本。“中旅”从诞生到结束的十几年里演出了《名优之死》《第五号病室》《群莺乱飞》《洪宣娇》《武则天》《赛金花》《压迫》《雷雨》《日出》《茶花女》等话剧史上的名作，尤其是曹禺的《雷雨》，依靠唐槐秋慧眼识珠，第一次被搬上舞台并获得巨大成功。除此之外，市场化也迫使“中旅”不断优化剧团的组织与管理，唐槐秋改变了“爱美剧”的小剧场做法，选择大剧院和巡回演出相结合的方式，注重媒体宣传。和非营利性的小剧场运动不同，“中旅”在一段时间内有明确的雇佣和薪金制度，不再纯粹是因为共同志趣而结为团体，演员流动性很强，最多的时候有二百多个，少的时候就唐家班几个人。另外，市场化也促使剧团努力培养演员。“中旅”对中国话剧史的一大贡献就是培养了大批优秀的话剧人才。“中旅”以排戏严格著称，早期排演一个戏，往往耗费百日以上。正因为强调精心打磨，磨砺表演艺术，“中旅”演员名单上可以列上戴涯、舒绣文、白杨、石挥、蓝马、孙道临、姜明等等杰出戏剧演员的名字。

“中旅”历史上最辉煌的演出剧作是曹禺的《雷雨》和《日出》。

---

[01] 熊佛西：《戏剧大众化之实验》，正中书局 1937 年版，第 90 页。

曹禺（1910—1996），原名万家宝，出身败落的传统官僚家庭。曹禺幼年饱受传统大家庭之苦，父亲任武职而爱好诗文，但脾气暴躁，母亲生下曹禺三日后便离世。但因为继母爱好戏曲，曹禺很早就接触到各种传统戏，培养起对戏剧的爱好。1922 年曹禺进入南开中学，投身戏剧活动。在此期间他通读了莎士比亚、契诃夫、奥尼尔等著名戏剧家的作品，参加过“南开剧团”，出演过易卜生的《国民公敌》《娜拉》和丁西林的《压迫》等剧目。1930 年曹禺转入清华大学西洋文学系，较为系统地了解了西方戏剧。

《文学季刊》

1934 年 7 月《文学季刊》第一卷第三期上发表了清华大学西洋文学系学生曹禺的剧本《雷雨》，同期上还刊登了比曹禺高几届的另一个清华大学西洋文学系学生李健吾的剧本《这不过是春天》。这两部作品都成为 30 年代话剧的代表。但《雷雨》比后者更早地由“中旅”在国内首度公演。“中旅”安排戴涯出演周朴园，唐槐秋女儿唐若青饰鲁侍萍，赵慧深饰演繁漪，陶金扮周萍。排演过程中曹禺亲加指点，正式在天津公演时，盛况空前，好评如潮。“中旅”的演出让曹禺十分满意，之后“中旅”又将《雷雨》搬到上海卡尔登剧院演出，公演长达半月之久。

曹禺的《雷雨》在不到二十四个小时的叙述时间内讲述了一个传统家庭三十余年的故事。讲述的故事时间从早上开始到午夜，完全符合西方古典戏剧三一律将时间限制在一天内的要求。这部剧作以周、鲁两家为核心展开，每家四人，人物之间关系复杂，戏剧冲突集中而尖锐，有 19 世纪西方佳构剧的一些特点。周朴园作为由传统势力转化而来的新兴资本家是戏剧的中心人物，他爱上侍女梅侍萍，生了大儿子周萍。周朴园或许对侍萍也有真心，但为了迎娶有地位有身份的繁漪，他最终还是默许了母亲将侍萍和刚刚生下的第二个儿子赶出家门的做法。繁漪为周朴园生下幼子周冲，但不堪忍受周朴园的家庭生活，十八年后和名义上的儿子周萍私通。周萍和父亲一样厌倦了繁漪，和弟弟周冲一起爱上侍女鲁四凤。繁漪为报复周萍，让四凤母亲来周家带走女儿，却发现鲁四凤母亲即梅侍萍，她此时已经嫁给周家佣人鲁贵为妻并生下了鲁四凤。鲁四凤的哥哥鲁大海代表罢工工人来交涉周朴园昧着良心剥削工人并命令矿警打死工人之事。周朴园发现

《雷雨》剧照

鲁大海即自己和鲁侍萍所生的第二子，但仍然铁腕镇压工潮，开除鲁大海。另一方面，已经怀有周萍骨肉的鲁四凤得知真相后跑出家门触电而死，周冲出去拉鲁四凤同样死去，最后周萍自杀，繁漪和侍萍精神失常。

《雷雨》是曹禺剧本的处女作，也是中国话剧史上最重要的作品之一。但关于这部剧作的主题各界一直众说纷纭。《雷雨》最开始在北平排练之时曾被国民党北平教育当局以有伤风化之名禁演，显然被归入了乱伦剧之流。30年代是左翼文学的时代，对周朴园的始乱终弃，肮脏的发家致富史，残酷镇压工人罢工的行为，以及他与繁漪等的情感纠葛及挣扎，等等，都适合给出一个左翼文学立场的评价。左翼方面，周扬说它“具有反封建反资本主义的意义”[01]。王瑶认为“《雷雨》的主导思想是彻底地反封建和鼓吹个性解放的民主主义”[02]。但曹禺自己说在创作之时“并没有显明地意识着我是要匡正、讽刺或攻击些什么”，可他又说“也许写到末了，隐隐仿佛有一种情感的汹涌的流来推动我，我在发泄着被压抑的愤懑，毁谤着中国的家庭和社会”。[03]曹禺的话似乎在暗示《雷雨》是一部社会问题剧，用来批判传统家庭和社会的罪恶。但他明确说“《雷雨》对于我是个诱惑，与《雷雨》俱来的情绪蕴成我对宇宙间许多神秘的事物一种不可言喻的憧憬”，他写的不是“社会问题剧”，[04]而是“一首诗”[05]。李健吾说这部剧里面“最有力量的一个隐而不见的力量，却是处处令我们感到的一个命运观念”，而这“命运”“藏在人物错综的社会关系和人物错综的心理作用里”。[06]这几近曹禺自己说的“一首诗”的表述，曹禺自己就说：“在《雷雨》里，宇宙正像一口残酷的井，落在里面，怎样呼号也难

[01] 周扬：《论〈雷雨〉和〈日出〉——并对黄芝冈先生的批评的批评》，《光明》半月刊1937年3月25日第2卷第8号。

[02] 王瑶：《中国新文学史稿（上册）》，《王瑶全集》第三册，河北教育出版社2000年版，第359页。

[03] 曹禺：《〈雷雨〉序》，《曹禺文集》第一卷，中国戏剧出版社1988年版，第211页。

[04] 曹禺：《〈雷雨〉序》，《曹禺文集》第一卷，中国戏剧出版社1988年版，第211页。

[05] 曹禺：《〈雷雨〉的写作》，《杂文》月刊1937年7月第2期。

[06] 刘西渭（李健吾）：《雷雨》，《咀华集》，文化生活出版社1937年版，第116—118页。

逃脱这黑暗的坑。”[01]

《雷雨》结构精巧，“太像戏”了。这与曹禺初步尝试借鉴大量西方戏剧有一定的关联。《雷雨》有借鉴西方许多戏剧资源的痕迹，同时也创造了汉语话剧作品的奇迹。其中有大量的西方剧作及其理论渊源，诸如三一律，象征性的大雷雨气氛，繁漪周萍私通引出的易卜生“闹鬼”母题，序幕和尾声的运用，等。但曹禺在剧本中能够将其化为己用，构筑意蕴复杂、语义杂多的一出戏，实现了中国话剧伊始所追求的西方式具有丰富思想内容和精巧艺术形式的现代戏剧的目标。

“中旅”公演《雷雨》为曹禺和剧团都赢得了声誉，成为职业剧团、剧作家和剧院合作的一个典范，推动了 30 年代话剧剧团的职业化。欧阳予倩回忆“中旅”的初次成功时说：“演了几个大戏，颇受人欢迎，便格外站稳了。第一场要算曹禺的《雷雨》，这个戏在天津上演，获得意外的成功。”而“这个刺激了上海一班干戏的，‘业余剧人’和‘40 年代’都在这个时候加进了工作”。[02]《雷雨》的成功也很快让“中旅”拿到了曹禺的第二个剧本《日出》的公演权，曹禺甚至亲自拟定了一份“中旅”演《日出》的演员名单。曹禺反省《雷雨》的结构过于精巧，“太像戏”，在《日出》中他不再追求精巧的故事，而是注重展现日常生活。这样他在戏剧结构上就不再集中于几个人，而是用人生片段来组织，场景也由家庭转向了大都市。《日出》在 1936 年《文学季刊》连载之后，评论界高度关注，1937 年获得了“《大公报》文艺奖金”。“中旅”的《日出》公演由欧阳予倩执导，欧阳山尊设计舞台并管理灯光，唐若青饰演陈白露，在卡尔登戏院连演 32 场不衰。

《日出》题注引用老子的“人之道则不然，损不足以奉有余”，象征性地说明《日出》所要表现的社会生活。《日出》通过对上流社会和三流妓院两地场景与故事的描述，揭示都市上流社会的堕落与下流社会的不幸。女主角陈白露曾经是爱华女校的高才生，父亲的去世改变了她的人生，她做过电影明星和舞女，最终沦为一名逢场作戏的交际花，终日周旋于潘月亭等巨商富贾身旁，过着纸醉金迷的生活。她

[01] 曹禺：《〈雷雨〉序》，《曹禺文集》第一卷，中国戏剧出版社 1988 年版，第 213 页。

[02] 欧阳予倩：《后台人语（之四）》，《欧阳予倩全集》第六卷，上海文艺出版社 1990 年版，第 339 页。

十分鄙视和痛恨自己目前的生活，但失去了行动的能力。昔日好友方达生打算将其带走的劝说让她心有所动。她从流氓黑三手中救下一个小女孩——小东西，这似乎是她试图拯救自己灵魂的一次尝试，但最终小东西被卖入妓院悲惨地死去。潘月亭和李石清斗法，因做投机生意破产，无力再承担陈白露的账单。金八爷赢得了与潘月亭的生意，陈白露的账单转由金八爷支付。陈白露明白了自己只不过是上流社会的玩物，于是在日出之前吞下安眠药。

这部戏和《雷雨》一样有贴合30年代左翼文学阶级斗争主题的情节设置，却被曹禺用“不足者”和“有余者”这样传统的命题进行了改写，其对《圣经》当中的《启示录》某些段落的引用使剧本的含义变得更加复杂。《启示录》中“我又看见一片新天新地，因为先前的天地已经过去了”，加上类似于希腊戏剧合唱的背景——建筑工人打夯的声音，把剧本的主题从阶级斗争引向传统道家哲学和基督教思想的论域之中，有学者认为“更多地指的是现代中的无家可归状态，即一个把旧的抛在身后，以便从纯粹乌托邦中无任何先决条件地建立起一个新世界的人的无家可归状态”[01]。

曹禺在抗战前夕又创作了与前二者合称“生命三部曲”的最后一部《原野》。这个剧本发表在广州出版的《文丛》1937年第一卷第二至五期。发表后的一年内较少有相关的评价。1937年8月7日起，业余实验剧团在上海卡尔登大戏院首次演出《原野》。唐弢称赞：“这个剧本里有‘戏’。群众看起来过瘾，这个剧本里有生活，顾盼左右，仿佛就在身边，让人看起来恐惧和欢喜。”[02]郁达夫甚至认为《原野》“价值自然远在《雷雨》《日出》的两剧之上”[03]。

这部戏讲述的是北洋军阀混战时期农民复仇的故事。曹禺同样将其置于农村阶级斗争的背景当中。恶霸地主焦阎王为了抢夺农民仇虎家的土地，勾结官府谋害了仇虎家人，活埋了仇虎的父亲仇荣，将仇虎的妹妹送进了妓院，并导致其惨死。焦阎王把仇虎打进牢狱并叫人打断了他的腿，逼迫其未婚妻花金子嫁到焦家做儿媳妇。曹禺以上几

[01]［德］顾彬著，范劲等译：《20世纪中国文学史》，华东师范大学出版社2008年版，第177页。

[02] 唐弢：《〈原野〉重演》，上海《大公报》1947年8月29日。

[03] 郁达夫：《〈原野〉的演出》，《星洲日报星期刊·文艺》1939年10月8日。

部剧本都是如此题材，可见并非偶然，这样的取材有受 30 年代左翼文学影响的明显痕迹。但曹禺的戏剧中并没有体现出明显的“阶级意识”。仇虎最终杀死了自己的好友，即焦阎王的儿子焦大星。正是焦大星娶了仇虎的未婚妻花金子，但仇虎也于心不安，花金子也未必就不爱焦大星。总之，无论是仇虎还是花金子，都很难看出他们有什么阶级觉悟。从左翼文学史叙述的角度来说，“由于作者对所描写的生活环境不熟悉，这个剧本在农民形象的塑造上是不成功的”[01]。有人指出：“《原野》描写人物的失败是由于作者思想水平不高和农村生活知识的贫乏。这正表明了作者世界观的缺陷。”[02]

但新时期以来的研究认为，《原野》受到美国戏剧作家尤金·奥尼尔表现主义戏剧的影响，采用了非写实的表现形式。抽象化的环境设置和扭曲变形的人物形象正来自曹禺对表现主义戏剧的借鉴与化用。该剧本并不刻意追求细节的真实，而是更醉心于主观的外化，通过营造一种氛围、一种情境来使“潜在情绪戏剧化”“内在精神舞台化”。戏剧的冲突不仅仅是复仇等外在行为，而是更注重将各色人物内心激烈的情感冲突外在地表现出来，在面临行动选择时，仇虎、花金子、焦母等人的情感无一不在焦灼激战，哪怕是花金子和焦大星夫妻关于母亲和妻子同时掉进河里先救谁的话题也不例外。

但抗战的爆发显然要求这一部具有更强探索意味的戏把演出的机会让位给观众更需要的抗战话剧了。

实际上正是话剧职业化的成功，让话剧变革的另一向路——“中国左翼剧作家联盟”的左翼戏剧运动“自动”解散了。“此后两年（1935 年 6 月至 1937 年 7 月）是中国戏剧进入职业化的大剧场初期，新的局面逐渐打开，而秘密的‘剧联’反不适合于这新的情势了，因此，这时期的戏剧领导，就正式转到党的地下组织里去了。因为大多数‘剧联’的成员不能不公开地工作、合法地工作，而他们自己又不是中共党员，所以不等到抗战开始就公开宣布‘剧联’解散，实际上‘剧联’在这以前由于戏剧工作转入新的形势，它也就等于解

[01] 王瑶：《中国新文学史稿》(上册)，上海文艺出版社 1982 年版，第 319 页。
[02] 刘正强：《曹禺的世界观和创作》,《处女地》1958 年第 6 期。

散的了。”[01] 但这并不意味着中国左翼戏剧运动消失了，左翼戏剧有关阶级斗争的主题已经渗透到曹禺等职业剧作家的剧本当中，并获得了公开的宣扬，三四十年代戏剧界的文化领导权也掌握在了左翼文学工作者的手里，至于“剧联”的另一个重要成就，即 30 年代的左翼电影运动也取得了同样的成功。随着“左联”提出“国防文学”口号，“剧联”也提出了“国防戏剧”的口号。1936 年初，受“剧联”实际影响的在上海的剧作者们组成了上海剧作者协会，制订了以“国防戏剧”为宗旨的《国防剧作纲领》。中国话剧由此进入了一个新的阶段。

[01] 赵铭彝：《关于左翼戏剧家联盟》，文化部党史资料征集工作委员会编：《中国左翼戏剧家联盟史料集》，中国戏剧出版社 1999 年版，第 38 页。

参考文献

[1] 杨之华 . 文坛史料 [C]. 上海 : 中华日报社，1944.
[2] 张静庐 . 中国现代出版史料 [C]. 北京 : 中华书局，1954 — 1959.
[3] 郭沫若 . 革命春秋 [M]. 北京 : 人民文学出版社，1979.
[4] 唐弢 . 中国现代文学史 [M]. 北京 : 人民文学出版社，1979.
[5] 张大明、马良春 . 三十年代左翼文艺资料选编 [C]. 成都：四川人民出版社，1980.
[6] 陈敬之 . 三十年代文坛与左翼作家联盟 [M]. 台北：成文出版社有限公司，1980.
[7] 萧军 . 鲁迅给萧军萧红信简注释录 [M]. 哈尔滨：黑龙江人民出版社，1981.
[8] 茅盾 . 我走过的道路 [M]. 北京 : 人民文学出版社，1981.
[9] 陈梦家 . 新月诗选 [C]. 上海 : 上海书店出版社，1981.
[10] 张秋华，彭克巽，雷光 . “拉普”资料汇编 [C]. 北京：中国社会科学出版社，1981.
[11] 何其芳 : 何其芳文集 [M]. 北京 : 人民文学出版社，1982.
[12] 王瑶 . 中国新文学史稿 [M]. 上海 : 上海文艺出版社，1982.
[13] 中国社会科学院文学研究所《左联回忆录》编辑组 . 左联回忆录 [C]. 北京 : 中国社会科学出版社，1982.
[14] 丁玲 . 丁玲文集 [M]. 长沙 : 湖南人民出版社，1984.
[15] 周扬 . 周扬文集 [M]. 北京 : 人民文学出版社，1984 — 1991.

[16] 冯雪峰．雪峰文集[M]. 北京：人民文学出版社，1985.
[17] 瞿秋白．瞿秋白文集（文学编）[M]. 北京：人民文学出版社，1985.
[18] 安娜·路易斯·斯特朗．千千万万中国人——一九二七年中国中部的革命[M]. 王鹿鹿，马红星，张奇志，译．北京：中国社会科学出版社，1985.
[19] 邵华强．徐志摩研究资料[C]. 西安：陕西人民出版社，1988.
[20] 曹禺．曹禺文集[M]. 北京：中国戏剧出版社，1988.
[21] 上海社会科学院文学研究所．三十年代在上海的左联作家[C]. 上海：上海社会科学院出版社，1988.
[22]“左联”成立会址恢复办公室．中国三十年代文学研究[C]. 上海：上海社会科学院出版社，1989.
[23] 中央档案馆．中共中央文件选集（第4册）[C]. 北京：中共中央党校出版社，1989.
[24] 欧阳予倩．欧阳予倩全集[M]. 上海：上海文艺出版社，1990.
[25] 中国左翼作家联盟成立大会会址纪念馆、上海鲁迅纪念馆．左联纪念集[C]. 上海：百家出版社，1990.
[26] 吉明学，孙露茜．三十年代“文艺自由论辩”资料[C]. 上海：上海文艺出版社，1990.
[27] 艾晓明．中国左翼文学思潮探源[M]. 长沙：湖南文艺出版社，1991.
[28] 王宏志．鲁迅与左联[M]. 台北：时代风云出版公司，1991.
[29] 中共北京市委党史研究室、中共天津市委党史资料征集委员会．北方左翼文化运动资料汇编[C]. 北京：北京出版社，1991.
[30] 梁斌．一个小说家的自述[M]. 北京：中国青年出版社，1991.
[31] 夏志清．中国现代小说史[M]. 刘绍铭，译．台北：传记文学出版社，1991.
[32] 巴金．巴金全集[M]. 北京：人民文学出版社，1991.
[33] 老舍．老舍文集[M]. 北京：人民文学出版社，1991.
[34] 易劳逸．流产的革命——1927-1937年国民党统治下的中国[M]. 陈谦平，红民，等，译．北京：中国青年出版社，1992.
[35] 托洛茨基．文学与革命[M]. 刘文飞，译．北京：外国文学出版社，1992.
[36] 费正清，费维恺．剑桥中华民国史（1912-1949年）下卷[M]，北京：中国社会科学出版社，1993.

[37] 金介甫 . 沈从文笔下的文化与社会 [M]. 虞建华、邵华强，译 . 上海：华东师范大学出版社，1994.
[38] 吴福辉 . 都市漩涡中的海派小说 [M]. 长沙：湖南教育出版社，1995.
[39] 严家炎 . 中国现代小说流派史 [M]. 北京：人民文学出版社，1995.
[40] 施蛰存 . 十年创作集 [M]. 上海：华东师范大学出版社，1996.
[41] 杨义 . 中国现代文学流派 [M]，北京：人民出版社，1998.
[42] 钱理群、温儒敏、吴福辉 . 中国现代文学三十年（修订本）[M]，北京：北京大学出版社，1998.
[43] 蓝棣之 . 现代文学经典：症候式分析 [M]. 北京：清华大学出版社，1998.
[44] 旷新年 .1928：革命文学 [M]. 济南：山东教育出版社，1998.
[45] 文化部党史资料征集工作委员会 . 中国左翼戏剧家联盟史料集 [C] 中国戏剧出版社，1999.
[46] 鲁迅博物馆 . 鲁迅回忆录 [C]. 北京：北京出版社，1999.
[47] 罗志田 . 权势转移——近代中国的思想、社会与学术 [M]. 湖北人民出版社，1999.
[48] 胡风 . 胡风全集 [M]. 武汉：湖北人民出版社，1999.
[49] 端木蕻良 . 化为桃林 [M]. 上海：上海古籍出版社，2000.
[50] 李今 . 海派小说和现代都市文化 [M]. 合肥：安徽教育出版社，2000
[51] 金介甫 . 凤凰之子：沈从文传 [M]. 符加钦，译 . 北京：中国友谊出版公司，2000.
[52] 李欧梵 . 上海摩登——一种新都市文化在中国（1930 — 1945）[M]. 毛尖，译 . 北京：北京大学出版社，2001.
[53] 施蛰存 . 北山散文集 [M]. 上海：华东师范大学出版社，2001.
[54] 刘呐鸥 . 刘呐鸥全集 [M]. 康来新，许秦蓁，编；彭小妍，黄英哲，编译 . 台南县：台南县文化局，2001.
[55] 高恒文 . 京派文人：学院派的风采 [M]. 上海：上海教育出版社，2002.
[56] 沈从文 . 沈从文全集 [M]. 北岳文艺出版社，2002.
[57] 藤井省三 . 鲁迅《故乡》阅读史——近代中国的文学空间 [M]. 董炳月，译 . 北京：新世界出版社，2002.
[58] 黄药眠 . 黄药眠口述自传 [M]. 北京：中国社会科学出版社，2003.
[59] 郑超麟 . 郑超麟回忆录 [M]. 北京：东方出版社，2004.

[60] 盛岳．莫斯科中山大学和中国革命[M]. 北京：东方出版社，2004.

[61] 雷世文．文艺副刊与文学生产——以《晨报副刊》、三十年代《申报自由谈》、《大公报》62. 文艺副刊为中心的研究[M]. 北京：中国文史出版社，2004.

[63] 师陀．师陀全集[M]. 开封：河南大学出版社，2004.

[64] 陈平原．文学的周边[M]. 北京：新世界出版社，2004.

[65] 李欧梵：中国现代作家的浪漫一代[M]. 王宏志，等，译．北京：新星出版社，2005.

[66] 鲁迅．鲁迅全集[M]. 北京：人民文学出版社，2005.

[67] 王元化．人物·书话·纪事[M]. 北京：人民文学出版社，2006.

[68] 朱晓进．政治文化与中国二十世纪三十年代文学[M]. 北京：人民出版社，2006.

[69] 夏衍．懒寻旧梦录（增补本）[M]. 北京：三联书店，2006.

[70] 李今．三四十年代苏俄汉译文学论[M]. 北京：人民文学出版社，2006.

[71] 张宁．无数的人们与无穷的远方：鲁迅与左翼[M]. 上海：复旦大学出版社，2006.

[72] 刘洪涛，杨瑞仁．沈从文研究资料[C]. 天津：天津人民出版社，2006.

[73] 王晓渔．知识分子的“内战”：现代上海的文化场域（1927—1930）[M]. 上海：上海人民出版社，2007.

[74] 顾彬．二十世纪中国文学史[M]. 范劲等译．上海：华东师范大学出版社，2008.

[75] 穆时英．穆时英全集[M]. 严家炎、李今编．北京：北京十月文艺出版社，2008.

[76] 吴福辉．都市漩流中的海派小说[M]. 上海：复旦大学出版社，2009.

[77] 王风．废名集[C]. 北京：北京大学出版社，2009.

[78] 严家炎．二十世纪中国文学史[M]. 北京：高等教育出版社，2010.

后 记

这本书是 2008 年就开始谋划的，到现在已逾十年。自 2010 年博士毕业到浙江师范大学工作，我也在金华生活了九年有余。十年的时间，对“生年不满百”的我们来说，已经长到足够经历人世风雨。自从 2010 年启动计划，到 2014 年转到由我和师兄老马合作完成，三十年代文学史的写作过程也有种种曲折，皆不足道也。现在它终于出版了，也许没有太多值得称道之处，但对个人而言，也是了却心结，一块石头落了地。

“三十年代文艺”曾经是现当代文学研究中的“显学”，如今风光难再，但学术研究一直都在扎实推进，出现了许多重要研究成果，改变了之前文学史的既成看法。我们认为同样需要“重写”“三十年代文艺”。然而，与过去的新文学史、现代文学史、现当代文学史或者百年文学史等相对完整的文学史相比，作为一部“断代”性质的文学史，尽管写作时间漫长，但由于学力有限，体量裁剪不匀称，叙述也局促不安，没有能够完成最初的设想。这部书主要给“革命文学”论争和“北方左联”增设了专章，其他地方多为小修小补，是否得当，只好说见仁见智。比如沈从文等重要作家、民族主义文艺等话题是否可以设专章，其实都是值得我们修订时需要考虑的内容。

本书共有七章，其中第一章和第四章由马俊江撰写，其余章节作者为吴述桥。需要特别说明的是，为了丰富文学史的呈现方式，让读者更具在场感，我们采用了大量的图片，包括作家、作品、刊物、报纸等内容。其中一部分是我们自己从旧报刊中翻拍而来，也有一部分来自网络，在此对原图片所有者一并表示感谢。

十分感谢我们的博士生导师温儒敏老师，这个小册子是两位作者同门情谊的见证。感谢高玉老师和其他诸位同事，我们来金华，一直得到大家的关爱和帮助。另外，还要感谢我的研究生丁苗，她帮忙校对了一部分书稿文字。最后，也特别感谢浙江工商大学出版社唐红编辑辛勤、细致的工作。

吴述桥

2019 年 10 月 30 日于金华